# L'EREDITÀ DISTANTE

## SERIE DISTANTE
## LIBRO TRE

## ANNEMARIE BREAR

# CAPITOLO 1

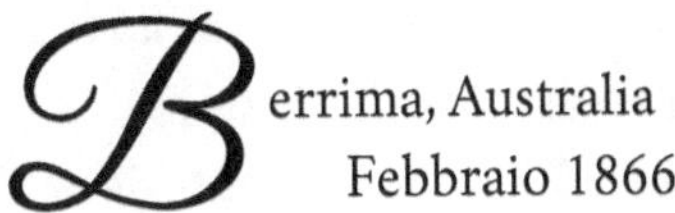 errima, Australia
Febbraio 1866

NELLA LUCE DEL MATTINO, Bridget Kittrick galoppava attraverso l'erba bruna ai margini del fiume, ridendo. Si voltò indietro, guardando verso il suo patrigno, Rafe Hamilton, e sorrise prima di rallentare il suo cavallo, Ace, e farlo girare su se stesso, in attesa dell'uomo che chiamava papà.

Affannato, Rafe tirò le redini del suo cavallo, fermandosi accanto a lei. 'Una vittoria equa.'

'Ace vincerà ogni volta, papà. Non so perché ti ostini a gareggiare con me,' Disse lei impertinente.

'Perché sono un pazzo,' Rispose lui con un'espressione divertita in volto. 'Andiamo, dovremmo tornare. Sarà un'altra giornata calda. E tua madre starà sicuramente facendo impazzire i domestici perché tutto sia perfetto per il tuo compleanno.'

'Le ho detto che non volevo tutto questo trambusto.'

Bridget scosse la testa con aria beffarda. 'Ho ventun anni ormai, non dieci. Non ho bisogno di una festa di compleanno ogni anno. Lasciamole alle mie sorelle minori.'

'Ma sai che non riesce a farne a meno.' Rafe si rilassò in sella mentre cavalcavano fianco a fianco. 'La povertà che avete vissuto in Irlanda perseguiterà per sempre tua madre. Ellen crede ancora di dover ricompensare voi figli maggiori per tutto quello che avete perso quando eravate più piccoli.'

'La Contea di Mayo e la Grande Carestia in Irlanda sono realtà che appartengono a molti anni fa. La mamma deve lasciarsele alle spalle.'

'Più facile a dirsi che a farsi, cara.' Rafe allungò la mano e le diede una pacca sul braccio. 'Lascia che tua madre si goda la giornata. Sia lei che tua zia Riona amano le celebrazioni.'

'Lo farò. Dopotutto, è per me!' Rise. Nonostante le sue proteste sull'essere troppo grande per le feste di compleanno, a Bridget piacevano le riunioni di famiglia. La mamma diceva che era per via del sangue irlandese che le scorreva dentro, perché i suoi antenati amavano cantare e ballare.

Mentre procedevano a passo lento allontanandosi dal fiume e verso la collina che conduceva alla tenuta, Bridget rifletteva sulla bellezza della casa, situata su una cresta piatta che dominava il fiume Wingecarribee e circondata da centinaia di acri di pascoli di prima qualità. Ora capiva quanto fosse privilegiata, e quanto lontane fossero la realtà Irlandese e la loro vita in quei luoghi.

Le reminiscenze che aveva del loro piccolo cottage in Irlanda stavano diventando sempre più sfocate. Non aveva ricordi chiari del suo padre biologico, Malachy Kittrick, morto in una rissa tra ubriachi quando lei aveva solo sei anni, lasciandoli ancora più indigenti di quanto non fossero già. Sua madre non riusciva a pagare l'affitto, e il loro padrone di casa inglese aveva dato ordine di bruciare la loro casa. Erano disperatamente poveri e senza un tetto sulla testa, e solo grazie all'aiuto di due inglesi per bene, il signor Wilton e Rafe Hamilton, erano riusciti a venire in questo nuovo Paese e ricominciare da capo.

Bridget era estremamente orgogliosa di sua madre, Ellen Kittrick-Emmerson-Hamilton. Sposata tre volte e madre di otto figli, Ellen era una forza della natura, e quello spirito combattivo scorreva anche nelle vene di Bridget. Lei sapeva quanto sua madre sofferto molto in Irlanda, seppellendo tanti dei suoi familiari, incluso Thomas, il fratello di Bridget. Un altro tragico incidente convinse sua madre a emigrare dall'altra parte del mondo, una decisione non condivisa da sua sorella Riona, che nonostante ciò, la seguì per aiutarla a prendersi cura dei bambini e sfuggire a una vita di fatiche. Anche la nonna di Bridget affrontò il viaggio, ma morì sulla nave. Tanta tristezza, tanta sofferenza, eppure Ellen Kittrick era riuscita a superare tutto, determinata come sempre a dare ai suoi figli una vita migliore.

'Ecco che arrivano i tuoi fratelli.' Il papà indicò i due gemelli che correvano giù per la collina verso di loro. Quasi undicenni, erano identici a Rafe.

Affannati, i ragazzi corsero nella loro direzione. 'La mamma dice che dovete tornare a casa e cambiarvi,' Disse Ronan.

'La mamma è furiosa perché siete in ritardo,' Aggiunse Aidan.

'Allora sarà meglio che ci sbrighiamo!' Bridget, che adorava i suoi fratelli gemelli con tutto il cuore, spronò Ace mentre i ragazzi urlavano e correvano su per la collina.

Giunta alle stalle, li mandò dentro casa a dire alla mamma che avrebbe fatto in fretta.

'Mi lasci fare, signorina,' Disse Douglas, il giovane che lavorava nelle stalle, approcciando per prendere le redini di Ace.

'Grazie, Douglas. Papà non è molto lontano.'

'E buon compleanno, signorina.' Le rivolse un sorriso sfrontato, una confidenza concessa solo a un membro della servitù che era con la famiglia da ormai quindici anni.

Lei sorrise calorosamente all'uomo con cui era stata amica sin da bambina e che l'aveva aiutata ad affinare la sua tecnica al galoppo come se fosse una cosa sola col cavallo, e a guidare una carrozza. 'Ci saranno cibo e bevande per il personale. Assicurati di prenderne un po'.'

'Come se potessi mai mancare? Moira si premura sempre che io non muoia mai di fame,' Scherzò lui.

Attraversando in fretta le aree di servizio, oltre gli edifici che ospitavano la lavanderia, la latteria e i magazzini, Bridget entrò nella zona più grande della tenuta, la cucina, che era collegata alla casa principale tramite un corridoio coperto. La cucina era il dominio di Moira, un'altra donna irlandese che avevano incontrato sulla nave e che aveva sposato il sovrintendente di Ellen, il signor Thwaite. Bridget la adorava come se fosse una zia.

'Eccoti qua, ragazza.' Moira fece un cenno di disapprovazione, versando cucchiaiate di crema in ciotole di vetro. 'Ellen ti ha cercato dentro e fuori, intralciando il mio lavoro.' Le sue parole cantilenanti non serbavano cattiveria, perché amava infinitamente l'intera famiglia, in particolare Ellen. 'Gli ospiti arriveranno tra un paio d'ore, e guardati, non ti sei nemmeno lavata e vestita.'

'C'è tempo.' Bridget prese una focaccina ai datteri e la infilò sotto la cucchiaiata di crema che Moira stava per versare in una ciotola. 'Ho una fame tremenda.'

'Taci, ragazza. Sei sempre affamata,' Disse Moira, ma negli occhi le balenò una risata. Era sempre felice quando dava da mangiare a un membro della famiglia.

Bridget si sedette sul bordo del grande tavolo, osservando le cosce di agnello che si rosolavano sullo spiedo sopra il fuoco, i vassoi di patate e le altre verdure che le cameriere stavano pelando perché venissero arrostite più tardi. La cucina profumava divinamente. Due domestiche del villaggio stavano disponendo insalate sui piatti. 'Dov'è la signora Duffy?'

'Ha uno dei suoi mal di testa,' Sbuffò Moira. 'Di solito le vengono quando c'è del lavoro da sbrigare.'

Bridget sorrise e si versò un bicchiere di limonata. La famiglia Duffy aveva viaggiato con loro sulla nave. La signora Duffy, una cattolica devota, comandava il marito, Seamus, e le sue due figlie, Caroline e Aisling, con pugno di ferro. Non avrebbe voluto lasciare l'Irlanda, ma, anche per loro, la povertà li aveva spinti a mettersi alla ricerca di una nuova vita. La signora Duffy trovava difficile lavorare per una famiglia che era stata un tempo povera quanto lei, ma Seamus era lieto di avere un lavoro da bracciante nella tenuta. Caroline era diventata la dama di compagnia della signora Ratcliffe, mentre Aisling si era sposata giovane, con un altro cattolico irlandese, e si era trasferita. In molti dicevano che l'avesse fatto per sfuggire a sua madre.

'Ballerai stasera?' Chiese Bridget a Moira.

'Sono troppo vecchia per ballare.'

'Sciocchezze. Si smette di ballare solo quando si giace nella bara.'

Moira si fece velocemente il segno della croce. 'Madre Maria, vai subito in camera tua prima che arrivi tua mamma.'

In quel momento esatto, la porta si aprì ed Ellen entrò in

cucina con indosso un magnifico vestito argenteo decorato da merletti di pizzo bianco. Il mese precedente, Ellen aveva festeggiato il suo quarantatreesimo compleanno e, nonostante tutto quello che aveva passato, dimostrava ancora la metà dei suoi anni, coi suoi penetranti occhi azzurri come quelli di Bridget e una pelle perfetta.

'Dio mio, Bridget. Hai visto l'ora? Vai a farti un bagno!' Disse Ellen, osservando le cameriere in cucina mentre svolgevano i loro compiti.

Scendendo dal tavolo, Bridget si avvicinò alla madre e le diede un bacio sulla guancia. 'Sei splendida, mamma.'

Una scintilla d'amore brillò negli occhi di Ellen. 'Davvero?'

Bridget annuì. 'Lo sei sempre.' Era felice del fatto che tra lei e le sue due sorelle, Lily e Ava, fosse lei a somigliare di più alla loro bella madre. Lily aveva la stessa delicatezza di Ellen, ma l'aspetto di Rafe, mentre Ava era bionda e identica al loro defunto padre, Alistair Emmerson, il secondo marito della mamma.

Sebbene Lily fosse nata durante il matrimonio con Alistair, qualche anno addietro la mamma aveva confessato a tutta la famiglia che, in realtà, fosse figlia di Rafe. Fortunatamente, Lily aveva accettato la cosa senza problemi, dato che era solo una bambina quando Alistair era morto e riconosceva Rafe come suo padre. La mamma aveva amato Rafe fin dal loro primo incontro in Irlanda, prima che emigrassero, ma una volta giunta a Sydney, aveva sposato il ricco Alistair Emmerson per dare stabilità e sicurezza alla sua famiglia. Il bisogno di Ellen di sfuggire alla morsa della povertà aveva influenzato la sua decisione di legarsi a un uomo che non amava, ma che ammirava e che l'avrebbe protetta da una vita di miseria.

Entrando nella sua camera da letto, Bridget iniziò a sbottonare il corpetto del suo abito blu da cavallerizza mentre la sua cameriera personale, Una, che condivideva con le sue sorelle, aggiungeva un'altra brocca d'acqua calda nella vasca.

'È pronta per lei, signorina.'

Bridget osservò l'acqua torbida. 'Le mie sorelle si sono lavate prima di me?'

'Sì, signorina. La padrona ha detto che non dovevano aspettare dato che lei era in ritardo, essendosi trattenuta fuori per la sua cavalcata.'

'Hanno usato il mio sapone? Il sapone speciale che Austin ha comprato per me?'

'No, signorina. L'ho nascosto nel suo cassetto in alto.'

'Sei proprio brava, Una. Sarei andata su tutte le furie se l'avessero usato. Il regalo di Natale di mio fratello è il più bello che mi abbia mai fatto.' Nuda, Bridget entrò nella vasca e si rilassò nell'acqua calda e profumata.

Una prese il sapone alla rosa dal cassetto e glielo porse. 'Ce n'è ancora tanto. Ho nascosto anche la seconda saponetta in fondo al cassetto.'

'Con le mie sorelle nei paraggi, devo nascondere tutto. Ieri Ava ha indossato il mio cappello di paglia, quello coi fiori rossi. Sa che è il mio preferito e quando me l'ha restituito, un fiore era caduto.'

'Glielo cucirò di nuovo questa sera, signorina,' La rassicurò Una. 'Il suo vestito è stirato e pronto.' Una ammirò l'abito appeso all'esterno dell'armadio.

Bridget osservò il vestito di seta rosa, adornato da ricami bianchi e piccoli fiocchi anch'essi bianchi attorno alle maniche. 'È l'abito più bello che abbia mai avuto, a parte quello del mio debutto. Papà ha trovato la stoffa in uno dei carichi provenienti dalla Cina e sapeva che mi sarebbe piaciuto farci un vestito per questo compleanno speciale.'

'È davvero molto bello,' Concordò Una, ma con in volto un'espressione dubbiosa.

'Cosa c'è?'

'Beh, lei ha una certa tendenza a rovinare i suoi abiti. Li indossa per andare alle stalle, per raccogliere verdure, camminando nel fango con i suoi fratelli, o per aiutare le mucche a partorire...'

Bridget scoppiò in una risata fragorosa. 'Ti faccio sempre disperare!' Perché era tutto vero: per quanto le piacessero i suoi bei vestiti, a volte si comportava come un maschiaccio e non le importava sporcarsi.

'Dovrà smetterla di fare queste cose quando sarà sposata, signorina.'

'Sposata?' Si girò di scatto per guardare la cameriera. 'Non ho intenzione di sposarmi per molti anni a venire. Non sarò costretta ad avere un bambino all'anno mentre mio marito fa quello che gli pare! Non è una cosa che fa per me. Ho intenzione di divertirmi un po' prima che ciò accada.'

'E tutti i pretendenti che verranno alla sua festa? Il signor Porter ha grande stima di lei e poi ci sono i signori Throsby, gli Atkinson e Samuel Smith, che le hanno mandato dei fiori la settimana scorsa.'

'Nessuno di loro mi fa desiderare di rinunciare alla mia libertà.' Bridget si sporse in avanti mentre Una le versava un'altra brocca di acqua calda sui capelli. 'L'uomo che sposerò sarà brillante in tutto.'

Una ridacchiò. 'Non esiste un uomo così, signorina.'

'Beh, quantomeno dovrà adorarmi e rendersi conto che ho un cervello, come il papà fa con la mamma. Saremo partener in tutto.'

'Sì, ma gli uomini come il signor Hamilton sono rari, signorina.'

Un colpo secco alla porta precedette l'ingresso della mamma. 'Oh bene, stai facendo il bagno. Tuo padre si sta preparando, poi potremmo riunirci tutti in salotto prima che arrivino gli ospiti.'

'Austin è già qui?'

La mamma esaminò il vestito di Bridget. 'No. Speriamo che non sia rimasto bloccato lungo la strada. Higgins ha preso la carrozza per andarlo a prendere alla stazione di Picton.'

'Devono ancora attraversare la via lungo il Bargo Brush. Si sentono sempre più storie di briganti che bloccano le carrozze ultimamente,' Disse Bridget mentre Una le lavava i capelli.

Una rabbrividì e deglutì rumorosamente.

'Non pensiamoci,' Disse la mamma con tono secco.

'È ciò a cui tutti pensano,' Mormorò Bridget. Le ardite imprese dei briganti erano frequente argomento di cronaca. Sembrava che ogni mese ci fosse un nuovo fuorilegge che assaliva persone innocenti, pretendendo denaro e beni di ogni tipo. Negli ultimi anni, il numero di rapine era aumentato e si verificavano in aree che prima non erano sfiorate da quei criminali.

La porta si spalancò, e le sue due sorelle più giovani entrarono nella stanza ridacchiando. Lily, di tredici anni, e Ava, di dodici, erano due ragazzine con le teste ricoperte di riccioli e piene di segretucci, opposte nell'aspetto, ma così simili nei modi che potevano passare per gemelle, proprio come Ronan e Aidan.

'Non posso avere un po' di privacy nella mia stanza?' Chiese Bridget, afferrando un asciugamano mentre usciva dalla vasca. 'Perché non siete con la signorina Lewis?' Domandò, riferendosi alla governante delle ragazze, che un tempo era stata anche la sua.

'La signorina Lewis si sta vestendo per la festa,' Disse Lily.

'Fuori, ragazze, lasciate in pace Bridget. Andate a suonare il pianoforte fino all'arrivo degli ospiti.' La mamma le cacciò, seguendole e fermandosi sulla porta. 'Vieni in salotto quando sei pronta. Tuo padre ha un regalo per te.'

'Ma ho già aperto i miei regali stamattina a colazione.'

'Sì, ma a Rafe piace viziarti e ha un altro regalo.' La mamma alzò gli occhi al cielo, anche se tutti sapevano quanto adorasse suo marito e ai suoi occhi, non poteva commettere mai alcun errore.

Quando Bridget entrò nel salotto, tutta la famiglia era già lì ad aspettarla, eccetto Austin, che non era ancora arrivato da Sydney, dove viveva nella grande casa di famiglia sul porto, comprata dalla mamma e dal papà quando si erano sposati.

Patrick, il suo secondo fratello maggiore, il più tranquillo della famiglia, le si avvicinò di soppiatto e le porse un bicchiere di punch alla frutta. 'Sei pronta per stasera?'

'Non vedo l'ora. E tu?'

Lui grugnì. Alto e dai capelli ramati, che aveva ereditato dalla parte materna della famiglia, Patrick era il meno esigente di tutti. 'Una serata a schivare ragazze che sperano di ballare, a fare chiacchiere di cortesia e a cercare di fingere interesse per le storie noiose degli invitati? Tu che pensi?'

Bridget rise. 'Un giorno parlerai davvero con una ragazza e ti innamorerai perdutamente di lei.'

'Ne dubito fortemente. Nessuna di quelle che ho incontrato nella nostra cerchia è in grado di partorire un pensiero di senso compiuto.'

'Perché non sono interessate a pecore o bestiame?'

'Che c'è di male?' Patrick fece una smorfia. 'Tu ne capisci di queste cose.'

Bridget scosse la testa. 'Questo perché mi interessa l'agricoltura, ma guarda Lily e Ava, nessuna delle due si preoccupa minimamente delle tenute.'

'Sono solo delle ragazzine. Ci penseranno col tempo.'

'Ne dubito.' Bridget era scettica. Le sue sorelle non erano grandi cavallerizze, nonostante tutti i suoi sforzi che aveva impiegato per dar loro insegnamenti, e già questo era un fallimento ai suoi occhi. Le amava profondamente, ma sembrava che non avessero la sua stessa forza di volontà, né il suo coraggio, come spesso diceva zia Riona, e mamma aggiungeva che avere una Bridget in famiglia era già più che sufficiente.

Questo, in fondo, le provocava sempre un sorriso. Le piaceva essere notata. Non sarebbe mai stata considerata una ragazza timida e riservata.

'Sta arrivando una carrozza,' Annunciò Lily, guardando attraverso le portefinestre.

Rafe sospirò. 'Volevo fare un discorso prima dell'arrivo di tutti. È Austin?'

'No, è la signora Ratcliffe,' Disse Patrick, mentre tutti guardavano la donna anziana scendere dalla carrozza, seguita da Caroline Duffy.

Bridget osservò Patrick, che fissava Caroline Duffy. Le dispiaceva per Patrick, che aveva sempre avuto un debole per Caroline, ma purtroppo la maggiore delle Duffy aveva occhi solo per Austin, anche se lui non se ne rendeva conto. A volte Bridget si chiedeva se fosse l'unica a saperlo.

I presenti si scambiarono i saluti e subito fu trovata una poltrona confortevole per la signora Harriet Ratcliffe, che ormai era avanti con gli anni e non aveva certo una corporatura minuta. Il suo peso la lasciava spesso col fiato corto. 'So di essere arrivata in anticipo, ma sapevo che non vi sarebbe dispiaciuto,' Ansimò la signora Ratcliffe, accettando un bacio di benvenuto da Ellen. 'Non vedevo il bisogno di restare a casa, dato io e Caroline eravamo pronte.'

'Ovviamente non ci dispiace,' Rispose Ellen. 'Siamo amiche da così tanto tempo, sei parte di questa famiglia.'

Caroline Duffy, una ragazza graziosa e dalla figura snella, stava in piedi dietro alla sua datrice di lavoro, sorridendo alla famiglia che conosceva da anni. Il suo vestito, semplice, bianco con fiori azzurri, completato da un delicato cappellino coordinato, le donava molto.

'Vuoi andare a trovare tua madre, Caroline?' Chiese la signora Ratcliffe, sedendosi sul divano.

'Ci andrò presto, sì,' Rispose Caroline, guardandosi intorno. 'Austin non è ancora arrivato?'

'Speriamo arrivi presto,' Disse la zia Riona.

Rafe alzò le mani. 'Ora, se posso avere la vostra attenzione, farò il mio annuncio, dato che Austin ne è già al corrente, e la signora Ratcliffe è un'amica di vecchia data che conosce già tutti i nostri affari!' Rafe rise, seguito da tutti gli altri.

'In effetti, è vero,' Ammise la signora Ratcliffe, sorridendo affettuosamente a Ellen, che, in segno della loro amicizia, le aveva chiesto di fare da madrina ai gemelli alla loro nascita, un onore che lei aveva accettato con gran gioia.

Rafe continuò: 'Oggi, nel giorno speciale del compleanno di Bridget, ho delle notizie che riguardano sia lei che Patrick. Di recente ho ricevuto delle informazioni che, sebbene tristi e tragiche, portano con sé anche una nota di fortuna.'

Sorpresa, Bridget guardò Patrick, ma lui scrollò le spalle, altrettanto all'oscuro.

Rafe prese la mano di Ellen. 'Il mio vecchio amico e socio d'affari, il signor Wilton di Louisburgh, nella Contea di Mayo, è recentemente morto.'

'Mi ricordo di lui,' Annuì Patrick. 'Mami lavorava nella

sua tenuta prima che lasciassimo l'Irlanda.' Patrick era l'unico che ancora chiamava Ellen *Mami* in irlandese, invece di *Mamma* come Alistair Emmerson aveva insegnato loro, quando aveva sposato la loro madre. Patrick si era categoricamente rifiutato. *Mami* sarebbe sempre stata *Mami* per lui, perché non si vergognava di essere irlandese, al contrario di Austin. Bridget, essendo molto più giovane quando Alistair era il suo patrigno, aveva semplicemente seguito le sue istruzioni.

'È vero,' Concordò la mamma. 'Era un uomo buono e gentile che ci aiutò a fuggire in Inghilterra, e poi in Australia, con l'aiuto di Rafe.'

'Era davvero un brav'uomo, e un amico prezioso,' Disse Rafe con tono dolce. 'E il sentimento era reciproco, tanto che nel suo testamento ha lasciato a me la sua tenuta e la sua proprietà. Non aveva famiglia.'

'La tenuta Wilton è tua ora, Rafe?' Chiese Patrick incredulo.

'Sì, e per questo, io e tua madre abbiamo deciso di donarla a te, Patrick, e a te, Bridget. È una proprietà irlandese, e voi siete nati in Irlanda, nella stessa zona. La tenuta e la proprietà sono vostre, e potrete farne ciò che desiderate.'

La bocca di Bridget si spalancò. 'Davvero, papà?'

Rafe sorrise. 'Sì, davvero. Tu e Patrick potete decidere insieme cosa farne.'

'Non so cosa dire.'

'Questa sì che è una novità,' Scherzò zia Riona.

Patrick attraversò la stanza e strinse la mano al suo patrigno. 'Grazie, Rafe. È un gesto gentile e generoso.'

Rafe sorrise. 'Come tuo patrigno, è mio dovere aiutare a provvedere per voi, ma l'ho sempre fatto con piacere.'

'Siamo tutti molto fortunati ad averti come padre.'

'Pensavo fosse giusto così,' Rispose Rafe. 'Anche se c'è voluto un po' a convincere vostra madre.'

'Solo perché non voglio che Patrick e Bridget vadano in Irlanda per reclamare la proprietà,' Disse Ellen con tono deciso. 'L'Australia è la nostra casa.'

Patrick baciò la guancia di sua madre. 'Sono onorato che tu abbia fatto una cosa del genere per me. Ma tornare in Irlanda?' Pensieroso, Patrick si grattò il mento. 'Non ci avevo mai pensato.'

Bridget vide la preoccupazione negli occhi di sua madre e sapeva quanto sarebbe stata devastata se due dei suoi figli fossero andati a vivere dall'altra parte del mondo. Era già stato abbastanza difficile quando Austin aveva trascorso anni in Inghilterra per i suoi studi. 'Non preoccuparti, Mamma. Questa è la nostra casa, non l'Irlanda. Non abbiamo alcuna intenzione di andarcene, vero, Patrick?'

'No, questo Paese è la nostra casa.'

'Andiamo tutti in Irlanda?' Chiese Ronan, confuso.

'No.' Ellen lo abbracciò. 'Voi due andrete al collegio l'anno prossimo, a Parramatta.'

'Stanno arrivando delle carrozze, mamma,' Disse Ava eccitata.

Zia Riona si alzò e guardò fuori dalle portefinestre aperte. 'È Padre Lanigan. Sono così felice che sia venuto. È un uomo così occupato.'

La signora Ratcliffe fece una smorfia al solo sentire il nome del prete irlandese. 'Probabilmente ha pensato che fosse un obbligo, dopo tutti i soldi che hai donato alla sua chiesa, Riona.'

'È un uomo di fede molto rispettato, signora Ratcliffe,' Lo difese zia Riona. 'Porta tanto conforto a coloro che nutrono una fede sincera.'

'Riona,' La mise in guardia Ellen. 'Non oggi, per favore.' Tutta la famiglia era a conoscenza delle forti convinzioni cattoliche di zia Riona, che si erano intensificate con l'avanzare dell'età, a differenza di Ellen, che aveva rinunciato alla sua religione cattolica quando aveva sposato Alistair Emmerson, con grande orrore di sua sorella.

Bridget lisciò le pieghe della sua gonna, cercando di raccogliere i pensieri prima che gli ospiti piombassero su di loro. Ora era proprietaria di una tenuta. Avrebbe avuto del denaro tutto suo. Quel pensiero era incredibilmente inebriante.

Il papà accennò una lieve smorfia. 'Continueremo domani la discussione sulla tenuta di Wilton.'

'Sì.' Ellen guardò Bridget con un sospiro di sollievo. 'Andiamo a dare il benvenuto ai nostri ospiti, Bridget?'

'Sto arrivando, mamma.'

Ore dopo, passeggiando per i bellissimi giardini che sua madre aveva creato negli ultimi dodici anni, Bridget osservava il tramonto dorato. La festa procedeva a pieno regime. Un quartetto riempiva le stanze di musica, diversi vassoi di cibo erano disposti sui tavoli e le bevande scorrevano dalle botti e dalle brocche. Gli ospiti chiacchieravano, i bambini correvano e giocavano, e l'aria era pervasa dal delizioso profumo del maiale che arrostiva sullo spiedo vicino alla cucina. Tuttavia, Bridget era riuscita a stento a godersi le ultime ore, con la notizia che era diventata co-proprietaria della tenuta Wilton ad occuparle i pensieri. Non si sarebbe mai aspettata una cosa del genere.

'Eccoti.' La mamma sbucò lungo il sentiero attraverso il giardino di rose, i cui fiori sfoggiavano un caleidoscopio di colori belli quanto gli abiti estivi delle signore.

'Mi stavi cercando?'

'Sì, non riuscivo a trovarti. Ho notato che sei stata piuttosto silenziosa durante la festa e mi sono preoccupata, perché di solito ti piace goderti questo tipo di eventi, specialmente quando sei tu a essere celebrata.'

'Mi sono intrattenuta con degli amici e mi sono assicurata che avessero abbastanza da mangiare e da bere. Ma avevo bisogno di un momento da sola. Stare lì a parlare per ore è faticoso.'

'Non ti ha mai disturbato prima.' La mamma la scrutò, poi le prese il braccio e continuarono a passeggiare. 'Sento che la notizia della tenuta ti ha scosso.'

'Come potrebbe essere altrimenti?'

'Patrick mi ha detto poco fa che non ha alcun desiderio di vivere in Irlanda. E tu?'

'Nemmeno un po'.' I suoi ricordi dell'Irlanda rimandavano a fame, freddo e paura, mentre fuggivano dalla loro casa in fiamme nel cuore della notte. Ricordava qualche momento felice, quando correva sulla spiaggia inseguendo i suoi fratelli, raccogliendo alghe da bollire e mangiare, o seduta sulle ginocchia della nonna ad ascoltarla cantare.

'Ne sono sollevata.' Le spalle della mamma si rilassarono.

'Questo è il nostro posto, la nostra casa,' Bridget ripeté le parole pronunciate in precedenza.

'Allora sei felice che Rafe venda la tenuta per tuo conto e che tu e Patrick ne dividiate il ricavato?'

'Certo. Ma perché Austin non stato è incluso? Anche lui è nato in Irlanda e probabilmente si ricorderebbe del signor Wilton meglio di me o Patrick.'

'Austin riceverà una parte dell'eredità dai genitori di Alistair, quando moriranno. Ha trascorso molto tempo con gli Emmerson quando viveva in Inghilterra, e anche con la famiglia di Rafe. Tutti lo trattavano come un nipote, e ha trascorso le vacanze tra le due famiglie, come ben sai. Gli

Emmerson mi hanno già scritto, dicendo che Austin, Lily e Ava saranno inclusi nel loro testamento. Quindi abbiamo pensato che fosse giusto che tu e Patrick foste beneficiari di quel bene.'

'Ma Lily non è una Emmerson.'

'Non gliel'hanno mai detto, e la amano come una nipote,' Ammise la mamma. 'Alistair è morto prima che qualsiasi danno potesse farsi in tal senso. Lily ne è al corrente, e la famiglia ristretta conosce la verità sulla sua vera discendenza. Questo è sufficiente.' La mamma continuò a camminare, persa nei suoi pensieri. 'Rafe e io abbiamo discusso a lungo del futuro, quando non ci saremo più.'

Bridget sollevò le sopracciglia. 'Mamma, è un argomento macabro da affrontare alla mia festa di compleanno.'

'Lo è, ma nonostante ciò, credo sia importante parlarne adesso. Rafe e io abbiamo accumulato un vasto portafoglio di proprietà, e non abbiamo intenzione di fermarci. Sarete tutti ben sistemati.'

'Questo lo sappiamo.'

La mamma si fermò per annusare una rosa, mentre risate e chiacchiere le raggiungevano dai giardini. 'Sai che il mio cuore è a Louisburgh?' Parlava della tenuta di campagna vicino a Goulburn, situata a un centinaio di chilometri a sud di Berrima, che aveva comprato dopo il matrimonio con Alistair. Era l'unico luogo che la mamma considerava veramente casa. Aveva acquistato la fattoria di pecore quando consisteva solo di una capanna e campi aridi. Col passare degli anni, aveva migliorato i terreni, piantato erba inglese importata per il pascolo delle greggi, ampliato il letto del ruscello e costruito una casa di buone dimensioni. Ellen aveva anche dato alla proprietà il nome della sua città natale in Irlanda.

'Sì, lo sappiamo tutti che Louisburgh è la tua casa preferita.'

'Prima o poi la ferrovia arriverà a Goulburn, ma Berrima sarà esclusa dal tragitto. Gli operai stanno già costruendo la linea verso Mittagong, Bong Bong e Moss Vale. Berrima rimarrà molto indietro, senza una ferrovia non sarà più un centro d'affari.'

'Sì, papà ne ha parlato più volte.'

'Ecco perché voglio comprare intorno a Goulburn più terreni che siano adatti al pascolo delle pecore. La popolazione di questo Paese continuerà a crescere e avrà bisogno di cibo.' La mamma fece una pausa. 'Anche tu devi avere fame, Bridget, fame di terra. Avrai abbastanza denaro per acquistarne. Non sprecarlo in ville sul porto, o almeno non ancora. Voglio che tu possa vivere su una terra che sia solo tua, fino a dove arriva lo sguardo.'

Bridget era cresciuta consapevole della passione di sua madre per i terreni, che per lei significavano sicurezza. 'Anche io voglio dei terreni.' Sentì che stavano chiamando i loro nomi, ma la mamma la trattenne, con un'espressione intensa sul volto.

'Sai che questa tenuta, per diritto, appartiene ad Ava. Era la residenza di campagna di suo padre, e lei la erediterà.'

'Lo sappiamo tutti.' Per quanto Bridget amasse Emmerson Park, tutta la famiglia sapeva che un giorno sarebbe appartenuta ad Ava.

'Austin ha puntato gli occhi sulla casa al porto,' Continuò la mamma. 'Preferisce stare a Sydney piuttosto che in campagna. Noi pensiamo che dovrebbe ereditare la casa di Sydney, e le altre proprietà andranno a Lily e ai gemelli.'

'E ora io e Patrick abbiamo la tenuta in Irlanda,' Continuò lei. 'O il denaro che ne ricaveremo.'

'E anche altro, col tempo.' La mamma fece un respiro profondo. 'Ma voglio che tu abbia Louisburgh, e lasceremo un'altra proprietà a Patrick, probabilmente la fattoria nella Kangaroo Valley.'

'Louisburgh?' Bridget fissò sua madre a bocca aperta. 'Io erediterò Louisburgh?'

'Sai che è il posto che adoro più di tutti gli altri, e vedo che ami quel luogo quanto me.' In effetti, sua madre trascorreva la maggior parte del tempo a Louisburgh, venendo a Berrima solo occasionalmente, e a Sydney ancor meno.

La mamma gettò uno sguardo a Rafe, che si stava avvicinando a loro. 'Farò redigere un documento che stabilisca che Louisburgh sarà affidata a te e i tuoi figli, non a tuo marito. Capisci? Chiunque tu sposerai, non diventerà mai proprietario di Louisburgh.'

Bridget annuì, consapevole del tono fermo di sua madre. Ellen Kittrick-Emmerson-Hamilton era una donna forte, e le sue convinzioni lo erano altrettanto. Credeva nel duro lavoro e nell'acquisto di terre come garanzia di sicurezza. Gli anni trascorsi in povertà in Irlanda, e l'essere stata cacciata dalla piccola fattoria che aveva cercato di salvare, l'avevano profondamente cambiata. Il suo obiettivo principale era vedere che i suoi figli non avrebbero mai sofferto lo stesso destino e che sarebbero rimasti padroni del proprio futuro.

Facendo un respiro profondo, la mamma prese Bridget per mano. 'Il denaro dalla vendita della tenuta Wilton ti renderà una donna ricca, mia cara, e molti uomini ti gireranno attorno dichiarando il loro amore. Alcuni saranno sinceri, ma altri vorranno solo i tuoi soldi. Devi far sapere subito che Louisburgh è destinata ai tuoi figli e che non diventerà proprietà di tuo marito dopo il matrimonio. Qualsiasi altra proprietà tu acquisterai sarà tua, da gestire come desideri, ma ti prego di non fare mai affidamento su un uomo.'

Bridget si irrigidì leggermente. 'Pensi che non sia in grado di scegliere un marito decente?'

'Cara, tutti siamo un po' sciocchi quando si tratta del sesso opposto. Ricorda questo. Ho sposato tuo padre quando ero una ragazzina ingenua di appena sedici anni, poi ho fatto lo stesso con Alistair per assicurarci una sicurezza economica, solo per poi scoprire alla sua morte che eravamo quasi in bancarotta. Rafe è l'unico uomo di cui mi sia mai potuta fidare. Con lui ho scoperto un amore profondo e appagante. C'è così tanta pressione sulle donne perché si sposino, abbiano dei figli, gestiscano una casa e si comportino da mogli devote. E proprio quella pressione può portare a prendere scelte sbagliate.'

'Quando mi sposerò, l'uomo che sceglierò sarà rispettabile e onesto,' Dichiarò Bridget.

La mamma sorrise. 'Non ho dubbi, mia cara. Ti chiedo solo di prenderti il tuo tempo e scegliere con saggezza. Sposa un uomo che comprenderà il tuo carattere e che ti amerà, e non per ciò che porti nel matrimonio in termini di denaro e proprietà, ma per ciò che sei. Concediti il tempo necessario per conoscervi prima di prendere una decisione che durerà tutta la vita.'

'Fai sembrare tutto così difficile, Mamma,' Ridacchiò Bridget. Era convinta che sua madre fosse eccessivamente protettiva senza un motivo preciso. Bridget era ben consapevole della sua intelligenza, e nessun uomo avrebbe mai potuto farla sentire una sciocca.

'Oh, mia dolce ragazza, lo è!' La mamma si girò quando la loro carrozza arrivò lungo il viale e Rafe si fermò per accoglierla. 'Ah, Austin, finalmente. Continueremo il nostro discorso più tardi.'

Bridget seguì sua madre verso casa con la mente piena di idee sul futuro. Ora avrebbe avuto dei soldi suoi, e nessuno dei suoi piani includeva il matrimonio, almeno per il momento.

Si fermarono lungo il viale mentre gli altri si riunivano per dare il benvenuto ad Austin, che non vedeva la maggior parte della famiglia da Natale. Solo Rafe andava regolarmente a Sydney per affari.

'Mamma!' Austin abbracciò calorosamente sua madre e strinse la mano a Rafe, prima di essere circondato dai suoi fratelli e sorelle, 'Papà.'

Infine, si voltò verso la carrozza e tese la mano per aiutare una giovane donna a scendere.

Bridget aggrottò la fronte, chiedendosi chi fosse quella giovane donna ben vestita e graziosa, poi notò il viso di Caroline Duffy trasformarsi da felice a preoccupato.

'Mama, Papà, voi tutti,' Disse Austin con un ampio sorriso dipinto sul suo affascinante volto. 'Questa è la signorina Marina Norton e la sua aiutante, la signora Sybil Warren.' Fece una pausa mentre un uomo alto, vestito di grigio scuro, scendeva per ultimo dalla carrozza. 'E questo è il mio amico, il signor Lincoln Huntley. Sono miei ospiti. Perdonami, mamma, per non aver mandato la notizia in anticipo, ma è stato tutto fatto molto in fretta.'

'Piacere di conoscervi, signorina Norton, signora Warren e signor Huntley.' La mamma strinse la mano a tutti. 'Entrate, sarete indubbiamente stanchi dopo il lungo viaggio.'

La famiglia e gli amici diedero un caloroso benvenuto ad Austin, e la festa continuò, anche se Bridget percepiva l'inquietudine di sua madre. Il fatto che Austin avesse portato degli sconosciuti a una celebrazione familiare senza preavviso era decisamente insolito.

'Chi è?' Chiese Caroline a Bridget, facendo un cenno verso la signorina Norton. Erano nel salotto, sorseggiando del punch al rum.

'Non ne ho idea. Nessuno di noi l'ha mai sentita nominare prima.' Bridget non era molto interessata alla signorina Norton, perché trovava difficile distogliere lo sguardo dal signor Huntley. Era più grande di Austin e aveva un'aria rilassata e un sorriso sfuggente, ma Bridget notò che osservava tutto con molta attenzione e parlava solo se interpellato. Il signor Huntley non era un uomo convenzionalmente bello. Il suo naso aveva una piccola gobba, come se fosse stato rotto in passato, ma aveva qualcosa di intrigante, una presenza che affascinava Bridget.

'Allora perché Austin ha invitato la signorina Norton e gli altri al tuo compleanno?' Mormorò Caroline.

'Tutti sono i benvenuti, lo sai. La mamma non manda mai via nessuno.' Bridget guardò Caroline, notando un'aria di sconforto nella sua espressione. 'Sono sicura che presto capiremo meglio.'

'Cielo, stanno venendo verso di noi.' Caroline si spostò dietro Bridget, come per nascondersi.

'Sorella, buon compleanno.' Austin abbracciò calorosamente Bridget. 'Ti ho portato un regalo. È nel mio baule.'

'Molto gentile da parte tua, fratello.'

'E questi sono i miei amici, la signorina Norton e il signor Huntley.'

Bridget strinse la mano a entrambi, ma fu il signor Huntley a catturare il suo sguardo. I suoi occhi erano dello stesso blu dei fiordalisi piantati nel giardino di sua madre, e la stavano guardando come se i due fossero già migliori amici. Una scintilla di consapevolezza attraversò il suo corpo, e lei sollevò il mento, sentendo istintivamente che quell'uomo avrebbe avuto un impatto sulla sua vita.

# CAPITOLO 2

'Sono molto lieto di conoscerla, signorina Kittrick,' Esclamò la signorina Norton. 'Suo fratello parla così bene di lei.'

'Davvero?' Bridget alzò un sopracciglio verso Austin, pur essendo del tutto consapevole dello sguardo del signor Huntley posato su di lei. Non le sfuggì che la signorina Norton non stesse distogliendo quasi mai lo sguardo da Austin. Era evidente che si conoscessero bene. Bridget afferrò la mano di Caroline e la spinse in avanti. 'Caroline è qui.'

'Certo, perché non dovrebbe esserci?' Disse Austin gentilmente, prendendo delicatamente la mano di Caroline e baciandole la guancia. 'Sei come un'altra sorella, vero?'

'Come stai, Austin?' Chiese Caroline accennando un sorriso forzato.

'Molto bene. Senza dubbio i tuoi genitori sono da queste parti. A breve andrò da loro, ma che mi dici di Aisling? Sta bene? È ancora a Braidwood?'

'Sì, e sta per avere il suo secondo bambino.'

'Signore Iddio. Incredibile. Non siamo più bambini, vero?'

'No.' Caroline abbassò lo sguardo. 'Il tempo passa così in fretta, eppure a volte così lentamente.'

'E come vi siete conosciuti tu e la signorina Norton, Austin, e naturalmente anche il signor Huntley?' Chiese Bridget con tono allegro, consapevole del disagio di Caroline.

'La cerchia sociale di Sydney può rivelarsi piuttosto piccola a volte,' Ridacchiò Austin. 'Il padre della signorina Norton e io abbiamo fatto affari insieme, e ho cenato a casa loro diverse volte. Vero, signorina Norton?'

'Sì, diverse volte,' Ripeté lei. 'E il signor Huntley era lì in una di quelle occasioni, ci siamo conosciuti e da allora siamo diventati grandi amici.' Rise delicatamente.

'Purtroppo, la madre della signorina Norton è morta l'anno scorso, e suo padre non sa bene come tenere occupata sua figlia,' Aggiunse Austin.

'Non è un uomo a cui piacciono gli eventi sociali,' Disse piano la signorina Norton.

'Quando ho accennato che sarei tornato in campagna per una festa, mi ha pregato di invitare sua figlia e di mostrarle questa parte del Paese.'

La signorina Norton guardò Austin con adorazione. 'Il signor Kittrick è stato così gentile. Non avevo mai viaggiato così lontano, sa. In effetti, non ero mai andata oltre Campbelltown!'

'Troverà questa zona molto diversa da Sydney, signorina Norton,' Le disse Bridget. 'Ci troviamo più in alta quota, il che ci regala quattro stagioni ben scandite tra loro, ottime per l'agricoltura.'

'Ho sentito dire che qui può anche nevicare,' Intervenne il signor Huntley, con lo sguardo rivolto a Bridget. 'Come in Tasmania.'

'Sì, è vero,' Ribatté lei. 'Non tutti gli anni, ma può fare abbastanza freddo da gelare persino l'acqua negli abbeveratoi.'

'Lei viene dalla Tasmania, signore?' Chiese Caroline.

'Sì, sono nato a Hobart. Mio padre faceva parte di un reggimento delle Highland scozzesi dispiegati lì, e quando richiamarono le forze armate in Scozia, si congedò e lui e mia madre rimasero, stabilendosi a Hobart.'

'Quindi lei è scozzese?' Chiese Bridget.

'Più che altro tasmaniano. Mio padre era scozzese, mia madre inglese.'

Austin porse il gomito alla signorina Norton. 'Posso presentarvi ad altre persone? Lincoln?' Si allontanò con la signorina Norton.

Il signor Huntley si trattenne un momento. 'Forse potremmo discutere di questa zona più tardi, signorina Kittrick? Sono molto interessato a esplorarla. Austin dice che ha molto da offrire.'

'Assolutamente, signor Huntley. Mi piacerebbe, e per una volta Austin ha ragione. Viviamo in una parte bellissima del Paese.'

'Forse mi farà da guida durante il mio soggiorno?' I suoi occhi blu si scurirono, diventando quasi viola. 'Se le fa piacere?'

Un brivido percorse la schiena Bridget mentre lo fissava. 'Sono certa che potrò mostrarle alcune delle attrazioni della zona. Sa cavalcare?'

'Sì, so cavalcare.'

'Allora dovrà prendere in prestito un cavallo dalle nostre stalle, e potremmo visitare molti luoghi.'

'Non vedo l'ora. E magari anche un ballo questa sera? Austin mi ha detto che le vostre feste di famiglia durano fino a tarda notte.' La sua voce bassa era morbida come velluto.

'È vero,' Disse lei con orgoglio. 'Dopotutto, siamo irlandesi.'

Lui le rivolse un sorriso ironico, seguito da un lieve inchino, prima di allontanarsi.

Bridget prese un respiro profondo per calmarsi.

'Perbacco, è... impressionante,' Sussurrò Caroline. 'I suoi occhi... sono bellissimi per un uomo.'

'Che piacere incontrare qualcuno di nuovo,' Mormorò Bridget, eccitata per la serata che l'attendeva e per il ballo che le era stato promesso, ma anche per le future cavalcate col signor Huntley.

'È vero, anche se la signorina Norton sembra un po' nervosa, non trovi? Non è il tipo di persona che pensavo avrebbe attirato Austin,' Osservò Caroline, guardando Austin e la signorina Norton che parlavano dall'altra parte della stanza con zia Riona, la signora Riddle e altri ospiti.

Bridget strinse delicatamente la mano di Caroline. 'Negli ultimi anni, da quando Austin è tornato dall'Inghilterra, è stato così impegnato ad apprendere il più possibile sugli affari di papà che non ha avuto tempo per cercare moglie. Ma ora che si è stabilito nella gestione delle aziende, forse sente che sia giunto il momento di cominciare a guardarsi attorno.' Sollevò la mano di Caroline e la strinse tra le sue. 'Cara, non lasciare che ti ignori!'

Caroline arrossì. 'Non sono degna di Austin. È ben istruito, ha visto il mondo. Un tempo potevo aspettarmi qualcosa del genere, ma da quando è stato mandato in Inghilterra per studiare, Austin non è appartiene più alla mia classe sociale. Si è spostato in alto. Chi sono io, se non la figlia di un bracciante irlandese?'

'Non dimenticare che anche Austin, Patrick e io siamo dei

Kittrick. Siamo figli di un bracciante irlandese, proprio come te. Siamo uguali.'

'Forse una volta, ma ora non più. Nel momento in cui tua madre ha sposato il signor Emmerson, la vostra famiglia è cresciuta in prestigio e importanza. Tua madre, per esempio, ha preso il controllo degli affari del signor Emmerson quando è morto. Ha portato la sua famiglia dalla povertà alla ricchezza. Poi, quando ha sposato il signor Hamilton, siete diventati ancora più ricchi. Ora siete una famiglia importante, non solo in questa zona, ma anche a Sydney.' Caroline scosse la testa. 'I Duffy non si eleveranno mai. Mio padre è un bracciante su questa proprietà, mia madre lavora in cucina. Perché mai Austin dovrebbe guardare me? Scusami.' Fece un piccolo sorriso e si allontanò velocemente per unirsi alla signora Ratcliffe.

Povera Caroline. Niente di quello che Bridget avrebbe detto poteva alleviare la tristezza provocata dell'amare un uomo che non ricambiava il suo amore.

Bridget si voltò mentre Patrick si avvicinava, mangiando una fetta di torta. Improvvisamente affamata, rubò ciò che ne restava sul suo piatto.

'Sei una piaga,' Scosse la testa. 'Me la stavo gustando.'

'Cosa ne pensi della signorina con cui Austin si accompagna?'

'È la sua donna?' Patrick fece spallucce. 'E che importanza ha?'

'Ha importanza se la sposa, e diventa un membro di questa famiglia.'

'Allora dovremmo forse conoscerla meglio?' Rispose Patrick, tamponandosi la bocca con un tovagliolo.

'Pensi che sia adatta a lui?'

'Come potrei mai saperlo? Ho scambiato appena due

parole con lei. Austin non si confida con me. Sono sorpreso quanto te che abbia portato ospiti, ma nostro fratello frequenta cerchie diverse dalle nostre, no? Lui è un uomo di città, io sono un uomo di campagna.' Patrick la guardò. 'Cosa c'è che non va?'

'Ho solo la sensazione che tutto stia cambiando, o che stia per cambiare.'

'E perché ciò ti preoccupa?'

'Perché siamo tutti così felici in questo momento.'

'I cambiamenti non devono necessariamente essere negativi.'

'Papà andrà in Irlanda per sistemare l'eredità del signor Wilton per conto nostro, lo capisci, vero?'

Patrick aggrottò la fronte, riflettendo. 'Sì, e mi sento in colpa per non voler andare con Rafe, dopo tutta la sua generosità.'

'Se papà va in Irlanda, mamma andrà con lui. Non vorrà stare lontana da lui per un intero anno, perché è quanto ci vorrà con tutti i viaggi.'

'Non ci avevo pensato.'

'E se mamma andrà, porterà con sé Lily, Ava e i ragazzi.'

'Lo pensi davvero?'

Bridget annuì. 'Senza alcun dubbio. Mamma non vorrà stare lontana da loro per un intero anno.'

'Quindi rimarremmo solo noi due qui?'

'Con zia Riona.' Lo guardò, prendendo una decisione. 'Io andrò a Louisburgh.'

'Oh, fantastico, mi abbandoni anche tu?' Rise lui.

'Avrai zia Riona. Qualcuno dovrà prendersi cura di questo posto.'

Patrick abbassò lo sguardo verso i suoi piedi. 'Sai, anch'io ho dei piani.'

'Davvero?' Bridget era tutta orecchie, incuriosita.

'L'apertura dello Yarrawa Brush, a est di Bong Bong, sta accelerando. I lotti di terra si stanno vendendo facilmente, la natura selvaggia è stata domata. Il governo vuole che la gente utilizzi quella zona per le coltivazioni.'

'È solo palude e folta boscaglia. Nessuno vorrà vivere lì. Non ci sono strade né negozi. Appena piove, la strada per Yarrawa diventa impraticabile. Perché mai qualcuno dovrebbe voler comprare della terra lì?'

'Perché ha buone precipitazioni, essendo ai margini della scarpata montuosa. Cresce praticamente qualsiasi cosa: patate, rape e così via. Il governo continua a lavorare per migliorare la strada verso la costa. Da lì, ci vuole solo un giorno di barca per arrivare a Sydney e ai mercati.'

'Vuoi dire che vale la pena comprare terreni da quelle parti, nonostante sia tutta palude?'

'Non è tutta palude.' Il suo tono mostrava un pizzico di frustrazione. 'La scorsa settimana ho esplorato buona parte del territorio con Ogilvy.' Si riferiva al suo buon amico, George Ogilvy. 'Ora che avrò del denaro tutto mio, voglio comprare dei terreni, gestire una fattoria, e costruire una casa.'

'Mamma dice che erediterai la fattoria nella Kangaroo Valley.'

'Ed è molto generoso da parte sua, ma non voglio aspettare l'eredità. Voglio iniziare a costruire le mie proprietà.'

'Proprio come voglio fare io.'

Lui la guardò sorpreso. 'Davvero?'

'Non aspetterò un marito per avere una casa mia. C'è della terra in vendita a sud di Goulburn, mamma me l'ha menzionato la scorsa settimana. La voglio... L'idea di avere una tenuta mia è molto allettante.' Da quando aveva parlato con la mamma, l'idea di essere una donna indipendente, proprio come sua madre, si faceva sempre più affascinante.

'Somigli molto a mami,' Mormorò Patrick. 'Indipendente.'

'E cosa c'è di male?'

'Perché non ti accontenterai di essere semplicemente una moglie e una madre. Vorrai tutto, proprio come mami.' Prese due bicchieri di vino da una cameriera di passaggio e ne porse uno a Bridget.

Bridget aggrottò la fronte. 'E perché non dovrei volere tutto?'

'Perché non è normale.'

Sentendo quelle parole, una ventata di rabbia le attraversò il corpo. 'Non è normale?'

'Non arrabbiarti con me.' Patrick alzò le mani in segno di resa. 'Volevo solo dire che le donne sono generalmente felici di diventare mogli e madri e lasciano che sia il marito a occuparsi del denaro. Un uomo dovrebbe essere a capo della propria casa.'

'Dovresti sapere, caro fratello, che allo stesso modo di mamma, io non sono come la maggior parte delle donne.'

'Vero. Beh, comunque, qualunque cosa porti il futuro, dovremmo fare un brindisi al buon vecchio signor Wilton. Ha cambiato le nostre vite.' Patrick alzò il suo bicchiere. 'Al signor Wilton.'

'Al signor Wilton.' Anche Bridget alzò il suo bicchiere. 'Che meraviglia deve essere sapere di aver cambiato la vita di qualcuno.'

'È morto. Non ha idea che tu ed io beneficeremo della sua eredità,' Disse Patrick.

'Vero, ma noi lo sappiamo. Mi piacerebbe aiutare gli altri.'

'Non fai già parte dei vari comitati di beneficenza del villaggio con mamma e zia Riona?'

'Sì, ma non è abbastanza.'

'Vuoi cambiare la vita degli altri?' Patrick sembrava dubbioso. 'Come farai?'

I pensieri iniziarono a turbinare nella mente di Bridget e l'eccitazione crebbe. 'Non ne sono sicura, magari potrei aprire una scuola, dare lavoro alla gente sulla mia tenuta, migliorare la loro vita... Non ho ancora le risposte necessarie, ma le troverò, in qualche modo. Però, prima di tutto, mi godrò questa festa.'

'Non ho intenzione di ballare con te,' La avvertì lui, come se le avesse letto nella mente.

'Sì che lo farai!' Sorrise, prendendogli il bicchiere dalle mani e posandolo insieme al suo sul tavolino alle loro spalle. Gli afferrò le braccia e lo trascinò fuori, verso il giardino, dove le lanterne si stavano accendendo mentre il sole scivolava dietro gli alberi. Il quartetto che aveva suonato musica leggera per tutto il pomeriggio fu sostituito da una band di musica folk irlandese composta da uomini del villaggio e da alcuni lavoratori della tenuta. L'aria si riempì della musica di due violini, una cornamusa, e un fischietto di latta. Un uomo anziano suonava il bodhran, un tamburo a mano. L'entusiasmo dei musicisti portò un sorriso sul volto di tutti.

Patrick rise, facendo girare Bridget sulla temporanea pista da ballo in legno. Lei lo lasciò per applaudire mentre altri si univano a loro, e poi Patrick la afferrò nuovamente. Rafe prese il posto di Patrick, ballando e facendola girare a ritmo di musica. Bridget sorrideva, mentre Patrick trascinava la mamma in pista con un grido di gioia.

Ben presto, tutta l'area dedicata al ballo si riempì di ospiti. La banda suonava sempre più veloce, i piedi di Bridget si muovevano rapidamente, le sue gonne le volteggiavano attorno, e gettò indietro la testa, ridendo di pura gioia.

Per dare agli ospiti la possibilità di riprendere fiato, i figli dei lavoratori della tenuta si misero in fila e si esibirono in una danza irlandese. Gli ospiti applaudivano, mentre i bambini si intrecciavano tra di loro, i corpi dritti, i piedi che battevano ritmicamente.

'Piangi sempre, zia,' Disse Bridget a zia Riona, cercando di consolarla.

'Mi ricorda di quando io ed Ellen ballavamo così da bambine. La nostra mamma ci ha insegnato, e il papà cantava... Aveva una voce così meravigliosa, il papà.' Si asciugò gli occhi.

Bridget abbracciò zia Riona, consapevole di quanto sua zia e sua madre sentissero la mancanza dei nonni.

Il vino, il rum e la birra scorrevano mentre la notte approcciava. Milioni di stelle scintillavano nel vasto cielo nero sopra di loro, ma gli ospiti erano troppo impegnati a divertirsi per fermarsi a guardare in alto.

'Un ballo, signorina Kittrick?' Chiese il signor Huntley, avvicinandosi a Bridget mentre lei se ne stava con degli amici, riprendendo fiato.

Con un sorriso, lei gli porse la mano. Un brivido di eccitazione le risvegliò i sensi mentre lui la conduceva sulla pista di legno. La banda si fermò per un momento, poi iniziò a suonare una melodia più dolce. Colta di sorpresa da un ballo più lento, Bridget fissò il signor Huntley mentre la stringeva più vicina. Il tessuto della sua giacca era morbido sotto la sua mano sinistra, mentre l'altra era stretta in quella di lui. Erano state molte le occasioni in cui aveva ballato in quel modo, ma quella sera, col signor Huntley, tutto sembrava diverso, più intimo.

Un sorriso ironico gli increspò le labbra. 'Credeva che

volessi uno di quei balli sfrenati che hanno fatto impazzire tutti di gioia?'

Lei lo guardò dritto negli occhi color fiordaliso. 'È stato lei a chiedere una musica più lenta?'

'Ovviamente. Come avrei fatto altrimenti a stringerla come si deve?'

La sua franchezza la lasciò perplessa, anche se i suoi piedi continuarono a seguire il ritmo mentre lui la guidava sulla pista. 'Lei è un uomo audace, signor Huntley.'

'A volte. Quando c'è qualcosa che desidero.'

Bridget deglutì, incapace di distogliere lo sguardo dai suoi occhi. 'Ottiene spesso ciò che desidera?'

'Non sempre. E lei?'

Lei aggrottò la fronte. 'No.'

'Cos'è che desidera ma non puoi avere, signorina Kittrick?'

'Non saprei dirlo.'

'Parole da vera innocente.'

Lei si irrigidì leggermente. 'E lei, cosa desidera, signor Huntley?'

Per diversi giri di danza, lui non rispose. 'Ciò che voglio e ciò che posso avere sono due cose diverse.'

Bridget sentì la mano di lui muoversi leggermente sulla sua schiena e la sua pelle si coprì di brividi. Il battito le accelerò in petto. Doveva comportarsi razionalmente. 'Si tratterrà a lungo in questa zona?'

'Dipende. Sto cercando una proprietà da acquistare e, se ne troverò una di mio gradimento, sì, resterò.'

'Ha una proprietà in Tasmania?'

'Ho venduto la casa di famiglia a Hobart. Non tornerò lì.' Il suo atteggiamento cambiò improvvisamente, il tono divenne duro. Le lanciò uno sguardo aspro. 'Mi sta forse valutando per il mio valore, signorina Kittrick?'

Lei si fermò a metà passo, offesa. 'Assolutamente no, signor Huntley. Stavo solo chiedendo se avesse una casa in Tasmania.'

Lui sospirò e la prese di nuovo tra le braccia, riprendendo a ballare. 'Mi perdoni.'

'Le sue ricchezze, Signor Huntley, non hanno alcuna importanza per me, glielo posso assicurare,' Lo rimproverò lei.

'Davvero? Non è forse lo scopo di ogni giovane donna scoprire quali siano le ricchezze di un uomo?'

Lei rise. 'No, quello è lo scopo di ogni genitore.'

Lui si rilassò. 'Ha una risata meravigliosa. Sento che lo fa spesso.'

'Ridere? Oh sì. Come potrei non farlo? Ho fratelli e sorelle che mi fanno ridere, gli stallieri delle scuderie mi fanno ridere, ci sono così tante cose che mi fanno ridere.'

'Lei è fortunata,' Mormorò lui col volto contrito.

Improvvisamente, Bridget si rese conto del malessere di quell'uomo, una sorta di tristezza che sembrava portare con sé come un peso costante, consapevole di chi lo circondava, di cosa ogni persona intorno stesse facendo o dicendo. Ogni volta che lo aveva osservato quella sera, aveva avuto l'impressione che stesse studiando la situazione, senza prendervi parte. Non sembrava un uomo felice, e questo la colpì in modo particolare. 'Forse riderà mentre è qui, signor Huntley.'

'Spero di sì, signorina Kittrick, lo spero davvero.'

'Con la nostra famiglia, è difficile non trovare qualcosa di divertente. I gemelli dicono le cose più assurde.'

'Quanto è fortunata ad avere una famiglia così meravigliosa e affettuosa.'

Lei intuì che forse lui non avesse avuto la stessa fortuna.

'Le piace vivere a Sydney? Austin la preferisce di gran lunga a stare qui.'

'Sydney mi piace per certi aspetti, soprattutto perché posso condurre i miei affari con facilità. Tuttavia, la città, come tutte le città, è sovraffollata e sporca, e i membri dell'alta società possono essere dei veri snob.'

'Sono d'accordo. Preferisco di gran lunga stare nelle nostre tenute, sia qui che a Louisburgh.'

'Pensavo che le giovani signore apprezzassero i piaceri della città.'

'Oh, non mi fraintenda. Quando andiamo a Sydney con tutta la famiglia, mi diverto molto. Ci sono tante cose da fare: feste, cene, giornate in spiaggia e shopping. Tuttavia, dopo qualche settimana, sento il desiderio di tornare a casa e montare a cavallo.'

Il signor Huntley la guardò a lungo, con un'espressione indecifrabile. 'Cavalcherà con me domani?'

Bridget sentì lo stomaco agitarsi. 'Potremmo andare giù al fiume.'

'Dove desidera.' Il suo pollice si mosse dolcemente sulla schiena di lei. Poi si bloccò improvvisamente, come se si fosse reso conto di ciò che stava facendo.

La musica si fermò e lui fece un inchino. 'Grazie per il ballo.' Si voltò sui tacchi e se ne andò.

Stupita dal modo brusco in si era allontanato, Bridget lasciò l'area del ballo, cercando di trovare un senso in quell'uomo.

'Bridget?' Austin le afferrò il braccio mentre passava accanto a lui. 'Va tutto bene?'

'Chi è questo signor Huntley?'

Lui alzò un sopracciglio alla domanda. 'Lincoln è un brav'uomo. A volte un po' pungente e riservato, ma onesto.'

'Perché siete amici? È più grande di te.'

'Non di molto, forse sette anni. E cosa c'entra l'età? Siamo azionisti in una società manifatturiera a Sydney. Non farei affari con un uomo di cui non mi fido o che non rispetto.'

Lei guardò oltre la spalla di Austin per vedere il signor Huntley in piedi accanto alla signorina Norton, ma il suo sguardo era ancora puntato su di lei. 'Mi sembra un individuo piuttosto intenso.'

'È un uomo che si è fatto da solo ed è piuttosto riservato. Suo padre era un soldato e poi divenne proprietario di una locanda. È tutto ciò che so. Non conosco la sua storia nei dettagli.'

'Forse dovresti informarti, prima di portarlo a casa dalla tua famiglia.'

Austin aggrottò la fronte. 'Ti ha offeso?'

'No...'

'Lincoln è stato un buon amico da quando ci siamo conosciuti l'anno scorso. Mi piace,' Lo difese Austin. 'In tutto il tempo che l'ho conosciuto, non mi ha mai dato motivo di non apprezzarlo. È un tipo tranquillo, certo, un pensatore profondo, e si rifiuta di toccare una goccia d'alcol, il che è strano, ma è intelligente, e lo ammiro per questo.'

'Interessante.'

'Dagli una possibilità. Ti piacerà quanto piace a me, ne sono sicuro.'

Bridget non ne era del tutto convinta. È vero, sentiva una scintilla di attrazione nei suoi confronti, ma il signor Huntley era diverso da qualsiasi uomo avesse mai conosciuto, e non riusciva a capirne il motivo.

# CAPITOLO 3

Il rombo dello scroscio poteva sentirsi prima ancora che la cascata comparisse alla vista. Bridget smontò da Ace accanto al signor Huntley, che era alla guida di Blaze, un cavallo preso in prestito dalle loro scuderie. La fitta boscaglia, mista ad alcuni alberi di foresta pluviale e felci, nascondeva la valle dove si rovesciavano le cascate di FitzRoy. Al loro seguito, procedevano le carrozze con l'intera famiglia e gli ospiti, e il carro della fattoria che trasportava tutto il necessario per il picnic. Il gruppo era partito all'alba, cavalcando per più di venti chilometri fino alle cascate.

'Siete tutti pronti per vedere le cascate?' Chiese Austin al gruppo.

'Io rimarrò a supervisionare i preparativi per il picnic,' Rispose zia Riona. 'Le ho già viste tante volte.'

'Le darò una mano,' Disse la signora Warren. 'Non ho alcuna voglia di camminare nella foresta solo per vedere dell'acqua. Probabilmente mi storcerei una caviglia.'

'Anch'io le ho già viste, quindi rimarrò con voi,' Annunciò la signora Ratcliffe. 'Vai tu, Caroline. Starò bene con Riona.'

Zia Riona sorrise. 'Allora avremo tutto pronto per il loro ritorno.'

Bridget camminava con Patrick e il signor Huntley, e davanti a loro c'erano la mamma, il papà, Austin e la signorina Norton, con i gemelli che correvano avanti e indietro, e poco lontano c'erano Lily e Ava che si erano attardate, insieme a Caroline che chiudeva il gruppo.

'Lei ha visitato spesso le cascate, signorina Kittrick?' Chiese il signor Huntley.

'Diverse volte. Io e Patrick veniamo frequentemente a cavallo da queste parti, vero?'

Patrick annuì. 'Siamo anche venuti una volta d'inverno, quando aveva piovuto forte per giorni. La cascata scrosciava fragorosamente. Uno spettacolo impressionante.'

'La forza dell'acqua era sorprendente, una vista meravigliosa,' Aggiunse Bridget. 'Gli schizzi si alzavano come fossero nebbia.'

'Oggi non sarà lo stesso,' Disse Patrick, scavalcando un ramo caduto. 'Non piove da settimane.'

Il signor Huntley prese Bridget per il gomito per aiutarla a scavalcare il tronco. 'Ma la cascata scorrerà ancora?'

'Sì, scorrerà. Solo in caso di estrema siccità si riduce a un rigagnolo,' Rispose Patrick, prima di voltarsi per aiutare Caroline, Ava e Lily a scavalcare il ramo.

Bridget sorrise mentre Patrick si intratteneva con Caroline e le ragazze. Il suo povero fratello amava una donna che aveva occhi solo per Austin.

Rimasta sola con il signor Huntley, Bridget continuò a camminare attraverso il bosco, con il rumore dell'acqua che cresceva a ogni passo. Estremamente consapevole della sua presenza, tenne lo sguardo basso sul sentiero, per evitare di inciampare su qualche pietra o bastone. Dalla loro cavalcata tre giorni prima, il signor Huntley aveva visitato la zona con Austin alla ricerca di una proprietà adatta alle sue esigenze, e lei non lo aveva più visto.

'È stato un piacere cavalcare con lei l'altro giorno,' Disse lui improvvisamente. 'I suoi fratelli sono davvero dei simpaticoni, non crede?'

'I gemelli sono sicuramente dei personaggi,' Rispose lei.

Quando il signor Huntley era arrivato per la cavalcata, i gemelli l'avevano implorata di unirsi a loro. Lei non riusciva mai a dirgli di no, così i quattro avevano cavalcato insieme lungo la riva del fiume. Ronan e Aidan avevano chiacchierato ininterrottamente, inondando il signor Huntley con spiegazioni e pensieri su tutto ciò che vedevano, dal martin pescatore che si tuffava in acqua, ai cacatua sugli alberi, incluso tutto ciò che era nel mezzo.

Il signor Huntley si era mirabilmente intrattenuto in quell'incessante conversazione con disinvoltura, e Bridget si era chiesta se lui stesse in realtà desiderando solo la sua compagnia. Ascoltandolo parlare con i suoi fratelli, aveva scoperto un altro lato di quell'uomo. Rimase paziente, nonostante le loro mille domande, e li incoraggiava a raccontare storie.

Solo lungo il tragitto del ritorno, quando i ragazzi avevano accelerato la galoppata, Bridget aveva avuto la possibilità di chiacchierare da sola con il signor Huntley. Avevano parlato della tenuta, dell'acquisto dei terreni, del suo desiderio di allevare bovini Angus, e prima che se ne rendessero conto, erano di nuovo di ritorno alle scuderie e la cavalcata era finita. Anche se aveva imparato un po' di più sul suo conto, Bridget aveva provato un senso di sconforto quando lui aveva declinato l'invito a cena, decidendo di fare ritorno alla locanda del villaggio.

In una radura circondata dagli alberi, la valle ricoperta

dalla foresta si distendeva ampia davanti ai loro occhi. L'intera famiglia rallentò per ammirare la vista.

'È impressionante.' Il signor Huntley le sorrise.

'Ronan! Aidan!' La mamma chiamò i gemelli. 'Siete troppo vicini al bordo.'

Mentre i gemelli erano intenti a spiegare il perché fossero perfettamente al sicuro così vicini al bordo della scogliera, Bridget indicò la cascata che scrosciava fragorosa. 'Non è bellissima?'

'Stupenda,' Concordò il signor Huntley.

'Si può andare più vicino. C'è un sentiero che scende più in profondità, ma è piuttosto ripido ed è situato dall'altra parte del torrente.' Bridget guardò il signor Huntley. 'Andiamo?'

'Vado solo se viene anche lei.' Il suo sorriso era pieno di malizia.

'Mamma, noi scendiamo,' Disse Bridget.

'Vogliamo venire anche noi!' Aggiunse Ronan.

'Rafe?' Ellen lasciò la decisione a suo marito.

'Li porterò io, altrimenti non avremo pace.' Rafe si rivolse alle figlie più piccole. 'Lily? Ava? Volete venire giù anche voi?'

'No, grazie, papà.' Ava sembrava inorridita all'idea.

'Noi rimaniamo qui con la mamma,' Rispose Lily.

Austin porse il braccio alla signorina Norton. 'Vuoi scendere fino al fondo della cascata?'

L'espressione della signorina Norton lasciava chiaramente intendere che fosse ciò che desiderava. 'Verrò solo se rimarrai al mio fianco.'

'Ovviamente.' Il petto di Austin sembrò rigonfiarsi di orgoglio.

Nessuno, eccetto Bridget, notò l'espressione infelice sul volto di Caroline.

'State attenti, tutti quanti!' Ellen li avvertì.

Bridget sorrise al signor Huntley. 'Vogliamo mostrare loro la strada?' Chiese, avviandosi verso il torrente che alimentava la cascata.

Alcune pietre erano state sistemate a mo' di ponticello, per facilitare l'attraversamento del torrente. Bilanciandosi con attenzione, Bridget lo attraversò con estrema grazia. Aspettò il signor Huntley e poi continuò, non volendo intrattenersi con gli altri.

'È ripido,' Lo avvertì Bridget. 'Io mi aiuto sempre aggrappandomi agli alberi.'

'Oppure puoi aggrapparsi a me.' Gli occhi del signor Huntley incontrarono i suoi.

Sorridendo al sentore di quell'emozione che quell'uomo le suscitava dentro, Bridget osò prenderlo per mano e cominciò la sua discesa. La scogliera si affacciava su un brusco pendio, ma in alcuni punti era attraversata da un sentiero, con dei grandi massi che tappezzavano la discesa quasi verticale.

Stringere la mano del signor Huntley le provocò un brivido, mentre scivolava e inciampava giù per il sentiero stretto tra gli alberi. A un certo punto, sentì la signorina Norton gridare lungo la discesa, ma Bridget mantenne la concentrazione su ogni passo che muoveva e sulla mano calda del signor Huntley stretta nella sua.

'Non ha paura di niente?' Le chiese lui a metà strada.

'Non proprio, no.' Mosse un altro passo, solo per poi avvertire una pietra muoversi sotto il suo stivale, facendole perdere l'equilibrio. Sobbalzò e oscillò, cercando di rimanere in piedi. Il signor Huntley la afferrò per il braccio, ma l'instabilità di Bridget lo fece inclinare in avanti. Fece un balzo all'indietro per controbilanciare il movimento e entrambi si ritrovarono improvvisamente seduti.

Bridget ansimò mentre scivolava, stringendo le braccia del signor Huntley, mentre lui la teneva stretta a sé. Lo slancio li trascinò giù per diversi metri lungo la scogliera, a un passo dalla cascata stessa. Improvvisamente, i piedi di Bridget incontrarono una roccia, interrompendo bruscamente la loro discesa.

Per un momento, Bridget rimase in silenzio. Il cuore le batteva forte in petto come un martello.

'Dio mio!' Esclamò il signor Huntley. 'Si è ferita?'

'No. Non credo.' Bridget gli lanciò un'occhiata e poi scoppiò a ridere. 'Questo sì che è un bel modo per scendere!'

Il signor Huntley sorrise, poi scoppiò in una risata. 'Lei è matta!'

Quella frase la fece ridere ancora di più.

'Bridget!' Il papà e i gemelli si avvicinarono di corsa. 'Sei ferita, tesoro?'

'No, papà. Stiamo entrambi bene. Sono scivolata e ho trascinato giù il signor Huntley giù con me.'

'Lo so,' Ansimò Rafe, sollevato. 'Vi ho visti un attimo prima e poi siete spariti entrambi.'

'È stato divertente?' Chiese Ronan, pieno di entusiasmo.

Il signor Huntley aiutò Bridget ad alzarsi, e lei si strofinò la schiena. Il suo abito da equitazione verde era coperto di terra. 'Non è un metodo che consiglierei…'

'Cerchiamo di non causare incidenti, per favore.' Rafe si passò una mano sul viso. 'Vostra madre non me lo perdonerebbe mai.'

'Non la lascerò andare, signor Hamilton,' Disse il signor Huntley con un sorriso sottile.

'Bene. La prego, non lo faccia.' Rafe si allontanò coi gemelli, che erano entusiasti di esplorare il punto in cui si rovesciava la cascata.

Il signor Huntley prese le mani guantate di Bridget tra le sue. 'È davvero del tutto illesa?'

'Sto benissimo.' Lei lo fissò negli occhi di un bellissimo color fiordaliso. 'E grazie per avermi tenuta, trascinandosi giù insieme a me.'

Uno sguardo teso ma al contempo gentile gli apparve negli occhi. Poi si voltò rapidamente. 'Speriamo che la risalita sia più sicura,' Scherzò.

Furono presto raggiunti da tutti gli altri, e sebbene il signor Huntley fosse rimasto accanto a Bridget per tutto il tempo, si fece improvvisamente più silenzioso e lei percepì una certa chiusura nel suo atteggiamento. Quel suo cambiamento la affascinava. Sembrava quasi spaventato dalla prospettiva di vivere attimi felici e spensierati, il che la rattristava. Come poteva far sì che si aprisse di più con lei? C'era attrazione tra di loro. Lo sentiva chiaramente, e sapeva che per lui fosse lo stesso. Ma lui si ritraeva ogni volta che si ritrovavano vicini. Perché? Non lo capiva. Se anche lui aveva percepito che tra loro potesse nascere un'amicizia in grado di trasformarsi in qualcosa di più, non avrebbe voluto perseguirla? O forse non era ciò che desiderava? Stava forse leggendo in quella situazione molto di più di quanto non ci fosse in realtà?

Mentre una leggera nebbia di schizzi le bagnava il viso, Bridget osservava gli arcobaleni danzanti creati dal sole. Il fragore della cascata le dava un senso di consapevolezza. Sentì l'animo elevarsi quando colse lo sguardo del signor Huntley posato su di lei. Capì immediatamente che lui fosse confuso quanto lei.

Cosa voleva davvero?

Di solito, riusciva a leggere i segnali che gli uomini le lanciavano. Era abituata a intrattenersi in scambi maliziosi coi gentiluomini durante gli eventi mondani e non si ritrovava mai senza un compagno di ballo durante le feste. Sapeva di essere abbastanza graziosa da attirare l'attenzione di molti giovani uomini. Ma era anche consapevole che per alcuni di loro fosse un po' troppo schietta, a volte chiassosa, e che cavalcava troppo speditamente per essere considerata una vera signora. In passato aveva sempre ignorato gli uomini che criticavano il suo comportamento. Una volta, un gentiluomo le aveva detto che, se fosse stata sua moglie, l'avrebbe tenuta a bada. Lei aveva risposto che allora avrebbe dovuto sposare uno dei suoi cavalli!

Ma era il suo temperamento troppo difficile da gestire anche per il signor Huntley? Non riusciva a comprendere la sua vera essenza, il modo in cui la sua mente funzionava? La considerava troppo avventurosa, troppo supponente? Voleva una donna docile, silenziosa e obbediente? Se fosse stato così, lei non sarebbe stata la donna giusta per lui. Ma lo sarebbe mai stata per qualche uomo?

Eppure, tra loro c'era una tensione sottile. Lei percepiva sempre la sua presenza all'interno di una stanza, le sue orecchie erano costantemente sintonizzate sulla sua voce gentile. Lincoln Huntley aveva cominciato a fare irruzione nei suoi sogni e a catturare i suoi pensieri durante il giorno.

Si agurava che quell'uomo provasse dei sentimenti per lei? Sì, lo desiderava. Voleva che lui la desiderasse tanto quanto lei desiderava lui.

* * *

PASSANDO DAVANTI ALLA BIBLIOTECA, Bridget sentì un'imprecazione soffocata, seguita da un tonfo. Fece un passo indietro e sbirciò nella stanza per vedere sua madre che passeggiava nervosamente con una lettera in mano. 'Mamma? Cosa succede?'

'Questo!' Mamma agitò la lettera in aria. 'La sfrontatezza di quest'uomo!'

'Chi?'

'Il signor Roache, quel farabutto buono a nulla,' Sbottò la mamma, sbattendo la lettera sulla scrivania.

Bridget la prese. 'È da parte della signora Barnstaple.' Parlava di una vedova che viveva a Goulburn e che era diventata amica di sua madre alcuni anni prima.

'Sì, per fortuna, la mia cara amica mi ha scritto per dirmi che il signor Roache ha messo Northville all'asta.' Il volto furioso della mamma rifletteva il suo tono. 'Se la signora Barnstaple non mi avesse scritto, non lo avrei saputo finché non sarebbe stato troppo tardi.'

Rafe e Patrick entrarono nella stanza. Rafe teneva delle lettere in mano. 'Mia cara, io—'

'Il signor Roache sta vendendo!' Mamma lo interruppe. 'All'asta, la settimana prossima!'

Rafe aggrottò la fronte. 'Sta vendendo Northville? Sono sorpreso.'

'E ovviamente non voleva che io lo sapessi. La signora Barnstaple scrive che l'ha scoperto per caso, una sua amica le ha lasciato intendere la cosa mentre prendevano il tè ieri. Mi ha scritto immediatamente. La vendita non è stata pubblicizzata, e sappiamo perché, vero?' La mamma ricominciò a passeggiare. 'Quell'uomo farà di tutto per impedirmi di comprare la sua proprietà.'

'Non avresti mai dovuto litigare con lui, mamma,' Mormorò Patrick.

La mamma lo fulminò con lo sguardo. 'Abbiamo litigato perché quell'uomo è un ladro. Ha cercato di rubare le terre di

Louisburgh e poi di deviare il torrente verso la sua fattoria, lasciandoci senz'acqua. Avrei dovuto ignorare una cosa simile?'

'No, ma si poteva risolvere in modo diverso.' Patrick scrollò le spalle.

Bridget scosse leggermente la testa per avvertirlo che non era il momento di ricordare alla mamma dello scontro infuocato con il signor Roache, causato da una disputa sui confini e sul torrente.

Rafe prese le mani di Ellen. 'Tesoro, calmati. Roache non venderà mai la proprietà a te. Sa che la vuoi acquistare a tutti i costi.'

'Naturalmente, è ciò che voglio. Condividiamo un confine. Potrei annettere Northville a Louisburgh ed estendere il nostro possedimento di altri seimila acri.'

'Esattamente.' Rafe sospirò. 'Amore, non gli piaci perché gli hai tenuto testa. Non gli piacciono gli irlandesi e nemmeno le donne con un cervello, specialmente quelle irlandesi. Lo sappiamo. Non venderà mai a te la sua terra.'

'Quindi dobbiamo accettare una cosa simile senza nemmeno tentare?'

Bridget guardò la lettera. 'L'asta è la prossima settimana a Goulburn. A quel punto sarai già salpata per l'Inghilterra.'

Rafe si irrigidì. 'Non partirò senza di te, Ellen. Lo hai promesso ai bambini. Non parlano d'altro da quando, il giorno dopo la festa, abbiamo detto loro che saremmo partiti tutti insieme.'

Abbassando la testa, la mamma si lasciò cadere sulla sedia dietro la scrivania. 'Questa notizia non poteva arrivare in un momento peggiore. Voglio quella terra.'

'Non potremmo semplicemente essere grati che Roache se ne vada e che non dovremo mai più vederlo?' Disse Rafe.

'E potrebbe arrivare un vicino peggiore,' Mormorò Patrick.

'Nessuno potrebbe essere peggiore di Roache,' Sbottò la mamma. 'Quell'uomo ha minacciato di spararmi!'

'Beh, tu hai minacciato di farlo impiccare,' Replicò Patrick.

'Patrick!' Bridget gli tirò una gomitata, seguita da uno sguardo d'avvertimento.

'Northville deve essere nostra.' La mamma tamburellò le dita sulla scrivania, un'espressione pensierosa in volto. 'Dobbiamo solo capire come riuscirci.'

'E se facessimo fare un'offerta a qualcun altro per conto nostro?' Suggerì Bridget.

'Chi?' Chiese la mamma. 'Roache conosce tutti nella nostra famiglia.'

'Conosce la signora Ratcliffe?'

Mamma si passò una mano sul viso. 'Non lo so e non sono sicura che Harriet sia abbastanza forte per affrontare il viaggio fino a Goulburn. Ha avuto problemi di salute nelle ultime settimane.'

Bridget annuì. 'Durante la festa Caroline ha detto che era preoccupata per la sua salute.'

'Sì, e ha avuto un brutto attacco dopo il nostro viaggio alle cascate di FitzRoy. Non vorrei disturbare Harriet con questa faccenda.' La mamma si avvicinò alla finestra e guardò fuori. 'Potrei chiedere a Gil Ashford.'

'Lui e Pippa sono a Melbourne fino ad aprile,' Le ricordò Rafe.

'Allora Augusta?' Mamma si riferiva alla sorella di Gil, un'altra cara amica.

Rafe guardò sua moglie con uno sguardo pieno di significato. 'Anche se trovassimo qualcuno, dovremmo fissare un limite al prezzo.'

'Cosa intendi?' Mamma aggrottò la fronte in risposta a Rafe, tornando a sedersi alla scrivania.

'Sai che continueresti a fare offerte solo per ottenere la terra, e pagheresti più di quanto vale.'

La mamma si alzò di scatto. 'E siamo improvvisamente diventati troppo poveri per potercelo permettere?'

'No, amore mio, ma quella terra non ha lo stesso valore di Louisburgh, ed è per questo che immagino Roache stia vendendo. Ti farà pagare un prezzo più alto.'

'Quei terreni possono essere resi fertili. Da quando ne è diventato proprietario, non ha fatto nulla per cinque anni. Ci ha fatto pascolare su le pecore finché l'erba non è diventata polvere. Non ha mai arato o seminato. Si rifiuta di spendere soldi per acquistare le pomate necessarie a curare la scabbia che colpisce sempre i suoi greggi. I ruscelli non sono curati e puliti, il che danneggia il flusso d'acqua. Quell'uomo non sa nulla di agricoltura.'

Bridget fece un passo avanti e posò una mano sulla spalla della madre. 'Lascia che io e Patrick ce ne occupiamo. Fidati di noi. Non sprecare l'ultima notte con noi a preoccuparti di Roache.'

'Sono d'accordo.' Rafe prese la mano della mamma. 'Vieni nel mio studio e discutiamo un prezzo per la terra. Bridget potrà portare con sé il denaro all'asta.'

'Bridget o Patrick non possono andare all'asta. Roache non venderà mai a loro. Forse Austin conosce qualcuno che possa fare un'offerta per conto nostro?' Disse la mamma speranzosa. 'Ha molti amici a Sydney.'

'È vero, potrebbe essere una buona opzione,' Concordò Rafe. 'Ne parleremo con lui quando tornerà dalla sua escursione con la signorina Norton e il signor Huntley.'

'Mamma, Patrick e io possiamo risolvere questo problema.

Austin ha già abbastanza impegni,' Disse Bridget, desiderosa di dimostrare che fosse abbastanza responsabile da potersi occupare della questione.

'Sì, ma Austin conosce molti uomini d'affari che Roache non assocerà a noi.'

'Partirò per Louisburgh domani,' Disse Bridget, rivolgendosi a sua madre. 'Hai detto che Louisburgh sarà mia, quindi lascia che inizi a prendermi delle responsabilità.'

La mamma la fissò per un lungo momento, poi sorrise. 'Avrai la piena responsabilità di Louisburgh mentre noi saremo via, mi fido di te, certo che mi fido, ma che male ci sarebbe ad avere qualcuno che possa aiutarti a lottare per Northville? Ottenere quella proprietà andrà solo a beneficio dei tuoi futuri figli.'

'E che mi dici del signor Huntley?' Chiese improvvisamente Patrick. 'Sembra una brava persona e ieri sera a cena parlava di volersi spostare più a sud per cercare una proprietà.'

Bridget si irrigidì leggermente sentendo il nome del signor Huntley. Sebbene alloggiasse in una locanda nel villaggio, era spesso a casa loro perché Austin lo invitava a cena ogni sera insieme alla signorina Norton, e di giorno uscivano insieme per delle escursioni. A volte lei e Patrick si univano a loro, ma dopo il viaggio alle cascate di FitzRoy, il signor Huntley si era tenuto a distanza. L'aveva forse offeso in qualche modo? Non capiva il perché, e il suo comportamento la confondeva. Soprattutto perché ogni volta che vedeva il signor Huntley, sentiva un senso di attrazione nei suoi confronti, unito al desiderio di conoscerlo meglio.

'È un ottimo suggerimento, caro. Il signor Huntley è un buon amico di Austin, e sembra un uomo intelligente di cui possiamo fidarci. Glielo chiederemo a cena stasera,' Disse la mamma, raccogliendo la sua corrispondenza. 'Se si rifiuterà, dovrò trovare qualcun altro.'

Quando la mamma e Rafe lasciarono la stanza, Patrick rimase indietro. 'Potrei fare a meno di andare a Louisburgh. C'è nuova terra in vendita nella zona di Yarrawa Brush che voglio comprare, e non intendo perderla.'

'Non può aspettare un paio di settimane?'

'I nuovi lotti di terra nel villaggio di Burrawang si stanno vendendo in fretta, a quanto pare.'

'Un villaggio? Perché vuoi delle proprietà in un villaggio invece di una fattoria?'

'Voglio entrambe.' Patrick sorrise. 'Nel nuovo villaggio costruirò negozi, e venderò lì i prodotti della mia fattoria.'

'Hai già pianificato tutto.'

'Sì, e voglio iniziare.'

'Va bene. Andrò a Louisburgh da sola.'

'Mamma non te lo permetterà.'

'Sì, lo farà.'

'Se il signor Huntley accetta di fare un'offerta per conto nostro sulla proprietà di Northville, tu e lui non potrete stare da soli a Louisburgh.'

Bridget rivolse un sorriso a suo fratello. 'Allora dovrai venire con noi, per preservare la mia reputazione.'

'Dannazione,' Mormorò lui.

'A meno che mamma non parli con Austin e lo convinca a venire verso sud, in tal caso sarai libero.'

Patrick si stiracchiò e sbadigliò. 'Speriamo. Ma Austin vuole tornare a Sydney. Lui, la signorina Norton e la sua accompagnatrice dovrebbero mettersi in viaggio con mamma e tutti gli altri domani mattina.' Patrick si diresse verso la porta. 'Ho promesso ai gemelli che li avrei aiutati a fare le valigie. Sai come sono, porteranno di tutto tranne i vestiti.'

'Ti stai pentendo di aver deciso di non andare in Inghilterra e in Irlanda?' Chiese Bridget.

Patrick fece spallucce, come sempre. 'Non proprio. Mi mancherà tutta la famiglia mentre saranno via, ma ho troppo da fare, e tenendomi occupato il tempo passerà in fretta.' Si fermò. 'E tu? Ti sei pentita di aver scelto di non andare in Irlanda?'

'Oh, no, per niente. Sai che non sono una buona marinaia. Mi viene la nausea anche solo stando su una barca ferma nel porto. Il pensiero di trascorrere mesi in mare mi fa venire i brividi. Sarò felicissima a Louisburgh.'

Patrick si avviò verso la porta, sorridendo felice. 'E io a Burrawang.'

Rimasta sola, Bridget si chiese se il signor Huntley sarebbe rimasto e avrebbe intrapreso il viaggio fino a Goulburn per fare un'offerta per conto loro. Il pensiero di poter passare più tempo in sua compagnia le dava un'emozione segreta. A Goulburn avrebbe avuto l'opportunità di conoscerlo meglio, se avesse accettato di partecipare all'asta. Quel pensiero la elettrizzava. Quella sera lo avrebbe rivisto a cena. Avrebbe indossato il suo abito rosa col pizzo argentato.

Dopo cena, tutta la famiglia si riunì in salotto, con le portefinestre aperte per catturare la brezza che saliva dalla collina lungo il fiume. Febbraio era svanito in marzo senza che Bridget se ne accorgesse troppo. Avere ospiti per una lunga permanenza e passare intere giornate a intrattenerli aveva iniziato a confondere tra loro i giorni. Ma, anche se l'estate era finita e l'autunno avrebbe presto cambiato il colore delle foglie nel parco, il tempo rimaneva caldo e asciutto, come se l'estate fosse riluttante a cedere il suo dominio.

Lily e Ava chiacchieravano nervosamente per l'emozione della partenza verso Sydney prevista per il giorno successivo, e per la nave che le avrebbe poi condotte dall'altra parte del mondo. I gemelli erano irrequieti, desiderosi di fare domande sul viaggio a chiunque volesse ascoltarli.

Alla fine, la mamma alzò la mano. 'Domani dobbiamo partire presto. È ora che i bambini vadano a letto.'

'Lasciami dare loro la buonanotte,' Disse zia Riona alzandosi. 'Passerà un bel po' prima che possa farlo di nuovo.' Poi accompagnò le ragazze e i gemelli fuori dalla stanza.

'Signor Huntley, c'è una questione di cui vorremmo parlarle, se possiamo?' Chiese Rafe.

Sorpreso, il signor Huntley posò la sua tazza di tè. 'Assolutamente.'

Mamma lanciò un'occhiata a Patrick. 'Caro, forse potresti portare la signorina Norton e la signora Warren in salotto per una partita a carte? Sono sicura che non vogliono ascoltarci parlare di affari. Ci perdoni, signorina Norton.'

'Certamente.' La signorina Norton si alzò rivolgendo un sorriso Austin e lasciò la stanza con la signora Warren e Patrick.

La mamma spiegò brevemente dell'asta e del signor Roache, esponendo la necessità di avere qualcuno esterno alla loro famiglia che facesse un'offerta per loro. 'Naturalmente, deve dire di no, signor Huntley, se non le va o se ha piani che non desidera cambiare,' Concluse la mamma.

'Bridget e Patrick avranno con sé il denaro, così potrà essere sicuro che il prezzo di vendita sarà coperto, mentre avanza le offerte,' Aggiunse Rafe.

'E pagheremo tutte le sue spese a Goulburn, signor Huntley,' Disse la mamma.

Il signor Huntley accennò un sorriso. 'Non ce n'è bisogno, signora Hamilton. Posso coprire le mie spese, e sì, sarò felice di fare un'offerta per conto vostro.'

La mamma si rilassò con un sospiro sollievo. 'Non potrò mai ringraziarla abbastanza.'

'Ho sempre voluto visitare Goulburn e il resto del Paese, quindi questa è un'opportunità perfetta.'

'Devo andare anch'io, mamma?' Chiese Austin. 'Avevo programmato di tornare a Sydney domattina con la signorina Norton e voi tutti. Ho delle riunioni alla fine della settimana.'

'Lasciate che Austin torni a Sydney,' Rispose Bridget prontamente. 'Sono sicura che Patrick e io possiamo assistere il signor Huntley in quest'occasione.'

'Allora è deciso.' Rafe strinse la mano del signor Huntley. 'Le siamo molto grati, signor Huntley. Scriverò lettere di autorizzazione da mostrare al banditore e per incontrare il nostro avvocato a Goulburn, che gestisce gli affari di Louisburgh.'

Mentre i suoi genitori e il signor Huntley discutevano di affari, Bridget mantenne un rigido controllo sulle sue emozioni. Un senso di libertà le scorreva nelle vene, insieme all'entusiasmante prospettiva che il signor Huntley avrebbe viaggiato verso sud con lei e Patrick.

# CAPITOLO 4

La mattina seguente, tutta la famiglia si radunò nel vialetto mentre la luce rosa dell'alba si alzava sopra gli alberi. I cocchieri caricarono gli ultimi bagagli sui due carri, insieme ai bauli che vi erano stati riposti all'interno il giorno prima.

Il signor Higgins sedeva in alto sul sedile della prima carrozza, mentre Douglas era pronto a guidarne una seconda e una terza, presa in prestito dalla signora Ratcliffe.

Emozioni contrastanti attraversavano Bridget mentre osservava la sua famiglia prepararsi a partire. Non li avrebbe visti per più di un anno, e un sentore doloroso le stringeva il cuore, ma a contrastare quella tristezza c'era anche un senso di indipendenza. Sarebbe andata a Louisburgh, unica responsabile dell'intera proprietà e, per la prima volta, anche della sua stessa vita, senza la supervisione dei genitori. L'idea era inebriante.

'Addio, signorina Kittrick.' La signorina Norton le si avvicinò e le strinse la mano. 'Grazie mille per la sua amicizia.'

'Sono sicura che ci rivedremo in futuro, signorina Norton,'

Disse Bridget, sapendo che Austin fosse innamorato della giovane donna. 'Buon viaggio.'

Bridget diede un bacio ad Austin. 'Ti scriverò per dirti com'è andata all'asta.'

'Huntley farà del suo meglio, ne sono certo.' Austin sorrise prima di accompagnare la signorina Norton alla seconda carrozza, che avrebbero condiviso insieme alla signora Warren.

Zia Riona, piangendo silenziosamente, abbracciò forte i gemelli. 'Dovete comportarvi benissimo, miei cari.'

Bridget, con gli occhi che si riempivano di lacrime, abbracciò Lily e poi Ava. 'Divertitevi. Scrivetemi lunghe lettere e riferitemi tutti i pettegolezzi che riuscirete a tenere a mente.' Le baciò entrambe. 'Mi mancherete moltissimo.'

'Prenditi cura di zia Riona per noi,' Disse Lily, emozionata ma triste. 'Magari potessi venire con noi.'

'E prenditi cura di Moira,' Aggiunse Ava. Aveva un debole per la cuoca di famiglia. 'Doverla salutare è stato terribile.'

'Mi raccomando, scrivetele. Ne sarà felicissima.' Voltandosi, Bridget strinse le mani della signorina Lewis, la governante delle ragazze che le avrebbe accompagnate. 'Si diverta, signorina Lewis.'

'Sono sicura che lo farò, cara Bridget.'

Poi, Bridget prese i suoi fratelli tra le braccia e li strinse forte. 'Spero che il tempo passi in fretta,' Sussurrò, sapendo che le sarebbero mancati terribilmente. Andavano spesso insieme a cavallo, a pescare, o a fare lunghe passeggiate. A differenza delle sue sorelle, Bridget era molto legata ai gemelli, e insieme si dedicavano alle attività più disparate, dalla caccia, alla ricerca delle rane, al semplice saltare nelle pozzanghere fangose.

'Divertitevi! Non dimenticatevi di me,' Li avvertì, baciandoli sulla guancia con vigore.

'Come potremmo mai?' Rise Ronan con gli occhi luccicanti. 'Farai visita ai nostri pony, vero? Sentiranno la nostra mancanza.'

'Porterò loro delle carote appena tornerò da Louisburgh.'

'Ma ci vorranno mesi!' Protestò Aidan.

'Sono sicura che Douglas si prenderà ottima cura di loro, come ha sempre fatto,' Lo rassicurò Bridget. 'E io tornerò di tanto in tanto per far visita a zia Riona.'

'Non puoi portare i nostri pony a Louisburgh?' Chiese Ronan.

'No. Staranno bene qui, te lo prometto.' Bridget li abbracciò di nuovo.

'Salite in carrozza, ragazzi,' Ordinò il papà prima di tirare Bridget tra le sue braccia. 'Ti manderemo una lettera il giorno stesso in cui arriveremo a Liverpool, così saprai che siamo arrivati sani e salvi.'

Lei annuì, la gola troppo stretta per parlare.

La mamma la abbracciò stretta. 'Stai attenta. Torneremo prima che tu possa accorgertene. Hai tutte le istruzioni per Louisburgh, ma assicurati di tornare spesso a Emmerson Park per zia Riona. Sarà tutta sola.'

'Shh, sorella,' Disse zia Riona alle sue spalle. 'Starò benissimo, davvero. Avanti, partite o arriverete tardi.'

Con gli ultimi saluti e baci rivolti al vento, le carrozze e i carri si allontanarono.

'E anche voi partite oggi?' Chiese zia Riona a Bridget e Patrick.

'Sì. A meno che tu non voglia che restiamo un altro giorno?' Bridget si sentiva in colpa per il fatto che avrebbe lasciato da sola la zia.

'No. Dovete vivere la vostra vita. Io sarò abbastanza impegnata,' Sorrise zia Riona. 'Stasera avrò padre Lanigan a cena e domani la signora Ratcliffe a pranzo. Per la settimana prossima, sono stata invitata alla cena dei Riddles e ho tutte le mie altre responsabilità caritatevoli, e ora anche la gestione di questa tenuta. Sarò occupata.' Si voltò per entrare in casa. 'Dovrò farmi una vita per il prossimo anno o giù di lì, ma forse godermi un po' di pace sarà piacevole.'

Bridget rise. 'Detesterai il silenzio.'

Zia Riona fece una smorfia. 'Probabilmente sì. Hai bisogno di aiuto per preparare le valigie o Una ha già finito il lavoro?'

'È tutto fatto. Andremo a cavallo, quindi porteremo solo delle bisacce. Ho già abbastanza vestiti a Louisburgh.'

'Perché non andate con la diligenza?'

'Perché vengono rapinate troppo spesso,' Rispose Bridget. 'Preferisco avere la possibilità di fuggire da un bandito, piuttosto che restare intrappolata in una carrozza alla loro mercé.'

'Santa Vergine,' Zia Riona rabbrividì e si fece il segno della croce. 'E il signor Huntley?'

Patrick si fermò sulla soglia. 'Lo incontreremo al villaggio, alla locanda Victoria, dove sta alloggiando. Ha ancora uno dei nostri cavalli, Blaze, e cavalcherà lui. Passeremo la notte a Marulan. Devo solo raccogliere delle cose e poi possiamo partire. Abel sta portando i cavalli.'

Zia Riona strinse le mani di Bridget nelle sue. 'Tua madre ti ha affidato una grande responsabilità. Sai quanto sia accecata dal desiderio di avere sempre più terreni, soprattutto ora, per via della faida con il signor Roache riguardo Northville. Fai il possibile per assicurartela, ma ti prego, non peggiorare le cose con quell'uomo. Odia già abbastanza questa famiglia.'

'Spero di non dover nemmeno parlargli. Patrick non pensa che dovremmo partecipare all'asta.'

'Probabilmente è meglio così.'

'Mi piacerebbe comunque assistere di persona. Il signor Huntley farà tutte le offerte, quindi non vedo perché non possiamo assistere. Potremmo semplicemente osservare.'

'Qualunque membro di questa famiglia presente all'asta lo manderebbe su tutte le furie. Sai quanto sia terribile, con quel suo caratteraccio. Se ti vedesse, potrebbe sospendere l'asta e poi vendere privatamente o non vendere affatto. E come si sentirebbe tua madre allora?'

'So che dobbiamo giocarcela bene,' Sospirò Bridget, infastidita.

Zia Riona le accarezzò la guancia. 'Stai solo attenta. Giocherai a un gioco a cui gli uomini vincono sempre.'

'Mamma ha fatto lo stesso e ha vinto, e lo farò anch'io. Non preoccuparti.' Bridget baciò sua zia, ansiosa di iniziare la sua avventura.

IL GIORNO SEGUENTE, Bridget era a cavallo di Ace, i suoi pensieri rivolti al signor Huntley, che cavalcava al suo fianco, mentre Patrick era dall'altro lato. Dietro di loro, la polvere della strada si alzava nell'aria immobile sollevata dagli zoccoli dei cavalli. La notte precedente avevano dormito in una locanda a Marulan dopo aver mangiato un semplice stufato di carne con del pane. Un tè nero aveva accompagnato il pasto, prima che si ritirassero nelle loro stanze per dormire, per poi risvegliarsi prima dell'alba per sellare i cavalli. Nonostante l'aspetto modesto dell'alloggio, Bridget aveva apprezzato la serata trascorsa a chiacchierare con il signor Huntley, anche se erano stati in compagnia dell'oste e di sua moglie per gran parte del tempo, il che le aveva impedito di porgli le domande personali che avrebbe voluto.

Il sole caldo bruciava dall'alto, facendo ribollire i loro abiti. L'aria rovente li faceva sudare, e persino gli uccelli tacevano sugli alberi. Marzo si stava rivelando caldo quanto i mesi estivi.

Davanti a loro, la strada polverosa si allungava per diversi chilometri attraverso un paesaggio arido, coperto di erba secca alta fino alle ginocchia. In lontananza si intravedeva qualche pecora. La loro lana era dello stesso colore dei pascoli che brucavano. Alla loro destra, l'azzurra foschia dei monti Cookbundoon divideva il paesaggio. Louisburgh era situata sul lato opposto, ma avrebbero dovuto proseguire a sud delle montagne, costeggiando Goulburn, prima di poter lasciare la strada principale e imboccare quella più dissestata che portava alla tenuta.

Condividevano la strada per Goulburn con molti altri viaggiatori. Spesso venivano superati da una diligenza, che li avvolgeva in una nuvola di polvere. A loro volta, i tre superavano carri trainati da buoi, carichi di balle di lana, sacchi di grano o dell'intero contenuto della casa di qualcuno.

Bridget aprì la sua borraccia e bevve avidamente, grata che entro mezzogiorno sarebbero arrivati a Goulburn.

'Avremmo dovuto prendere la diligenza,' Mormorò Patrick, asciugandosi il sudore dalla fronte.

'Volevo portare Ace a Louisburgh. Se devo rimanere lì a lungo, non voglio restare senza di lui. Inoltre, siamo più al sicuro dai banditi in questo modo. Prendono di mira le diligenze troppo spesso.'

'Eppure, lasci che la tua cameriera viaggi sulla diligenza,' La prese in giro Patrick.

'Una non aveva scelta. Non sa cavalcare.'

Patrick scrutò l'orizzonte. 'È stato tranquillo da queste parti ultimamente. I banditi sono per lo più a ovest. Douglas avrebbe potuto portare Ace a Louisburgh una volta tornato da Sydney, e noi tre avremmo potuto viaggiare sulla diligenza.'

'Vuoi smetterla di lamentarti? Avrei potuto affrontare questo viaggio senza di te, Patrick,' Sbottò Bridget. 'Se volevi viaggiare sulla diligenza, avresti dovuto dirlo.'

'L'ho fatto, ma tu volevi andare a cavallo.'

'Per via di Ace!'

'E anche perché papà ha detto che non dovevo lasciarti cavalcare da sola fino a Goulburn. Sono sicuro che anche il signor Huntley avrebbe preferito la diligenza.'

'È così, signor Huntley?' Chiese Bridget, voltandosi sulla sella, preoccupata di essere stata scortese per averlo costretto ad affrontare il viaggio a cavallo.

'Sono felice di cavalcare. Devo ammettere che così riesco a godermi meglio il paesaggio rispetto a quando scorre veloce attraverso il finestrino di una carrozza.'

'Il signor Huntley è ben contento di cavalcare,' Si vantò Bridget.

'E ha detto che la ferrovia arriverà a Goulburn tra pochi anni?' Chiese il signor Huntley, prendendo un sorso dalla sua borraccia, divertito dalla piccola disputa tra fratelli.

Patrick bevve a sua volta. 'Sì, lo prevedono per il 1869, se tutto va bene. Ha visto i geometri che lavoravano a Marulan ieri? Sono gli uomini più occupati del Paese. Presto le ferrovie attraverseranno tutto il territorio.'

'Sì, sono tempi impegnativi. Le ferrovie cambieranno il destino di molte persone. I mercati di Sydney saranno più facili da raggiungere per i contadini di questa zona.'

'Un'area davvero prospera per comprare dei terreni, signor Huntley,' Suggerì Bridget.

'Infatti, e ho letto sul giornale che più a sud c'è della terra ideale per l'agricoltura.'

'E fare il contadino è ciò che desidera?' Domandò lei.

Prima che lui potesse rispondere, si spostarono sul lato della strada per lasciar passare una carrozza.

'Sì, principalmente bestiame e qualche pecora, ma anche coltivare grano potrebbe funzionare se le piogge in questa zona fossero sufficienti.'

Bridget lo guardò da sotto la larga tesa del suo cappello di paglia. 'E l'agricoltura è ciò a cui si dedicava in Tasmania?'

Un muscolo della sua mascella si contrasse, come accadeva sempre qualcuno gli chiedeva della Tasmania. 'Mi sono dedicato un po' all'agricoltura, sì.'

Lei percepì che non volesse rivelare altro e rivolse il suo sguardò in avanti, verso le colline che presto avrebbero attraversato e che, dall'altro lato, avrebbero rivelato la distesa di Goulburn.

'Presto dovremo separarci dal signor Huntley,' Disse Patrick. 'Non vogliamo che qualcuno che parteciperà all'asta ci veda arrivare insieme.'

Bridget tirò le redini di Ace e tutti si fermarono. 'Sì, anche se ci separeremmo all'ingresso della città per poi dirigerci a nord verso Louisburgh, potrebbe essere saggio per il signor Huntley proseguire avanti.'

Lo sguardo del signor Huntley si fermò sul viso di lei. 'Sarebbe bene essere prudenti.'

Bridget sorrise, desiderando di poter restare più a lungo con lui. 'Ci incontreremo per cena al Mandelson's Goulburn Hotel mercoledì sera dopo l'asta.'

'Con buone notizie, spero,' Aggiunse Patrick.

'Pensavo di assistere all'asta,' Disse lei. 'Potrei indossare un cappello basso e un velo.'

'No, Bridget,' La avvertì Patrick. 'È troppo rischioso. Se Roache sospetta che siamo collegati in qualche modo al signor Huntley, è finita. Restiamo a Louisburgh fino a mercoledì pomeriggio, quando l'asta si sarà conclusa.'

Frustrata, Bridget annuì e guardò il signor Huntley. 'Le consiglio di alloggiare al Mandelson's. È il miglior albergo della città. Mi dispiace che debba stare da solo per qualche giorno.'

Lui le rivolse un sorriso ironico che Bridget conosceva ormai bene. 'Stia tranquilla, signorina Kittrick, troverò il modo di tenermi occupato.' Strinse la mano di Patrick e poi quella di Bridget.

'Sia attento ai banditi,' Scherzò Patrick. 'Tre anni fa c'è stato un conflitto a fuoco in uno degli alberghi.'

'Patrick!' Lo rimproverò Bridget. 'Non spaventare il signor Huntley.'

Huntley ridacchiò. 'So cavarmela abbastanza bene, signorina Kittrick.' Con un tocco del dito al suo cappello in segno di saluto, spronò il cavallo e si allontanò al trotto.

Bridget lo seguì con lo sguardo, notando la sua schiena larga e il modo disinvolto con cui sedeva in sella. Per quanto fosse riservato, il desiderio di rivederlo le stava crescendo dentro sempre di più. Soprattutto in occasione dell'asta. Cosa significava? Desiderava la sua attenzione solo perché era diverso dagli altri giovani che conosceva, che la corteggiavano e si prendevano gioco di lei? Forse il signor Huntley, un uomo più maturo, la affascinava proprio perché non aveva un comportamento scontato. Bridget notava gli sguardi che lui le lanciava, pur rimanendo sempre distaccato. Non riusciva a comprendere il suo comportamento, il che la frustrava immensamente.

'Andiamo, allora, verso la nostra seconda casa,' La spronò Patrick quando il signor Huntley fu abbastanza lontano.

Entro metà pomeriggio stavano già percorrendo il lungo sentiero sterrato che conduceva a Louisburgh. Dai cancelli aperti, a poco più di un chilometro di distanza, file parallele di platani inglesi, piantati su ordine di Ellen dieci anni prima, costeggiavano il sentiero. Gli alberi, ormai robusti, erano sempre una vista rassicurante per Bridget, perché alla fine di quel lungo viale, la loro accogliente dimora era lì ad attenderli.

Negli ultimi cinque anni, sua madre aveva speso molti soldi per migliorare la qualità di quella proprietà, soprattutto la casa, che al momento dell'acquisto era solo una capanna in corteccia. Ora, una solida struttura a due piani in arenaria dominava il paesaggio, con ampie verande su entrambi i livelli. I terreni erano ancora piuttosto spogli, non rigogliosi come quelli di Emmerson Park, ma un giovane frutteto stava facendo del suo meglio per resistere ai venti caldi e secchi che tormentavano il paesaggio estivo. Oltre le stalle, erano situati diversi edifici, insieme a una piccola casa per il sovrintendente della tenuta, il signor Denby.

Procedettero fino alle stalle in legno e smontarono da cavallo nel cortile pavimentato.

'Ah, O'Neil.' Bridget sorrise al giovane stalliere che uscì per prendere i cavalli. 'Come stai?'

'Bene, signorina. Non vi aspettavamo.' Guardò nervosamente verso la casa.

'Ci sono problemi?' Chiese Patrick, prendendo le bisacce.

'Solo che non è pronto niente, signore.'

'Sono sicura che la signora Palmer ci sistemerà presto,' Disse Bridget felice. Come sua madre, Louisburgh le dava una sensazione di casa. Lì erano abbastanza lontani da Goulburn da non essere costretti a ricevere continue visite, a differenza di Berrima, dove erano sempre impegnati ad accogliere ospiti. 'Puoi andare a Goulburn e prendere Una al Royal Hotel, la diligenza arriverà alle quattro.'

'Sì, signorina.'

'Dov'è il signor Denby?' Chiese Patrick.

Il pomo d'Adamo del giovane si alzò e si abbassò nella gola. 'È andato a Goulburn stamattina per parlare con la polizia.'

'La polizia?' Esclamarono Bridget e Patrick all'unisono.

'Cos'è successo?' Chiese Bridget, preoccupata.

'Ci sono stati problemi a Northville, signorina,' Rispose O'Neil, con aria risoluta. 'Il signor Denby non ne poteva più, non dopo quello che il signor Roache ha fatto.'

'Cos'ha fatto?' Chiese Patrick, improvvisamente allarmato.

'Ha sparato alla sua governante, la signora Webber. È dovuta fuggire e si è nascosta qui.'

'Le ha sparato?' Tuonò Patrick. 'Quell'uomo è un folle.'

Bridget cercò di mantenere la calma. Roache era un delinquente. 'La signora Webber è ancora qui?'

'Sì, è nascosta qui da due giorni, e Roache e i suoi uomini vengono ogni poche ore a molestarci, dicendo che sanno che è qui e che la rivogliono indietro. È per questo che il signor Denby è andato a parlare con la polizia.'

'Occupati dei cavalli, ragazzo,' Disse Patrick. Prese Bridget per il braccio e insieme si diressero rapidamente verso la casa. 'Proprio quello che ci mancava. Roache è un pazzo.'

'Come osa venire qui a molestare il nostro personale!' S'infuriò Bridget.

'Faresti meglio a restare a Goulburn.'

Bridget lo fulminò con lo sguardo. 'Non permetterò a quell'uomo di cacciarmi dalla mia stessa casa!'

'Trovarci qui non farà che irritare ancora di più quel pazzo.'

'Questa è casa nostra, Patrick. Non scapperò a causa di quel miserabile ratto! Se metterà di nuovo piede sulla nostra proprietà, sarò io a sparargli.' Sbottò, dirigendosi furiosa verso la casa.

Una donna anziana, coi capelli grigi raccolti in un ordinato chignon sulla nuca, arrivò di corsa lungo corridoio accanto alle scale. 'Signorina Kittrick, e signor Patrick!'

'Siamo arrivati senza preavviso, signora Palmer, ci scusi,' Disse Patrick.

'No, no, venite dentro, lasciate che prenda le vostre cose.' La signora Palmer si affrettò intorno a loro. Era una vedova che la madre aveva assunto anni prima, dopo averla trovata nel rifugio per donne senzatetto di Goulburn.

'Che storia è questa con Roache? O'Neil ce ne ha appena parlato.' Chiese Patrick mentre entravano nel salotto quadrato, decorato con pannelli di legno e una carta da parati con motivi floreali, e arredato con mobili in cedro.

'Oh, signor Patrick, quell'uomo è matto da legare.' La signora Palmer si portò una mano alla gola, visibilmente sconvolta. 'La sua governante, la signora Webber, è arrivata qui una notte tardi, terrorizzandoci tutti con il suo racconto di come Roache le avesse appena sparato. Il proiettile le ha sfiorato il braccio, e io le ho fasciato la ferita, ma si rifiuta di lasciare la mia stanza per denunciare l'accaduto alla polizia. Io e il signor Denby abbiamo deciso di lasciar perdere, perché è una decisione che spetta a lei, ma il giorno dopo, cioè l'altro ieri, Roache e i suoi uomini sono venuti qui e hanno bussato violentemente alla porta, chiedendo che gli consegnassimo la signora Webber. Io mi sono rifiutata. È andato su tutte le furie, urlando e insultandomi. Il signor Denby lo ha allontanato con un colpo di fucile, e per un momento ho temuto che ci sarebbe stata una sparatoria, lo giuro. Questo ha solo peggiorato le cose: ieri, a qualsiasi ora del giorno e della notte, i suoi uomini sono tornati, sparando in aria e facendo baccano intorno alla casa. Il signor Denby ha fatto del suo meglio per scacciarli, ma erano in superiorità numerica. Hanno minacciato di ucciderlo e di rapire sua figlia se fosse uscito di casa. Il signor Denby ha portato tutto il personale in cucina per tenerci al sicuro.'

'Roache ha perso il senno,' Disse Patrick, camminando nervosamente avanti e indietro come faceva sempre la loro mamma.

La signora Palmer si torceva le mani. 'È un uomo terribile, senza dubbio, e ci odia tutti. Ha minacciato di bruciare la casa se non gli consegniamo la signora Webber.'

Bridget si voltò verso Patrick. 'È necessario coinvolgere la polizia.'

'Sono d'accordo. Hai detto che il signor Denby è andato a parlare con loro stamattina, giusto?' Chiese Patrick alla signora Palmer.

'È partito all'alba, mentre gli uomini di Roache dormivano giù al torrente, ubriachi.'

'Aspettiamo di vedere cosa ci riferisce Denby. Se non sarà riuscito a ricevere aiuto, andrò io stesso in città e pretenderò un'azione concreta.' Patrick si avvicinò al tavolo dei liquori e si versò un po' di brandy.

'Io andrò a parlare con la signora Webber prima di lavarmi,' Disse Bridget.

'E io servirò del tè,' Aggiunse la signora Palmer, seguendola.

'Forse dovremmo parlarci entrambi,' Intervenne Patrick.

Il volto della signora Palmer impallidì. 'Oh, signor Patrick, mi permetta di suggerire che sia solo la signorina Kittrick a parlare con quella povera donna. È in uno stato piuttosto delicato al momento.'

Patrick annuì. 'Certo.'

'Vai a lavarti, fratello, mentre aspetti.' Bridget si incamminò, voltando leggermente alla fine del corridoio per aprire la porta che conduceva alla lunga cucina, che correva lungo tutta la casa. Da lì, si aprivano diverse porte: una verso la cantina, una verso la lavanderia, una verso l'esterno e infine una che portava a una piccola stanza, la camera della signora Palmer.

Bridget bussò delicatamente e aprì la porta. Una donna distesa sul letto si sollevò di scatto, spaventata.

'Mi perdoni, signora Webber,' Disse Bridget con dolcezza. 'Sono la signorina Kittrick, mia madre è la proprietaria di Louisburgh.' Bridget si aspettava una donna più anziana, ma la signora Webber sembrava avere poco più di vent'anni.

La donna fissava Bridget con aria spaventata e i capelli sciolti e arruffati, tenendo le lenzuola sollevate fino al mento.

'Posso parlarle per un momento?' Bridget si sedette lentamente sulla sedia di legno accanto alla porta. Avendo passato tutta la sua vita circondata da cavalli e altri animali, sapeva come comportarsi con una creatura terrorizzata, e la signora Webber lo era indubbiamente.

'Non mi rimanderete indietro?' Sussurrò la donna dal letto con voce roca.

'No, affatto. È al sicuro, glielo prometto.'

La donna si rilassò. 'Mi ucciderò, se dovrò tornare, giuro che lo farò!

'Per favore, si calmi. Le prometto che è libera da quell'uomo.'

Le lacrime scendevano sulle sue guance, ma la donna non

si preoccupò di asciugarle. Bridget notò i lividi intorno ai suoi occhi, le unghie strappate e sanguinanti alle estremità delle mani.

'Ha fame, o sete?'

'No. La signora Palmer è stata gentile.'

'Puoi dirmi cos'è successo?'

Ci fu un lungo silenzio. Così lungo che Bridget pensò che non le avrebbe risposto.

Poi la donna mormorò: 'Ho iniziato a lavorare per il signor Roache due mesi fa. All'inizio pensavo fosse un posto decente, un po' rudimentale essendo la casa di uno scapolo, ma decoroso. Ma ho dovuto presto rivisitare la mia opinione. Dopo poche settimane che vivevo lì, ha iniziato a entrare nella mia stanza. Ho urlato e lottato contro di lui, ma è più forte di me...'

Bridget sgranò gli occhi. 'L'ha assalita?'

'Ogni notte. Ho cercato di scappare, ma mi sorvegliavano costantemente. Non avevo soldi e gli altri membri del personale venivano minacciati se cercavano di aiutarmi. Poi, tre giorni fa, aveva degli amici in visita, e hanno radunato tutte noi donne che lavoravamo lì: la cameriera, la cuoca, me, perfino la figlia del mandriano, che ha appena quindici anni. Ho cercato di proteggerle, ma mi hanno picchiata quando ci ho provato. Gli uomini si sono approfittati di noi a turno...' La signora Webber rabbrividì, la sua voce si affievolì.

Stordita, Bridget non riusciva a pensare con lucidità. Non si aspettava una simile confessione. Non aveva mai dovuto affrontare una tale brutalità, confrontarsi con un dolore così grande.

'Sono riuscita a scappare perché tutti gli uomini si sono addormentati ubriachi. Ho riportato la figlia del mandriano alla sua capanna dai genitori... Le altre ragazze erano troppo spaventate per fuggire, anche se una di loro sembrava quasi godere di essere al centro dell'attenzione... Mentre correvo verso gli alberi, ho sentito un urlo. Mi sono voltata e Roache era lì col fucile. Mi ha sparata. Il proiettile mi ha sfiorato il braccio.' Toccò delicatamente la fasciatura.

'Non riesco a crederci.' Bridget si mise a camminare nervosamente per la stanza.

La testa della signora Webber si sollevò di scatto, i suoi occhi spalancati. 'Sto dicendo la verità!'

'Sì, sì, certo. Le credo,' Bridget la rassicurò prontamente. 'Intendo solo dire che non riesco a credere che una cosa del genere possa succedere qui, a neanche a dieci chilometri da questa casa, la mia casa.'

La signora Webber si lasciò ricadere sui cuscini. 'La signora Palmer vuole che racconti tutto alla polizia, ma Roache ha detto che se lo farò, mi troverà e mi ucciderà.'

'Dev'essere denunciato e incarcerato. Deve parlare.'

La signora Webber sbuffò. 'Chi mi crederà, contro uno come lui? Quasi tutti in città sono suoi amici. E chi non lo è, viene corrotto, compresa la polizia.'

'Ciò non giustifica i suoi comportamenti. La aiuteremo noi.'

'No. Non voglio avere niente a che fare con la polizia o andare in tribunale.'

'Se non farà nulla, lui la scamperà!' Protestò Bridget.

'Lo farà comunque.'

'Non se noi—'

'La prego, signorina Kittrick.' La signora Webber scosse la testa. 'Non dirò una parola alla polizia. Non posso rischiare.'

Frustrata, Bridget cercò di riflettere. 'Ha una famiglia a cui possiamo scrivere?'

'No. Mio marito è morto sei mesi fa. I miei genitori sono

morti sulla nave dieci anni fa, mentre venivamo qui. Sono sola.'

'Non lo è più. La aiuterò io.' Bridget aprì la porta. 'Riposi ora. Ne parleremo più tardi.'

Tornata in cucina, Bridget si appoggiò al bordo del tavolo, ancora scossa. Sua madre aveva sempre avuto ragione: il signor Roache era un farabutto e meritava di essere frustato e punito severamente.

'Signorina?' Una giovane donna entrò in cucina, con in mano una scatola di verdure.

'Ruth,' Riconobbe la cameriera della cucina, un'altra giovane donna che sua madre aveva assunto.

'Ha saputo, vero, signorina?'

'Sì, ho saputo.' Bridget si raddrizzò, sentendosi improvvisamente più grande della sua età. 'Voglio che restiate tutti nei pressi della casa finché questa faccenda non sarà risolta.'

'Sì, signorina. Ho già detto a Jilly di non andare oltre il pozzo e le stalle. Sa com'è, sempre in giro a vagare.'

'Bene.' Bridget conosceva bene le abitudini di Jilly. La ragazza aveva appena dodici anni, ed era la figlia del signor Denby. Lavorava in casa, apprendendo sotto la guida della signora Palmer e di Ruth.

Entrando nel salotto, trovò la signora Palmer che serviva del tè a Patrick, che nel frattempo si era lavato e cambiato. Con un sospiro stanco, Bridget si sedette sul divano rosso.

'Come sta?' Chiese Patrick.

Bridget incrociò lo sguardo della signora Palmer. 'Si rifiuta di parlare alla polizia.'

La signora Palmer annuì e le servì una tazza di tè.

'Non possiamo costringerla,' Disse Patrick, sorseggiando il tè. 'Il signor Denby è tornato da Goulburn e mi ha informato che i poliziotti andranno da Roache e lo avvertiranno di tenere i suoi uomini lontani dalle nostre terre.'

'No, non è abbastanza. L'incidente dovrebbe essere denunciato, Patrick, e sarai d'accordo quando ti dirò cos'è successo.'

Dopo aver raccontato a Patrick ciò che era accaduto alla signora Webber, Bridget andò nella sua stanza e si lavò via la polvere del viaggio. Rimase sdraiata sul letto per un po', cercando di assorbire quella storia scioccante, mentre combatteva quel sentimento di rabbia che le montava nel petto. Roache non poteva farla franca, ma cosa poteva fare? Per un attimo, desiderò che sua madre fosse lì ad aiutarla. La mamma avrebbe saputo cosa fare, ma in quel momento l'intera famiglia stava salpando dal porto di Sydney e non li avrebbe visti per più di un anno.

Quando Una arrivò, piena di pettegolezzi sui suoi compagni di viaggio in diligenza, la aiutò a cambiarsi in un semplice abito color cioccolato per la sera. Normalmente, Bridget avrebbe riso delle sue storie, ma quella volta non se la sentì, con una donna che giaceva spaventata al piano di sotto, del tutto sola dopo aver vissuto un vero incubo.

'Facciamo una passeggiata prima di cena?' Le chiese Patrick quando lo raggiunse di sotto.

Lei annuì, e uscirono in silenzio sotto un meraviglioso cielo striato di rosa e oro mentre il sole tramontava. L'aria calda offriva un po' di conforto, così come il cinguettio degli uccelli sugli alberi che costeggiavano il torrente.

'La signora Webber non può restare qui, Brid,' Disse Patrick dolcemente, usando il suo soprannome. 'È un'ottima scusa per Roache per continuare a venire qui. La signora Webber ha firmato un contratto di lavoro. La signora Palmer me l'ha detto.'

'Nessun contratto gli dà il diritto di fare ciò che le ha

fatto!' Mormorò lei con rabbia. 'Non ha nessun'altro posto dove andare.'

'Allora la manderemo a Emmerson Park. Zia Riona saprà come aiutarla e tenerla al sicuro.'

Bridget sospirò. 'È la soluzione migliore, sì. Buona idea. Io sono solo consumata dal desiderio di farla pagare a Roache.'

Patrick alzò gli occhi al cielo. 'Non c'è niente che tu possa fare.'

'Dobbiamo fare qualcosa! Non vuoi anche tu che venga punito?'

'Certo. Ma noi non siamo la legge, e Roache se ne andrà non appena Northville sarà venduta.'

'Dobbiamo comprarla, e quando lo faremo, glielo sbatterò in faccia.'

'No, non lo farai. Non vogliamo più avere niente a che fare con quell'uomo.'

'Non osare cercare di fermarmi!' Sbottò lei. 'Se il signor Huntley riuscirà nel suo incarico, il minuto in cui quei documenti saranno firmati e Northville sarà nostra, andrò a cercare Roache e lo affronterò.'

'Te lo proibisco!'

Bridget lo fissò con uno sguardo di sfida. 'Me lo proibisci? Non sei mio padre.'

'No, ma sono tuo fratello maggiore e farai come dico io.' Patrick si passò una mano tra i capelli, esasperato. 'Pensi che abbia bisogno di questa ulteriore preoccupazione quando tornerò a Berrima?'

'E pensi davvero che permetterò a Roache di farla franca con tutto dolore che ha causato? Non ha solo terrorizzato il suo personale, ma anche il nostro. Sei disposto a restare a guardare senza far nulla? Sei un codardo?'

'Farò finta di non aver sentito,' Disse Patrick con sguardo cupo.

'Non permetterò a Roache di spaventarci tutti. Quando Northville sarà nostra, saprà che l'abbiamo comprata e racconterò alla polizia dei suoi abusi.'

'Gesù, Giuseppe e Maria!' Il tono di Patrick suonò improvvisamente molto irlandese, qualcosa che Bridget non sentiva da quando erano bambini.

Sentendosi più calma, non poté fare a meno di sorridere. 'Non puoi fermarmi, no, non puoi,' Disse con un accento irlandese che aveva perso da tempo.

Patrick si strofinò gli occhi. 'Non vedo l'ora che arrivi mercoledì, poi tornerò a Berrima. Porterò la signora Webber da zia Riona e poi andrò a Burrawang per comprare la mia terra.'

'E io passerò le mie giornate cavalcando tra le montagne.' Si chiese se avrebbe incontrato Eddie Patterson, l'uomo che l'aveva salvata dal suo zio irlandese, Colm Kittrick, che l'aveva rapita quando era solo una bambina. Eddie Patterson, un fuorilegge, ma sempre gentile con lei e sua madre, viveva tra le montagne, nascosto nelle gole, al sicuro sui terreni di Louisburgh. Nel corso degli anni l'aveva visto forse tre volte, ma sapeva che sua madre l'aveva incontrato più spesso. Spesso gli dava coperte e beni di prima necessità come farina, avena, tè e zucchero.

Il suono di zoccoli che tuonavano li fece voltare di scatto. Dall'altra parte del torrente, il signor Roache, affiancato da tre uomini, stava scendendo lungo la collina al galoppo verso di loro.

'Vai in casa!' Patrick la spinse dietro di sé.

'Col cavolo!' Gridò Bridget, furiosa, affrontando l'uomo che le aveva tormentato i pensieri per tutto il pomeriggio.

'Non ho con me una pistola,' Sbottò Patrick. 'Cristo! Calmati, Bridget, te lo chiedo per favore.'

Roache attraversò lo stretto ruscello con fare aggressivo. 'Ah, vedo che i marmocchi della strega sono in visita. Ditemi, come sta la vostra cara madre?'

Patrick si irrigidì. 'C'è un motivo per la tua visita, Roache?'

'C'è, giovane Kittrick, c'è,' Dichiarò Roache, accomodandosi in sella, il suo ventre sporgente che premeva sui bottoni del gilet. Sui sessant'anni, Roache era sovrappeso, con un viso rubicondo e i capelli diradati sotto un largo cappello. Aveva l'orribile abitudine di sputare tabacco ovunque.

'Non vedo perché dovresti avere alcun motivo per visitarci.' Bridget tratteneva a stento la rabbia.

'Non stavo parlando con te, sgualdrina. Mi stavo rivolgendo a tuo fratello. Non ho a che fare con le donne.'

'A meno che non sia per maltrattarle, a quanto pare,' Lo punzecchiò Bridget.

Patrick le afferrò il braccio.

Roache le rivolse una smorfia, poi la ignorò. 'Qualche giorno fa, una delle mie serve è scappata. Crediamo che sia fuggita qui e si stia nascondendo.'

'Siamo arrivati solo poche ore fa,' Gli disse Patrick. 'Non siamo stati informati di nessun servo fuggitivo.'

'Allora i *tuoi* servi ti stanno mentendo.'

'O forse la tua serva ha abbandonato questa zona? Magari è a Goulburn, o più lontano?'

'Sanguinava. I miei cani hanno trovato delle gocce di sangue nel bosco. Ho anche un tracciatore indigeno, che ha detto che è venuta in questa direzione, fino alla porta della tua cucina. Quindi, non mentirmi.'

'Allora faremo delle ricerche e ti faremo sapere.' Patrick prese Bridget per il gomito. 'Buonasera, signor Roache.'

'La rivoglio indietro! È sotto contratto!' Ruggì.

Bridget moriva dalla voglia di schiaffeggiare quel suo viso grasso. 'Perché le avete sparato?'

'Perché era fuggita!'

'Quale motivo aveva per fuggire?' L'odio le riempiva la voce.

'Questo è affar mio, non tuo,' Sghignazzò Roache.

'E affare della polizia?' Minacciò Bridget.

'Bridget,' Sibilò Patrick, tirandola per il braccio.

Roache le rivolse uno sguardo disgustato. 'Tieniti fuori dai miei affari, figlia di una strega che non sei altro, o te ne pentirai.'

Bridget scattò in avanti, furibonda. 'Vattene dalla mia terra, degenerato! Non meriti nemmeno l'aria che respiri!'

Affondando i talloni nei fianchi del cavallo per farlo avanzare in direzione di Bridget, Roache si sporse in avanti sulla sella. 'Proprio come tua madre, credi di essere migliore di me. Rimpiangerai il giorno in cui ti sei messa contro di me, cagna!' Le sputò all'altezza dei piedi, tirò bruscamente la testa del cavallo e se ne andò al galoppo.

'Te l'avevo detto!' Le urlò contro Patrick, allontanandosi arrabbiato. 'Saremmo stati un uomo contro quattro, se avesse dato segnale di attaccarti.'

Lei gli passò accanto furiosa. 'Allora inizia a portarti dietro una pistola!'

'Non essere stupida, per l'amor di Dio. Se gli sparo, verrò impiccato, è questo che vuoi? Devi tenere sotto controllo il tuo temperamento, Bridget. È stato sempre quello a metterti nei guai sin da quando eri una ragazzina che portava le trecce.'

Stava per dargli un'altra lavata di capo, quando notò la sua espressione preoccupata. Facendo un respiro profondo, cercò di calmarsi. 'Mi dispiace, ma mi fa infuriare. Da quando ha avuto quel confronto con mamma e l'ha apostrofata nei modi più orribili, umiliandola al consiglio comunale, tutto ciò che voglio fare è prenderlo a schiaffi!'

Patrick rallentò il passo. 'Credi forse che nessuno di noi voglia farlo? Non pensi che Rafe e Austin abbiano cercato di trovare un qualsiasi pretesto per far arrestare quell'uomo? È un delinquente, ma io da solo non posso affrontarlo, e nemmeno tu. Ho promesso a mami che mi sarei preso cura di te.'

Bridget cedette appena gli sentì pronunciare la parola *mami*. Sapeva che Patrick avrebbe portato su di sé il pesante fardello della responsabilità del doverla tenere al sicuro fino al ritorno della madre. 'Cercherò di comportarmi bene.'

'Ancora una volta, penso che sia saggio che tu *non* vada Goulburn mercoledì.'

Ma la sua vena ribelle era dura a morire. 'Non ci contare, Patrick Kittrick, non resterò a casa!'

# CAPITOLO 5

Nella stanza sul retro della London Tavern, affollata e piena di fumo, Lincoln Huntley se ne stava vicino al muro, di fianco a una finestra aperta. Il rumore degli avventori gioviali riempiva l'aria e al centro del gruppo c'era l'uomo che aveva messo in vendita la sua proprietà, il signor Roache.

Quando Lincoln era arrivato, Roache gli aveva stretto la mano e, mentre lui firmava il registro per iscriversi all'asta, Roache gli si era avvicinato, chiedendogli da dove venisse.

'Sono originario della Tasmania', Rispose sinceramente. 'Mi sono trasferito a Sydney da poco, ma sono alla ricerca di terreni.' Lincoln gli porse la mano. 'Sono Lincoln Huntley, signor Roache.'

Roache gli strinse la mano. 'Sapeva già ci sono?'

'Non la conoscono forse tutti in questa città?'

Roache sorrise e si grattò il mento. 'Dove ha sentito parlare di quest'asta?' Chiese. 'Non è stata pubblicizzata.'

'Ieri, ho sentito qualcuno menzionarla da Mandelson, a cena', Mentì Lincoln.

Roache aggrottò la fronte e si grattò i lunghi baffi. 'Niente rimane segreto in questa città.'

'Beh, ho pensato valesse la pena indagare.'

'Uomo saggio.' Roache si rallegrò immediatamente.

Lincoln sollevò il volantino che gli era stato consegnato alla porta. 'Mi dica, c'è acqua sufficiente per il bestiame?'

'In abbondanza, mio buon signore. Ho un ruscello che attraversa la proprietà e nei cinque anni in cui l'ho posseduta non l'ho mai visto prosciugarsi.' Indicò la mappa sul volantino. 'Un eccellente corso d'acqua.'

'Posso chiederle perché sta vendendo?'

Roache apparve improvvisamente evasivo. 'Sto andando a nord alla ricerca di un pascolo più grande per le pecore. La mia proprietà è circondata da vicini', Si avvicinò per sussurrare, 'Alcuni dei quali si ritengono più importanti di quanto non siano in realtà, e io voglio espandermi.'

Lincoln sbatté le palpebre e si allontanò dal respiro stantio di cipolla che lo avvolse all'improvviso. 'Davvero?'

'Oh sì, ma non si lasci scoraggiare da loro. No, assolutamente no. Al confine settentrionale il padrone non c'è mai, si limita a far pascolare le sue greggi, e lascia tutto in mano ai suoi pastori.' Roache abbassò di nuovo la voce. 'Un padrone assente è una manna dal cielo, perché se le greggi dovessero sconfinare e mangiare la sua erba mentre i suoi pastori buoni a nulla se ne stanno ubriachi tutto il giorno, che male c'è?' Roache sorrise maliziosamente, coi suoi piccoli occhi che guizzavano per la stanza. 'Ah, Floyd è qui. Mi perdoni, signor Huntley, devo parlargli. Buona fortuna e faccia buone offerte!'

Lincoln osservò quell'odioso individuo attraversare la stanza per stringere la mano al nuovo arrivato e adularlo.

'Mi scusi, posso stare qui?' Chiese un giovane magro vestito di un abito grezzo.

Lincoln annuì.

'Farà un'offerta, signore?'

'Forse, sì.' Lincoln non rivelò nulla.

'È troppo per le mie tasche, ma volevo assistere all'asta.'

'Perché?'

'È suo amico?' Il giovane gettò a Roche uno sguardo carico di disprezzo.

'Per niente. Non conosco quell'uomo.'

'Voglio assistere alla vendita sperando che quel farabutto lasci davvero la città.'

'Non un amico, dunque?' Mormorò Lincoln.

'Lo impiccherei se potessi', Sussurrò il giovane, senza mai distogliere gli occhi da Roache. Il cappello di paglia che normalmente indossava era attorcigliato tra le sue mani ruvide.

'È una dichiarazione seria.'

'E non fatta per scherzo.'

Lincoln gli porse la mano. 'Lincoln Huntley.'

'Silas Pegg', Rispose, stringendo la mano di Lincoln. 'Spero che compri la proprietà, signor Huntley, ma se lo farà, non si aspetti che i nativi lavorino per lei. Dicono che quella terra sia infestata da spiriti maligni. Roache ha un vecchio tracciatore indigeno, troppo anziano per lavorare altrove, ma i più giovani non metteranno piede su quella terra.'

Lincoln lo fissò prima di riprendersi. 'Per qualche ragione in particolare?'

Silas grugnì. 'Sì, è laggiù.' Fece un cenno verso Roache. 'Sa che è quasi in bancarotta?'

'No, non lo sapevo. Come ho detto, non conosco quell'uomo.'

'Non ha pagato le tasse sul suo bestiame, gioca d'azzardo

in modo sconsiderato e beve pesantemente. È un bastardo maledetto, quando è ubriaco. Mi scusi il linguaggio, signore.'

Il sangue di Lincoln si gelò al solo sentire menzionare il bere.

Il banditore richiamò l'attenzione della sala e iniziò il suo discorso su Northville e sui vantaggi dell'acquistare una proprietà con così tante qualità. Lincoln ascoltava, ma il suo sguardo era su Roache, che stava a destra del banditore, con un ghigno da rospo grasso, il gilet che si tendeva sui bottoni e le mani grosse che accarezzavano il suo orologio da taschino. Era facile credere che quel ripugnante individuo si fosse fatto dei nemici, inclusa Ellen Hamilton, una donna intelligente che non tollerava gli sciocchi.

I suoi pensieri volarono a Bridget. C'era qualcosa in lei che attirava la sua attenzione. Quando erano insieme, rimaneva sempre affascinato dal suo atteggiamento audace. Parlava, rideva, trovava gioia in tutto ciò che faceva. Non era una giovane donna timida e dimessa, che si nascondeva dietro le gonne della madre. Quando un uomo le parlava, lo guardava negli occhi con uno sguardo aperto e sincero, pronta a discutere di qualsiasi argomento. Nulla sembrava metterla in difficoltà. Cavalcava veloce come un uomo, cacciava, pescava, sapeva sellare il proprio cavallo, eppure era la perfetta incarnazione della femminilità. Le sue curve, la sua bellezza, la tenerezza della dedizione che aveva per la sua famiglia. Quando l'aveva tenuta tra le braccia ballando alla sua festa di compleanno, aveva sentito l'istinto primordiale di desiderarla ancor più. Di baciarle le labbra, di sentire la delicatezza della sua pelle...

Che moglie sarebbe stata.

Ma non per lui.

La folla di uomini intorno a lui si animò, riportandolo alla sua missione, e si concentrò sul momento. Austin Kittrick era diventato un buon amico, nonostante la differenza di età, e tutta la sua famiglia gli piaceva. Era per quel motivo che quel giorno si trovava in quella stanza. Avrebbe fatto del suo meglio per assicurarsi l'acquisto, e poi sarebbe partito per Sydney, forse salpando verso la Nuova Zelanda o Fremantle. Non era obbligato ad acquistare terreni in quell'area. Anzi, sarebbe stato più prudente allontanarsi il più possibile dalla signorina Kittrick.

La gara delle offerte iniziò a quattromilacinquecento sterline. Lincoln rimase in silenzio mentre una guerra di offerte si combatteva davanti ai suoi occhi. Era consapevole che Silas Pegg, in piedi accanto a lui, non stesse togliendo gli occhi di dosso a Roache, che se ne stava lì col petto rigonfio mentre i due uomini gridavano le loro offerte. Il più alto dei due chiamò settemilaseicento sterline, e l'avversario abbassò le spalle, scuotendo la testa e dichiarando di essere fuori.

'Altre offerte, signori?' Chiese il banditore, alzando la mano e scrutando gli uomini.

'Ottomila sterline,' Disse Lincoln, abbastanza forte da farsi udire.

'Un nuovo offerente!' Annunciò il banditore.

L'altro offerente lanciò a Lincoln uno sguardo torvo. 'Ottomilacinquanta sterline.' Stava sudando e continuava a passarsi un fazzoletto sul viso.

Lincoln era convinto che il suo avversario fosse vicino al limite. Non aveva alcuna intenzione di restare lì un'altra ora a fare piccole offerte. 'Ottomilacento sterline.'

Un mormorio si diffuse nella sala. Roache fissò Lincoln, poi sogghignò come uno stupido.

'Ci sono altre offerte?' Gridò il banditore.

'Indubbiamente ci sono!' Incitò Roache. 'Il signor Reading, non voleva forse fare un'offerta?'

Lincoln attese una controfferta. Ci furono bisbigli, il banditore chiamò di nuovo. Le aspettative crescevano. Roache si pavoneggiava, bisbigliando ai signori vicini, spingendoli a fare un'offerta.

'Chiuderò l'asta se non ci sono altre offerte,' Avvertì il banditore.

Lincoln voleva solo che il tutto si chiudesse in fretta.

Il banditore lanciò uno sguardo a Roache, che, accigliato, annuì e fece un gesto con la mano per completare la transazione. Dopo due chiamate senza che nessuno facesse altre offerte, il banditore chiamò per la terza volta, poi batté la mano e dichiarò l'asta conclusa, con Lincoln come vincitore.

Silas Pegg gli strinse la mano. 'Ben fatto, signore, ben fatto davvero.'

Sollevato che l'asta fosse finita e che avrebbe reso la signora Hamilton orgogliosa, Lincoln si fece avanti per stringere la mano al banditore e a Roache.

'Eccellente, signore, eccellente. Il suo nome?' Chiese Roache, osservando i documenti che un impiegato stava scrivendo.

'Lincoln Huntley.' Firmò i diversi fogli che gli erano stati presentati dall'impiegato.

'E il pagamento?' Domandò Roache, sfregandosi le mani con fare impaziente.

'Lascerò ora un acconto di cento sterline.' Consegnò il denaro all'impiegato. 'Una ricevuta, per favore.' Guardò Roache. 'Il saldo le verrà consegnato una volta che avrò ispezionato la proprietà e constatato che è esattamente come l'ha descritta. Porterò il mio avvocato, oltre al geometra della città, che ha esperienza nel misurare i confini delle proprietà, e un sovrintendente per contare i greggi e tutte le bestie elencate negli atti di vendita.'

'Non è affatto necessario,' Balbettò Roache.

'Ma negli affari, come saprà bene, signor Roache, è meglio essere prudenti. La incontrerò alla sua proprietà domani alle nove. La prego di avere un testimone a suo favore.' Lincoln sorrise, sapendo di aver tolto vento alle vele di Roache. 'Buona giornata, signori.'

Uscito dalla taverna, sotto il sole, Lincoln si incamminò lungo la strada polverosa e fu sorpreso quando Silas Pegg si unì a lui.

'Non voglio farle perdere tempo, signore, immagino abbia affari più importanti da sbrigare, ma mi chiedevo se intendesse mantenere gli uomini di Roache a Northville.'

'Non ci ho ancora pensato.'

'Gli uomini di Roache sono una banda di maiali, signore, se non le dispiace il mio parlare con schiettezza. Ubriachi e briganti, tutti quanti.'

Con Pegg al suo fianco, Lincoln attraversò la strada e svoltò l'angolo, riflettendo sui commenti dell'uomo. L'alcol sarebbe sempre stato un problema per lui. Non voleva che la famiglia di Bridget fosse tormentata da uomini incapaci di controllarsi con il bere. 'Non permetterei mai che simili uomini lavorassero per me.'

'Se le serve un mandriano, signor Huntley, posso fornirle delle referenze.'

'È senza lavoro?'

'No, ho un impiego nelle scuderie di Clifton Street, ma sono un mandriano, e sono anche bravo. Sarei felice di costruirmi una capanna e mia moglie se ne occuperebbe e lavorerebbe in casa, se necessario.'

'È sposato?'

'Sì, da sei mesi.'

Lincoln si fermò. 'Perché detesta Roache?'

'Ha abusato di mia sorella, Jinny, quando lavorava per lui a Northville.' I pugni di Silas si strinsero lungo i fianchi. 'Non potevo fare nulla, sarebbe stata la parola di mia sorella contro la sua, e la maggior parte dei poliziotti locali è in combutta con Roache. Poi Jinny scoprì di essere incinta di quel lurido bastardo.' Silas abbassò lo sguardo, le guance rosse di vergogna. 'Tornò a casa da me e nostra madre, ma si impiccò a un albero dietro il nostro cottage.' Alzò lo sguardo verso Lincoln con un'espressione tormentata.

'Mi dispiace. Dev'essere stata un'esperienza terribilmente dolorosa per lei.' Lincoln avvertiva l'angoscia dell'uomo.

'Lo è stata, e lo è ancora, nonostante siano passati tre anni.'

'E lei vorrebbe lavorare in un posto che le ricorda l'attacco subito da sua sorella?'

'Il padre di mia moglie lavora lì. Fa il un pastore sulle colline. Mia moglie è nata lì, prima che Roache comprasse la proprietà, e vorrebbe stare più vicina a suo padre, dato che sta invecchiando. Inoltre, il cottage che affittiamo sta cadendo a pezzi e il padrone di casa non ha intenzione di ripararlo. Non ci piace vivere in città e ora che mia madre è morta, non abbiamo più motivo di rimanervi.'

'Le dirò una cosa in confidenza, perché credo di potermi fidare di lei.'

'Certamente, signor Huntley.' Lo sguardo sincero di Pegg fece sentire Lincoln a suo agio nel rivelare la verità.

'Ho comprato Northville per conto di qualcun altro. Sarà loro la decisione sul da farsi, ma farò sapere di lei, nel caso avessero bisogno di un mandriano.'

Silas gli strinse la mano. 'Grazie, signor Huntley. È molto

gentile da parte sua. Il suo segreto è al sicuro con me. Buona giornata.'

Lincoln proseguì lungo Sloane Street ed entrò nel Mandelson's Hotel. Si stava dirigendo verso la grande scalinata quando notò Bridget e Patrick seduti nel salotto alla sua destra. Sentì il battito accelerare alla vista della signorina Kittrick, che indossava un abito di un leggero cotone azzurro con un motivo giallo pallido. I suoi capelli scuri erano raccolti sotto un grazioso cappello appuntato di lato. Era incantevole.

'Signor Huntley!' Bridget si alzò rapidamente, seguita da Patrick, che gli strinse la mano.

'Com'è andata?' Chiese Patrick, un po' nervoso. 'Ho dovuto lottare con mia sorella per impedirle di marciare fino alla London Tavern per vedere cosa stesse succedendo.'

Lincoln ammirava lo spirito di Bridget. 'Non avrebbe forse vanificato tutti gli sforzi?'

'Esattamente!' Patrick lanciò un'occhiataccia alla sorella.

'Venga a sedersi, signor Huntley, e ci racconti tutto,' Lo invitò Bridget con una nota di impazienza nella voce. 'È riuscito nell'impresa?'

Una cameriera entrò e si rivolse a Patrick. 'Mi scusi, signor Kittrick, il vostro tavolo è pronto.'

'Grazie.' Patrick si alzò di nuovo. 'Eravamo sul punto di mangiare, signor Huntley, o almeno ci stavamo provando, visto che avevamo entrambi lo stomaco attorcigliato. Si unisca a noi.'

'Abbiamo chiesto che preparassero un terzo posto al tavolo,' Disse Bridget, guidandolo attraverso l'atrio verso la sala da pranzo. 'Abbiamo dato per scontato che sarebbe stato affamato, se l'affare fosse andato a buon fine.'

'E se avessi fallito, signorina Kittrick?' Chiese Lincoln,

aiutandola a sistemarsi sulla sedia e percependo il suo delicato profumo di rose.

'Buon Dio, non mi è nemmeno passato per la testa che poteste fallire, signor Huntley.' Bridget lo guardò come se l'idea stessa fosse del tutto assurda.

'Ordiniamo?' La stuzzicò Lincoln, fingendo un atteggiamento serio.

Bridget e Patrick lo fissarono per un attimo.

Lincoln accennò un sorriso. 'Per festeggiare il successo dell'acquisto di Northville?'

'Oh!' Esclamò Bridget, lasciandosi andare sulla sedia, sollevata.

'Davvero ben fatto, signor Huntley.' Patrick si alzò e gli strinse la mano con vigore.

'Non ne ho dubitato nemmeno per un momento,' Dichiarò Bridget, ridendo. 'Potrei baciarla, signor Huntley, potrei davvero.' Poi, realizzando cosa aveva appena detto, si rivolse rapidamente alla cameriera in attesa. 'La vostra migliore bottiglia di vino, per favore.'

'Per me niente,' Disse subito Lincoln, desiderando ardentemente di poter davvero baciare Bridget per il resto della vita, ma consapevole che non fosse possibile. 'Posso brindare con uno sciroppo alla frutta, se mi è concesso?'

'Assolutamente.' Patrick gli diede una pacca sul braccio. 'Lei può avere tutto ciò che desidera!'

'E anche il vostro miglior filetto,' Disse Bridget alla cameriera. 'Niente montone per noi oggi.'

La cameriera sbatté rapidamente le palpebre. 'Oggi abbiamo solo costolette di maiale o stufato di manzo, signorina, mi dispiace.'

Bridget fece un gesto con la mano. 'Le costolette andranno bene, non è vero?' Chiese al resto dei commensali.

'Per me va bene,' Rispose Lincoln, ancora una volta meravigliato dall'atteggiamento sicuro che caratterizzava qualsiasi cosa Bridget facesse.

'E quali dessert avete?'

'Torta di mele o pesche con panna.'

'Prenderemo entrambi e li divideremo, grazie,' Ordinò Bridget, voltandosi poi di nuovo per guardare Lincoln con un sorriso radioso. 'Sono così felice, signor Huntley. Scriverò a mia madre questa sera stessa per darle la splendida notizia. Che peccato che non potrà saperlo ancora per mesi, ma so che sarà entusiasta. Ci racconti tutto.'

'I vostri genitori hanno riposto la loro fiducia in me, e sono lieto di averli aiutati. A giudicare da ciò che ho sentito su Roache, è un uomo che nessuno vorrebbe come vicino.' Lincoln si rilassò sulla sedia mentre il vino veniva versato nei bicchieri di Bridget e Patrick, e lui gustava un fresco sciroppo di lampone e menta.

'Nessuno avrebbe potuto fare meglio di lei,' Gli disse Patrick.

'Avrei voluto essere lì,' Aggiunse Bridget, alzando un sopracciglio verso il fratello.

'Sono felice che non lo foste,' Disse sinceramente Lincoln. 'Sareste stata una distrazione, essendo l'unica donna presente.' E per lui, personalmente, sarebbe stato ancora più difficile concentrarsi.

'Beh, non vedo l'ora di vedere il sorriso compiaciuto sparire dal volto di Roache quando lo scoprirà.'

Lincoln raccontò ogni dettaglio dell'asta mentre mangiavano, rispondendo a tutte le loro domande.

'Ottomilacento sterline,' Esalò Bridget, sollevata. 'Mamma avrebbe pagato almeno diecimila.'

'Sì.' Lincoln posò coltello e forchetta sul piatto vuoto,

sorpreso da quanto fosse affamato. 'Quindi, domani andrò a Northville con il signor Allen, il geometra della città, che ho pagato profumatamente per accompagnarmi e controllare i confini, che originariamente aveva già misurato. Sapevo che vostra madre avrebbe voluto che tutto fosse fatto seguendo le regole, e userò parte del denaro in più che mi ha dato il signor Hamilton per questa spesa e per pagare il signor Stone, il notaio, affinché trasferisca i titoli di proprietà dal mio nome a quello di della signora Hamilton. Mi pare di aver capito che il vostro sovrintendente controllerà gli animali?'

Prima che Patrick potesse rispondere, una voce rimbombò nella sala.

'Ah, Huntley. Facciamo un brindisi per festeggiare!' Roache si fece strada nella stanza, per poi fermarsi alla vista di Bridget e Patrick. 'Conosce i Kittrick?'

'Ci siamo appena conosciuti. A quanto pare, sono i miei nuovi vicini.' Lincoln si alzò, meravigliato per un istante dalla sua abilità nel mentire con tale facilità. 'Mi hanno visto da solo e mi hanno invitato al loro tavolo,' Aggiunse con disinvoltura.

'Non faccia amicizia con loro, signor Huntley,' Sbottò Roche, guardando Bridget con disgusto. 'Non sono degni di un gentiluomo come lei. Venga con me e prenda le distanze da una compagnia così misera.'

Patrick balzò in piedi, offeso, e Lincoln si allontanò dal tavolo per affrontare Roache. 'La prego, mi lasci decidere da solo con chi cenare, signor Roache. Gli amici non sono mai troppi, non trova?'

'Non vorrà essere loro amico, Huntley,' Roache ghignò. 'La loro madre era una contadina irlandese che viveva con i maiali. Si è accasata appena scesa dalla nave, probabilmente aprendo le gambe al primo uomo che l'ha guardata.'

Patrick si girò velocemente, sferrando un pugno a Roache in piena bocca, prima che Lincoln potesse fermarlo; poi lo afferrò prontamente per il braccio, impedendogli di colpirlo di nuovo. 'No, Patrick!' Gli sussurrò all'orecchio. 'Ti denuncerà. Ha amici ovunque, me lo hanno detto.'

Bridget marciò verso Roache, che era appoggiato al caminetto con una mano sul labbro sanguinante. 'Hai il coraggio di parlare così di mia madre, tu lurido, disgustoso, squallido uomo?'

'Ho il coraggio di dire la verità!' Roache ridacchiò e sputò sangue ai suoi piedi. 'Grazie a Dio ho venduto la mia fattoria e non dovrò più vedere nessuno di voi schifosi irlandesi!' Fissò Patrick con uno sguardo carico d'odio. 'Ti denuncerò. Lo farò. Tua madre non potrà salvarti dalla prigione, ragazzo. Ci sono testimoni.'

'Io non ho visto niente,' Dichiarò Bridget. 'Testimonierei sotto giuramento che sei inciampato e caduto.'

'Puttana,' Roache sibilò sottovoce. 'Ti meriteresti una bella lezione.'

'Non c'è bisogno di comportarsi così, Roache. Calmiamoci tutti.' Lincoln cercò di placare gli animi, lasciando lentamente il braccio di Patrick. 'È stato solo un acceso scambio verbale, gli animi si sono infiammati, sono state dette cose. Stringiamoci la mano adesso.' Sentiva un muscolo contrarsi nella mascella, un tic che emergeva ogni volta che si trovava faccia a faccia con la violenza.

'Preferirei mangiare terra piuttosto che stringere la mano a un irlandese,' Disse Roache con un'espressione piena di disprezzo.

Bridget, con le guance macchiate da un rosso acceso, fissava Roache con rabbia. 'Se denunci mio fratello, racconterò alla polizia ciò che hai fatto alla signora Webber e a tutte le altre ragazze della tua proprietà.'

Roache impallidì, ma un lampo d'ira attraversò i suoi minuscoli occhi. 'Osi minacciarmi?'

'Basta!' Lincoln avanzò deciso davanti a Bridget. 'Signor Roache, stiamo dando spettacolo.' Indicò con un cenno le persone che li fissavano dall'atrio. 'Andiamo a bere qualcosa altrove? Dopotutto, è una notte di festa, no?'

Con riluttanza, Roache fece qualche passo indietro, sistemandosi il cappotto. 'Come ha detto, signor Huntley, è una notte di celebrazione. Non dovrei permettere che venga rovinata da chi non merita nemmeno l'aria che respira. Andiamo?'

'Vado a prendere il mio cappotto e la raggiungo fuori.' Lincoln rimase fermo finché Roache non uscì dalla stanza, e solo quando anche gli altri ospiti si allontanarono, si voltò verso Patrick e Bridget. 'Vi farò visita a Louisburgh dopo l'incontro di domani.'

'Non vada a bere con quell'uomo,' Disse Patrick, massaggiandosi le nocche.

'Posso sacrificare un'ora per tenerlo di buon umore, in modo da non destare sospetti e evitare che vada dalla polizia a denunciarla. Dobbiamo giocarcela bene finché tutti i documenti non saranno firmati domani.' Guardò Bridget e le rivolse un sorriso. Era stata così coraggiosa, ma anche imprudente, nello sfidare un uomo come Roache.

'Grazie ancora, signor Huntley,' Disse Bridget, passandosi stancamente la mano sugli occhi. 'Sembra che saremo ancora più in debito con lei, se riuscirà a dissuadere Roache dal denunciare Patrick.'

'Parlerò con Roache, non preoccupatevi. Buona notte, Patrick, signorina Kittrick.'

Lincoln si rivolse all'addetto al guardaroba e recuperò il suo cappotto. Sebbene l'aria della notte non fosse fredda, Lincoln sapeva che avrebbe camminato per ore per schiarirsi le idee. Prima, però, doveva calmare il signor Roache, un compito che avrebbe volentieri evitato. Le sue mani tremavano leggermente mentre usciva dall'hotel. Anche se non era stato coinvolto in quello scambio violento, l'aggressività fisica faceva riaffiorare in lui ricordi oscuri, quelli che lo svegliavano nel cuore della notte in un bagno di sudore. Scacciò quei pensieri quando vide Roache fargli cenno più avanti sulla strada.

Ora tutto ciò che doveva fare era trascorrere un'ora in compagnia di quell'odioso individuo, continuando a bere sciroppo alla frutta. Che Dio gliela mandasse buona.

# CAPITOLO 6

*B*ridget se ne stava appoggiata alla ringhiera della veranda, osservando il sentiero che attraversava i pascoli tra il confine di Louisburgh e Northville. Erano passate le sei e il sole stava calando dietro le colline in lontananza.

'Vuoi sederti? Mi stai innervosendo.' Patrick si sporse sulla sedia a dondolo in pelle.

'Perché ci sta mettendo tanto?'

'Non lo so. Forse il signor Huntley ha avuto dei problemi?'

Bridget cominciò a passeggiare per la veranda, scrutando il sentiero che si snodava davanti a lei, senza giardini eleganti a interrompere la vista sui campi bruni e vasti.

Sebbene la mamma avesse migliorato notevolmente Louisburgh, anche grazie alla costruzione della casa a due piani che aveva sostituito la capanna che c'era un tempo, la loro abitazione non era arredata in modo sontuoso come Emmerson Park. Louisburgh era una grande fattoria di pecore e bovini che si si estendeva per migliaia di acri, una fonte di reddito essenziale per la famiglia, ed era3 stata espansa con l'incessante acquisto dei terreni adiacenti da parte della mamma. Emmerson Park, invece, aveva pochi bovini, ma era pensata come una tenuta destinata all'intrattenimento, con i suoi giardini rigogliosi, frutteti, un fiume ricco di pesci e scuderie piene di cavalli da cavalcare per puro svago. Ogni cosa nella casa di Berrima era pensata per accogliere ospiti e per il comfort della famiglia.

Louisburgh era la sorella più dura e severa. Qui, la vita ruotava attorno alla fattoria. Gli animali erano la priorità assoluta, ed era ben evidente, dato che la mamma aveva deciso di non costruire graziosi giardini in cui trascorrere il tempo a fare passeggiate: chi camminava lì lo faceva tra gli alberi nativi o lungo il torrente. Sebbene gli ospiti fossero sempre i benvenuti, lì non si tenevano feste sfarzose.

Nonostante le differenze tra le due tenute, Bridget le amava entrambe, anche se Louisburgh aveva un posto speciale nel suo cuore, come lo aveva per sua madre. Le piaceva quel cameratismo istauratosi coi lavoratori, conoscere le loro famiglie, festeggiare i matrimoni, le nascite e piangere i lutti. La mamma, naturalmente, prendeva sotto la sua ala chiunque lavorasse a Louisburgh. I magazzini per il personale erano sempre forniti di beni essenziali, come farina, tè, zucchero, ma anche provviste extra per rendere loro la vita più piacevole: uvetta, datteri, marmellate, oltre a un assortimento di vestiti e svariati altri beni per le loro case o alloggi.

Bridget voleva fare lo stesso a Northville. Desiderava creare una proprietà all'altezza di Louisburgh, dove coloro che lavoravano per la famiglia fossero persone oneste e felici delle condizioni in cui vivevano. Aveva in progetto di costruire una scuola per i figli dei lavoratori delle due proprietà, forse anche una piccola chiesa per permettere loro di pregare…

'Una bella tazza di tè,' Annunciò la signora Palmer, uscendo sulla veranda con un vassoio da tè.

'Come sta la signora Webber?' Chiese Patrick.

'Un po' meglio.' La signora Palmer versò del tè. 'Si sente più al sicuro ora che siete arrivati. Forse pensa che il signor Roache non verrà qui, ora che sa che la famiglia è in zona.'

'Vedrebbe la canna di un fucile, se osasse farlo,' Replicò Bridget.

'E la signora Webber è pronta a mettersi in viaggio con me verso Berrima, quando ripartirò?' Chiese Patrick, prendendo una tazza e un piattino.

'Sì, signor Patrick. Vuole andarsene da qui, ed è comprensibile.' La signora Palmer strizzò gli occhi guardando lontano. 'Degli uomini a cavallo in arrivo.'

Bridget si girò rapidamente per vedere del movimento nei campi aperti. 'È il signor Huntley?'

'Credo di sì.' Patrick si alzò e si unì a lei alla ringhiera. 'Preghiamo che sia andato tutto bene.'

Bridget trattenne il fiato mentre gli uomini a cavallo si avvicinavano, e ricominciò a respirare solo quando vide il signor Huntley alzare la mano in segno di saluto. Lei e Patrick attesero sulla veranda mentre al signor Huntley, il signor Allen e un altro uomo smontavano dai loro cavalli e salivano su per i quattro gradini nella loro direzione.

'Bene.' Il signor Huntley accennò un sorriso, sfilandosi i guanti di pelle. 'È fatta.' Consegnò i documenti firmati a Patrick. 'Dobbiamo incontrarci con Roache domani mattina in banca per trasferirgli il denaro e poi vi raggiungerò entrambi dal notaio per firmare gli atti e trasferire la proprietà a nome di vostra madre.'

'Grazie.' Patrick gli strinse la mano vigorosamente. 'Un lavoro eccellente. Le siamo infinitamente grati.'

Bridget avrebbe voluto baciarlo, ma invece gli strinse la mano, godendosi la sensazione della sua pelle a contatto con quella di lui. Lo sguardo tenero del signor Huntley le riscaldò l'anima.

'E Roache non andrà alla polizia per l'aggressione di ieri sera.'

Patrick sospirò sollevato. 'Temevo che l'avrebbe fatto.'

'Sono riuscito a convincerlo a lasciar perdere.' Huntley si voltò verso il signor Allen. 'Il signor Allen ha fatto un lavoro eccellente oggi.'

'Grazie, signor Allen.' Patrick gli strinse la mano.

'Tutto era come descritto, signor Kittrick. Tutti gli edifici corrispondono a quelli elencati negli atti. Dite a vostra madre che i confini dei seimila acri sono chiari e ben definiti. È evidente che il signor Roache abbia fatto pascolare i suoi animali sui terreni demaniali a nord-est del suo confine, ma non sta a me giudicare.'

'Non mi sorprenderebbe,' Rispose Patrick. 'Il pascolo sui terreni demaniali è sempre stato una pratica diffusa.'

'Ha anche lasciato che le sue greggi sconfinassero a nord, sulla terra del vicino. Potrebbe rivelarsi un problema in futuro.'

'Patrick, signorina Kittrick,' Intervenne il signor Huntley, facendo un cenno all'uomo che era con loro. 'Questo è il signor Silas Pegg. Un mandriano che vive in città ma è alla ricerca di un posto fisso. L'ho portato con me oggi per valutare lo stato delle greggi di Roache.'

Bridget gli rivolse un cenno. 'E come li ha trovati, signor Pegg?'

'Un po' malmessi, a dire il vero, signorina. Niente tracce di malattie podali o di scabbia, almeno a prima vista, ma sono malnutriti.'

'Abbiamo avuto problemi in passato con i greggi di Roache che prendevano la scabbia e infettavano i nostri. Mi fa piacere sapere che non ne siano affetti.'

'Ne vale la pena tenerli o è meglio mandarli al mercato, signor Pegg?' Chiese Patrick. 'Naturalmente li controllerò io stesso, ma apprezzerei una sua opinione.'

'Se non verranno curate per bene,' Rispose Silas, incrociando le mani, 'Alcune delle pecore più anziane potrebbero dover essere mandate al macello. I due arieti che ho visto erano troppo magri per i miei gusti. Aggiungere un altro paio di arieti non sarebbe una cattiva idea.'

'Prego, signori, accomodatevi.' Bridget li invitò a sedersi intorno alla veranda. 'Manderò a prendere del tè fresco. Restate tutti a dormire qui stanotte e unitevi a noi per cena? Non credo abbiate voglia di tornare a Goulburn col buio.'

Tutti accettarono l'invito di buon grado, e Bridget fu segretamente felice che avrebbe trascorso dell'altro tempo in compagnia del signor Huntley. Entrò in cucina per discutere della cena con la signora Palmer e Ruth, dando anche loro istruzione di preparare i letti di riserva. La signora Webber, seduta al tavolo della cucina, si coprì il volto livido con lo scialle.

'Non si preoccupi, signora Webber,' Le disse Bridget. 'I nostri amici sono dei perfetti gentiluomini, niente a che vedere con gli amici di del signor Roache. Non li vedrete neppure.'

'Grazie, signorina Kittrick.' Rilassandosi, la signora Webber si lasciò scivolare lo scialle sulle spalle. 'Forse potrei aiutare in cucina per la cena? Per ringraziarvi di esservi presi cura di me.'

'Se è ciò che desidera, ma non si senta obbligata se non se la sente.'

La signora Webber sorrise, e aveva un aspetto più curato ora che si era lavata e aveva indossato un vestito pulito, prestatole dalla signora Palmer. 'Posso aiutare la signora Palmer e a Ruth.'

'Il signor Huntley ha appena acquistato Northville,' Disse Bridget, mentre Nellie, la giovane figlia di uno dei mandriani, entrava in cucina. 'Lui, il signor Allen e il signor Pegg resteranno qui stanotte invece di tornare a Goulburn e viaggiare col buio.'

'Il signor Pegg?' Domandò la signora Palmer. 'È un bracciante, dovrebbe dormire negli alloggi degli uomini, non in casa.'

'Oggi ci ha reso un servizio su richiesta del signor Huntley. Non posso essere così scortese da chiedergli di andarsene. Anche la mamma avrebbe insistito perché restasse.'

'Dovrebbe essere lui ad avere il buon senso di dirlo.'

'Non mi dispiace che dorma una notte sotto il nostro tetto.' Si rivolse a Nellie, una ragazza che spesso lavorava in casa. 'Come sta tua madre, Nellie?'

'Abbastanza bene, signorina, ancora un po' debole.'

'E il bambino appena nato?'

Nellie alzò le spalle. 'Un altro maschio. Ora ho quattro fratelli. Avrei preferito una sorella.'

Bridget incrociò lo sguardo della signora Palmer e condivisero un sorriso. 'L'importante è che tua madre e il bambino stiano bene, questo è ciò che conta.'

'Tua madre non ha bisogno di te stanotte, Nellie?' Chiese la signora Palmer.

'No, mi ha detto di venire qui a lavorare. Mio padre è tornato dalla tenuta distaccata. Ha fatto a cambio col Vecchio Sammy per qualche giorno. Papà può mettere a letto i bambini al posto di mamma.'

'Di' a tua madre che verrò a trovarla domani.' Bridget uscì dalla cucina, impaziente di tornare dal signor Huntley, ma i suoi pensieri andarono alla madre di Nellie, che aveva partorito solo poche ore prima nella piccola capanna dall'altra parte delle scuderie. A differenza di Emmerson Park, che aveva cottage confortevoli per le coppie di lavoratori sposati, Louisburgh ospitava principalmente uomini soli, che dormivano in una lunga capanna vicino alle scuderie. La famiglia di Nellie aveva l'unica capanna a sé stante, a parte quella del signor Denby. Non sopportava il fatto che gli alloggi per i lavoratori non offrissero più comodità. La mamma parlava spesso di costruire più cottage per le famiglie, ma fino a quel momento, non era stato fatto ancora nulla. Forse poteva iniziare a organizzare i lavori mentre la mamma era via?

'Va tutto bene?' Chiese Patrick mentre Bridget si univa di nuovo a loro.

Bridget annuì, riflettendo. 'Sì, i quartieri dei lavoratori hanno bisogno di qualche miglioramento. E ci serve una scuola per i loro figli.'

'Non possono essere peggio di quelli di Northville,' Commentò il signor Huntley. 'Non farei alloggiare neanche i maiali in alcune di quelle capanne.'

'Non sarà più così.' Si voltò verso Patrick. 'Abbiamo bisogno di più famiglie. Northville deve essere civilizzata. So che la mamma dice sempre che le famiglie costano di più rispetto agli uomini soli, perché c'è bisogno di più alloggi e altrettante provviste, ma credo si possa trovare un equilibrio.'

'Potresti trasformare Northville in un villaggio,' Suggerì il signor Huntley.

'Un villaggio?' Bridget fu sorpresa da quel suggerimento.

'È una cosa che si fa in tutto il Paese,' Aggiunse il signor Allen. 'Il governo vuole insediamenti.'

'La mamma non vorrebbe un villaggio così vicino alla nostra proprietà.'

'Se fatto a qualche chilometro di distanza, non sarebbe poi così vicino,' Disse il signor Allen con un sorriso.

'Ha mai *incontrato* nostra madre, signor Allen?' Rise Patrick.

'Sì, e confermo che ne sarebbe inorridita,' Rispose il signor Allen, ridendo.

Bridget ci pensò su. 'A meno che non si tratti di un villaggio realizzato con gusto. Viali alberati, una scuola, uno studio medico, una chiesa.'

'Sembra un'idea promettente,' Concordò il signor Huntley, con un piccolo sorriso dipinto sulle sue labbra mentre la osservava.

Bridget si inclinò per avvicinarsi a lui, improvvisamente desiderosa di conoscere la sua opinione su tutto. 'Cosa ne pensa del signor Pegg?' Sussurrò, affinché Silas non potesse sentirli.

'Mi sembra un uomo capace e ne capisce di bestiame. È sprecato alle scuderie di Goulburn,' Rispose sottovoce Huntley.

'Dovrei assumerlo? Voglio liberarmi degli uomini di Roache a Northville. Sembra che siano tutti delle canaglie.'

Huntley si appoggiò allo schienale della sedia, incrociando le gambe. 'Silas sarebbe un eccellente acquisto per la sua forza lavoro, da quanto ho visto. Dei bravi uomini giovani sono difficili da trovare.'

'Soprattutto qui. Si danno facilmente al bere o al crimine.' Bridget guardò Silas Pegg, che sembrava un po' fuori posto nei suoi abiti da lavoro, e prese una decisione. 'Signor Pegg,' Disse abbastanza forte da attirare la sua attenzione.

'Sì, signorina Kittrick?'

'Se sta cercando lavoro, possiamo offrirle una posizione a Northville come mandriano.'

Sorpreso, Silas si impettì. 'Gliene sarei grato, signorina Kittrick, ma sono sposato.'

'Troveremo un alloggio per lei e sua moglie, non si preoccupi. Anche se dovremo costruire una capanna.'

'Allora gliene sarei davvero grato, signorina, e lavorerò sodo per la vostra famiglia.' Il suo sorriso e l'espressione di gratitudine sul suo volto erano un vero piacere alla vista.

'È deciso, allora.' Bridget lanciò uno sguardo a Huntley, e fu felice di vederlo sorridere. Quanto era sorprendente desiderare così tanto il sorriso di uomo? Un semplice sguardo da parte sua la faceva sentire potente e desiderabile.

Mentre gli uomini discutevano, Bridget pensava a come far fiorire non solo Louisburgh, ma anche Northville. La prima cosa che avrebbe fatto sarebbe stata cambiare il nome di Northville, liberandosi così della macchia di Roache.

Dopo cena, gli uomini e Bridget si riunirono nel salotto per un drink, e lei notò nuovamente che il signor Huntley chiese solo del tè e dello sciroppo alla frutta, come aveva fatto a tavola. Tra tutti gli uomini che conosceva, era l'unico che non beveva alcolici, e questa caratteristica la affascinava.

'Sembra assorta nei tuoi pensieri,' Le disse Huntley con fare pacato, avvicinandosi alla sua sedia mentre gli altri discutevano delle notizie locali.

'Sto pensando al nome da dare a Northville. Ha qualche suggerimento?' Lo fissò, chiedendosi cosa si provasse a essere baciata da lui, e quel pensiero le provocò un impercettibile brivido di piacere. Per calmarsi, sollevò la matita e il foglio di carta. 'Come vede, i miei sforzi non hanno ancora portato a nulla.'

'Cambiare nome sarebbe saggio.' Huntley continuò a osservarla, come se quel semplice gesto gli provocasse piacere.

Il battito di Bridget accelerò. 'Dovrebbe portare un nome in suo onore. Dopotutto, è stato lei ad aiutarci a comprare la proprietà.'

Gli occhi di Huntley si spalancarono per la sorpresa. 'Forse dovrebbe scrivere a sua madre prima di prendere una decisione così importante.'

Lei rifletté per un momento. 'Huntley Vale.' Il nome le balenò in mente con estrema facilità e le piacque subito. 'La mamma approverebbe.'

'Huntley Vale?' Canticchiò tra sé, tamburellando un dito sulle labbra, pensieroso. 'Suona piuttosto grandioso, vero? Ma non me lo merito.' Un'ombra oscurò i suoi occhi.

'Oh, lo merita, assolutamente.'

'No, non lo merito. Non mi conosce abbastanza bene per fare un'affermazione del genere.'

'So che è stato gentile con la mia famiglia. Austin la considera un amico e ci ha assicurato la proprietà di Roache, che sarebbe stata altrimenti quasi impossibile da ottenere. Questo è tutto ciò che mi serve per considerarla un vero amico della nostra famiglia, e... anche mio...' Aggiunse dolcemente Bridget.

Per un momento, l'espressione di Lincoln parve tormentata, poi fece un leggero cenno di assenso. 'Come desidera.'

'Patrick.' Bridget si voltò verso il fratello. 'Northville ora si chiamerà Huntley Vale. Ho deciso.'

'Davvero?' Patrick alzò le spalle. 'Suppongo che sia un nome adatto, dopo tutto quello che il signor Huntley ha fatto per noi.'

'Sua madre potrebbe non essere d'accordo,' Intervenne il signor Huntley.

Patrick scosse la testa. 'La mamma non si opporrà minimamente, anzi, troverà il nome appropriato.' Alzò il bicchiere. 'Un brindisi a Huntley Vale, che la proprietà possa prosperare a lungo.'

'Salute!' Brindarono tutti.

'Bene,' Disse il signor Huntley, rivolgendosi a Bridget con voce più sommessa, 'Se non riuscirò a realizzare nient'altro nella mia vita, avrò almeno un piccolo pezzo di questo Paese che porta il mio nome.'

'Sono sicura che realizzerà molte altre cose.'

'Ne sembra così sicura,' Rifletté lui.

'E lei non le è? Sicuro di sé?'

'A volte lo sono, ma so anche quanto velocemente la vita possa cambiare, e il cammino che si percorrere può essere improvvisamente deviato su tutt'altro.'

'Non le piacciono i cambiamenti? Preferirebbe una vita noiosa, senza sorprese?'

Lui sorseggiò il suo sciroppo alla frutta. 'In realtà, sì. Ciò le farebbe cambiare l'opinione che ha di me?'

Bridget inclinò la testa per studiarlo. 'Per qualche ragione mi aspettavo che lei fosse il tipo d'uomo che non ha paura di nulla.'

Un sorriso ironico ricomparve sul suo visto. 'Non ho mai detto di avere paura. Preferirei semplicemente una vita tranquilla.' Si fermò un attimo. 'E immagino che lei sia l'opposto.'

Lei ridacchiò. 'Sta imparando a conoscermi troppo bene, signor Huntley.'

Patrick si avvicinò a loro. 'Dell'altro vino, sorella?'

Bridget sollevò il bicchiere perché le fosse riempito ancora. 'Grazie.' Quando Patrick si allontanò, Bridget si voltò di nuovo verso il signor Huntley. 'Resterà a Goulburn ancora per molti giorni?' Non voleva pensare al momento in cui sarebbe ripartito.

'Forse viaggerò a sud, verso Yass, e forse anche oltre. Mentre ero a Goulburn, ho parlato con molte persone riguardo a dei terreni in quelle zone.'

'Per trovare una proprietà tutta sua,' Affermò lei, sorseggiando il suo vino. Se avesse comprato una proprietà nelle contee meridionali, sarebbe stato a giorni di viaggio da lì. Le sarebbe mancato.

'Sì. Voglio allevare bovini, Black Angus. Ci ho pensato molto e ho deciso che è la strada che voglio percorrere.'

'Ha già il bestiame?'

'No, non ancora. Appena troverò una proprietà adatta, scriverò a un cugino in Scozia per acquistare alcuni capi, un toro e delle mucche, e farmeli spedire. Mi hanno riferito che le terre nel nord del Queensland sono adatte ai pascoli, ma lì non ci sono ancora molte città, almeno non nell'entroterra. Preferirei non essere troppo lontano dai mercati. Voglio che i miei bovini siano rinomati per la loro qualità. Ci sono delle mandrie magnifiche in Tasmania. Da giovane ho lavorato per un gentiluomo che aveva una piccola mandria di Angus. Mi ha insegnato molto. È la razza che conosco e che ho studiato meglio, e credo sia il mio futuro.'

Bridget percepì la passione nella sua voce. 'Anche qui si allevano bovini di buona qualità.'

'Così mi hanno detto. Mi piace molto questa regione. Da Berrima a Goulburn, il paesaggio è bellissimo, rigoglioso. Perfetto per il pascolo.'

'Allora forse resterà da queste parti?' Chiese speranzosa.

I loro sguardi non si separarono. 'Chi lo sa, signorina Kittrick? Forse qualcosa o qualcuno mi convincerà che dovrei mettere radici qui.'

Bridget sorrise, piena di gioia per aver incontrato un uomo così straordinario. Ad ogni conversazione, si sentiva sempre più attratta da Lincoln Huntley. Un gentiluomo intelligente e affascinante come lui non si trovava facilmente. E, cosa più importante, lui sembrava ricambiare. La sua mente correva veloce. Poteva essere l'uomo che avrebbe dovuto sposare? Si stupì dei suoi stessi pensieri, perché fino a quel momento non aveva mai considerato il matrimonio come qualcosa di importante o necessario. Era stata contenta di rimanere indipendente, di vivere secondo i propri ritmi e di fare ciò che desiderava. Fino a quel momento, nessun altro uomo nella sua vita era riuscito a catturare la sua attenzione per più di un'ora o due.

Era pronta a rinunciare alla libertà che tanto amava? La mamma parlava spesso di quanto fosse importante essere finanziariamente indipendente. A differenza di molte altre giovani donne della sua età, Bridget non aveva bisogno di sposarsi per denaro o per ciò che un uomo poteva offrirle. Apparteneva a quella piccola minoranza di donne in grado prendersi cura di sé stesse. Quindi poteva sposarsi per amore, non per ottenere sicurezza economica. Ma era davvero pronta a legarsi a un uomo, o sarebbe stato saggio aspettare ancora qualche anno? E il signor Huntley era pronto per una moglie?

'L'ho persa di nuovo, signorina Kittrick,' Disse il signor Huntley, divertito piuttosto che offeso. 'Temo di risultare noioso quanto un vecchio che sonnecchia su una poltrona.'

'Oh no.' Bridget rise. 'Nient'affatto. La mia mente tende a vagare spesso.'

Il signor Huntley alzò le sopracciglia scure, riflettendo sulle sue parole. 'Posso chiederle a cosa stava pensando?'

'La scioccherei se lo dicessi ad alta voce.' Si morse il labbro per non lasciarsi andare un sorriso frivolo.

'Non mi si sciocca facilmente, signorina Kittrick,' Disse lui dolcemente.

Bridget percepì un cambiamento in lui. Era forse desiderio quello che oscurava i suoi occhi? Il cuore le batteva forte in petto come un martello. All'improvviso, il corsetto le sembrava troppo stretto. 'Un giorno glielo dirò, ma non stasera.'

'Un giorno... Vuol dire che resteremo amici?'

'Mi piace pensare di sì.'

'Anche a me piacerebbe.' Lui allungò la mano verso il bicchiere, che era accanto a quello di lei sul tavolino di fianco alla sua sedia. Le sue dita sfiorarono leggermente il dorso della mano di Bridget e lo stomaco di lei sobbalzò in risposta.

Mormorando un lieve gemito, il signor Huntley si alzò bruscamente. 'Dovrei ritirarmi. È stata una giornata lunga e domani ci attende un altro giorno importante.' Fece un inchino a Bridget. 'Buonanotte, signorina Kittrick.'

'Buonanotte, signor Huntley.' Il suo improvviso allontanarsi le lasciò un senso di vuoto. Aveva forse detto o fatto qualcosa di sbagliato?

La ritirata di Huntley mise fine alla serata, e Bridget si alzò per andare a letto.

Patrick la trattenne un attimo. 'Ancora un giorno e poi sarà tutto finalizzato. La mamma sarebbe orgogliosa.'

'Ho l'impressione che noi abbiamo fatto ben poco. È stato tutto merito del signor Huntley.'

'Ma noi siamo qui, a supervisionare tutto. Quanto sarà felice quando riceverà le nostre lettere e scoprirà che Northville è nostra.' Patrick chiuse a chiave la porta d'ingresso.

'Rallegrerà il suo viaggio in Inghilterra,' Disse Bridget mentre chiudeva le imposte delle finestre.

Patrick sospirò. 'Mi mancano già.'

'Anche a me. Per fortuna ci siamo l'uno per l'altra.' Prendendo una lampada, Bridget illuminò la strada mentre salivano le scale. 'Buonanotte.'

Entrata nella sua stanza, pensò al signor Huntley che si trovava nella camera dall'altra parte della parete, e sentì la pelle formicolare al pensiero che se ne stesse sdraiato sul suo letto. Era nudo? Percepì il sangue scaldarsi a quel pensiero. Sperava che anche lui stesse pensando a lei. La immaginava senza vestiti? L'intero corpo le fu attraversato da brividi.

Una entrò per aiutarla a spogliarsi, dissipando i pensieri selvaggi su Huntley che le stavano affollando la mente.

'È stata una bella serata, signorina?' Chiese Una, mentre scioglieva il corsetto di Bridget.

'Molto piacevole.'

'Il signor Huntley è adorabile. Poco fa si è fatto da parte sulle scale mentre scendevo con un cesto di bucato. Non molti gentiluomini lo farebbero per una serva. Di solito si ci aspetta che sia la serva a farsi da parte.'

'Vero,' Mormorò Bridget mentre Una le spazzolava i capelli. 'Il signor Huntley è davvero un gentiluomo.'

* * *

Lungo la trafficata Auburn Street di Goulburn, Bridget viaggiava sulla carrozza con Patrick alla guida. I loro ospiti erano partiti subito dopo la colazione per dirigersi a Goulburn, ma Bridget aveva preferito finire un'altra lettera per la mamma prima che lei e Patrick si recassero in città.

Pensava alla lettera, sperando che la mamma la ricevesse e che non finisse su una nave che si perdesse in mare, come accadeva spesso.

Carissima mamma,

sarai felice di sapere che Northville, da oggi, sarà ufficialmente intestata a te. Ho pensato di scriverti subito la notizia più importante, perché so che ci tieni.

Il signor Huntley ha fatto un ottimo lavoro con la vincita all'asta, come ti ho scritto nella lettera di qualche giorno fa, e ieri lui e il signor Allen, il geometra, si sono incontrati col signor Roache e hanno controllato che tutto corrispondesse ai termini della vendita. I gentiluomini, insieme al signor Silas Pegg, un sovrintendente, sono stati ospiti a Louisburgh e stamattina sono partiti per Goulburn per finalizzare tutti i documenti.

Anche Patrick e io ci recheremo a Goulburn per fare da testimoni al momento della firma e agire in qualità di tuoi rappresentanti. Il signor Roache non sa ancora del nostro coinvolgimento, ma credo che sarà solo questione di tempo prima che lo scopra. E allora sarà troppo tardi perché possa fare qualcosa al riguardo!

Il signor Huntley si è rivelato un amico leale e onesto, mamma. È stato un giorno felice quando Austin l'ha portato a incontrarci a Emmerson Park per il mio compleanno. Il signor Huntley è stato il più sincero amico che potessimo desiderare. L'intera vicenda sarebbe stata molto più dura senza di lui dalla nostra parte. In suo onore, ho rinominato Northville in Huntley Vale. Credo che approverai, perché senza il signor Huntley nulla di tutto ciò sarebbe stato possibile.

Il bestiame che si trova sulla nuova proprietà è in cattive condizioni, come forse ricorderai. Ho assunto il signor Silas Pegg come sovrintendente: conosce già Northville e condivide il nostro disgusto per il signor Roache. Lui e sua moglie avranno una capanna, e il signor Pegg lavorerà insieme al signor Denby per migliorare Huntley Vale e portarla agli elevati standard Louisburgh. Ci vorranno tempo e denaro, mamma, ma sono pronta per la sfida che renderà Huntley Vale una proprietà di cui essere orgogliosi.

*Ho inviato una lettera a zia Riona e ad Austin con le novità. Austin ha scritto solo ieri che sta pensando di acquistare altri magazzini a Sydney. Zia Riona mi ha scritto che la signorina Norton le ha inviato un biglietto di ringraziamento per la gentilezza che le ha mostrato mentre era in visita a Emmerson Park. Io non ho ricevuto nessun biglietto di ringraziamento, il che è un po' irritante. L'ho accompagnata in molte passeggiate in giro per il distretto!*

*Patrick ed io siamo in buona salute. Il tempo sta cambiando. L'estate è ormai passata. Il caldo non è più insopportabile e le giornate non sono così lunghe.*

*Ti scriverò di nuovo tra qualche giorno. Ho allegato il rapporto sul bestiame da parte del signor Denby.*

*Con tutto il mio amore a papà, alle mie sorelle e ai miei fratelli, e a te, carissima mamma.*

*La tua affezionata figlia,*
*Bridget.*

BRIDGET SI SENTIVA ANCORA INFASTIDITA dalla mancanza di buone maniere della signorina Norton. Nessun biglietto di ringraziamento dopo tutte quelle passeggiate? Passeggiate che la signorina Norton aveva apprezzato e che le avevano dato l'occasione di trascorrere del tempo con Austin senza la sua vecchia accompagnatrice, la signora Warren, che era rimasta a Berrima. Bridget non era sicura di volere che Austin si intrattenesse ulteriormente con quella donna. C'era qualcosa in lei che non le piaceva.

La ruota della carrozza sobbalzò su una buca, riportandola bruscamente alla realtà. Stavano entrando nelle ampie strade sterrate di Goulburn. L'aria era impregnata dell'odore di letame e bestiame mentre passavano accanto al mercato. Il rumore della città sostituì il silenzio tranquillo della boscaglia che stavano attraversando.

'Dopo l'incontro con il signor Huntley all'ufficio del signor Stone, devo passare dal calzolaio in Sloane Street', Le disse Patrick fermando il cavallo davanti all'ufficio postale. Un carro trainato da buoi e carico di mobili passò lentamente di fianco a loro.

'Io invece devo spedire le nostre lettere'. Bridget prese la borsa e sorrise sorpresa quando il signor Huntley uscì dall'ombra della tenda di un negozio per aiutarla a scendere dalla carrozza. 'Buongiorno, signor Huntley'.

Lui fece un leggero inchino. 'Signorina Kittrick'.

'Tutto pronto, signor Huntley?' Chiese Patrick mentre si avviavano verso l'ufficio del signor Stone.

'Sì. Ho incontrato Roache in banca venti minuti fa e il denaro è stato trasferito sul suo conto, e ho qui le carte fornitemi dal suo avvocato, il signor Renney, insieme alla nota d'asta e a una lettera dalla banca che attesta che la proprietà è libera da debiti'. Sollevò una piccola borsa di cuoio. 'Roache chiede due giorni per raccogliere i suoi effetti personali e lasciare la proprietà. Ho accettato'.

'Gli avrei dato due ore', Borbottò Bridget.

Il passo del signor Huntley rallentò. 'Ho sbagliato?'

'No, affatto', Lo rassicurò Patrick, lanciando a Bridget un'occhiata di rimprovero.

Bridget continuò. 'Mi perdoni, signor Huntley. Sono stata fuori luogo. Voglio solo che quell'uomo se ne vada'.

Nell'ufficio del notaio, il signor Stone li accolse calorosamente. Era il legale della mamma e si occupava di tutte le sue proprietà in campagna, mentre il papà si serviva di un uomo a Sydney per i suoi affari. Con i capelli grigi e gli occhiali dalla montatura in acciaio, il signor Stone era un uomo minuto dagli occhi intelligenti.

Dopo qualche chiacchiera di cortesia, si sedettero, e il signor Stone si mise al lavoro. Aveva ricevuto la lettera della mamma che conferiva a Patrick il potere di supervisionare la transazione e agire per suo conto.

'È tutto piuttosto semplice. Il signor Huntley firmerà l'atto di proprietà in favore della signora Hamilton alla presenza dei testimoni. Gli atti saranno rilasciati nuovamente a nome della signora Ellen Hamilton di Louisburgh'.

'E cambieremo il nome di Northville in Huntley Vale, signor Stone', Gli disse Bridget.

'Davvero? Molto bene'. Il signor Stone prese degli appunti, poi scrisse su un documento ufficiale che consegnò al signor Huntley per la firma. 'Questo è un documento che attesta che ha trasferito la proprietà alla signora Hamilton e così via. Invierò una lettera al catasto con le nuove informazioni'.

Patrick e il signor Huntley firmarono dove necessario, mentre Bridget osservava con crescente soddisfazione.

Il signor Stone mise i documenti da parte e prese una lettera. 'Con questa lettera la signora Hamilton mi ha anche incaricato di consegnare al signor Huntley una somma di duecento sterline come riconoscimento per la sua generosità nel concedere il suo tempo e per aver condotto affari per suo conto.'

'Non c'era bisogno di una ricompensa.' Il signor Huntley aggrottò la fronte. 'È davvero molto generoso, ma non necessario.'

'Ma sono queste le istruzioni della mia cliente.' Il signor Stone consegnò il denaro.

'Si compri un cavallo, signor Huntley, e lo chiami come la mamma,' Scherzò Bridget.

'Allora sembra che sarò io a offrire il pranzo?' Il sorriso sottile di Huntley riapparve nuovamente. 'Signor Stone, si unirà a noi?'

'Temo di non potere. Ho una riunione tra venticinque minuti, ma grazie per l'invito.'

Dopo aver salutato il signor Stone, i tre si avviarono verso l'ufficio postale, dove Bridget spedì delle lettere, prima di dirigersi verso l'Hotel Mandelson per pranzare.

'La mamma sarà felicissima. Liberarsi del signor Roache è una benedizione,' Disse Bridget, aprendo il tovagliolo. 'Dobbiamo far sapere che Northville non si chiama più così, ma ha un nuovo nome.'

'A Huntley Vale!' Patrick alzò il bicchiere per brindare.

Huntley e Bridget si unirono a lui nel brindisi proprio mentre la signora Barnstaple passava di lì.

'Bridget, Patrick!' La donna si affrettò verso il loro tavolo, e i due uomini si alzarono subito in piedi in segno di rispetto. 'Proprio stamattina avevo deciso di scrivervi una lettera.'

'Come sta, signora Barnstaple?' Bridget sorrise all'anziana donna, diventata una cara amica di sua madre qualche anno addietro.

'Abbastanza bene, e vedervi in città è davvero una benedizione.'

Bridget presentò il signor Huntley. 'Unitevi a noi,' La invitò lui.

I quattro si sedettero e la cameriera prese le ordinazioni.

La signora Barnstaple chinò la testa per sussurrare. 'La faccenda con il signor Roache...'

'Tutto fatto,' Mormorò Bridget. 'Non ha idea che siamo stati noi a comprare Northville, che da oggi si chiamerà Huntley Vale, in onore del signor Huntley.'

'Che meraviglia. Tua madre ne sarà estremamente felice.'

'Deve venirci a trovare,' La invitò Bridget. 'Rimanga qualche notte, se le fa piacere.'

'Lo farò, cara Bridget, lo farò.' La signora Barnstaple annuì felice. 'Mi fa sempre piacere venire a trovarvi quando vostra madre è a casa. Facciamo spesso delle bellissime passeggiate lungo il torrente. Mi sento terribilmente sola nel mio cottage, senza una famiglia a farmi compagnia.'

Quando terminarono il pasto, Patrick si congedò per andare dal calzolaio per far riparare un paio di stivali, e il signor Huntley saldò il conto.

'È un uomo magnifico.' La signora Barnstaple indicò il signor Huntley che si stava allontanando. 'Non credo resterà scapolo a lungo, non con il suo bell'aspetto e il suo fascino. Immagino che avrai notato queste sue qualità?'

Bridget giocherellava con il cucchiaio sul piattino. 'Le ho notate.'

'Allora conquistalo in fretta, cara Bridget.'

'Non è così semplice, vero? Una decisione del genere non può essere presa alla leggera.'

L'anziana donna rise. 'Ascoltami, sarò pure vecchia, ma ho occhi e orecchie, e lascia che ti dica che quell'uomo non è riuscito a toglierti gli occhi di dosso per tutta la durata del pasto. Se eri alla ricerca di una qualche conferma che è interessato a te, te l'ho appena data.'

'Ci conosciamo da poco tempo. Solo un paio di settimane.'

'Ma ti piace?'

Le guance di Bridget arrossarono. 'Sì, mi piace.'

'E tua madre si fida di lui, ovviamente, e anche Austin, visto che sono amici e che l'ha invitato a Emmerson Park, almeno stando a quello che Ellen mi ha scritto in una lettera.'

'Sì, tutta la famiglia lo ha accolto come un buon amico. È stato preziosissimo per noi in questa faccenda con Roache.'

'C'è qualche altro uomo che ha il tuo affetto?'

'No, assolutamente no.'

La signora Barnstaple si appoggiò alla sedia. 'A dire il vero, anche se ci fosse, qualsiasi altro uomo impallidirebbe al confronto col signor Huntley. È come paragonare il grano alla paglia!'

Bridget rise di gusto. 'Oh, signora Barnstaple, lei è una vera delizia.'

Tornati al calesse, i tre aspettarono che Patrick li raggiungesse.

'Tornerà a Louisburgh con noi, signor Huntley?' Chiese Bridget, sperando che accettasse.

Lui esitò un momento prima di rispondere. 'Mi piacerebbe molto, ma ho deciso di viaggiare verso sud, a Yass, per esplorare delle proprietà. Stamattina, il direttore della banca mi ha parlato di alcuni terreni in vendita di cui si sta occupando. Ha anche menzionato che a Collector c'è una grande fattoria in vendita.'

'Allora deve esplorare l'offerta della zona.' Bridget si sforzò di non apparire delusa.

'Ma al mio ritorno, verrò a trovarla a Louisburgh, se per lei va bene?' Il suo sguardo sincero la bloccò.

Lei sorrise calorosamente, lusingata. 'Non vedo l'ora.'

La signora Barnstaple baciò Bridget sulla guancia. 'Allora verrò da voi lunedì? E rimarrò fino al sabato successivo, così domenica sarò a casa per la messa. Va bene per voi?'

'Manderò il calesse a prenderla.'

'Perfetto.' La signora Barnstaple strinse la mano al signor Huntley. 'Speriamo di rivederci presto, signor Huntley. Arrivederci.'

Quando Patrick li raggiunse, il signor Huntley prese la

mano guantata di Bridget e la baciò. 'Ci rivedremo al mio ritorno, signorina Kittrick.'

'Faccia buon viaggio, signor Huntley.' Un sorriso le affiorò sulle labbra in risposta.

Durante il viaggio di ritorno, Bridget canticchiava una dolce melodia, guardando verso le montagne.

'Sembri felice.'

'Sono sempre felice!'

Patrick guardava dritto davanti a sé.

'Cos'hai?' Chiese Bridget, notando la sua espressione.

'Niente.'

'Bugiardo.' Lo guardò con aria accigliata. 'Dimmelo.'

'Considereresti di tornare a Berrima con me?'

'Cosa? No.' Scosse la testa. 'C'è tanto da fare qui.'

'Non voglio che tu stia da sola. Questo posto è troppo isolato. Ci sono rischi, pericoli. Sei una giovane donna sola. Non mi piace l'idea.'

'Fratello, ho una mezza dozzina di uomini e servi intorno a me. Sono perfettamente al sicuro.'

'Non dovresti restare da sola, non in un luogo così remoto.' Fece un ampio gesto per indicare la vasta terra incastonata tra le montagne. 'Se restassi a Goulburn con la signora Barnstaple, mi sentirei meglio.'

'Come faccio a gestire Louisburgh e Huntley Vale da Goulburn? Stai esagerando.'

'Ma—'

'Starò bene. Vai e mettiti alla ricerca dei tuoi terreni, visto che è ciò che desideri fare.'

'La proprietà di Roache necessiterà di molto lavoro. E gli uomini che ci lavorano? Dovranno essere licenziati. Dubito che ce ne sia anche uno solo affidabile tra loro. Come pensi di gestirli?'

'Ho il signor Denby ad aiutarmi. È il nostro sovrinten-dente, questi compiti ricadono tra le sue responsabilità. Inol-tre, il signor Pegg si unirà a noi tra pochi giorni.'

'Il signor Denby è un brav'uomo.' Patrick sembrava preoc-cupato. 'Ma agli uomini piace avere un capo. Qualcuno al comando, preferibilmente il proprietario della proprietà. Tutti in quest'area conoscono mami, perché è sempre qui in giro per i terreni, parla coi lavoratori, assume e licenzia quando necessario. Si occupa delle loro necessità quotidiane, e così via.'

'E io non farò altro che sostituire la mamma.'

'Non è così facile.'

'Perché?'

Patrick fece spallucce. 'Mami è sposata. È più anziana e ha potere, padronanza di questi affari e gode del rispetto della gente.'

Bridget incrociò le braccia incollerita. 'E io no.'

'No. Gli uomini di Roache ti vedranno come la figlia viziata. Una che non ha alcuna autorità.'

'Ma io ho autorità e dimostrerò loro che sono al comando.'

'Non ti prenderanno sul serio, Bridget. È la verità. Dovrei restare. Non posso lasciarti qui ad affrontare tutto da sola.'

'E la terra che vuoi comprare?' Scosse la testa. 'Se non agirai presto, potresti perdere quest'occasione. Vai e assicura-tela, e poi torna qui per qualche settimana con zia Riona. Sono perfettamente in grado di prendermi cura di me stessa e di entrambe le proprietà fino ad allora.'

'È un compito arduo.'

'Un compito che sono perfettamente in grado di portare a termine. La signora Barnstaple sarà qui lunedì e resterà per tutta la settimana, e se manderai zia Riona dopo, e sai bene che verrà se glielo chiedi, perché ti adora così tanto, allora non sarò sola. Così avrai qualche settimana di tempo per fare ciò che desideri.'

'Ne sei sicura?'

'Assolutamente.'

'E per quanto riguarda Huntley Vale? Hai qualche idea su cosa vorresti farci?'

'Oh sì, e discuteremo dei miei piani quando arriveremo a casa, ma prima dobbiamo chiedere alla povera signora Webber se sia disposta ad andare con te a Berrima e iniziare una nuova vita con l'aiuto di zia Riona.'

'Se accetterà, partiremo domattina.' Patrick annuì con aria seria, ma Bridget percepì anche un accenno di sollievo.

'Il signor Huntley ha detto che sarebbe passato, una volta tornato dal suo viaggio verso sud. Potrebbe fermarsi qualche giorno mentre la signora Barnstaple è qui.'

'È diventato un amico prezioso per la nostra famiglia.'

'La mamma ha fatto bene a pagarlo per i suoi servigi. Ho notato che per lui ha significato molto.' Bridget gettò uno sguardo al paesaggio. Un gruppo di canguri riposava all'ombra di alcuni alberi. Sopra di loro, i cacatua bianchi, coi loro gridi acuti, contrastavano nettamente con l'azzurro vibrante del cielo. Sulle forme gentili delle colline coperte d'erba, pascolavano mandrie di bovini marroni.

'Anche se non sappiamo nulla del suo passato,' Disse Patrick.

'Suo padre era un ufficiale in uno dei reggimento delle Highlands. I suoi genitori si stabilirono a Hobart.'

'E questo è tutto ciò che sappiamo,' Rifletté Patrick.

'Cos'altro abbiamo bisogno di sapere? È un gentiluomo. Austin ha fatto affari con lui e si fida di lui.'

'Qual è il suo patrimonio?'

Bridget lo fissò. 'È importante?'

'Potrebbe esserlo, se sei interessata a lui come possibile marito.'

'Non ho mai detto una parola al riguardo!' Scattò con le guance in fiamme.

'Non c'è bisogno che tu lo dica. Ti conosco meglio di chiunque altro, ricordi? Lo osservi ogni volta che è nella tua stessa stanza, e lui fa lo stesso con te. C'è una sorta di connessione tra voi, la sento.'

Bridget si lisciò la gonna, la mente in subbuglio al pensiero che Patrick fosse consapevole dell'attrazione tra lei e il signor Huntley. Era qualcosa che lei stessa faticava a capire.

'Non sto dicendo che sia una scelta sbagliata, Brid,' Mormorò Patrick. 'Sto solo dicendo che non sappiamo molto di lui.'

'Tranne che è degno di fiducia. Ci conosce appena, eppure è stato di enorme aiuto alla mamma. Abbiamo trascorso giorni in sua compagnia e nemmeno una volta ha detto o fatto qualcosa che ci desse motivo di pensare male di lui.'

'Scriverò ad Austin per chiedergli maggiori informazioni sul signor Huntley.'

Ridendo, Bridget gli tirò una gomitata nel fianco. 'Non si è mai parlato di alcuna sorta di accordo tra me e il signor Huntley.'

'Ma ti piacerebbe che ci fosse?'

'Forse…' Si voltò per guardare di nuovo le pianure secche e coperte d'erba bruna, mentre salivano su una collina. 'Potrebbe non provare lo stesso.'

'Fidati di me, dal modo in cui quell'uomo ti guarda, è interessato.'

Arrossendo, Bridget nascose un sorriso e sperò con tutto il cuore che Patrick avesse ragione.

# CAPITOLO 7

Con il signor Denby al suo fianco, Bridget cavalcava Ace attraverso i campi tra Louisburgh e Huntley Vale, controllando i livelli dell'acqua nei ruscelli che percorrevano le terre come delle venature.

'Avremo bisogno di un po' di pioggia prima che arrivi l'inverno, signorina,' Disse il signor Denby mentre rallentavano per ispezionare un ruscello che scorreva alla base delle Cookbundoon Ranges, verso est. 'Questa sponda si è erosa.' Il signor Denby smontò da cavallo per dare un'occhiata più da vicino. 'Bisogna piantare degli alberi lungo la sponda. Le radici fermeranno l'erosione. Non vogliamo inondazioni.'

'Allora ordini degli alberi, signor Denby.' Bridget prese nota del problema causato alla sponda dal bestiame che scendeva per bere.

'Molto bene, signorina. Ci sono delle sponde basse più avanti. Se mettiamo degli uomini a scavare per bloccare alcuni punti lungo il percorso, il bestiame potrà abbeverarsi lì, ma le sponde più alte devono essere protette per incanalare l'acqua verso i campi e prevenire inondazioni su larga scala quando arriveranno le piogge forti.'

'Sembra un buon piano,' Concordò Bridget mentre procedevano oltre. 'Il bestiame a Huntley Vale è in pessime condizioni. Non sarebbe meglio spostarlo sulle terre di Louisburgh per ingrassarlo durante l'inverno?' Il signor Denby si asciugò la polvere dal viso.

'Sì, in teoria sembra una scelta saggia, ma dobbiamo stare attenti a non sovraffollare i pascoli. Io pensavo di portare il nuovo bestiame nelle montagne sul lato di Louisburgh mentre ariamo e riseminiamo i campi intorno a Huntley Vale.'

'Ma ci vorrà del tempo perché l'erba cresca, specialmente con l'inverno in arrivo tra pochi mesi.'

Il signor Denby, un uomo affabile e intelligente, in cui la famiglia confidava completamente, si strofinò il mento. 'Se iniziamo ora, per la primavera i campi saranno di nuovo rigogliosi e alla fine dell'estate il bestiame potrà fare ritorno.'

'E per quanto riguarda le proprietà demaniali a nord? Dovremmo continuare a far pascolare le mandrie lì come faceva il signor Roache?'

'Dovremmo ispezionarle prima. Non sappiamo se l'erba è già stata consumata fino a ridursi in polvere.'

Bridget incitò Ace a procedere lungo la sponda. 'Che ne pensi di affittare qualche terra per far pascolare le greggi e mettere le mandrie di bovini tra le montagne?'

'È una spesa in più, signorina. Qualcosa che sua madre detestava fare.'

'Sì, ma la mamma non era a conoscenza dello stato di sovrappascolo delle terre di Roache.'

'Il mio consiglio, signorina, è di fare una selezione del bestiame di Northville e vendere a poco prezzo gli animali in cattive condizioni, poi portare il bestiame rimanente tra le montagne più vicine a Louisburgh per farlo pascolare durante l'inverno.'

'E le pecore?'

'Se le terre demaniali a nord sono ancora in buone condizioni, potremmo portare lì il gregge mentre ariamo e riseminiamo.'

'E se le terre demaniali sono state consumate fino alla polvere?'

'Allora affitteremo dei terreni fino a quando i nostri non saranno pronti per l'uso.'

'Molto bene.'

I due proseguirono controllando lo stato di erosione delle sponde e i livelli dell'acqua.

'Ora siamo sulle terre di Huntley Vale, signorina,' Avvertì il signor Denby. 'Il signor Roache potrebbe non essere ancora andato via.'

'Sono passati tre giorni. Oramai avrà lasciato la proprietà.'

'Gli uomini dicono che sia ancora qui.' Il signor Denby sospirò pesantemente. 'Sta svuotando il posto di tutto ciò che può e riempiendo carri, e non si tratta solo di effetti personali, ma anche attrezzature agricole che facevano parte della vendita.'

'Che sfacciataggine!' Bridget spronò Ace al galoppo. 'Il suo tempo è scaduto.'

Cavalcò oltre la collina, colma di una rabbia ardente per la meschinità di quello spregevole uomo che era stato per anni una spina nel fianco di sua madre.

Gli edifici sparsi in giro per Huntley Vale erano in vari stati di degrado. Mancavano le tegole sui tetti di diversi stabili e su una delle pareti del fienile una porta pendeva da un solo cardine. Intorno alla casa, un'abitazione modesta e priva di carattere, vari carri e carretti erano carichi di casse e scatole, mobili e altri beni casalinghi.

Mentre Bridget tirava le redini di Ace per rallentare, Roache uscì dalla casa con altri due uomini, ridendo. Dietro di loro, una domestica con un occhio nero trascinava una pesante borsa verso un carro.

'Che ci fai qui?' Roache sogghignò dirigendosi a grandi passi verso Bridget.

'Perché sei ancora qui? Avevi due giorni per andartene. Il tuo tempo è scaduto ieri.' Bridget avrebbe voluto spingere Ace dritto contro quello spregevole uomo.

'Quello che faccio non ti riguarda! Vattene via da qui.'

Bridget si girò e notò che un aratro era stato messo su uno dei carri, insieme ad altri attrezzi. 'Quell'attrezzatura agricola appartiene a questa proprietà. Faceva parte della vendita.' Aveva letto il contratto più volte. 'Questo è un furto.'

'Ascolta, piccola strega, non ti permetterò di darmi ordini come pensava di fare quella cagna di tua madre.'

'Mia madre era costretta a farlo! Non hai idea di cosa significhi essere un vicino rispettabile. Hai abbattuto i recinti per far pascolare il tuo bestiame sulle nostre terre, hai bloccato i letti dei ruscelli per impedire all'acqua di raggiungere la nostra proprietà, non ti sei mai preso cura dei tuoi animali, causando una diffusione delle loro malattie, e molto altro ancora. Qualcuno doveva insegnarti a fare il contadino!'

Roache serrò i pugni e il suo volto si arrossò per la rabbia. 'E questo qualcuno sarebbe quella puttana di tua madre? Una strega irlandese?'

I suoi compagni tutt'intorno scoppiarono in una risata.

Bridget avrebbe desiderato avere una frusta per colpirlo in pieno volto.

Dondolandosi sui talloni, Roache si pavoneggiò

davanti ai suoi compagni. 'Beh, sarai felice di sapere che da oggi me ne vado, e avrai un nuovo vicino. Mi chiedo quanto tempo ci vorrà prima che tua madre se lo faccia nemico. Dov'è comunque? Sono settimane che non la vedo.'

Non avrebbe voluto rivelargli nulla, ma non riuscì a trattenersi. 'Perché è in viaggio verso l'Inghilterra, ma prima di partire ha dato istruzioni molto precise sul da farsi riguardo a questa proprietà.'

Roache aggrottò la fronte. 'Di cosa stai parlando?'

'La mamma ha comprato questa proprietà. È sua e può farne ciò che desidera, e ha deciso che sia io a occuparmene. Quindi, stai guardando la nuova proprietaria.' L'orgoglio la fece impettire sulla sella.

Le labbra sottili di Roache si arricciarono in un ringhio. '*Il signor Huntley* ha comprato questa proprietà.

'Con i soldi di mia madre. Subito dopo le ha trasferito la proprietà,' Lo provocò.

'Non può essere vero.' Roache guardò i suoi due amici come se fosse alla ricerca della loro opinione. 'Lo avrei saputo!'

'Ma non lo sapevi.'

'Era un'asta privata!'

'Ma le voci circolano, signor Roache. Non sei stato abbastanza attento.'

'È illegale! Quella strega non avrà la mia terra! Mi rifiuto di lasciargliela!'

'È tutto firmato e depositato dagli avvocati, e sei stato pagato.' Bridget si inclinò in avanti in sella. 'Ora vattene dalla *mia* proprietà.'

'Puttana!' Roache la afferrò, tirandola giù dal cavallo.

Bridget si lasciò andare un grido di rabbia mista a paura,

mentre cadeva a terra con un tonfo. Per un attimo le mancò l'aria.

'Signorina Kittrick!' Il signor Denby lanciò il suo cavallo contro Roache, facendolo cadere a terra, poi smontò rapidamente e aiutò Bridget ad alzarsi. 'È ferita?'

Si voltò verso Roache, accecata dalla rabbia. 'Feccia disgustosa! Ti farò finire in prigione per aggressione.'

Roache si avventò su di lei, le mani pronte a stringerle la gola. 'Ti ucciderò, strega irlandese!'

Il signor Denby estrasse la pistola e la armò. 'Toccala e ti sparo.'

Con gli occhi spalancati, Roache fece un passo indietro. 'Calmati, pazzo, prima che uccidi qualcuno.'

'Non sei più così coraggioso adesso, vero?' Sconvolta, Bridget lo fissò, mentre il gomito e il fianco le pulsavano per il dolore della caduta. 'Ora monta a cavallo e vattene dalla mia terra.'

'Ladri irlandesi! Non avrei mai venduto volontariamente alla tua famiglia. Mai!'

'Hai ricevuto i soldi. L'accordo è concluso. Ora vai!'

'Ho altre cose in casa.' La bocca gli schiumava per la rabbia.

'Saranno spedite all'ufficio postale. Potrai ritirarle lì.' Si sistemò il cappello, ignorando il dolore al fianco. 'E non pensare nemmeno di prendere quei carri e quei calessi.'

'Ho diritto ai miei mobili!'

Si girò e indicò l'uomo seduto sul primo carro. 'Tu! Non osare muovere quel carro o sarai arrestato per furto.'

Il signor Denby, che teneva ancora la pistola puntata su Roache, fece un passo avanti. 'Monti a cavallo, signor Roache.'

Roache rimase fermo, l'espressione colma di disprezzo. 'Non me ne andrò senza le mie cose.'

'Prenda la sua borsa e se ne vada.' Bridget indicò la sacca

che la domestica stava stringendo in mano, immobile come una statua di ghiaccio.

'La pagherai!' Urlò Roache, strappando la borsa di mano alla domestica e gettandola al suo amico, che barcollò per afferrarla. 'Legala al cavallo.'

'Non tornare mai più, Roache,' Gli disse Bridget mentre montava.

'Tornare in questa fogna? Neanche per sogno. Tu e quella lurida di tua madre potete tenervela.' Avvicinò il cavallo a Bridget. 'Ma bada bene, signorina Kittrick, non puoi farmi passare per stupido e farla franca.' Una sfumatura di pericolo si nascondeva nei suoi piccoli occhi.

'Arrivederci, signor Roache.' Lei si voltò e si incamminò verso la casa.

Giunta all'interno, aspettò finché non sentì il rumore degli zoccoli che calpestavano la terra e poi si lasciò andare a un respiro tremante. Si spolverò la gonna, vergognandosi di essere stata trascinata giù da Ace come fosse una ladra.

'Signorina Kittrick?' Il signor Denby la chiamò dalla porta. 'È ferita?'

Lei cercò di invocare un sorriso. Dentro di sé, lo stomaco le si contorceva e il cuore le batteva forte. 'Sto bene, davvero.'

'Le stanno sanguinando le mani.'

Le sollevò per guardarle. Goccioline di sangue macchiavano i suoi palmi tremanti. 'Non è niente. Cominciamo?'

Il signor Denby chiamò la cameriera spaventata. 'C'è del tè?'

'Sì, signore, ma non è molto e non abbiamo un servizio da tè, solo le vecchie porcellane che usiamo noi domestici.'

'Andrà bene. Preparane una tazza, ragazza,' Le ordinò gentilmente.

Bridget percorse la stanza con le gambe traballanti e

guardò fuori dalla finestra, vedendo la polvere sollevarsi in una nuvola dietro i cavalieri in partenza. Roache se n'era andato. Sperava con tutto il cuore che quella fosse l'ultima volta che lo avrebbe visto.

Raccolto quel briciolo di dignità che le era rimasto, si rivolse al signor Denby.

'Cominciamo.'

'Col bestiame?'

'No, raduni il personale rimasto. Vediamo con chi abbiamo a che fare.'

'Va bene, signorina.' Esitò sulla soglia. 'Vuole riposarsi un po'? Possiamo occuparcene più tardi.'

'No. Facciamolo adesso. Grazie.' Quando se ne fu andato, Bridget si diede uno sguardo intorno, detestando quella piccola stanza spoglia e miserabile, con i suoi trascorsi di depravazione e di violenza che Roache perpetrava sulle donne che lavoravano per lui. Era dotata di due piccole finestre, le pareti imbiancate a calce, il pavimento di assi di legno irregolari e un camino che fumava tanto da averne annerito la parte anteriore. La camera da letto sul retro era altrettanto spoglia e orrenda, con ragnatele agli angoli e una finestra sporca coperta da un sottile pezzo di stoffa. Quella non era una casa. Roache l'aveva usata come un bordello, un luogo per bere e ospitare feste sfrenate. La detestava. L'avrebbe demolita.

Uscì all'aperto e inspirò una boccata d'aria fresca, strizzando gli occhi contro la luce intensa del sole.

'Alcuni degli uomini se ne sono andati, signorina, ma gli altri stanno arrivando.' Il signor Denby le stava accanto.

'Non terrò qui nessuno che non sia una persona perbene. Non mi importa quanto siano esperti di bestiame.'

'Assolutamente.'

La cameriera portò del tè nero in una spessa tazza

marrone. Bridget annuì in segno di ringraziamento e ne sorseggiò un po'.

'Ci ho messo dello zucchero, signorina.' La cameriera fece una piccola riverenza, con i capelli che le ricadevano su un occhio nero.

'Come ti chiami?'

'Littlewood, signorina.'

'Il tuo nome di battesimo?'

'Minnie.'

'Quanti anni hai?'

'Circa quattordici, signorina. Non lo so con certezza. Sono stata in orfanotrofio fino ai dodici anni e poi mi hanno mandata a lavorare qui. È stato due estati fa.'

'Vuoi restare qui a lavorare, Minnie?'

'Sì, signorina, soprattutto ora che quell'uomo se ne è andato.'

'Roache non tornerà. Questa è la mia proprietà adesso. Lavori in cucina?'

'Ho fatto un po' di tutto, signorina. Cucina, casa e lavanderia.' Si strinse nelle spalle, apparendo più grande della sua età.

'Quante altre donne ci sono?'

'Solo una. Le altre sono scappate. Nessuno resta qui a lungo.'

'Perché non sei scappata anche tu?'

'Perché mio fratello è storpio e devo prendermi cura di lui. È venuto dall'orfanotrofio l'inverno scorso. Ha dodici anni.'

'Dov'è adesso?'

'Vive tra le montagne.'

'Cosa fa lassù?'

'Si nasconde dal signor Roache che gli aveva dato dell'inutile cane, dicendogli che l'avrebbe ucciso se l'avesse mai visto di nuovo.'

Bridget ingoiò una risposta tagliente. 'Bene, Minnie, vai a cercare tuo fratello e portalo qui. Sarà il benvenuto.'

'Lui, Ronnie, sa riparare selle, signorina.' La ragazza si torceva le mani in un'eccitazione trattenuta. 'Ronnie è molto bravo a lavorare con il cuoio, ma non parla. Non gli piacciono le persone. All'orfanotrofio lo picchiavano spesso e il signor Roache lo legava e i suoi amici gli tiravano le pietre per divertimento.'

'Brutti porci,' Mormorò il signor Denby sottovoce.

'Se Ronnie è abile nelle riparazioni, allora gli daremo un lavoro e sarà trattato bene. Te lo prometto.' Bridget sorrise, felice di poter aiutare il fratello di quella ragazza. Roache se n'era andato. Avrebbe dimostrato a tutta la tenuta di essere una padrona migliore di lui.

Nei cinque minuti successivi, tutta la servitù di dispose in gruppo di fronte a Bridget. Quasi tutti gli uomini erano trasandati, sporchi, con espressioni imbronciate disegnate su dei volti barbuti. Una decina di loro gironzolava per la stanza, nessuno desideroso di sentire cosa Bridget avesse da dire.

'Sono tutti?' Chiese al signor Denby.

'Ce ne sono altri fuori con il bestiame.' Continuava a tenere gli occhi sugli uomini. 'Non mi piace il loro aspetto.'

Bridget prese una scatola accanto alla porta e ci salì sopra. Raddrizzò le spalle e fissò ciascuno di loro. 'Sono la signorina Bridget Kittrick di Louisburgh. Conoscete bene la nostra proprietà e gli alti standard per cui Louisburgh è nota. La mia famiglia ha ora acquistato questa tenuta.'

Mormorii e sussurri serpeggiarono tra gli uomini.

Bridget attese che il silenzio si ristabilisse. 'Ho intenzione di licenziare tutti. Non ho tempo da perdere con uomini pigri e ingestibili.'

'Ehi, aspetta un momento, signorina!'

'Cosa? No, è impossibile!'

'Non puoi licenziarci!'

'Chi ha detto che siamo pigri?'

Le lamentele si sollevarono mentre il gruppo protestava e borbottava.

Bridget alzò la mano. 'Siete pigri. Guardatevi intorno. Lo stato degli edifici è deplorevole. Siete tutti sporchi e puzzate. Quand'è stata l'ultima volta che qualcuno di voi si è lavato? Gli animali sono in cattive condizioni, l'erba è in stato di sovrappascolo, ridotta a nient'altro che polvere. Qualsiasi mandriano con un briciolo di onore non vorrebbe mai lavorare in una tenuta gestita così male. Pertanto, posso solo presumere che siate tutti pigri e privi di alcuna morale o etica professionale. Ho ragione?'

Un altro giro di mormorii si levò nell'aria.

'Se dovessi tenere qualcuno di voi, come potrei mai fidarmi che lavorerete sodo per la mia famiglia?'

'Se ci pagassero bene, lo faremmo!' Esclamò una voce.

Bridget guardò l'uomo che aveva parlato, un individuo basso e magro. 'Siete sottopagati?'

'Sì. Roache ci pagava per lo più in birra o rum, il che non aiuta quando si ha bisogno di stivali nuovi o di un cappello.' L'uomo sputò a terra.

Bridget guardò il signor Denby. 'Il suo parere.'

'Due settimane di prova,' Disse sottovoce. 'Eliminate l'alcol. Non fa altro che causare risse. Vigeranno le stesse regole di Louisburgh.'

Annuendo, si voltò verso gli uomini. 'Avrete tutti una prova di due settimane. Se io o il signor Denby non saremo soddisfatti, allora sarete licenziati. Ci saranno nuove regole. Niente alcol. Se vorrete bere, lo farete durante il tempo libero in città.'

'Non è possibile andare in città e tornare in una notte,' Disse uno degli uomini.

'Allora vi suggerisco di limitarne il consumo ai giorni di congedo. Questa è la regola che viene applicata agli uomini di Louisburgh e sembra che non abbiano problemi al riguardo. Se deciderete di rimanere, riceverete un salario adeguato in cambio di una giornata di lavoro adeguata. E credetemi, c'è molto lavoro da fare qui. Tutti gli edifici saranno riparati e, in alcuni casi, demoliti e sostituiti. Metteremo in atto una serie di miglioramenti, saranno garantite migliori condizioni di vita e di lavoro, proprio come a Louisburgh. Mia madre sa cosa significhi essere trattati ingiustamente. Rispetta i suoi lavoratori e li vede come persone, non come schiavi. Se vorrete far parte di questa stazione ovina e avere una casa e un lavoro, allora dovrete meritarlo.' Fece un respiro profondo. 'Nessuno è obbligato a restare. La decisione è vostra. Ma se lo farete, sappiate che non ci saranno né alcol, né risse, né furti, e il rispetto reciproco sarà l'unico comportamento tollerato.' Guardò gli uomini, vedendone alcuni che chinavano il capo e evitavano il suo sguardo, mentre altri annuivano.

'Chi vuole restare venga a parlare col signor Denby, così potrà annotare i vostri dati. Chi desidera andarsene, vada a prendere le sue cose. Un carro vi porterà a Goulburn. Ah, un'ultima cosa. Northville non esiste più. Da questo momento in poi questa proprietà sarà conosciuta come Huntley Vale.' Scese dalla scatola un po' tremante. Non aveva mai dovuto parlare a un gruppo di lavoratori come quello prima di allora. Avrebbe voluto che Patrick o il signor Huntley fossero lì per sostenerla. Poi si rimproverò per essere stata debole. Aveva detto a Patrick di essere in grado di gestire la situazione, quindi l'avrebbe fatto, ma doveva ammettere che il confronto con Roache l'aveva scossa.

'Ben fatto, signorina,' Disse orgoglioso il signor Denby. 'Sua madre avrebbe detto esattamente lo stesso.'

Sollevata, Bridget annuì e si avvicinò ai conducenti dei carri seduti sui loro sedili. Il primo era pieno di mobili. 'Buon pomeriggio.'

'Signorina.' Il conducente si tolse il cappello in segno di rispetto.

'È stato assunto in città o era uno degli uomini del signor Roache?'

'Assunto in città, signorina.'

'Allora, per favore, porti questo carico di mobili al deposito dell'ufficio postale. Faccia in modo che etichettino tutto come beni del signor Roache. Mandi pure il conto a lui. Risiede probabilmente all'Hotel Mandelson di Goulburn.'

'Va bene, signorina.' Il conducente agitò le redini, facendo mettere in moto i cavalli e il carro con un sobbalzo.

Bridget si diresse verso il carro successivo, pieno di attrezzi agricoli, ma prima che potesse parlare, il conducente sorrise. 'Vuole che tutto questo venga riportato nei fienili?'

'Sì, grazie.'

'Molto bene, signorina. Ah, e anch'io sono stato assunto in città.'

'Allora temo che abbia fatto un viaggio a vuoto.'

'No, lo spettacolo ne è valso la pena, signorina.' Ridacchiò e schioccò le redini.

Giunta al carretto pieno degli effetti personali di Roache, Bridget fissò l'uomo dall'aria scontrosa che ne era alla guida. 'Lei è?'

'Sono uno degli uomini del signor Roache.' Le sputò del tabacco ai piedi. 'Gli porterò le sue cose e non tornerò. Non lavorerò mai per una donna.'

Bridget si irrigidì di fronte a quell'insulto. 'Questa è una sua scelta. Buona giornata.' Stava per voltarsi, quando improvvisamente si girò di scatto. 'Ma quelli sono il mio cavallo e il mio calesse.'

Lui la guardò accigliato da sotto il cappello. 'E allora?'

'Quindi non li porterà da nessuna parte. Scenda.'

'Il signor Roache ha bisogno delle sue cose.'

'E le avrà, ma sarà uno dei miei uomini a portarle e a tornare con il mio cavallo e il mio calesse.'

L'anziano uomo borbottò scendendo dal sedile del guidatore. 'Maledetta stronza. Avrai quel che meriti.'

Indignata per le costanti volgarità che aveva dovuto sopportare, Bridget gli si avvicinò. 'Se imprecherai ancora una volta, vecchio, ti farò trascorrere la notte legato a un albero!'

'Ne ho passate di peggiori,' Rispose l'anziano uomo.

'Allora sarai abituato anche a camminare. Ora vattene dalla mia terra.'

Lui si accigliò. 'Non posso andare con il calesse?'

'No, *sorprendentemente* non sono incline a offrire un passaggio a chi mi parla in modo così maleducato. Ora, vai!' Bridget si allontanò a grandi passi. 'Signor Denby, faccia portare il calesse in città da uno dei nostri uomini, per favore. Se non c'è nessuno di cui si fida, lo farò io stessa.'

'Me ne occuperò io.' Un uomo più alto degli altri si fece avanti. Guardò Bridget nervosamente. 'So guidare, signorina.'

'Chi è lei?'

'Peter McVitty, signorina.'

'Molto bene, signor McVitty. Il signor Denby le darà istruzioni.'

Il signor Denby chiuse il taccuino su cui stava scrivendo e la seguì fino ai cavalli. 'Cinque uomini restano, sette vanno via. Quelli che hanno deciso di andarsene non sono una gran perdita. Non facevano altro che parlare di bere. Inoltre, questa proprietà ha più uomini di quanti ne siano necessari. Possiamo farne a meno.'

'Quelli che vogliono andar via possono prendere il calesse.' Bridget accarezzò il naso di Ace, voltando le spalle agli uomini e ai loro sguardi ostili. Appoggiò la fronte contro il collo del cavallo e chiuse gli occhi. Non era mai stata insultata così brutalmente come quel giorno.

Il signor Denby si unì a lei. 'Questa era la parte più difficile, signorina, e l'ha affrontata bene.'

Lei gli sorrise, grata. 'Grazie, signor Denby. Non potrei farcela senza di lei.'

'Sono un impiegato di sua madre, signorina. Mi ha dato una casa e un lavoro e si è presa cura della mia famiglia. Non c'è nulla che non farei per lei o per la sua famiglia.'

Bridget annuì, sapendo che diceva la verità. 'Cosa facciamo adesso?'

'Ispezioniamo gli edifici e parliamo con quelli che restano. Loro, meglio di chiunque altro, possono dirci cosa va migliorato.'

'D'accordo.' Bridget raddrizzò la schiena, trovando nuove energie. 'Il signor Silas Pegg arriverà presto. Sarà un buon sovrintendente. Un uomo con una moglie e, si spera, dei figli in futuro. Questa proprietà ha bisogno di riecheggiare di grida di bambini e risate, per liberarsi dal suo sgradevole passato.'

Il signor Denby si guardò intorno. 'Un po' di pittura rimetterà a posto anche la casa.'

'Oh no. Questa casa sarà demolita. Inizieremo a costruirne una nuova più in alto, su quella collina.' Indicò una lieve elevazione del terreno, più vicina al ruscello.

'Una nuova casa?' Sorpreso, il signor Denby annuì con approvazione.

Bridget scalciò la strada polverosa sotto i piedi. 'E giardini.' Improvvisamente le mancarono Emmerson Park e la soffice luce della sera sulle colline ombrose, i giardini formali curati da una squadra dedicata, i fiori colorati, il profumo delle rose e la lunga discesa erbosa che si allungava fino al fiume serpeggiante. Più di tutto, le mancavano sua madre, i suoi saggi consigli e il suo sorriso gentile.

Sua madre sarebbe stata orgogliosa degli sforzi che aveva fatto quel giorno? Lo sperava. Guardando quel cortile squallido e gli edifici sciatti tutt'intorno, sapeva di dover trasformare quella proprietà in qualcosa di cui essere orgogliosi, e impegnarsi in quella missione avrebbe fatto passare il tempo più velocemente fino al ritorno della mamma e del resto della famiglia.

# CAPITOLO 8

Nel piccolo ufficio di Louisburgh, Bridget ricalcolava i numeri sul vecchio libro mastro di Northville mentre il signor Denby aspettava, bevendo una tazza di tè. 'Sembra che il signor Roache stesse operando in perdita.'

Il signor Denby ripose la sua tazza e il piattino vuoti sul vassoio. 'Non mi sorprende.'

'Ecco perché ha venduto, ovviamente.'

'Quell'uomo non aveva la testa giusta per fare l'agricoltore.'

'No...'

'Possiamo ricostruire la proprietà, trasformarla in un luogo rispettabile tanto quanto Louisburgh. Ci vorrà del tempo, ovviamente.'

'Sì. Ieri sera ho disegnato dei progetti per la nuova casa. Li manderò a un costruttore di Sydney che ha già lavorato per mia madre. Non appena gli alloggi degli uomini saranno completati, la vecchia casa sarà demolita. Ne ho parlato con il signor Pegg ieri.'

'Il signor Pegg, benché giovane, sembra essere l'uomo

giusto per Huntley Vale. È entusiasta e motivato. Sa anche molto bene come prendersi cura del bestiame.'

'Lui e sua moglie sono una bella coppia e saranno una vera risorsa per Huntley Vale. Il fatto che stiano vivendo in una tenda mi fa vergognare.'

'Faremo costruire un cottage in men che non si dica.' Il signor Denby sorrise. 'I lavoratori che sono rimasti potrebbero iniziare a pentirsene. Stanno lavorando dall'alba al tramonto.'

'Possono sempre andarsene.' Bridget non si fidava ancora di nessuno degli uomini rimasti.

'McVitty è un gran lavoratore, ed è anche gentile. Ha preso sotto la sua ala il giovane Ronnie. Il ragazzo non sa parlare, ma è intelligente e lavora il cuoio come un vecchio artigiano.'

Coi pensieri rivolti al povero ragazzo storpio, un sorriso affettuoso si dipinse sul volto di Bridget. 'Mi piace Ronnie. Che peccato che una delle sue gambe sia arcuata e indebolita.'

'Si muove comunque piuttosto agilmente.' Il signor Denby si alzò. 'È meglio che torni al lavoro. Domani cominceremo a organizzare le greggi.'

'Le stazioni periferiche non sono state ispezionate questa settimana, vero?'

'No, non sono ancora riuscito ad arrivare ai confini della proprietà. Ho dato ordine che le greggi vengano portate a nord-est, alla base delle colline. Il branco di bovini, beh, secondo me va abbattuto e sostituito.'

Bridget ci rifletté. Il branco di bovini era piccolo e in cattive condizioni. 'Dovremmo venderli al mercato?'

'Non ne otterreste un buon prezzo, signorina.'

'No, ma così com'è, stanno mangiando l'erba che potrebbe nutrire il bestiame che è in migliori condizioni.'

'Concordo.'

'Li porti al mercato, signor Denby.'

'Lo farò, signorina. Li farò portare a Goulburn domani stesso, pronti per il mercato del mercoledì.'

Bridget chiuse il libro mastro mentre il rumore di un cavallo e di un calesse penetrava dalla finestra aperta. 'Dev'essere la signora Barnstaple.' Bridget uscì dalla stanza insieme al signor Denby.

Giunti sul portico d'ingresso, si separarono, ma il sorriso che Bridget stava per indirizzare alla signora Barnstaple si congelò per la sorpresa quando vide il signor Huntley aiutare l'anziana donna a scendere dal calesse. Nel vederlo, un'ondata di pura felicità la travolse. 'Signor Huntley! Non mi aspettavo di vederla così presto.' Scese i gradini per accoglierli entrambi. 'Benvenuti.'

'Cara mia, ho incontrato il signor Huntley in città stamattina.' La signora Barnstaple prese la sua borsa dal sedile. 'Ha deciso di accompagnarmi a farvi visita.'

'Deve rimanere con noi, signor Huntley, per tutto il tempo che desidera,' Lo invitò Bridget, schermandosi gli occhi dal sole.

'È esattamente ciò che gli ho detto anch'io,' Intervenne la signora Barnstaple, mentre dava istruzioni a Ruth, la cameriera, di raccogliere il resto delle sue borse.

'Grazie. Mi piacerebbe.' Lo sguardo caldo del signor Huntley si posò su Bridget. 'Sto ancora cavalcando Blaze.' Indicò il cavallo. 'Abbiamo viaggiato per chilometri e chilometri e ora ha bisogno di riposo.'

'Dovreste riposare entrambi.' Bridget si rivolse a Boswell, il cocchiere che aveva guidato il calesse fino a Goulburn per prendere la signora Barnstaple. 'Boswell, potresti occuparti anche del cavallo del signor Huntley, per favore? Porta le bisacce a Ruth.'

'Sì, signorina.'

Il signor Huntley si tolse i guanti da cavallo mentre entravano in casa. 'Che luogo confortevole.' Sospirò felice. 'Alcune delle locande in cui sono stato non erano adatte nemmeno ai cani.'

'Vado di sopra a lavarmi via la polvere del viaggio.' La signora Barnstaple si diresse verso le scale.

'Una la sta attendendo,' Le disse Bridget, prima di entrare in salotto col signor Huntley. Era incredibilmente felice che fosse venuto.

'Come sta?' Chiese il signor Huntley, aspettando che lei si sedesse.

'In buona salute e molto impegnata, proprio come piace a me.' Bridget osservò i suoi movimenti mentre si accomodava sulla poltrona di pelle accanto al camino spento. Lo guardava attentamente, notando ogni dettaglio. Le lunghe gambe avvolte dai pantaloni da equitazione scuri. Il taglio dritto della giacca da cavallo marrone che si tendeva sulle sue spalle larghe. I capelli, un po' cresciuti, toccavano il colletto bianco della camicia. Era ben rasato, e lo sguardo di Bridget si soffermò sulla sua bocca, prima di incontrare gli occhi, che la stavano fissando con intensità.

'Sono felice di sapere che è serena,' Disse sinceramente.

'È riuscito a comprare qualche terreno?' Chiese Bridget, senza distogliere lo sguardo. Indossava un semplice abito di cotone da giorno e avrebbe preferito avere indosso qualcosa di più elegante per la sua presenza. I suoi capelli erano raccolti in modo semplice, fermati con dei pettinini di legno. Se avesse saputo che sarebbe arrivato quel giorno, avrebbe chiesto a Una di arricciarli e sistemarli con pettini di tartaruga e nastri.

'No. Non ho trovato nulla di mio gradimento. La proprietà

a Collector non era ben tenuta e non aveva acqua a sufficienza.' Il signor Huntley scrollò leggermente le spalle. 'Ci saranno altre opportunità.'

'Sì,' Intervenne la signora Barnstaple entrando nella stanza. 'Terrò d'occhio i giornali per lei e, se sentirò qualcosa in città, le scriverò immediatamente.'

'Grazie. Molto gentile.'

'E ora cosa farà?' Chiese Bridget, temendo l'idea che potesse andare via per sempre.

'Dovrò riconsiderare le mie opzioni.'

'Spero che non ci abbandoni per andare a nord, signor Huntley,' Disse la signora Barnstaple, riecheggiando i pensieri di Bridget.

'Qui, la contea di Argyle sembra essere più adatta al bestiame. Speravo di trovare qualcosa nel distretto di Berrima, o a Marulan.'

Il cuore di Bridget sobbalzò. 'Sì, sono sicura che ci sia qualcosa di interessante nelle vicinanze. Posso scrivere a Patrick e chiederglielo, se desidera? Sta comprando terreni nella zona di Yarrawa, a est di Bong Bong. Potrebbe esserci qualcosa anche per lei lì.'

'Patrick me ne ha parlato prima di partire. Vale la pena indagare.'

Ruth entrò con un vassoio su cui erano adagiati tè, torta, pane e formaggio.

'Dopo che ci saremo ristorati, potrei fare un pisolino, cara Bridget,' Disse la signora Barnstaple con fare tranquillo. 'È una giornata calda per essere autunno, e sento le energie prosciugate dopo il viaggio.'

'Certo, riposi pure quanto desidera.'

La signora Barnstaple sorseggiò il suo tè, mentre osservava attentamente Bridget da sopra il bordo della tazza. 'E mentre riposo, forse potresti fare una passeggiata con il signor Huntley? C'è un bel sentiero lungo il ruscello, signor Huntley.'

Un sorriso sottile gli apparve brevemente in volto. 'Non vedo l'ora di esplorare.'

Bridget incrociò lo sguardo col suo e sorrise, ignorando le strane sensazioni che il suo corpo le stava comunicando. I suoi occhi scesero di nuovo sulle labbra di lui, e un lieve tremito la scosse mentre si chiedeva come sarebbe stato sentirle sulle sue. E lui voleva baciarla? Sentì lo stomaco agitarsi per l'anticipazione e la speranza.

'Bridget?'

'Cosa? Scusi?' Fu catapultata fuori dai suoi pensieri e riportata alla realtà.

'Ho detto, domani potremmo fare un picnic?' La signora Barnstaple le sorrise.

'Sì, sì, è un'idea meravigliosa.'

'Come va con Huntley Vale?' Le chiese lui, addentando un pezzo di formaggio.

Lei distolse lo sguardo da quel gesto e si concentrò sulla tazza di tè che stringeva in grembo. Doveva tenere sotto controllo quel desiderio che la attanagliava. Respirò profondamente e in modo regolare. 'Abbastanza bene finora, ma c'è molto da fare.'

'Posso aiutarla mentre sono qui?'

La gentilezza della sua offerta le sciolse ancora di più il cuore. Era un vero amico, e dopo tutto ciò che aveva fatto, ancora si offriva di donarle il suo tempo. 'È molto cortese da parte sua, signor Huntley. Il povero signor Denby è sempre in viaggio tra le due proprietà per risolvere una cosa o l'altra, ma il signor Pegg sarà presto sistemato a Huntley Vale.'

'Credo che Pegg farà un ottimo lavoro.'

'Sono d'accordo. Domani andremo a ispezionare il gregge,

ma anche la mandria di bovini dev'essere portata al mercato domattina.'

'Non ci si annoia mai in una fattoria,' Disse lui sorseggiando il tè.

'Un'altra opinione sarebbe preziosa, se ha tempo?' Voleva che restasse il più a lungo possibile.

'Ho tempo.'

'E i suoi piani?' Chiese la signora Barnstaple.

'Qualche giorno qui non cambierà molto i miei piani. Potrò mettere degli annunci sui giornali per cercare una proprietà adatta.'

'Allora è deciso,' Disse allegramente la signora Barnstaple, prendendo un'altra fetta di torta. 'Saremo una piccola allegra compagnia.'

Quella sera, mentre il sole tramontava in un cielo splendente di arancione e rosa, Bridget passeggiava lungo il ruscello con il signor Huntley. Avevano trascorso il pomeriggio a cavallo, diretti verso Huntley Vale, dove il signor Denby aveva mostrato loro i lavori in corso; poi avevano ispezionato la mandria di bovini, concordando che gli animali dovessero essere venduti e che sarebbe stato necessario procurarsi una nuova mandria in condizioni migliori. Il signor Huntley aveva dimostrato di avere un occhio esperto per il bestiame, e la sua padronanza dell'argomento era evidente mentre parlava dei problemi di salute e di riproduzione degli animali. Sia lei che il signor Denby erano rimasti impressionati dalla sua competenza.

Ora, mentre passeggiavano, Bridget era estremamente consapevole della sua presenza. Con nessuno intorno, erano solo loro due nella luce dorata, con il rumore dell'acqua che scorreva e il grido occasionale di un corvo tra gli alberi. Per la prima volta nella sua vita, Bridget stava faticando a trovare qualcosa da dire.

Nessun uomo l'aveva mai fatta sentire così e si percepiva fuori dal suo elemento. Di solito non cercava l'approvazione di nessuno, essendo abituata a farsi accettare da famiglia e amici per ciò che era: una persona vivace, audace e schietta. Ma ora si chiedeva se questo fosse ciò che il signor Huntley desiderava. Improvvisamente, era di vitale importanza non allontanarlo. Apprezzava la sua compagnia, e l'attrazione tra loro non passava inosservata.

'Le manca la sua famiglia?' Chiese lui, strappando una lunga lama d'erba marrone e mordendola.

'Sì, molto.'

'Vorreste essere partita con loro?'

'A volte lo penso, ma non spesso. Forse quando il signor Roache mi ha tirata giù dal cavallo.' Si strinse nelle spalle, poi si rese conto di ciò che aveva appena detto.

'Ha fatto cosa?' Il signor Huntley si voltò bruscamente a guardarla. 'Le ha messo le mani addosso?'

'Era arrabbiato. Lo eravamo entrambi. Gli... gli ho detto che possedevamo la sua proprietà, e non l'ha presa bene.' Non aveva raccontato a nessuno di quell'incidente umiliante e aveva anche fatto giurare al signor Denby di mantenere il segreto. L'ultima cosa che voleva era che i suoi fratelli dessero la caccia a quell'uomo per vendicarsi.

'Signorina Kittrick, non avrebbe dovuto farlo.' Il signor Huntley scosse la testa, sospirando.

'Abbiamo litigato pesantemente e abbiamo entrambi perso le staffe. Certo, avrei potuto gestirla meglio, ma non mi aspettavo che mi tirasse giù dal cavallo. Il signor Denby ha tirato fuori la pistola.'

'Avrebbe potuto farsi seriamente male. E se il signor Denby l'avesse sparato? Sarebbe finito in prigione per colpa di quello spregevole individuo.'

'Lo so, sì. Sono stata sciocca.'

'Avrebbe dovuto lasciarlo andare per la sua strada, senza mai rivelargli chi era il nuovo proprietario della terra.'

Bridget si morse il labbro inferiore, temendo di avergli mostrato un lato di sé che non poteva esattamente dirsi ammirabile, il lato tempestoso. Santo cielo, ora lui si sarebbe forse allontanato da lei? A volte, non si comportava come una vera signora. 'In certe occasioni il mio temperamento prende il sopravvento.'

'Così sembra.'

'Quel miserabile mi provoca. Non sono riuscita a trattenermi.' Lo guardò, poi, non essendo la riservatezza una caratteristica della sua natura, si fermò e lo affrontò. 'Non sono un tipo di persona tranquilla e timida, purtroppo, signor Huntley. Ho troppo di mia madre in me. Non mi tiro indietro di fronte alle avversità.'

'Difendere ciò in cui si crede non è sempre una cosa negativa.' Lui guardava le colline in lontananza, perso nei suoi pensieri. 'Ma a volte ci sono delle conseguenze.'

'Io mi difenderò sempre. Forse è un difetto, forse no.'

'Non possiamo lasciare che i malvagi di questo mondo vincano, vero?' Diresse lo sguardo verso di lei. 'Non la condanno per aver lottato per ciò che è suo. Solo, a volte, il prezzo che paghiamo è troppo alto.'

Le sue parole, dolorose e oneste, la lasciarono senza una risposta pronta. 'Parla per esperienza, signor Huntley?' Chiese lei a bassa voce.

Lui tirò un'altra lama d'erba e la fece girare tra le dita. 'Ho fatto cose di cui non vado fiero, signorina Kittrick.'

'Non lo abbiamo forse fatto tutti?'

'Non fino ad abbassarsi ai livelli infimi che ho raggiunto

io. Ma il mio passato è un argomento di cui non mi piace parlare.'

'Oh? Pensavo... avevo immaginato che aveste avuto una vita felice a Hobart con i suoi genitori.'

'Una vita felice?' Ridacchiò senza allegria. 'Quanto vorrei che fosse vero.'

Bridget percepì la sua chiusura, vide il dolore nei suoi occhi. Era successo qualcosa, ma non aveva il diritto di chiedere ulteriori spiegazioni. Sebbene fosse incuriosita, ebbe la buona educazione di non insistere. 'Solo il futuro conta, signor Huntley,' Forzò un tono più allegro.

'Lo spero, signorina Kittrick.' Le rivolse un sorriso appena accennato.

Lei lo interpretò come un segno positivo, forse i loro destini erano intrecciati.

Continuarono a camminare, dirigendosi verso una fila di alberi di eucalipto, sia giovani che vecchi. Un tronco caduto era il sedile preferito di tutta la famiglia, quando arrivavano in quel punto durante le loro passeggiate. Il ruscello si allargava leggermente in un laghetto poco profondo, e le rocce di arenaria spuntavano dall'acqua, creando piccole cascate.

Bridget si sedette sul tronco. 'Domani dovremo fare un picnic qui.'

Il signor Huntley si chinò e lanciò un piccolo sasso nell'acqua. 'Quali sono i suoi sogni, signorina Kittrick?'

Sorpresa dalla domanda, ci pensò per un momento. 'Una vita lunga e piena di felicità.'

'E cosa definisce la per lei la felicità?'

'La famiglia, la buona salute, abbastanza denaro da non dover lottare nella vita, anche se non mi è mai toccato farlo, mamma se n'è assicurata... e anche l'amore di un uomo gentile.'

'Figli?'

'Sì, un giorno.' I figli non erano mai stati una sua ambizione bruciante. Li considerava semplicemente come qualcosa che sarebbe arrivato una volta sposata. 'E lei cosa desidera?'

'Lo stesso.' Si chinò di nuovo e gettò un altro sassolino nell'acqua, osservando le onde concentriche. 'Pensa che siano obiettivi raggiungibili?'

'Mi piace pensare di sì, certo.' Lo guardò attentamente. A volte poteva essere così serio, con un'espressione indecifrabile. Stava forse riferendosi a qualcosa tra loro?

'C'è un uomo a cavallo in lontananza.' Il signor Huntley indicò il sentiero che conduceva dalla strada fino alla casa.

Alzando una mano per proteggersi dal sole del tramonto, Bridget strizzò gli occhi per cercare di capire di chi si trattasse. 'Non riesco a distinguere chi sia. Probabilmente uno dei mandriani.'

'Torniamo a casa?' Il signor Huntley le porse la mano per aiutarla ad alzarsi dal tronco.

Il tocco delle loro mani fece correre un brivido lungo la pelle di Bridget. Lo guardò, e lui ricambiò il suo sguardo. Molto lentamente, lui tirò la mano verso di sé, e lei fece un passo avanti, trattenendo il respiro. Tutto ciò che desiderava era un suo bacio.

'Signorina Kittrick…' Disse lui con un sospiro.

Per lei ciò era abbastanza, così si protese in avanti e posò le labbra su quelle di lui. Lui si fermò per un momento, poi la prese tra le braccia e la baciò, stringendola forte.

Fu un bacio come nessun altro che Bridget avesse mai provato in vita sua. Il bacio di un uomo che sapeva cosa voleva ma che si controllava abbastanza da non essere opprimente. Lei gli strinse le spalle, e non le importava di aver fatto la prima mossa. Sapeva solo che quell'abbraccio era la cosa giusta, il desiderio che la travolgeva era naturale e reale. Voleva quell'uomo e non le importava rischiare che qualcuno lo scoprisse.

Alla fine si separarono. Il signor Huntley alzò le sopracciglia. 'Non me l'aspettavo.'

'Sei amareggiato?'

Il suo sorriso le comunicò tutto ciò che doveva sapere. 'Per niente. Solo sorpreso. Non capita tutti i giorni che una splendida giovane donna mi baci.'

'Non capita tutti i giorni che io baci un uomo,' Ribatté lei.

'Sono felice di sentirlo. Detesterei l'idea di non essere stato frutto di una scelta ben ponderata.'

Lei rise, sentendo la felicità crescerle dentro. Con un sorriso radioso, si avviò verso casa, desiderando di poter saltellare e correre e girare su sé stessa, ma non lo fece. Invece, disse voltandosi. 'Forse, se sarai fortunato, signor Huntley, potrei baciarti di nuovo.'

Il suo ridacchiare la raggiunse mentre si allontanava.

AL MATTINO, con il sole che sorgeva, Lincoln era seduto su Blaze, guardando Bridget cavalcare più avanti in mezzo al gregge di pecore con il signor Denby. Non riusciva a toglierle gli occhi di dosso, e ciò stava diventando un problema. Dopo il loro bacio del giorno precedente, aveva trascorso la serata con la mente in tumulto. Fortunatamente, la signora Barnstaple aveva mantenuto costante il flusso della conversazione, e il suo atteggiamento silenzioso non era stato notato.

Cosa doveva fare? La sua notte era stata del tutto insonne. Si era rigirato nel letto, tormentato dal desiderio per una donna che non poteva avere, torturato da un passato da cui non poteva fuggire. Un profondo bisogno di baciare Bridget, di essere libero di sposarla, portarla nel suo letto e farla sua lo riempiva fino al punto di non riuscire a pensare ad altro.

Era in piedi prima dell'alba, camminando lungo il letto del ruscello, tormentato e triste, consapevole che non avrebbe mai vissuto una reale felicità.

Bridget Kittrick era una donna meravigliosa, forte, indipendente, intelligente, e veniva da una buona famiglia. Amorevole e leale. Sapeva molto di lei, ma lo stesso non poteva dirsi per Bridget riguardo a lui. Come poteva raccontarle del suo disonorevole passato? Come aveva potuto permettere che i suoi sentimenti per lei crescessero così rapidamente? La verità era che non poteva controllare le sensazioni che lei gli scatenava dentro, ma poteva quantomeno tenere a bada le sue azioni.

Doveva andarsene e non tornare mai più. L'idea di acquistare un terreno in quella contea doveva essere messa da parte una volta per tutte. Vivere a solo un giorno di viaggio distante da lei lo avrebbe tentato troppo. Non avrebbe potuto sopportare l'espressione che sarebbe apparsa sul suo volto, se mai avesse scoperto la verità su di lui.

Era stato uno sciocco a fare amicizia con i membri di quella famiglia. Perché aveva permesso che i suoi affari con Austin sconfinassero nell'amicizia? Avrebbe dovuto mantenere un atteggiamento distaccato, limitarsi alle questioni lavorative. Tenere le persone a distanza era più sicuro. Ma il modo di fare travolgente di Austin e il suo comportamento disinvolto avevano fatto breccia nei suoi tentativi di difesa. Per una volta, si era goduto l'amicizia di qualcuno che non lo giudicava, che non conosceva il suo passato. Aveva lasciato Hobart per sfuggire alla sua vecchia vita, ma se fosse stato più saggio, si sarebbe reso conto che una persona è sempre inseguita dal suo passato.

E ora si era integrato nella famiglia di Austin, godendo del loro calore, della loro gentilezza. Aveva assistito alla manifestazione del vero amore familiare, all'affetto che tutti si scambiavano con tanta naturalezza, e aveva voluto farne parte, anche solo per poco.

Miserabile al pensiero di dover dire addio alla meravigliosa donna che gli aveva rapito il cuore, se ne stava a cavallo di Blaze e si concedeva il piacere di osservarla mentre parlava con i mandriani. Silas Pegg era arrivato la sera precedente, e lui e il signor Denby stavano discutendo delle condizioni del gregge, mentre Bridget ascoltava attentamente.

Lui non poteva prendere parte alla conversazione, perché l'indomani sarebbe andato via e non sarebbe mai più tornato, ma poteva quantomeno posare lo sguardo su Bridget e desiderare un futuro diverso da quello che lo attendeva.

Lei girò Ace e si avvicinò. 'Signor Huntley, cavalcheremo più a nord per portare delle provviste alla stazione distaccata per il mandriano che si trova lì e per controllare quel gregge.'

'Molto bene.' Fece schioccare la lingua per spronare Blaze a muoversi.

'È silenzioso stamattina,' Disse lei mentre cavalcavano.

'Non ho dormito molto la scorsa notte.'

'Nemmeno io.' Gli lanciò uno sguardo timido, un gesto molto insolito per lei, che era normalmente molto sicura di sé.

Lui distolse lo sguardo. Bridget si aspettava che le chiedesse di sposarlo. Dio, quanto lo desiderava. Era *la* donna giusta per lui. Amava tutto di lei, persino il suo temperamento e la sua audacia. Era vivace, affascinante e lui l'amava. L'amava troppo per permettere che venisse contaminata dal suo passato torbido o per sopportare un suo sguardo di disprezzo, il che sarebbe stato inevitabile una volta che lei avesse scoperto ciò che aveva fatto. No, non poteva permettere che accadesse. Una cosa simile lo avrebbe ferito fino infondo all'anima.

Aveva combinato un vero pasticcio.

Lincoln fermò Blaze, fece un respiro profondo e la guardò. Lei fece lo stesso con Ace e gli rivolse uno sguardo interrogativo. 'In realtà, signorina Kittrick, tornerò a Louisburgh per prendere le mie cose e poi mi dirigerò verso Goulburn.'

Lei trasalì in sella, e i suoi occhi azzurri si spalancarono per la sorpresa. 'Se ne va? Ora? Oggi?'

'Sarà meglio così. Ho molti affari di cui occuparmi. È ora che mi dia da fare.' Sussultò, vedendo l'espressione addolorata sul suo volto. 'Lei ha già così tanto da fare qui senza doversi preoccupare di un ospite in più.'

'Ma lei è sempre il benvenuto…' Lo sguardo le si riempì di confusione.

Lincoln imprecò interiormente, sentendosi una vera canaglia. 'La sua ospitalità è stata uno dei momenti più piacevoli del mio soggiorno, signorina Kittrick. Grazie.'

'Tornerà?' Sussurrò lei.

'Certo,' Mentì lui. 'Una volta che avrò trovato una proprietà.'

Lei annuì, la luce che fino a poco prima era nei suoi magnifici occhi azzurri si era spenta. 'Forse potrebbe scrivermi e raccontarmi come sta?'

'Lo farò.' Non aveva intenzione di scrivere, né di prolungare quel dolore.

'Passi a Emmerson Park se viaggia verso nord. Zia Riona ne sarà felice, e Patrick potrebbe avere delle novità su qualche terreno disponibile che potrebbe fare al caso suo nelle zone in cui sta cercando di acquistare.'

Lui sentì la disperazione nella sua voce e, per il bene di lei, si sforzò di non cambiare idea e restare. 'Le auguro ogni fortuna, signorina Kittrick. Sono certo farà grandi cose a Huntley Vale.'

Lei impiegò un attimo a rispondere. 'Grazie, signor Huntley. Buon viaggio.'

Salutò il signor Denby e Silas e guardò Bridget per l'ultima volta, poi spronò Blaze al galoppo, allontanandosi sempre più da lei. La sua mente e il suo cuore erano in conflitto, ma non c'era nulla che potesse fare al riguardo.

# CAPITOLO 9

*B*ridget non riusciva a concentrarsi mentre cavalcava con il signor Denby e Silas Pegg lungo il confine occidentale di Huntley Vale, diretti a nord. Non riusciva a capacitarsi della partenza improvvisa del signor Huntley. Lo aveva forse annoiato con il suo continuo parlare di tutti i lavori che avrebbe dovuto fare su quella proprietà? Non era stata abbastanza piacevole da riuscire a intrattenerlo? La sera precedente era stato molto silenzioso, e quella mattina aveva mantenuto lo stesso contegno. La trovava forse noiosa? Invero, era cambiata un po' da quando era arrivata a Louisburgh. La Bridget che lui aveva conosciuto a Emmerson Park era allegra e vivace, sempre impegnata a ridere e ballare durante i festeggiamenti per il suo compleanno, a giocare coi fratelli e le sorelle, a godersi picnic e a partecipare ai tour organizzati da Austin per lui e la signorina Norton. A Emmerson Park non aveva alcuna responsabilità e poteva semplicemente divertirsi e fare ciò che desiderava.

Ma a Louisburgh, aveva molti compiti da portare a termine. Era responsabile non solo della tutela della proprietà prediletta di sua madre, ma anche dell'acquisizione di Huntley Vale e dei problemi che tutto ciò aveva comportato. Tutto gravava sulle sue spalle.

Il signor Huntley aveva forse realizzato di aver sprecato lì il suo tempo, quando avrebbe dovuto invece concentrarsi sull'acquisto delle sue proprietà? La sua semplice presenza non era bastata per tenere vivo il suo interesse? Ovviamente, era così. Un sentore di delusione le si insinuò acutamente nel cuore. Aveva stupidamente immaginato che l'attrazione che provava per Lincoln Huntley fosse reciproca. Ma l'aveva baciata con la stessa passione con cui lei aveva baciato lui. Se lo era forse immaginato?

'Signorina Kittrick.' Il signor Denby le si avvicinò mentre superavano la sommità di una collina. Indicò verso est la colonna di fumo che saliva verso il cielo. 'Viene da Huntley Vale.'

In campagna, il fuoco era il pericolo che tutti temevano, perché poteva propagarsi rapidamente e coprire vaste distese nel giro di pochi minuti. La calura estiva aveva seccato i terreni e gli incendi potevano consumare molto velocemente centinaia di acri, devastando i pascoli e decimando gli animali.

Tutti spronarono i cavalli giù per il pendio e galopparono sui campi in direzione di Huntley Vale. Avvicinatisi, si accorsero che uno dei fienili era in fiamme, coi mandriani intenti a gettare secchiate d'acqua sul fuoco.

Il signor Denby diede rapidamente ordine di svuotare la rimessa adiacente e mettere in sicurezza gli attrezzi. Bridget scese dal cavallo e aiutò a riempire dei secchi d'acqua dai trogoli.

'Fortunatamente non c'è vento, signorina,' Disse Silas, prendendole un secchio dalle mani e gettandolo sulle fiamme. 'Ma presto l'acqua finirà.'

Col calore che si faceva sempre più intenso, tutti si affrettarono a contenere le fiamme su un solo lato del fienile.

'Legate una corda intorno a quella trave,' Ordinò il signor Denby. 'Dobbiamo abbattere il fienile prima che le fiamme raggiungano la rimessa per gli attrezzi.'

Gli uomini corsero a eseguire le sue istruzioni, mentre Bridget e la giovane domestica Minnie correvano con i secchi verso il barile dell'acqua nei pressi della casa.

Un forte schianto riempì l'aria quando il fienile venne abbattuto. Le fiamme si sollevarono brevemente e il fumo si innalzò verso il cielo.

'Altra acqua!' Gridò Silas. I mandriani utilizzavano delle coperte per contenere le fiamme. I secchi d'acqua provenivano ora dal torrente, che si trovava a un centinaio di metri di distanza.

Trascorsero altri dieci minuti prima che le fiamme fossero sotto controllo e si riducessero a poche braci ardenti. Tutti stavano lavorando sodo per creare un'area sgombra intorno al fienile e impedire l'insorgere di altri focolai.

Minnie portò una brocca di limonata e ne versò dei bicchieri.

'Beh, questa non me l'aspettavo,' Disse il signor Denby, bevendo avidamente col viso macchiato di fuliggine.

Bridget fissava il fienile fumante. 'Sono solo grata che il fuoco non si sia diffuso.'

'Se ci fosse stato vento, sarebbe stato molto pericoloso. L'erba è così secca.'

'Siamo stati fortunati a riuscire a contenerlo. La perdita di un fienile è un piccolo sacrificio in confronto a ciò che sarebbe potuto accadere.'

'Fa riflettere su come dovremo posizionare i nuovi edifici.'

'Con grandi spazi che li separino, signor Denby,' Disse

Bridget. 'E abbiamo bisogno di più barili per l'acqua disposti tutt'intorno al cortile.'

Denby tirò fuori il suo taccuino e Bridget notò che stava sanguinando. 'Signor Denby, ha una ferita.' Si avvicinò per esaminare la sua mano.

'È solo un graffio.'

'Ma può peggiorare se non viene curato. Minnie!' Bridget chiamò la domestica. 'Occupati della mano del signor Denby. La ferita dev'essere pulita adeguatamente.'

'Posso fare da solo, signorina,' Protestò il signor Denby.

'Lasci che Minnie se ne occupi. Riuscirà a pulirla meglio di quanto non possa fare lei con una mano sola. Minnie, mettici sopra un impacco di miele e bendala bene.' Bridget osservò gli uomini riposare, i volti striati di fuliggine nera e sudore. Intorno a loro giacevano i detriti del fienile, insieme ad alcuni dei prodotti che erano riusciti a salvare prima che le fiamme si intensificassero. Girò intorno alle casse di verdure e ai sacchi di grano. 'Signor Pegg, quando gli uomini si saranno riposati, dobbiamo mettere al sicuro tutto ciò che abbiamo salvato dal fienile.'

'Dove, signorina?'

'Fate spazio in casa. So che lì alloggiano gli uomini, ma preservare il cibo è importante.'

Bridget si avvicinò al gruppo di uomini, che, seduti nella polvere, si alzarono prontamente e si tolsero i cappelli. 'Avete fatto tutti un ottimo lavoro. Grazie.'

Un vecchio mandriano indicò le rovine fumanti con il cappello. 'Se non le dispiace, signorina, dovremmo continuare a gettare un po' d'acqua su quelle braci. Non vorremmo che il fuoco riprendesse.'

Bridget guardò le travi annerite e i tizzoni rossi che brillavano al sole. 'Sono d'accordo. Qual è il suo nome?'

'Bill Blackburn, signorina.'

'Posso lasciare questo compito nelle sue mani esperte, signor Blackburn?'

'Sissignora, signorina.' Annuì rispettosamente e si rimise il cappello. 'Allora, ragazzi, avete sentito la signorina Kittrick, mettiamoci all'opera.'

Bridget entrò in casa dalla porta sul retro, ritrovandosi in una stanza adibita sia a cucina che a lavanderia. Minnie stava bendando la mano del signor Denby. 'Come va?'

'È un bel taglio e c'è una piccola ustione accanto,' Rispose Minnie prima che il signor Denby potesse prendere la parola. 'Avrà bisogno di controlli regolari per evitare che si infetti.'

'Dovrebbe andare a Goulburn, signor Denby, e farsi visitare da un medico.'

'Non ce n'è bisogno, signorina. Va bene così. Ci starò attento.'

'E il medico farà altrettanto. Lei è troppo prezioso per me, signor Denby. Non posso permettere che le succeda qualcosa.'

'C'è troppo lavoro da fare perché io vada a Goulburn.'

'Posso gestire tutto da sola. Proprio ora stanno portando il bestiame in città. Può rimanere lì stanotte e portare gli animali al mercato di domani. Così eviterà di partire all'alba.'

'E l'ispezione del gregge?'

'Io e il signor Pegg possiamo andare alle stazioni settentrionali per esaminarlo. Voglio che lei si prenda cura di sé, signor Denby, per favore. Mi tranquillizzerebbe. Ora torni a Louisburgh e si faccia portare in carrozza.'

'Non è necessario, signorina.' Il signor Denby fece una smorfia mentre muoveva la mano.

'Niente obiezioni. Ho bisogno che sia in salute, signor Denby.' Sorrise. 'Ora, per favore, torni a casa e si faccia portare a Goulburn, e dica alla signora Barnstaple che ci metterò ancora qualche ora, ma sono certa che non le dispiacerà; ha detto che voleva andare a dipingere vicino al ruscello, quando sono andata via stamattina.'

Bridget si sistemò dopo la lotta contro il fuoco, si lavò le mani e il viso e pulì velocemente le gonne del suo abito da equitazione color borgogna. Chiamò Silas, e nel giro di pochi minuti, i due stavano già cavalcando attraverso gli ampi campi pianeggianti verso il confine più lontano, che si protendeva verso est in una spaccatura che fendeva le catene montuose. Se avessero proseguito ancora a nord, sarebbero giunti alla piccola cittadina di Taralga, ma invece condussero i cavalli verso destra, diretti alla base delle catene montuose alte e boscose.

Mentre cavalcava, Bridget cercava di non pensare al signor Huntley e alla sua partenza improvvisa, ma naturalmente la sua mente si rifiutava di obbedire, e i suoi pensieri continuavano a tornare a lui. Dopo il loro bacio, aveva percepito un suo allontanamento. Si era forse vergognato di aver compromesso la sua reputazione? Se così fosse stato, non avrebbe dovuto preoccuparsi, perché non erano stati visti da nessuno. Oppure pensava che ora gravasse su di lui l'onere di farle una proposta di matrimonio? Che temesse di avere un obbligo nei suoi confronti? Non di certo perché si erano scambiati un semplice bacio, no? Doveva sapere che non l'avrebbe mai vincolato a una promessa di matrimonio solo per quel motivo. Lei non era quel tipo di ragazza.

Cavalcava spedita, la mente in subbuglio. La temperatura si abbassava man mano che il terreno si innalzava, coi cavalli che avanzavano verso la cima di colline sempre più alte. Una fitta foresta cresceva alla base delle catene montuose, per poi diradarsi attraverso le pianure ondulate, che in inverno erano spesso coperte di neve. Dalla cima di un'altra collina spoglia, si estendeva la vista mozzafiato delle montagne in lontananza e delle valli che si incurvavano, modellando quel paesaggio primitivo.

La stazione distaccata, con una piccola capanna costruita su ruote dove il pastore dormiva di notte, apparve in lontananza sul bordo di un pendio ripido. Le catene montuose erano ora più vicine, torreggianti sopra di loro, con la fitta vegetazione di alberi scuri che copriva i versanti fino alle sommità. Tra gli alberi, si potevano scrutare le pecore che pascolavano lungo i pendii, piccoli guizzi color crema che puntellavano la distesa verde.

'Non vedo il ragazzo,' Disse Silas, tirando le redini una volta giunti nei pressi della capanna e smontando da cavallo. 'Oooh!' Il forte richiamo era il classico segnale dei boscaioli.

Gli uccelli si alzarono dai rami e le pecore sollevarono la testa, guardandoli con aria mesta.

'Il focolare è ridotto a delle braci,' Disse Bridget, smontando da cavallo per dare un'occhiata dentro la capanna, che non era più lunga di un paio di metri e altrettanto larga. Un cappotto era appeso a un chiodo e diverse coperte giacevano su un sottile materasso di paglia. Un fischietto di latta era adagiato su un cuscino grigio, con accanto una candela e una saponetta. Di fianco al fuoco c'erano utensili da cucina e uno sgabello.

'Oooh!' Chiamò di nuovo Silas, raccogliendo le cinghie per legare il cavallo. 'Non può essere troppo lontano, il gregge è qui.'

'Forse è andato a rispondere al richiamo della natura?' Tirò fuori una mappa e la esaminò. 'C'è un ruscello qui vicino.' Scrutò l'area circostante. 'Là, dove i due pendii si congiungono.'

'Avrebbe dovuto sentirmi chiamare.' Silas aggrottò la fronte.

Un rumore di zoccoli li raggiunse, seguito da un fragore quando un uomo a cavallo scese a tutta velocità giù per il pendio attraverso gli alberi, spaventando le pecore al suo passaggio.

Uno sparo rimbombò nell'aria, impaurendo i cavalli.

'Che diavolo?' Silas afferrò le redini del suo cavallo per calmarlo.

Allarmata, Bridget agguantò il morso di Ace.

Il cavaliere si diresse dritto verso di loro, continuando a guardarsi alle spalle. Poi Bridget li vide. Quattro uomini a cavallo lo stavano inseguendo.

'Signorina!' Silas trascinò il suo cavallo più vicino a lei. 'Salga, in fretta.'

'Bushranger?' Chiese Bridget, i pensieri in subbuglio, mentre montava rapidamente in sella a Ace proprio mentre il cavaliere solitario li raggiungeva.

'Mi stanno inseguendo!' Gridò, superandoli al galoppo.

Girandosi in sella, Bridget fissò i quattro cavalieri. Il sangue le si gelò nelle vene quando riconobbe Roache. 'Cosa ci fa qui?'

'Andiamo, signorina!' Gridò Silas, tentando di salire sul suo cavallo, che si dimenava con occhi selvaggi.

La curiosità ebbe il sopravvento sulla paura, mentre gli uomini si avvicinarono abbastanza perché lei potesse notare la sorpresa sul volto di Roache. Lui rallentò e la fissò, stringendo in mano una pistola. Tutti gli uomini sembravano essere armati.

Furiosa, Bridget afferrò le redini. 'Che cosa pensate di fare?'

'Beh, questa sì che è una sorpresa inaspettata.'

'Perché state inseguendo il mio mandriano?'

'Volevo solo che rispondesse a qualche domanda, ma si è spaventato ed è scappato. Idiota.' Roache le girò intorno a cavallo, con in volto il sorriso di chi sembrava aver perso del tutto il senno. 'Non pensavo di vederti fino a stasera.'

'Stasera?' La bocca le si seccò.

'Sì, quando io e i ragazzi ridurremo Louisburgh in cenere. Speravamo di fare lo stesso a Northville stamattina, ma siete riusciti a spegnere il fuoco.'

Bridget sentì il sangue gelarsi nelle vene. 'Avete appiccato voi l'incendio?'

'Sì! Abbiamo in piano di bruciare tutto ciò che quella strega di tua madre possiede.' Rise come un pazzo. 'Iniziando da Northville, e poi tutta Louisburgh. Ma ora ho forse vinto un premio migliore. Ho te. La tanto adorata figlia che tua madre non vedrà mai più.'

La paura le stringeva lo stomaco, ma l'odio che provava per quell'uomo la rese temeraria. 'Ti sparerò se proverai a farmi del male o a danneggiare la mia proprietà.'

Roache rise di nuovo e si girò verso gli uomini che stavano alle sue spalle. 'Vedete cosa intendo? Vi avevo detto che era una strega, proprio come sua madre. Non ha paura.'

'Ha proprio bisogno di una bella frustata,' Disse un uomo smilzo col volto coperto da una barba irregolare, guardandola con un sorriso malizioso.

'Beh, Sap, potrebbe essere una buona idea.' Roache scoppiò in una risata fragorosa.

'Signor Pegg, vada a chiamare la polizia,' Ordinò Bridget, spaventata.

'Signorina, andiamo via insieme. Allontaniamoci.' Silas spinse il suo cavallo più vicino ad Ace. 'Dobbiamo andare,' Sussurrò.

'Non andrete da nessuna parte.' Roache puntò la pistola contro Silas. 'Voi venite con noi. Mickey, prendi una corda.'

'State invadendo la mia proprietà,' Disse Bridget con fare deciso, 'E persino minacciando di appiccare incendi. La polizia vi chiuderà in cella prima di sera.' Appariva più coraggiosa di quanto non si sentisse realmente.

Sap avvicinò il suo cavallo a quello di Roache. 'Potremmo divertirci un po' con questa, che ne dice, signor Roache?'

'Dio, no.' Roache rispose con una smorfia drammatica. 'Non potrei sopportare di toccare della feccia irlandese.'

'Scommetto che è vergine,' Rispose Sap, osservando Bridget come fosse un succulento boccone da divorare.

Un brivido la scosse. Il pericolo cresceva sempre di più. Mentre intimava a Silas di andarsene, Roache alzò la pistola e la puntò dritta su di lei.

'Resterete qui.' Spronò il cavallo fino ad accostarsi ad Ace e ne afferrò il morso, con la pistola ancora puntata sul viso di Bridget.

'Lasciala stare!' Ordinò Silas.

Roache fece un cenno a Sap, che estrasse la pistola e sparò a Silas. Bridget si lasciò scappare un grido e i cavalli impennarono sulle zampe posteriori, scalciando. Con orrore, vide Silas cadere a terra con un tonfo.

'Cos'hai fatto!' Urlò Bridget, cercando di smontare da cavallo, ma lui le afferrò il braccio. Provò a liberarsi con un colpo secco, ma lui la trattenne con forza, stringendole la carne. 'Ti farò impiccare, lurido verme! Hai sparato a un uomo innocente.' La sua mente era in subbuglio per la scena a cui aveva appena assistito.

'Resta in sella, feccia.' Roache agitò la pistola verso gli altri uomini. 'Tu, Sap, e tu, Mickey, portàte via questa maledetta. Non voglio vederla mai più.'

'Possiamo divertirci un po' con lei prima di ucciderla?' Sap ghignò.

Roache si accarezzò il mento. 'No, a ripensarci bene, lasciatela illibata e portatela da Donovan. Gli devo un debito, e lei sarà il pagamento. Non c'è dubbio che là, nelle montagne, lontano dalla civiltà, abbia bisogno di una donna.'

'Oh, Donovan, il Capo? Il suo campo è a giorni di distanza,' Si lamentò Sap.

Roache lo guardò con disprezzo. 'Fai come dico, o ti sparo. Ricordati che sei di mia proprietà!'

'Cosa facciamo dopo avergliela consegnata?' Chiese Mickey, un giovane uomo col capo coperto da una folta chioma riccia che spuntava da sotto un cappello a falda larga.

'Non me ne importa,' Sbottò Roache.

'Se lo facciamo, saremo liberi dai debiti che abbiamo con te?' Mickey sembrava speranzoso.

'Sì, sì.' Roache agitò una mano per scacciarlo. 'Consegnatela a Donovan e sarete liberi da qualsiasi debito. Donovan potrebbe anche ricompensarvi generosamente per avergli portato una donna del genere.'

'Chi è Donovan?' Chiese Bridget, tremando. Forse avrebbe potuto ragionare con lui, più di quanto potesse fare con Roache.

'Lo scoprirai presto.' Roache consegnò a Sap le redini di Ace.

'Lasciami andare, Roache!' Per la prima volta, Bridget desiderò avere davvero una pistola. 'Non puoi farlo! Se scompaio, l'intero distretto verrà a cercarmi, e andrai dritto alla forca.'

'Dopo stasera non mi troveranno mai.' Roache le rivolse un sorriso beffardo. 'Parte di me vorrebbe tenerti qui, così potrei assistere al dolore sul tuo volto mentre vedi che tutto brucia al suolo. Ma l'altra parte di me vuole semplicemente che tu sparisca. Sei come una spina nel mio fianco che devo rimuovere.'

'Possiamo parlarne!' Implorò Bridget. 'È il denaro che vuoi?'

La risata di Roache risuonò sinistra. 'Prenderò i tuoi soldi e tutto ciò che c'è di valore in casa prima di darle fuoco.'

'Ho un ospite, dei domestici, sono innocenti.'

'Cosa me ne importa? Una volta che Louisburgh sarà in fiamme, lascerò questa maledetta terra e non tornerò mai più.'

'Ti prego, lasciami andare. Non dirò nulla.'

'E come spiegherai la sua morte?' Fece un cenno verso Silas, riverso a terra.

'Dirò che è stato un incidente.'

'Non mi fido di te,' Sibilò Roache. 'No, così è molto meglio. Sparirai e nessuno ti troverà mai. Sarà una vendetta per tutti gli anni di paternali che ho dovuto subire da tua madre.'

'Ascolta, per favore, possiamo risolvere tutto!' Implorò lei, prossima alle lacrime.

'Portatela via! Non sopporto la sua vista.' Roache guardò Sap con uno sguardo di disprezzo. 'E se Donovan non la vuole, uccidila.' Poi girò il cavallo e si diresse verso la tenuta di Huntley Vale.

'Roache!' Urlò lei.

Sap prese una corda dalla bisaccia e le si avvicinò per legarle i polsi.

'No!' Cercò di spronare Ace per allontanarsi, ma Sap ne afferrò saldamente le redini. Ace si mosse di lato con uno scatto.

'Prendi il morso dall'altra parte, Mickey,' Ringhiò Sap.

Mickey avanzò con il cavallo davanti ad Ace, bloccandone il percorso, e allungò una mano per afferrarne il morso.

'Lasciatemi andare!' Bridget si dimenava mentre Sap le

legava i polsi, finché uno schiaffo bruciante in pieno volto la bloccò, stordendola per il dolore.

Sap le afferrò il mento con fare animalesco. 'Ora ascoltami bene, strega. Ci aspettano tre giorni di viaggio e non starò qui a sopportare i tuoi capricci, capito? Comportati bene o mi approfitterò di te e ti abbandonerò nella foresta a farti sbranare dai cani.'

Tremante, Bridget non riusciva a parlare. Una sensazione di profondo terrore le stava bloccando le parole in gola.

'Legale un piede alla staffa, Mickey, e mettile il bavaglio.'

Obbediente, Mickey prese una corda dalla sella e la legò attorno alla caviglia destra di Bridget, fissandola alla staffa.

Sap legò poi un'altra corda al morso di Ace e la annodò alla sua sella. 'Andiamo.'

Un fazzoletto sporco le fu infilato in bocca e poi legato dietro la testa, sotto il cappello di paglia. Bridget rabbrividì avvertendone l'odore rancido, le lacrime le riempivano gli occhi. Non riusciva a respirare e tentò di mormorare qualcosa a Sap, annaspando alla ricerca di aria, ma lui la ignorò e spronò il suo cavallo a partire.

Ace dimenava la testa, non abituato a essere legato a un altro cavallo. Non potendo calmarlo, Bridget rimase immobile, cercando di mantenere la calma. Con la mente in tumulto, si aggrappò alle redini, consapevole che quello non fosse il momento giusto per tentare la fuga, ma rimanendo vigile e pronta a scappare alla prima occasione.

Passarono accanto alla capanna del pastore, e Bridget pregò che l'uomo facesse presto ritorno, trovasse Silas e andasse a chiedere aiuto. Una volta addentratisi nella foresta, cominciarono la risalita su per l'altura, col gregge che si disperdeva aprendo loro il passaggio, mentre i cavalli cercavano un sentiero tra le distese di alberi che coprivano le montagne.

Bridget respirò profondamente per calmare i nervi. Doveva pensare. Doveva pianificare. Avendo cavalcato nella foresta sin da bambina, aveva imparato dal signor Thwaite, il sovrintendente di Emmerson Park, e da Douglas, il capo stalliere, a riconoscere l'ambiente circostante in caso si perdesse. Soffocata dalla paura, si guardò intorno mentre salivano sempre più in alto. La vista era ostacolata dalle fitte chiome degli alberi che bloccavano anche i raggi del sole. Sembrava stessero salendo verso la cima della catena montuosa, almeno per il momento.

Un movimento improvviso catturò il suo sguardo mentre Ace girava intorno a un tronco d'albero. Bridget scrutò tra l'erba alta e gli eucalipti, poi lo vide. Un volto che sbucava in basso, nascosto dietro un tronco.

Alzò le mani legate, ma il volto si ritrasse. Era un bambino? No, non poteva essere. La mente le stava giocando brutti scherzi? Era forse sul punto di impazzire per lo shock?

Si girò appena per guardare indietro, facendo attenzione a non attirare l'attenzione di Mickey, che cavalcava dietro di lei, ma l'uomo, col capo chino, sembrava troppo occupato a rollare del tabacco. Di nuovo, quel volto comparve dietro un altro tronco. Con sua grande sorpresa, vide Ronnie, che si trascinava tra l'erba alta con l'aiuto delle braccia robuste e della sua unica gamba funzionante. Il ragazzo si fermò e si nascose. Bridget avrebbe voluto disperatamente gridare e saltare giù da Ace, ma era legata alla staffa. Il ragazzo fece capolino di nuovo, accennando un saluto e poi sparì.

Bridget continuò a cercarlo con lo sguardo nella fitta boscaglia, finché non raggiunsero la cima della montagna, che si innalzava fin sopra le chiome degli alberi. La vista era di una bellezza mozzafiato, e in qualsiasi altra occasione si sarebbe fermata ad ammirarla. Da quanto riusciva a scrutare, intorno a loro non c'erano altro che una boscaglia dalla tonalità cinerea, montagne in lontananza e colline ombrose. A ovest, alti colli si susseguivano, interrotti solo da qualche radura agricola. Sap continuava a procedere, indifferente al panorama, e cominciò la discesa ripida lungo il fianco opposto della montagna.

Lei rimase aggrappata alla sella mentre Ace avanzava con cautela, consapevole che un solo passo falso avrebbe potuto farli precipitare. Lei e Ace si muovevano come un solo corpo, in perfetta sintonia. Eccellente cavallerizza, Bridget lasciò che il suo corpo si rilassasse abbastanza da allentare la tensione nei muscoli, in modo che Ace potesse prendersi il suo tempo per individuare il percorso migliore tra alberi e massi. Tuttavia, per quanto ci provasse, non riuscì a fermare le lacrime che le bagnavano le ciglia. Ogni passo la allontanava da casa, conducendola sempre più vicino a un orrore sconosciuto.

# CAPITOLO 10

La pioggia tanto attesa, che gli agricoltori veneravano sempre alla fine di un'estate calda e secca, scendeva delicatamente tra gli alberi, schizzando Bridget mentre cavalcava dietro Sap. La sera si avvicinava, e il calore del sole diurno era stato sostituito da nuvole grigie che scivolavano veloci sopra di loro, appena visibili tra la fitta vegetazione. Cavalcavano da ore, mantenendosi nel mezzo della boscaglia, che copriva le catene montuose. Il terreno accidentato rimaneva sempre uguale: solo alberi, arbusti e montagne che sembravano non avere una fine. Si erano fermati solo una volta per indossare i mantelli; fortunatamente, Bridget aveva con sé il suo mantello impermeabile arrotolato dietro la sella, e Mickey glielo aveva avvolto sulle spalle, rifiutandosi però di sciogliere i legacci. Il suo cappello di paglia era ormai rovinato, la tesa fradicia e piegata fino all'altezza delle spalle.

In una fessura che costeggiava un pendio ripido, enormi massi sporgevano dal terreno, formando una naturale barriera contro il maltempo. Sopra di loro, gli alberi ondeggiavano dolcemente nella pioggia leggera, bloccando la luce e gettando su di loro un'ombra grigia e cupa.

Sap alzò una mano per fermare il gruppo e smontò da cavallo. 'Ci fermeremo qui stanotte. Mickey, trova un po' di legna asciutta.' Sciolse la caviglia di Bridget e la tirò giù da Ace con uno strattone. 'Non fare sciocchezze,' La avvertì severamente, allontanandola con una spinta.

Col corpo indolenzito dalla lunga cavalcata e i polsi ancora legati, Bridget prese le redini di Ace e lo condusse accanto alla roccia più grande per ripararsi dalla pioggia. Presto sarebbe scesa la notte, e non aveva né cibo né acqua da potergli dare.

'C'è un piccolo ruscello,' Disse Mickey quando tornò con legna e ramoscelli. 'È a circa cinquanta metri.'

'Accendi il fuoco. Vado a portare i cavalli ad abbeverarsi e prenderò dell'acqua con la gavetta per il tè.' Sap prese il suo cavallo e quello di Mickey e, con riluttanza, anche Ace.

Rimasta sola, tremante nell'aria umida, Bridget osservò Mickey raccogliere le foglie più asciutte e sfregarci contro la pietra focaia. 'Posso aiutarti.'

'No.' Mickey continuò col suo compito finché non riuscì finalmente a far attecchire una fiamma, che accese le foglie e i ramoscelli. Quando Sap tornò con i cavalli, un fuoco vivo ardeva vicino alla parete di roccia. Mickey mise l'acqua a bollire nella gavetta e aggiunse delle foglie di tè, poi si mise a preparare un grezzo pane damper da cuocere sulla brace.

'Il pane damper è tutto ciò che abbiamo. Non ero preparato per affrontare questo viaggio,' Si lamentò Sap. 'Dannato Roache.'

'Siamo fortunati che abbia portato con me almeno farina, sale e acqua,' Rispose Mickey con una nota di soddisfazione. 'Io sono sempre preparato.'

'Se così fosse stato, allora ti saresti portato dietro più provviste!' Lo schernì Sap. 'Abbiamo ancora diversi giorni di viaggio da affrontare e nessun negozio in cui fermarci.'

'Almeno è qualcosa,' Ribatté Mickey seccato. 'E tu cos'hai portato da mangiare?'

'Niente! Te l'ho detto! Idiota.'

'Vuoi il mio pane o no?' Mickey sbottò, riponendo la palla di pasta nelle ceneri del fuoco per cuocerla.

Stanca della loro compagnia e delle costanti liti, Bridget si accovacciò, appoggiandosi al muro di roccia, e chiuse gli occhi. Non avrebbe pianto di nuovo. Non avrebbe dato loro quella soddisfazione. Tuttavia, un'ondata di angoscia la travolse. Era alla loro mercé. Due sconosciuti, criminali. In un momento di follia avrebbero potuto facilmente ucciderla, o abusare di lei, lasciandola morta nella foresta.

Qualcuno a casa si era accorto della sua assenza? La signora Barnstaple doveva essere preoccupata. Avevano trovato Silas? Lottò per soffocare un gemito di sconforto al pensiero di quel bravo ragazzo morto. Sarebbe stata lei la prossima?

Doveva fuggire. Torse i polsi, cercando di allentare la corda, ma, sfregando, riuscì solo a provocarsi altro dolore. Sap aveva legato Ace a un albero a circa venti metri di distanza, ma dubitava di poter correre verso di lui e montarlo con i polsi legati prima che Sap o Mickey la raggiungessero.

'Signorina,' Disse Mickey.

Bridget si alzò immediatamente, con la schiena appoggiata contro la roccia. Non si fidava ad averli così vicini.

'Vuole del pane?' Le porse un quarto della palla di pasta cotta.

'Grazie.' Bridget lo prese; la crosta esterna era nera e fuligginosa, calda e friabile. Rompendola, ne trovò all'interno il pane soffice, che emanava un profumo delizioso. Cercò di masticare lentamente, per assaporarlo il più possibile, non sapendo quando sarebbe stato il suo prossimo pasto. Teneva lo sguardo su Ace, legato a una corda abbastanza lunga da permettergli brucare qualche ciuffo d'erba ai suoi piedi. Povero animale, anche lui era probabilmente affamato.

Mickey le porse una tazza di tè nero, senza latte né zucchero, ma quantomeno caldo. Stringendo la tazza tra le mani guantate, osservava i due uomini. Uno piccolo e magro, Sap, l'altro più robusto, con le spalle larghe, Mickey. Entrambi avevano barbe incolte, vestiti sporchi, capelli sudati e pistole infilate nei pantaloni. Entrambi erano pericolosi.

'Ho bisogno di andare in bagno,' Mormorò Bridget a Mickey.

'Andiamo.' Lui la accompagnò fino al margine della fila di alberi.

'Non riesco con le mani legate.'

Lui la guardò in modo sprezzante mentre le slegava i polsi. 'Non scappare. Sap ti inseguirebbe e ti sparerebbe.' Si voltò leggermente, dandole le spalle.

Bridget si strofinò i polsi segnati dalla corda, osservando la boscaglia tutt'intorno. Poteva davvero correre?

'Muoviti.'

Non avrebbe mai abbandonato Ace e sapeva che non sarebbe riuscita ad arrivare a lui prima che Mickey la afferrasse o che Sap le sparasse. Sconfitta, gli voltò le spalle e si liberò la vescica.

Tornati al fuoco, Mickey le legò di nuovo i polsi.

L'angolo della roccia sopra di lei la proteggeva un po' dalla pioggia leggera, ma col calare dell'oscurità, il freddo si fece più intenso. Si avvicinò cautamente al fuoco per scaldarsi, osservando i due uomini mentre sistemavano le coperte. Lei non ne aveva una, ma non ne avrebbe avuto bisogno. Appena

Sap e Mickey si fossero addormentati, sarebbe fuggita. Ace era ancora sellato e la aspettava proprio dall'altro lato del fuoco. Se fosse riuscita a condurlo silenziosamente tra gli alberi, avrebbe potuto montarlo e scappare. Avrebbero viaggiato verso nord tutto il giorno, per poi dirigersi a est, allontanandosi dalla catena montuosa, e sarebbero presto arrivati a un insediamento.

All'improvviso, Sap si tolse la giacca e si slacciò le bretelle. Si voltò e le afferrò il polso.

Bridget emise un grido di paura. 'Che cosa stai facendo?'

'Gioco d'anticipo.'

Il panico le crebbe dentro. Aveva intenzione di violentarla?

Sap le cinse i polsi legati con un'estremità delle bretelle, annodando l'altra attorno al proprio polso. 'Per evitare che ti vengano in mente idee strane, ragazza.' La strattonò a terra accanto a lui, facendo quasi prendere fuoco alle sue gonne da cavallerizza.

Spaventata, Bridget cercò di mantenere la calma, nonostante rabbia e odio le stessero montando in petto. Strattonò le bretelle, nel disperato tentativo di liberarsi.

'Smettila,' Ringhiò Sap, tirandola più vicina a sé. 'Non fare sciocchezze.'

Sdraiata in una posizione scomoda, il più lontano possibile da Sap, nonostante il vincolo delle bretelle, lo maledisse sottovoce. Legata a lui in quel modo, non sarebbe potuta fuggire. Rabbia e frustrazione si accavallarono dentro di lei, fino al punto di farla quasi urlare. Ma sapeva che ciò non l'avrebbe aiutata.

Restò a fissare le fiamme morenti, infreddolita e impaurita. Voleva disperatamente sua madre. Come avrebbe affrontato lei quella situazione? Sarebbe stata razionale, avrebbe usato il cervello e architettato un piano. Ecco cosa avrebbe fatto anche lei. Pazienza, intelligenza. Il momento giusto per fuggire sarebbe arrivato.

Infelice, chiuse gli occhi. Pensò a tutti quelli che la stavano attendendo a Louisburgh, probabilmente preoccupati. Roache aveva già ridotto tutto in cenere? Zia Riona, Patrick e Austin erano stati avvisati? I soldati erano già alla sua ricerca? Il fratello di Minnie aveva riferito ciò che aveva visto? Era muto, ma sicuramente la sorella sarebbe riuscita a capire abbastanza da poter cogliere il messaggio.

Mentre la stanchezza la sopraffaceva, i suoi pensieri andarono a Lincoln Huntley. Non sapeva nemmeno che lei era scomparsa. Gli sarebbe importato? Pensò al loro bacio, a quanto fosse stato bello, a quanto le fosse piaciuto e desiderasse rifarlo ancora e ancora. Poi era partito all'improvviso, come se non per lui non avesse significato nulla. Perché?

Una brusca spinta sulla spalla la svegliò. Sobbalzò, realizzando che Sap, con un ghigno in volto, stava sciogliendo le bretelle che legavano i loro polsi. 'Buongiorno!'

Bridget girò la testa per allontanarsi dal suo alito disgustoso. In qualche modo, era riuscita a riposare durante la notte, anche se solo a tratti. Doveva rimanere vigile e all'erta.

Una luce grigia filtrava tra gli alberi, mentre una pioggia leggera continuava a cadere, smorzando il consueto coro mattutino degli uccelli. L'aria era impregnata dei tipici profumi di eucalipto e sottobosco umido.

Mickey era accovacciato vicino al fuoco, riattizzando le braci per preparare dell'altro pane damper e del tè. Non lo guardò né gli rivolse la parola.

'Porterò i cavalli al ruscello per farli bere. Poi, dopo aver mangiato, partiremo.' Sap si allontanò per occuparsi dei cavalli.

'Devo solo andare al bagno,' Disse Bridget a Mickey. 'Non scapperò.'

Lui si alzò e le slegò i polsi. 'Comunque non arriveresti lontano senza un cavallo.' Si strinse nelle spalle e si voltò, tossendo.

Non avrebbe lasciato Ace, quindi non le restava altra scelta che tornare al fuoco dopo essersi allontanata. Mickey le pose la gavetta per preparare il tè, mentre lui mescolava il pane damper, col fuoco che si affievoliva sempre di più per via della legna bagnata.

'Cosa ti ha spinto a diventare un criminale?' Gli chiese, aggiungendo le foglie di tè all'acqua di ruscello nella gavetta.

'Chi ha detto che lo sono?'

'Devi esserlo, se hai accettato di prendere parte al mio rapimento.'

Lui rimase concentrato sull'impasto per il pane. 'Ero un orfano. Sono scappato dall'orfanotrofio di Sydney e ho lavorato qua e là in campagna come bracciante, ma non riuscivo mai a guadagnare abbastanza da potermi creare una vita decente.'

'E questa invece è una vita decente?'

'No, ma quantomeno sono padrone di me stesso. Non trascorro ogni mio giorno a obbedire agli ordini di un padrone o di un dannato guardiano con una frusta in mano.'

'Hai obbedito a Roache. È lui il tuo padrone?'

'Gli devo dei soldi. Sto ripagando un debito. Non sono di sua proprietà.' Si stava mettendo sulla difensiva.

Bridget non voleva innervosirlo e mantenne un tono calmo. 'Hai un lavoro?'

'No.'

'Sai leggere e scrivere?'

'No.'

Bridget sistemò la gavetta tra le braci ardenti per far bollire il tè. Il fumo le salì in faccia, pungendole gli occhi. 'Se imparassi a leggere e scrivere, potresti trovare un lavoro migliore.'

'Oh già, facile a dirsi.' Ridacchiò lui con tono beffardo.

'Se mi aiuti a tornare a casa, ti terrò come mandriano. Ti insegnerò anche a leggere e scrivere.'

Per un momento, un lampo di sorpresa e desiderio attraversò il volto di Mickey, poi abbassò lo sguardo. 'Se ti aiuto, siamo entrambi morti.'

'Sap non potrebbe ucciderci entrambi se lo prendessi di sorpresa. Ti aiuterei io,' Disse lei, millantando una sicurezza che in realtà non aveva.

Mickey la fissò incredulo. 'Dovremmo ucciderlo, o ci darebbe la caccia. Ha già ucciso in passato, e probabilmente lo farà ancora.'

'C'è un mandato per il suo arresto?' Pensava che il peggio che Sap avesse fatto fosse stato rubare cavalli, non uccidere.

'Sì. Il suo nome è Francis Bean, è un bushranger, conosciuto come *Sapone* perché riesce a scivolare nella foresta come se fosse fatto di sapone, smilzo com'è.'

Un brivido le percorse la schiena. Aveva sentito parlare di Francis Bean, un ladro di cavalli e assassino. Aveva sparato al conducente di una diligenza.

'Ascolta, non voglio che tu venga uccisa,' Continuò Mickey, guardando il pane damper che cuoceva a fatica. 'Resta calma, e forse quando arriveremo da Donovan, lui avrà un piano.'

'Ma che tipo di piano? E chi è questo Donovan?'

In quel momento, Sap apparve tra gli alberi con i cavalli al seguito. 'È pronto da mangiare? Dobbiamo partire.' Si fermò un momento fissando Bridget. 'Per l'amor di Dio, legale i polsi!'

Con riluttanza, Mickey la legò di nuovo. 'Non scapperà. Non sa dove siamo.'

'E che rimanga così,' Tuonò Sap. 'Non sto facendo tutto questo per niente.'

Bridget indossò di nuovo il cappello di paglia fradicio e abbassò lo sguardo. Sapeva di trovarsi tra le montagne che separavano l'insediamento di Sydney a est e le ampie pianure a ovest. Se fosse riuscita a scappare, forse avrebbe potuto raggiungere una fattoria senza troppi problemi.

Tuttavia, il suo ottimismo si spense quando montarono a cavallo e ripresero il cammino tra gli alberi gocciolanti. Sap continuava a mantenersi nel mezzo della foresta folta, impedendole di riconoscere qualsiasi dettaglio che potesse usare come punto di riferimento.

Dopo un'ora, Sap controllò la bussola e, soddisfatto, li guidò a nord-ovest, o almeno era ciò che Bridget pensava. Senza la luce del sole, era difficile avere una buona percezione della direzione in cui stavano procedendo.

'Dove vive questo Donovan?' Chiese lei a Mickey mentre cavalcavano lungo una cima montuosa poco alberata.

'Tra le montagne.'

'Quali montagne?'

Sap si girò in sella e le lanciò uno sguardo truce. 'Smetti di fare domande, o ti imbavaglio.'

Quando raggiunsero un crinale ripido, Bridget fissò il panorama davanti a sé. Di nuovo, con la scarsa illuminazione di un sole debole, riuscì a vedere solo montagne coperte di alberi che si estendevano all'infinito. Non c'era traccia di insediamenti umani, solo alture e gole ripide.

Un'ondata di delusione mista a disperazione la travolse. Non c'era nemmeno l'ombra di una fattoria.

Sap continuò a guidarli, scendendo lentamente fino al fondo della gola successiva, dove un ruscello scorreva precipitando tra le rocce. Risalirono di nuovo fino alla cima di un'altra montagna.

Finalmente Sap fermò il cavallo. 'Ci accamperemo in fondo alla prossima gola.'

Bridget era stanca e affamata. Procedere lungo il terreno accidentato aveva enormemente affaticato i cavalli. Quelli di Mickey e Sap iniziavano ad ansimare affannosamente, e persino Ace, un animale di una qualità superiore e ben curato, procedeva a testa bassa.

'Dovremmo far riposare i cavalli un po' più a lungo,' Disse a Sap, ma non ricevette alcuna risposta.

Il vento si levò, e le nuvole si addensarono rapidamente, creando una nebbia che oscurava il paesaggio. Bridget rabbrividiva nei vestiti umidi e sporchi. Si sentiva miserabile e sapeva di avere un aspetto altrettanto trasandato. Come avrebbe potuto sopportare un'altra notte all'aperto con quel clima orribile, sotto un costante controllo e degli sguardi minacciosi? Quel pensiero deprimente la fece quasi urlare. Ma nessuno l'avrebbe sentita. Nessuno l'avrebbe salvata.

LINCOLN SEDEVA a un tavolo nell'hotel di Goulburn. Aveva preparato la valigia la sera precedente, pronto a partire con la prima diligenza del mattino, ma il mezzo diretto a Berrima aveva rotto un asse, quindi non sarebbe partito fino all'indomani. Aveva lasciato Blaze a Louisburgh dopo la sua partenza improvvisa da Huntley Vale. La confusione della signora Barnstaple per il suo allontanamento repentino aveva dato adito a diverse conversazioni, che lo avevano inondato mentre raccoglieva le sue cose e chiedeva di essere portato in carrozza fino a Goulburn.

L'anziana donna lo aveva salutato con un gesto della mano, non del tutto soddisfatta delle ragioni che aveva apportato a giustificazione di quel viaggio. Lo aveva intimato ad aspettare il ritorno di Bridget, ma lui si era rifiutato. Non aveva nulla da dire a Bridget, o a nessun altro, in realtà. Erano la sua vita e il suo passato ad imporgli una solitudine perpetua. Nell'alta società, ciò che aveva fatto non era considerato accettabile. Era stato uno sciocco a immaginare che avrebbe potuto cancellare i suoi trascorsi trasferendosi altrove.

No, doveva spostarsi più a nord, verso le terre selvagge, e cercare di stabilirsi lì, dove la società civile non si era ancora spinta. Dove il suo passato non avrebbe avuto importanza, perché nessuno gli sarebbe stato abbastanza vicino da potersi interrogare su chi fosse veramente.

Un giovane entrò nella locanda e si appoggiò al bancone. 'Una birra, per favore,' Disse alla cameriera, poggiando delle monete sul bancone. 'Ho una gran sete.'

'E cos'avrai mai fatto per avere tutta questa sete?' Chiese lei, sorridendo.

'Ho dovuto cavalcare come il vento da Louisburgh per chiamare un dottore e la polizia.' Il giovane si passò stancamente una mano sul volto.

Lincoln balzò in piedi. 'Cos'hai detto?'

Il giovane si girò di lato e lo fissò. 'Che t'importa?'

'Sono un amico dei Kittrick. Ieri ero a Louisburgh.'

'Oh, beh, allora devi essere partito prima che succedesse tutto quel trambusto.'

'Cos'è successo?' Incalzò Lincoln.

'È stato trovato un mandriano colpito da un colpo di pistola. L'hanno lasciato a terra nella proprietà a nord di Louisburgh, ora chiamata Huntley Vale.' Il giovane prese il boccale di birra e ne bevve un lungo sorso prima di asciugarsi la bocca. 'Anche la signorina Kittrick non è tornata a casa la scorsa notte.'

Lincoln fu devastato dal sentire quelle parole. 'Non è tornata?'

'No, di sicuro è successo qualcosa. L'anziana donna che è ospite lì è del tutto sconvolta. Sta ordinando a tutti di mettersi alla ricerca. Sono stati mandati dei messaggeri a Berrima dalla famiglia della signorina Kittrick e da suo fratello a Sydney.'

Lincoln afferrò il cappello. 'Ho bisogno di un cavallo!'

'Ne ho portato uno di riserva per il dottore, ma lui è partito con il calesse. Avevo solo bisogno di una bevuta, poi tornerò indietro.'

Lincoln strappò il boccale dalle mani del giovane e lo fulminò con lo sguardo. 'Potrai bere più tardi, ragazzo. Andiamo.'

Cavalcando più velocemente di quanto non facesse ormai da tempo, Lincoln spinse il cavallo al limite per arrivare a Louisburgh il prima possibile. Madido di sudore, saltò giù dal cavallo e si precipitò su per le scale, fin dentro casa.

La signora Barnstaple sedeva attorno a un tavolo, intenta a scrivere. 'Signor Huntley! Oh, sono così felice di vederla. Ha saputo?'

'Sì.' Si passò una mano impolverata sul volto. 'Sono tornato con il dottore, che è stato subito condotto ad Huntley Vale dal mandriano. Che notizie ci sono della signorina Kittrick?'

'Nessuna!' Le lacrime bagnavano le guance rugose dell'anziana donna, appannandole gli occhiali. 'Non riesco a crederci. Bridget è stata portata via. Un giovane ragazzo storpio l'ha vista legata al suo cavallo mentre la portavano verso le montagne. Devono averla presa dei bushranger!'

Il petto di Lincoln si strinse per la paura. 'È stata organizzata una squadra di ricerca?'

'Sì, il signor Denby ha messo degli uomini di Louisburgh e di Huntley Vale alla ricerca, e i anche i poliziotti sono venuti, ma cosa potevo dirgli? Non so nulla. Non la vedo dalla colazione di ieri mattina. È stata fuori tutta la notte con quei delinquenti!'

'L'ho lasciata...' Vergogna e senso di colpa lo invasero. Perché non aveva aspettato che tornasse a casa sana e salva?

'Con lei c'era un mandriano, Silas Pegg. Gli hanno sparato.'

'Silas!' Lincoln non riusciva a crederci. 'È morto?'

'È in fin di vita. L'hanno trovato solo stamattina.' Si tamponò gli occhi. 'La scorsa notte ho scritto delle lettere a Patrick e Riona e ho ordinato a uno stalliere di cavalcare tutta la notte per consegnarle. La mia cara amica Ellen è in alto mare, ignara di ciò che è successo a sua figlia. Mi sento responsabile.'

'Come potrebbe mai esserlo? La signorina Kittrick stava controllando il bestiame, cosa che avrebbe fatto comunque, che lei fosse stata qui o meno.'

'Avrei dovuto agire prima. Quando non l'ho vista rientrare al tramonto, avrei dovuto chiamare la polizia, ma ho aspettato, pensando che si fosse fermata a Huntley Vale un po' più a lungo. Poi, quando si è fatta notte e non erano ancora arrivate notizie, ho iniziato a preoccuparmi. Mi è giunta notizia che anche il signore Pegg non era tornato a Huntley Vale. Senza il signor Denby—'

'Denby? Dov'era?'

'È andato a Goulburn per curarsi una scottatura alla mano e un brutto taglio. Ha dovuto trattenersi per la notte per andare al mercato di stamattina, ma è tornato subito dopo aver ricevuto il mio messaggio ed è arrivato alle prime luci dell'alba.' La signora Barnstaple si asciugò gli occhi. 'Prego Dio che non sia ferita o peggio...'

Quelle parole spinsero Lincoln all'azione. 'Abbiamo bisogno di più uomini che si mettano alla ricerca.'

'Quando ho scritto a Patrick, gli ho detto di portare degli uomini da Emmerson Park e chiunque altro riuscisse trovare.'

In quel momento, un poliziotto bussò alla porta, che era già aperta.

'Oh, sergente Sullivan.' La signora Barnstaple si alzò dalla sedia. 'Lui è un caro amico, il signor Lincoln Huntley.'

'Ci sono novità?' Chiese Lincoln.

'No, signore. Sto tornando a Goulburn per allertare le altre stazioni di polizia della zona e le autorità superiori. Invierò un telegramma al sovrintendente di polizia a Sydney.'

'Abbiamo bisogno di tracciatori,' Disse Lincoln, riferendosi agli uomini aborigeni di cui la polizia si serviva per rintracciare criminali o persone disperse nella foresta selvaggia.

'Abbiamo un mandriano aborigeno, il Vecchio Sammy, che ci ha già aiutato. Sappiamo che la signorina Kittrick e Silas Pegg si sono scontrati con un gruppo di quattro uomini. Due sono scesi a sud, mentre tre cavalli sono saliti a est verso le catene montuose, insieme alla signorina Kittrick, secondo quanto raccontato dal giovane Ronnie. Alcuni dei miei uomini stanno perlustrando le montagne proprio in questo momento.'

'Ci sono state segnalazioni di bushranger nella zona?' Chiese la signora Barnstaple.

'Non di recente a Goulburn, ma siamo sempre all'erta; sembra che i malviventi si nascondano dietro ogni albero e cespuglio. La settimana scorsa c'è stata una rapina lungo la strada per Braidwood. Dei cittadini per bene sono stati derubati.'

'Allora non abbiamo tempo da perdere!' Lincoln era ansioso che il poliziotto si mettesse in viaggio.

'Esattamente. Tornerò con altri uomini. Dobbiamo muoverci in fretta, hanno un buon vantaggio su di noi.'

Lincoln guardò la signora Barnstaple mentre il sergente usciva dalla stanza. 'Ho bisogno di un cavallo. Andrò a cercarla io stesso.'

'Non aspetterà Patrick e Riona?'

'No, Patrick potrà raggiungermi dopo. Dubito che arriverà prima di sera.'

'Vada a prendere un cavallo dalle stalle, se ne è rimasto qualcuno. Io organizzerò del cibo per il viaggio.'

Mentre si dirigeva di corsa verso le stalle, Lincoln sentì un rumore fragoroso di zoccoli e ruote di carrozza. Si fermò sorpreso, mentre il cavallo di Patrick si arrestava di scatto; dietro di lui comparve la carrozza degli Hamilton, seguita da diversi uomini che procedevano al galoppo. I cavalli erano stanchi, con la schiuma alla bocca, e gli uomini coperti di polvere.

'L'avete trovata?' Ansimò Patrick, smontando da cavallo.

'No. Sto per partire proprio ora.' Lincoln gli strinse la mano. 'Siete arrivati velocemente.'

'Siamo partiti non appena il messaggero è arrivato stamattina. È stata una cavalcata faticosa. I cavalli hanno bisogno di riposo.'

'Non ne sono rimasti molti qui.'

'Abbiamo bisogno del Vecchio Sammy.'

'Ha già trovato delle tracce. Credo sia fuori con il signore Denby.' Rivolgendosi alla zia di Bridget, Lincoln abbassò il capo in segno di rispetto, mentre la donna scendeva dalla carrozza. 'Signorina O'Mara.'

'Signor Huntley. Ci sono notizie?'

'Solo che sono state trovate tracce che portano verso le montagne, dove il giovane Ronnie li ha visti dirigersi.'

'Bushranger?'

'Molto probabilmente.'

Riona si portò una mano guantata alla bocca, fissando Patrick in silenzio.

'La troveremo, zia.' Le labbra di Patrick si serrarono in un'espressione di determinazione. 'Abbiamo mandato un membro della servitù a spedire un messaggio ad Austin. Porterà altri uomini da Sydney, ma ci vorranno un paio di giorni.'

'E in che stato sarà quando la troverete, ammesso che non l'abbiano già uccisa?' Osservando il pallore sul volto di Riona, Lincoln temette che svenisse ai suoi piedi. La sua mente si ritraeva al pensiero di ciò che dei fuorilegge potessero fare a una donna bella come Bridget. Non poteva e non voleva intrattenere nemmeno l'idea di cosa quegli uomini avrebbero potuto farle. 'Dobbiamo fare in fretta.'

'Questo cavallo è sfinito.' Patrick passò le redini a uno stalliere. 'Quali cavalli sono rimasti?'

Il ragazzo indicò il campo vicino al ruscello. 'La giumenta della signora Hamilton, Sugar, il nuovo cavallo del signore Hamilton, Merlin, e quello su cui è arrivato il signore Huntley.'

'Prendili,' Ordinò Patrick. Il ragazzo portò il cavallo di Patrick nelle stalle, poi corse di nuovo verso il campo.

'Riona!' La signora Barnstaple uscì zoppicando dalla porta della cucina, portando con sé una pesante borsa di tela piena di provviste.

'Signora Barnstaple.' Riona abbracciò l'anziana donna. 'Non posso crederci, davvero non ci riesco.'

In quel momento, da dietro le stalle apparve un uomo

dall'aspetto trasandato, con un lungo impermeabile, un cappello malconcio e una barba incolta. Sembrava essere sulla cinquantina, ma era difficile a dirsi. Il suo sguardo era all'erta, il corpo teso.

'Chi diavolo sei?' Domandò Patrick.

'Patterson. Eddie Patterson. Amico di vostra madre e della signorina Bridget.' L'uomo si fermò a dieci metri da loro.

'Non ho mai sentito parlare di te,' Ribatté Patrick.

Riona si fece avanti. 'Io sì. È l'uomo che trovò Bridget quando venne rapita da suo zio, Colm Kittrick, quando aveva sei anni.'

'Esatto, signora.'

Patrick fissò la zia. 'Quest'uomo?'

'Più tardi ti racconterò tutta la storia, ma il signor Patterson è una persona fidata. Tua madre gli ha sempre permesso di accamparsi tra le montagne ogni volta che passava di qui. Gli dobbiamo molto.'

Patterson si aggiustò il cappello, come se fosse in imbarazzo. 'Ho saputo della scomparsa della signorina Bridget. Sono venuto ad aiutare. Conosco bene la foresta. È stata la mia casa per gli ultimi vent'anni. Voglio trovare la signorina Bridget.'

'Più siamo, meglio è,' Disse Lincoln, mentre un altro frammento del passato di Bridget si faceva strada nella sua mente. Da bambina era stata rapita dallo zio?

Patrick annuì. 'Stiamo perdendo tempo. Hai un cavallo?'

'No. È morto l'anno scorso.' Patterson scrollò le spalle.

'Potrai prendere uno dei nostri. Andiamo a sellarli.' Patrick baciò la zia. 'Appena la troveremo, ti manderò notizie.'

La zia Riona si tolse dalle spalle lo scialle grigio chiaro di lana lavorata a maglia. 'Quando la troverai, avvolgila in questo. Sarà come se fossi lì.' Riona gli diede un altro bacio sulla guancia. 'Trovala viva, Patrick, perché non potrei sopportare di scrivere a tua madre…'

Lui annuì e si voltò.

Osservando la tenerezza di quella scena, Lincoln sentì un nodo al cuore. Un amore così, in quella famiglia, lo lasciava stupefatto. Sua madre gli aveva voluto bene in modo più riservato, solo lontano dalla vista di suo padre. Nella sua famiglia, le manifestazioni di affetto non erano tollerate. Scacciò i ricordi dal passato e si concentrò sul sellare il cavallo, mentre gli uomini di Patrick facevano altrettanto.

Tutto ciò che doveva fare era focalizzarsi sulla ricerca di Bridget. Si dava la colpa per averla lasciata; la presenza di un altro uomo quando quei bastardi si erano presentati avrebbe potuto fare la differenza. Se non fosse andato via, in quel momento Bridget sarebbe stata a casa. Un muscolo della sua mascella si contrasse. Un'altra cosa che aveva distrutto. Era la storia della sua vita.

# CAPITOLO 11

*P*er la seconda notte di fila, Bridget sedeva sul terreno bagnato con le ginocchia strette al petto, tremante per il freddo e la fame. Sotto il mantello impermeabile, il suo abito da cavallerizza era sporco e umido. Continuava a indossare il suo cappello oramai rovinato solo per cercare di proteggere il viso dalla pioggia, che li aveva accompagnati per tutto il giorno, trasformandosi in un vero e proprio acquazzone nel tardo pomeriggio. La pioggia cadeva così forte da fendere le chiome degli alberi sopra di loro, inzuppandoli. L'ennesimo giorno senza sole l'aveva completamente disorientata. Tutto ciò che sapeva era che si trovavano ancora in una zona montuosa, e nonostante fosse marzo, il clima ancora autunnale a l'altitudine rendevano la temperatura più fredda del normale.

'Ho una fame terribile,' Si lamentò Sap mentre lui e Mickey cercavano di accendere un fuoco, col legno bagnato che vanificava tutti i loro sforzi.

'Una tazza di tè sarebbe un toccasana,' Continuò Mickey, battendo la pietra focaia contro il legno e le foglie.

'Bisogna togliere le selle e strigliare i cavalli,' Disse Bridget, provando pena per Ace. Gli effetti del continuo cavalcare su un terreno scosceso e la mancanza di un adeguato nutrimento potevano notarsi dal modo in cui il cavallo teneva la testa bassa.

'Si sono abbeverati,' Borbottò Sap. 'Stanno mangiando l'erba.'

'Non è abbastanza! Quell'erba non è un sostentamento adeguato.' Con gran fatica, Bridget si alzò in piedi. 'Voglio che mi sleghiate i polsi, così posso togliergli la sella. Gli verranno delle piaghe.'

'Ha ragione, Sap,' Aggiunse Mickey. 'I cavalli sono bagnati e, con lo sfregamento delle selle, sentono dolore.'

'Stai zitta!' Sap si avvicinò a Bridget. 'Non dire un'altra parola!'

Furiosa, lo fissò dritto negli occhi. 'Tu magari non tieni al tuo cavallo, ma io tengo al mio!'

Uno schiaffo bruciante in piena guancia la lasciò stordita per un momento. Il dolore le rimbalzò sul viso, e gli occhi le si riempirono di lacrime.

'Non provarci, Sap!' Mickey si alzò in piedi.

'Anche tu, fai silenzio. Non sopporto più la vostra vista.' Sap imprecò sottovoce.

Nonostante lo shock di essere stata schiaffeggiata e con la guancia che le pulsava, Bridget si avvicinò ad Ace e iniziò a slacciare goffamente la cinghia della sella.

'Ho detto di no!' Sap la spinse via. 'Devono rimanere sellati.'

'Perché?' Gridò lei, piena di odio.

'Perché potremmo dover scappare da un momento all'altro.'

'Qui?' Lei gli rise in faccia. 'Non c'è anima viva per chilometri e chilometri.'

'Non puoi esserne certa. Qualcuno potrebbe nascondersi tra gli alberi. Siediti.'

Bridget lo fissò, lo sguardo colmo di disprezzo. 'Toglierò la sella a Ace e lo asciugherò con dei rami.'

'Ti ho detto di sederti!' Le diede un altro schiaffo, facendole piegare la testa all'indietro.

Le stelle apparvero davanti ai suoi occhi umidi; il dolore era profondo, la guancia le bruciava. Furibonda, si scaglio contro di lui, graffiandogli la faccia con le unghie, decisa a ferirlo come lui aveva fatto con lei. Gli urlò contro, piena di rabbia per tutto ciò che le stava facendo subire.

'Togliti di dosso!' Sap la trattenne, afferrandole le braccia.

Bridget combatteva come fosse posseduta dal demonio. Gli riversò contro tutta la sua frustrazione, determinata a fargliela pagare per la paura che le stava facendo provare.

'Stupida puttana!' Urlò Sap, mentre quei graffi gli laceravano il volto. La spinse così forte da farla volare all'indietro. Bridget atterrò sulla schiena con una tale violenza da farle perdere il respiro.

Stordita, rimase un momento a fissare i rami sopra di sé, sentendo la pioggia che le schizzava in viso.

'Basta!' Mickey si avvicinò a lei.

'Perché la stai aiutando?' Ringhiò Sap. 'Quella strega mi ha strappato la pelle.' Si strofinò il viso e si ritrovò le mani macchiate di sangue. 'La uccido, quella puttana!' Sap avanzò verso Bridget, estraendo la pistola.

'No!' Mickey si lanciò avanti. 'Non la ucciderai! Dobbiamo portarla da Donovan.'

Sap si fermò sopra di lei, puntandole la pistola alla testa.

Bridget non riusciva a respirare. Si bloccò. Fissava la canna della pistola, la mente svuotata, in attesa del colpo.

'No, Sap!' Gridò Mickey.

Sap si voltò di scatto. Lo sparo esplose, facendo sobbalzare Bridget, assordandola.

'Che cosa hai fatto! Stupido idiota!' Mickey urlò, aprendo le braccia.

Col cuore che le martellava in petto, Bridget guardò Sap, ma lui aveva lo sguardo rivolto altrove mentre abbassava la pistola, che puntava nella direzione opposta.

Confusa, la mente annebbiata, Bridget abbassò lo sguardo, osservandosi il corpo. Niente sangue. Niente dolore. Non era stata colpita, o forse sì? Il buio della sera le oscurava la vista.

Poi Mickey la guardò, gli occhi che chiedeva perdono. Santo cielo, era stato lui a essere colpito?

Bridget si sollevò, mettendosi in ginocchio nel fango e fissando Mickey.

'D'ora in poi lei andrà a piedi,' Dichiarò Sap allontanandosi tra gli alberi scuri.

Bridget aggrottò la fronte verso Mickey. 'Sei ferito?'

Lui scosse la testa e rivolse lo sguardo verso i cavalli. Lentamente, Bridget si alzò in piedi, ma con la coda dell'occhio aveva già notato la sagoma immobile di un cavallo a terra. Ace.

Sbandò, attanagliata da un senso di vertigine. Mickey la afferrò per sorreggerla, ma lei lo respinse. *Ace.*

Barcollando e gemendo, cadde in ginocchio accanto al suo adorato cavallo. Sap gli aveva sparato in pieno petto. I grandi occhi marroni di Ace si mossero, poi sbuffò mentre lei gli cullava la testa. 'Oh, bambino mio, mio dolce amato bambino.'

Bridget si rannicchiò sul suo collo e pianse. Il dolore era

così intenso che avrebbe voluto morire. Il suo amato cavallo. Quello che sua madre le aveva comprato dopo che la sua prima giumenta, Princess, era morta dieci anni prima. Ace era stato solo suo. Le dava libertà, le dava amore; erano stati una squadra per dieci anni. Bridget piangeva col cuore in frantumi.

'Signorina, il cavallo sta soffrendo,' Disse Mickey con voce pacata, inginocchiandosi accanto a lei.

'Lasciami stare!' Gli urlò lei furiosa, accecata dalle lacrime e dalla rabbia.

'Non vuole che soffra, vero?'

'Soffrire? Soffrire!' Gli inveì contro. 'Non meritava nulla di tutto questo!' Gridò, la voce che echeggiava attraverso il bosco intriso di pioggia.

'Lasci che metta fine alla sua agonia, signorina.'

Bridget strinse il collo di Ace ancora più forte, sperando che rimanesse in vita, ma ormai consapevole che fosse impossibile. Il sangue colava dal foro nel suo petto. Non poteva guarirlo. Dei singhiozzi disperati le spezzavano il respiro. Voleva urlare e dimenarsi per l'angoscia. Il suo adorato Ace.

'Signorina, si sposti.'

'No!'

'Sta soffrendo, signorina. Lasci che me ne occupi.' Delicatamente, Mickey la aiutò ad alzarsi.

Lo shock la pervase, intorpidendole la mente. Sentì il clic della pistola nel silenzio della sera.

Un altro colpo.

Bridget vacillò, e tutto si fece nero.

Quando si svegliò, si trovò con la testa appoggiata su una sella, col forte odore di cuoio che le invadeva le narici. Sopra il suo mantello giaceva la coperta scura della sella di Ace. Bridget rimase immobile mentre una nuova ondata di dolore la travolgeva. La sua mente rifiutava di accettare che Ace non ci fosse più.

Davanti a lei, un fuoco debole tremolava nel buio, con una lattina adagiata accanto alle braci, nel tentativo di far bollire l'acqua. Uno sforzo del tutto inutile, su un fuoco così debole.

'Ben svegliata,' Disse Mickey, con Bridget che riusciva a malapena a intravederlo tra le ombre. 'Sto provando a fare del tè. Ho trovato qualche bastoncino asciutto e delle foglie sotto un tronco, ma il resto è troppo bagnato per alimentare il fuoco.'

Lei non rispose. Non riusciva a partorire parole, né pensieri, se non un odio profondo verso Sap, ma era troppo stanca per fare qualcosa al riguardo. Il giorno seguente, però, avrebbe escogitato un piano per ucciderlo.

LINCOLN ERA SEDUTO sul suo cavallo e osservava il torrente che scorreva veloce. La pioggia martellava incessantemente. Stavano cavalcando da tre giorni sotto una pioggia di intensità variabile, da temporali furenti a leggeri piovaschi e nebbia. Di conseguenza, i torrenti e i fiumi che stavano attraversando si facevano sempre più pericolosi, man mano che l'acqua aumentava e scorreva più rapidamente. Le montagne erano insidiose. In passato, aveva cavalcato sui monti della Tasmania, ma mai alla ricerca di qualcuno, mai dovendo rimanere all'erta per il rischio di imbattersi in degli uomini armati. Quei picchi bruschi e le gole scoscese non risparmiavano nessuno. Avevano già perso due uomini: uno era caduto da cavallo, spaventato da qualcosa che si muoveva nell'erba, rompendosi una gamba, e un altro lo aveva portato alla fattoria più vicina per cercare aiuto.

Ogni notte si erano accampati in rifugi di fortuna, cercando di ripararsi dalla pioggia. Nessun fuoco riusciva ad attecchire, costringendoli a nutrirsi solo di biscotti d'avena duri e acqua. Patrick rimaneva in silenzio, cupo. Le condizioni metereologiche avverse e il terreno scosceso rallentavano il loro cammino. Le stesse distanze che in pianura potevano essere percorse in poche ore richiedevano ora un'intera giornata, mentre avanzavano lentamente sui pendii montuosi e scendevano con cautela lungo strette gole. Non c'erano strade battute o sentieri per il bestiame a facilitare il loro cammino. Invece, erano costretti ad aggirare alberi e massi giganteschi e a farsi strada attraverso la fitta vegetazione, scendendo giù per scogliere scivolose, sempre col timore che i cavalli potessero inciampare e trascinarli giù, verso la morte.

Lincoln non smetteva di pensare a Bridget. Il Vecchio Sammy seguiva le tracce che riteneva fossero le sue e dei due uomini che la stavano tenendo prigioniera. Il tracciatore aborigeno parlava poco, si limitava a studiare il terreno e indicare le impronte. Patrick si fidava ciecamente di lui, ma tutti sapevano che in fondo, stavano sprecando il loro tempo. Durante la notte, il corso d'acqua nei torrenti aumentava notevolmente, richiedendo molto più tempo per identificare i punti sicuri in cui attraversarli.

Ora, mentre la pioggia scendeva dal cappello e scivolava sul suo impermeabile, Lincoln osservava il Vecchio Sammy scuotere la testa mentre parlava con Eddie Patterson e Patrick.

'Non ci siamo, capo,' Disse il primo.

'Non sarà poi così alto da non poterlo attraversare, no?' Obiettò Patrick.

'Il flusso è abbondante.' Sammy indicò l'acqua impetuosa

che sbatteva e schiumava contro le rocce. 'Vi trascinerebbe giù.'

'Dobbiamo trovare un punto per attraversare.' Patterson guardò l'acqua turbolenta. 'Forse più a est?'

'Le tracce sono qui.' Sammy si inginocchiò, scrutando delle lievi impronte di zoccoli nel fango. 'Hanno attraversato in questo punto.' Si alzò e indicò l'altro lato del torrente, dove la terra si inclinava verso gli alberi di eucalipto.

'Attraverseremo più a valle, poi torneremo in questo punto risalendo dall'altro lato,' Decise Patrick. Poi lanciò uno sguardo a Lincoln. 'Sei d'accordo?'

'Sì.' Lincoln distese le dita, oramai intorpidite per aver stretto le redini troppo a lungo.

All'improvviso si udì un rombo, inizialmente sottile e fievole, poi sempre più forte, come il motore di un treno a vapore, tonante e minaccioso.

Gli uomini, all'erta, cercarono di calmare i cavalli, che avvertivano il pericolo e scalpitavano nervosi.

'Cos'è stato?' Urlò Patrick sopra il fragore.

Poi il Vecchio Sammy alzò lo sguardo verso il lato opposto della montagna, e indicò un punto in alto.

'Santo cielo!' Imprecò Patterson.

Stupefatto, Lincoln rimase con lo sguardo fisso per un momento. Il bosco si aprì, spaccato e inghiottito dalla frana che stava divorando alberi e rocce, mentre scendeva giù per la montagna. Rumorosa come un tuono, distrusse tutto ciò che incontrava lungo il suo cammino con una velocità spaventosa.

'Via!' Gridò Patrick sopra il frastuono.

Fuggendo, Lincoln spronò il suo cavallo a tornare verso il sentiero, correndo attraverso la boscaglia e risalendo il pendio per raggiungere una zona più alta, mentre dietro di lui la frana colpiva l'acqua, alzando onde alte.

Su un piccolo altopiano a metà della montagna, Lincoln fermò il cavallo e rimase a fissare la scena, incredulo. Sul lato opposto, un'enorme cicatrice spaventosa si apriva nella vegetazione, dal punto più alto fino alla base della montagna.

'Dio santo,' Mormorò uno degli uomini dietro di lui.

'Ci siamo tutti?' Chiese Patrick, girandosi in sella per contare gli uomini.

'Dov'è il vecchio Sammy?' Chiese Patterson, scrutando tra gli alberi.

'Sammy!' Gridò Patrick, formando un cono davanti alla bocca con le mani.

'Forse è più giù,' Disse Lincoln, dirigendo il cavallo verso il pendio.

'Probabilmente si è arrampicato su un albero,' Scherzò uno degli uomini.

Lincoln cavalcò accanto a Patrick fino al torrente, che ora aveva cambiato corso. La frana aveva spinto l'acqua oltre la riva, creando un nuovo canale tra i massi.

Uno degli uomini smontò e si avvicinò a un albero caduto. 'È qui.'

Lincoln notò la camicia rossa del vecchio Sammy attraverso i cespugli.

'È ferito?' Patrick si lanciò giù dalla sella.

L'altro uomo, Fletcher, scosse la testa con un'espressione di sconforto. 'È morto, signor Kittrick. Ma non ha un graffio addosso.'

Lincoln smontò da cavallo e si unì a Patrick, Patterson e Fletcher accanto al corpo del vecchio tracciatore aborigeno. 'Il cuore gli avrà ceduto?'

'Sembra sia andata così.' Patrick controllò il corpo di Sammy, constatando l'assenza di sangue o segni di ferite.

'Era anziano,' Disse Fletcher. 'Avrà avuto almeno settant'anni, a giudicare dai suoi racconti. Un'età avanzata per chiunque, bianco o nero che sia.'

Patrick si allontanò, imprecando forte. 'Non solo abbiamo perso il vecchio Sammy, indubbiamente un brav'uomo. Ma senza l'aiuto di un tracciatore, non troveremo mai Bridget!'

'Potremmo assumere un altro tracciatore?' Lincoln gli si avvicinò, posandogli una mano sulla spalla. 'Non possiamo arrenderci.'

'Non mi sto arrendendo,' Sbottò Patrick, poi sospirò pesantemente. 'Non ci voleva proprio, Lincoln.'

'No.'

'Dovremo seppellire qui il vecchio Sammy. Non ha una famiglia che lo pianga, ma lui avrebbe voluto una sorta di cerimonia tradizionale. Se lo merita.'

Lincoln aggrottò la fronte. 'Come facciamo? Sai come procedere?'

'No. Ma credo si tratti di un rito che ha a che fare col fuoco.' Patrick fece cenno a Patterson di avvicinarsi.

'Lo bruciamo?' A Lincoln non piaceva l'idea.

Asciugandosi la pioggia dal viso, Patrick scosse la testa, facendo schizzare l'acqua dal bordo del cappello. 'No. Inoltre, non c'è abbastanza legna asciutta per ricavarne una pira funeraria. Lo seppelliremo. Ho una piccola pala con me. Ci accamperemo tra gli alberi laggiù.' Patrick abbassò la testa. 'Se solo fossimo riusciti a superare il torrente, avremmo potuto vedere le tracce e sapere in che direzione sono andati.'

'Se fossimo riusciti a superare il torrente, la frana ci avrebbe travolti e ora saremmo tutti morti.' Lincoln gli diede una pacca sulla schiena, mentre la pioggia cadeva sempre più fitta. 'Abbiamo bisogno di aiuto. Ci servono altri uomini per coprire un'area più vasta.'

'Ci vorrà tempo, troppo tempo.' Patrick si rivolse a Patterson. 'Riusciresti a identificare le tracce?'

'Ne dubito. Non sono bravo come i tracciatori aborigeni. So solo come sopravvivere nella foresta.' Patterson fece un cenno verso il terreno smottato. 'Quella frana avrà cancellato tutte le tracce.'

Frustrato, Patrick sollevò le mani. 'Non abbiamo un tracciatore e probabilmente non ci sono nemmeno più tracce da seguire, ora che la frana ha travolto l'intero bosco. Che diavolo dobbiamo fare? Ogni minuto che perdiamo qui è un minuto in più che Bridget è lontana da noi.'

'Cosa suggerisci?' Ribatté Lincoln. 'Che torniamo indietro e lasciamo Bridget al suo destino?'

'Certo che no! Ma guardati intorno. Sono tre giorni che attraversiamo queste montagne e ora non c'è più un percorso praticabile. Anche se riuscissimo a oltrepassare il torrente, non saremmo comunque in grado di trovare le tracce senza il Vecchio Sammy, soprattutto con questo tempo maledetto.'

Lincoln si prese un momento per calmarsi. 'Ascolta, dobbiamo allontanarci da queste montagne e trovare un insediamento o una fattoria. Le provviste stanno finendo. Potremo rifornirci, mandare una lettera a tua zia per chiedere se ha notizie, contattare la polizia locale e vedere cosa sanno...' Lincoln era alla ricerca disperata di una qualsiasi speranza. La situazione era diventata così complicata, così senza via d'uscita, che si domandava se avrebbero mai trovato Bridget. Eppure, non si sarebbe arreso, né ora, né mai.

Patterson si strofinò la barba. 'Dovremmo dirigerci a ovest. Sull'ultimo crinale che abbiamo raggiunto stamattina ho visto un tratto di terra che porta in quella direzione. Potrebbe essere l'inizio di una zona di pascolo o di un terreno coltivato. Se non sbaglio, Bathurst dovrebbe essere solo a un giorno di cavalcata dalla base della catena montuosa.'

'Allora domani mattina ci dirigeremo verso Bathurst,' Concordò Lincoln, guardando Patrick. 'Va bene?'

'Sì.' Patrick lo scrutò attraverso la pioggia. 'Starà bene, vero?'

Lincoln si morse la lingua per non rispondere con un commento pungente. Entrambi erano ben consapevoli del pericolo in cui Bridget si trovava. 'Tua sorella è una donna tenace, e intelligente. Non si lascerà sopraffare.'

'Come nostra madre.' Patrick sembrava trarre conforto da quel pensiero.

Patterson fece un lungo sospiro. 'Ellen Kittrick è la donna più determinata che io abbia mai conosciuto. Sua figlia maggiore è proprio come lei.'

Lincoln fissò la devastazione causata dalla frana, rabbrividendo, forse per la pioggia, forse per la consapevolezza delle enormi difficoltà che avrebbero ancora incontrato nella ricerca di Bridget. E con ogni giorno che passava, la sentiva allontanarsi sempre di più.

'Resisti, ragazza mia,' Sussurrò. 'Resisti.'

# CAPITOLO 12

Sollevando le gonne sporche, Bridget scavalcò un tronco caduto, col terreno scivoloso sotto i suoi stivali ricoperti di fango. Attorno a lei, la fitta foresta pluviale si ergeva come una parete verde e umida. Di tanto in tanto intravedeva il cielo spaccato sopra di lei, un lampo di azzurro tra le nuvole bianche e soffici. Il sole non riusciva a penetrare in quella foresta, le cui sembianze erano gradualmente cambiate dai toni bluastri degli eucalipti e della vegetazione arida, agli alberi centenari, così alti da non poterne intravedere la cima. Sotto quei giganti ricoperti di muschio, crescevano felci di un verde brillante, con fronde larghe come ombrelli. Il suolo era soffice e spugnoso per la decomposizione delle foglie, e tutto odorava di umido.

Ma la bellezza della foresta pluviale non aveva alcun effetto su Bridget. Dalla morte di Ace, avvenuta il giorno prima, una fredda catena d'acciaio le aveva serrato il cuore, soffocando ogni traccia di tenerezza. Lasciare Ace quella mattina era stato straziante e aveva accresciuto l'odio che lei provava per Sap. Quella notte, mentre lui dormiva, avrebbe rubato la sua pistola e l'avrebbe ucciso. Era tutto ciò a cui riusciva a pensare, mentre continuava ad avanzare, passo dopo passo, per ore.

Giunsero in fondo a una lunga valle, e la foresta pluviale era l'unico paesaggio che si presentava alla vista. Piccoli canguri neri si irrigidivano sorpresi nel vederli avanzare in un percorso senza sentieri, verso il luogo dove viveva quell'ambiguo figuro, Donovan. Erano accompagnati dai richiami degli uccelli, alcuni dolci, altri inquietanti. Uno di essi risuonava come una frusta che fendeva il vento. Lo aveva sentito anche nella foresta intorno a Emmerson Park quando andava a cavallo. Era un suono familiare, confortante. E le piaceva ancora di più, consapevole di quanto infastidisse Sap.

La fame le contorceva lo stomaco. Giorni interi trascorsi senza acqua e un pasto adeguato l'avevano resa impacciata, mentre procedeva dietro a Sap, che guidava il cavallo, e seguita da Mickey, che aveva fortunatamente insistito per slegarle i polsi. Non poteva scappare, circondata da quei due, quindi che senso aveva tenerla legata?

Quello che non sapevano era che sarebbe fuggita appena possibile. Senza Ace e la preoccupazione che si potesse far male, ora avrebbe potuto correre e nascondersi. Sapeva di dover seguire i corsi d'acqua, che prima o poi l'avrebbero condotta a una fattoria, alla civiltà.

Improvvisamente, Sap si fermò e controllò la bussola. 'Non manca molto, grazie al cielo,' Mormorò.

Allarmata, Bridget accelerò il passo. 'Cosa intendi dire?'

'Il nascondiglio di Donovan.'

'Arriveremo in giornata?' Si agitò, convinta fino a quel momento che si sarebbero accampati per un'altra notte. La pioggia, che finalmente era cessata quella mattina, li aveva rallentati notevolmente, ma ciò non sembrava essere stato abbastanza. Come avrebbe fatto a prendere la pistola di Sap, se non si fossero fermati quella notte?

Camminarono per altre centinaia di metri prima che Sap si fermasse e si slegasse dal collo il fazzoletto a quadri. Prima che potesse reagire, Sap afferrò Bridget e la trascinò verso di sé, legandole il fazzoletto sugli occhi. 'Non si è mai troppo cauti. Donovan non sarà felice che abbiamo portato un'estranea nel suo nascondiglio. Dobbiamo ridurre al minimo il rischio che possa ricordarsi la strada.'

L'odore stantio di sudore del fazzoletto le tolse il respiro. Accecata, gemette mentre Sap la trascinava accanto a sé. I pochi minuti che passarono le sembrarono un'eternità. Ma la cecità le aveva acuito gli altri sensi. Sentiva di più: il tintinnio delle briglie, il canto degli uccelli, il suono di un ramoscello che si spezzava. L'aria umida le accarezzava il viso, il profumo della terra bagnata della foresta le pungeva il naso.

Finalmente Sap si fermò e le tolse la benda dagli occhi. 'Il sentiero è troppo stretto per camminare affiancati. Seguimi.'

Bridget sbatté le palpebre, sollevando la testa per guardare la foresta pluviale che si ergeva maestosa sopra di lei. Erano circondati da una luce soffusa, immersi tra le radici spesse degli alberi, ricoperti di muschio e licheni di toni più chiari. Grandi felci dominavano l'intero paesaggio, con delle altre piante più basse che ne crescevano base.

'Di qua.' Sap svoltò verso un albero segnato, anche se la traccia sembrava naturale, un'incisione sulla corteccia che poteva essere stata creata da qualsiasi cosa.

Lo seguì, con il cavallo al fianco, attraversando una stretta fessura in una parete di roccia che sporgeva dalla montagna. Poi scesero lungo una breve pendenza per camminare accanto a un ruscello che scorreva su rocce coperte di muschio. La foresta pluviale si faceva più fitta, e le grandi felci continuavano a sfiorarle il viso, prima che potesse scostarle con una mano. Alberi centenari si innalzavano maestosi verso il cielo, così alti che Bridget non riusciva a vederne la cima.

All'improvviso, si aprì davanti a loro uno spazio di circa venti metri, dove il sole penetrava attraverso la fitta coltre di alberi, e Bridget trattenne il fiato, sorpresa dallo spettacolo che le si palesò davanti. Gli alberi erano stati abbattuti per lasciar penetrare la luce in uno spazio in cui delle verdure spuntavano dal terreno. Coltivazioni ordinate di cavoli, cipolle, carote e patate. Un rudimentale barile d'acqua, sul cui bordo era appollaiato un kookaburra, era sistemato alla fine dell'orto.

Allungando il collo oltre il posteriore del cavallo che le stava davanti, Bridget scorse una capanna dall'aspetto rozzo, incastonata sul fianco di un'alta parete rocciosa. Accanto ad essa, in un capanno, un cavallo nitrì ai nuovi arrivati.

'Donovan!' Gridò Sap, rompendo il silenzio, facendo agitare i cavalli e spaventando gli uccelli, che svolazzarono via dai rami sopra di loro.

Sap afferrò il braccio di Bridget e la trascinò verso di sé. 'Donovan!'

'Non serve gridare.' Un uomo emerse dall'ombra delle eleganti felci che spuntavano accanto alla capanna.

Gli occhi di Bridget si spalancarono mentre l'uomo, Donovan, avanzava. Non indossava un cappello, e i suoi capelli biondo scuro, folti e del colore della sabbia bagnata, contrastavano con lo sfondo verde scuro della foresta. Ben rasato, il suo viso era il più attraente che Bridget avesse mai visto in vita sua, tanto da toglierle il respiro.

'Chi è questa?' Abbaiò lui, aggrottando la fronte e rovinando i suoi tratti affascinanti.

'Un regalo.' Sap la spinse in avanti così bruscamente che lei inciampò nelle gonne umide e cadde in ginocchio.

'Calmati!' Donovan si abbassò per inginocchiarsi accanto a lei e la aiutò ad alzarsi.

Da vicino, Donovan irradiava una forza celata, e Bridget notò un certo acume nei suoi occhi verdi. Tuttavia, non poteva fidarsi di lui, né di nessuno di loro. Si divincolò dalla sua presa. 'Non toccarmi!'

Lo sguardo duro di Donovan si rivolse a Sap. 'Chi è e perché è qui? Farai meglio a darmi una buona risposta.'

Stupita dal suo dolce e raffinato accento irlandese, Bridget lo fissò a bocca aperta.

Sap si avvicinò al barile d'acqua e, con le mani a coppa, ne raccolse un po' per abbeverarsi. 'Da parte di Roache. Voleva liberarsene. È un dono per saldare il debito che ha con te. L'ho portata come segno di rispetto nei tuoi confronti.'

'Non voglio una donna.' Donovan rimase fermo in una rigida posizione eretta. 'È uno scherzo?'

Sap scrollò le spalle. 'Roache pensava che ti sarebbe piaciuta. È una signora, istruita, non una prostituta di strada. Pensava che ti sentissi solo nel tuo rifugio in montagna. Inoltre, con ogni probabilità, è già stata messa una ricompensa per chiunque la troverà. Così potresti guadagnarci qualcosa, una volta che avrai finito con lei.'

'Sei impazzito?' La voce di Donovan si tramutò in un ringhio. 'Pensi davvero che voglia dei soldati a ficcare il naso qui intorno, brutto idiota che non sei altro!'

'Non ti troveranno mai. Sei qui da due anni e non ti hanno mai rintracciato.'

'E mi sorprende, considerando che pensi di poter venire qui ogni volta che vuoi e portarti dietro chissà chi!'

'Pochissime persone sanno dove vivi.'

'E voglio che rimanga così.' La mascella di Donovan si serrò.

'Posso spedire una lettera a nome tuo, dicendo che l'hai trovata e che vuoi una ricompensa.' Sap ridacchiò.

'No. La porterai alla fattoria più vicina e la libererai. Poi ti consiglio di andartene molto lontano.'

'Oh, ho intenzione di andarmene subito, ma mi serve del denaro.' Sap lo fissò con uno sguardo che serbava un misto di diffidenza e rispetto.

Le sopracciglia di Donovan si sollevarono. 'E sarei io a doverti darti del denaro, giusto?'

Sap scrollò le spalle, ma il suo sguardo duro parlava da sé.

'Come ho fatto a ritrovarmi invischiato con te?' Si lamentò Donovan.

'Ti ho salvato la vita,' Si vantò Sap.

Sospirando, Donovan si poggiò le mani sui fianchi come se fosse pronto a un litigio, poi ci ripensò. 'Fate riposare i cavalli stanotte, ma vi voglio tutti via di qui entro domattina.'

Sap afferrò le redini del suo cavallo. 'Non me la porto via. È tua. La detesto, quella strega!' Condusse il cavallo verso il ruscello stretto che scorreva attraverso la radura e lasciò che si abbeverasse; Mickey fece lo stesso con il suo cavallo.

A pochi passi da Donovan, Bridget si concentrò sul suo piano di uccidere Sap e poi scappare, ma prima sollevò il mento e fissò Donovan, che la osservava attentamente.

'Il suo nome?' Le chiese.

'Bridget Kittrick.'

'Irlandese?'

'Contea di Mayo.'

Lui inclinò la testa in segno di riconoscimento. 'Io sono di Dublino. Perché ti hanno presa? Hanno assaltato la tua carrozza e non hai voluto dare via i tuoi beni?'

'Roache era il nostro vicino. Abbiamo comprato la sua proprietà e non ha per niente apprezzato, quindi ha deciso di rapirmi.' Le sue parole erano taglienti, dure. Non avrebbe conversato con quel criminale più del necessario.

'Non ho nulla a che fare con le attività di Roache. Quell'uomo mi deve solo del denaro, tanto denaro.'

'E io dovrei ripagare il suo debito?' Rispose lei con tono beffardo. 'Posso assicurarti, signor...' Si fermò, imbarazzata per il fatto che non conoscesse il suo nome completo. Donovan era il suo nome di battesimo o di famiglia? 'Posso assicurarti che non sono un bene che può scambiarsi facilmente con denaro o oro. La mia famiglia si vendicherà per il mio rapimento e ogni uomo coinvolto finirà impiccato.'

I suoi occhi verdi si strinsero. 'Il mio collo è al sicuro, signorina Kittrick.'

'Ne dubito fortemente. Roache ha commesso un grosso errore rapendomi. Anche tutti i suoi associati saranno implicati. Sap, Mickey e tu.'

'Non io.'

'Mi lascerai andare?' Chiese speranzosa.

Lui scrollò le spalle. 'Forse.' Un lieve sorriso gli incurvò le labbra. 'Ma non ancora.'

Lo stomaco di Bridget si contrasse a quella risposta. Cosa intendeva dire?

'Avrà sicuramente fame,' Disse lui, indicando la capanna. 'Venga dentro a mangiare qualcosa.'

Lo stomaco di Bridget brontolò al pensiero del cibo, non potendo più negare quel bisogno. Con riluttanza, lo seguì nell'alloggio e rimase stupita dall'ordine e dall'aspetto accogliente degli interni.

Alla destra della porta c'era un letto rudimentale realizzato in legno su cui erano adagiate delle coperte di pelle di animale. Era posizionato sotto a una semplice mensola che ospitava attrezzi per la rasatura e alcuni libri. La capanna era stata costruita tutt'intorno a una parete rocciosa, che ne costituiva la facciata posteriore, e alla cui base era situato un altro grezzo banco di legno. La parete sinistra era dominata da un camino, realizzato con pietre, così come anche la cappa e il focolare. Un piccolo fuoco bruciava al suo interno. Sopra di esso vi era sospeso un pentolone di ferro nero in cui stava cuocendo del cibo. L'odore invitante le fece brontolare di nuovo lo stomaco.

Sul bordo delle braci era adagiato un bollitore nero, e accanto al camino Bridget notò alcune casse di legno contenenti piatti, ciotole e altro cibo, come sacchi di farina, tè, patate e una collana di cipolle, rape e un piccolo vaso di sale.

Al centro della capanna c'era un tavolo rudimentale circondato da alcuni ceppi che lei suppose venissero adibiti a sgabelli. Si spostò di lato mentre Sap e Mickey entravano nella capanna. Lanciò un'occhiata carica di disgusto e diffidenza verso Sap.

'Vi siete puliti gli stivali?' Chiese loro Donovan. 'Questa è casa mia.'

Sap imprecò e tornò fuori a pulirsi gli stivali, mentre Mickey annuì e si sedette su uno sgabello.

'Signorina Kittrick?' Donovan indicò anche a lei di sedersi, ma Bridget rimase in piedi.

'Hai fatto qualche miglioramento dall'ultima volta che sono stato qui,' Disse Sap, rientrando e sedendosi accanto a Mickey.

Donovan servì lo stufato in piccole ciotole di latta. 'Mi rifiuto di vivere come un vagabondo. Dopo tanti tentativi e errori, ho imparato a rendere questo posto più confortevole.'

Porse una ciotola e un cucchiaio a Bridget. 'Non sono un cuoco, ma il mio stufato di canguro è buono.'

Lei afferrò la ciotola, restando in piedi vicino alla porta. Osservando attentamente ciascuno degli uomini, mangiò un cucchiaio di stufato, apprezzandone il sapore. Aveva bisogno di quell'infusione di energia per poter scappare al momento giusto.

Donovan le portò del tè in una tazza di latta. 'Mi perdoni, non ho né latte né zucchero.'

I loro occhi si incontrarono, ma lei distolse subito lo sguardo, non volendo fare commenti o cedere a una conversazione come se quello fosse un incontro di piacere. Era lì contro la sua volontà e li disprezzava tutti. Era attanagliata da un terrore profondo, ma si rifiutò di mostrarlo.

Tornando verso il camino, Donovan aggiunse un altro ciocco alle fiamme. 'Avrei preferito che mi aveste portato un cappotto nuovo per l'inverno o dei giornali, piuttosto che una signorina rapita.'

Sap sorseggiò il tè. 'È stata un'idea di Roache, non mia, ma gli devo dei soldi, così ho fatto quello che mi ha chiesto per estinguere il debito.'

Donovan mangiava con un'espressione corrucciata. 'Perché mai avrebbe pensato che l'avrei voluta?'

'Ovviamente, non ci ha pensato bene,' Dichiarò Sap, ruttando. 'Roache è stato semplicemente colto di sorpresa quando siamo andati a rubare il suo bestiame e lei era lì con il suo mandriano.'

'Stavate per rubare il nostro bestiame!' L'odio le ribollì di nuovo dentro.

Ridacchiando, Sap si servì dell'altro stufato. 'Avevamo intenzione di dare fuoco anche a Louisburgh. Forse Roache ci è riuscito? O forse rapirti è stato sufficiente? È consumato dall'odio per la tua famiglia.'

Un gemito incontrollato le sfuggì di bocca. Louisburgh ridotta in cenere… La mamma ne sarebbe stata devastata. E cosa sarebbe successo alla signora Barnstaple che era in casa, a Una, alle cameriere…

Piena di rabbia e angoscia, Bridget scagliò la sua ciotola contro Sap, colpendolo alla spalla e sporcandogli il cappotto coi resti dello stufato.

'Stupida sgualdrina!' Urlò Sap, lanciandosi verso di lei. 'Ne ho abbastanza di te, per Dio!' La colpì in pieno volto con un pugno.

Accecata dal dolore, con la testa che le ronzava, Bridget cadde all'indietro, sbattendo la testa contro la porta. Scivolò a terra, stordita.

'Basta!' Donovan si inginocchiò immediatamente accanto a Bridget mentre Mickey afferrava Sap e lo teneva fermo.

'Se la tocchi ancora, ti sparo,' Disse Donovan a Sap con aria impassibile.

'Merita una bella lezione, e anche di più!' Sibilò Sap, spingendo via Mickey. 'Lascia che gliene dia una che non si dimenticherà.'

'Nel capanno c'è una tenda. Vai a montarla. Tu e Mickey dormirete lì stanotte,' Disse Donovan fissando Sap mentre era inginocchiato accanto a Bridget.

'Non qui dentro?' Sap fece una smorfia.

'Non posso fidarmi di voi. La signorina Kittrick prenderà il mio letto e io dormirò per terra. Domattina vi voglio entrambi via di qui.'

'E cosa farai con quella strega?'

'Non è un tuo problema.'

'Se vuoi che ce ne andiamo, dovrai darmi dei soldi. Non abbiamo nulla,' Si lamentò Sap.

'Ti darò del denaro.' Donovan fece un cenno verso la porta. 'Fuori.'

Sap e Mickey uscirono borbottando

Donovan chiuse la porta e si rivolse a Bridget. 'Lei sarà al sicuro, glielo prometto. Non è nella mia natura mancare di rispetto a una donna.'

'Mi porterai a casa?' Mormorò lei, tenendosi la mano premuta sul naso sanguinante.

'Non posso, non ancora. Ci saranno ovunque soldati alla sua ricerca. Non posso rischiare.' Prese il secchio accanto al fuoco, immerse un panno nell'acqua e glielo porse.

'Sei un ricercato?' Certo che lo era. Si accorse subito di quanto fosse scontata quella domanda.

Lui annuì, distogliendo lo sguardo. 'Vado a prendere altri secchi d'acqua, così potrà lavarsi. Ho del sapone e un asciugamano.'

Quando Donovan uscì, Bridget sospirò profondamente. Si trattenne dal piangere. Non si sarebbe mai mostrata debole agli occhi di quegli uomini. Una profonda stanchezza la travolse, rallentando ogni suo movimento mentre si alzava e tamponava il sangue intorno al naso.

Si avvicinò al caminetto e raccolse la ciotola che aveva scagliato contro Sap, pentita di non averlo colpito più forte, o meglio ancora, ucciso. Ma aveva ancora tutta la notte a disposizione. Doveva solo trovare una pistola. Donovan ne avrebbe sicuramente avuta una o forse più. Avrebbe sparato a Sap nel sonno e poi sarebbe scappata. A meno che non la legassero. La sua mente lavorava freneticamente, ma con grande difficoltà, per via del naso che pulsava e la testa che doleva. Doveva convincere Donovan di non essere in grado di fuggire, sperando che abbassasse la guardia.

Donovan tornò con due secchi d'acqua e un catino di latta. 'Di solito mi lavo fuori. C'è una luce migliore per radermi.' Le disse. 'C'è del sapone su quella mensola. Nel baule ai piedi del letto troverà un asciugamano pulito e i miei vestiti. Vuole indossarli mentre il suo vestito si asciuga?'

Lei lo fissò. 'I tuoi vestiti?'

'Sì. Una camicia e un paio di pantaloni. Qui nessuno la vedrà con quelli indosso.' Versò l'acqua calda dal bollitore nel catino e lo mise sul tavolo. 'Ho pensato che le avrebbe fatto piacere indossare qualcosa di pulito.'

Era fortemente tentata da quell'offerta. Guardando il suo vestito lurido e toccandosi i capelli arruffati che fuoriuscivano dal cappello di paglia rovinato, era consapevole di avere un aspetto pietoso.

'Comunque, la lascio fare. Nessuno entrerà, glielo prometto. Starò proprio fuori dalla porta.'

Bridget aspettò che fosse uscito, poi si avvicinò al baule e, inginocchiandosi, ne sollevò il coperchio. Al suo interno c'erano abiti piegati con cura e un asciugamano, che prese con sé. Poi, d'impulso, scostò gli abiti alla ricerca di una pistola. In fondo al baule trovò ciò che voleva. La analizzò, accorgendosi che era carica. Il cuore le batteva forte in petto. Rimise la pistola e gli abiti a posto e richiuse il coperchio. Stava per alzarsi quando notò qualcosa sotto il letto. Chinandosi, scrutò nell'ombra e vide un fucile.

Sentì delle voci provenire dall'esterno. Afferrò rapidamente il sapone e l'asciugamano e tornò vicino al fuoco per lavarsi. Sfidando la sorte, convinta che Donovan non avrebbe permesso a nessuno di entrare, sbottonò il corpetto e si spogliò dagli abiti lerci. Getto il cappello nel fuoco, ormai irrimediabilmente rovinato. Mentre le fiamme lo avvolgevano, Bridget si lavò rapidamente il viso, le braccia e il collo. Tirò via tutte le forcine che raccoglievano i capelli, sciogliendoli, e decise di lavarli. Immerse la testa nell'acqua fredda del primo secchio e strofinò energicamente il sapone tra i capelli lunghi e neri, lavando via tutte le impurità, la terra e i residui di vita spartana che si erano accumulati durante i giorni di cavalcate e davanti ai fuochi fumosi.

Lavarsi i capelli era un compito che normalmente Una svolgeva per lei, comprese l'asciugatura e la spazzolatura. Le lacrime si fecero strada nei suoi occhi mentre pensava a casa, alla sua famiglia. Li avrebbe mai più rivisti?

Respirò a fondo per calmarsi, strizzò l'acqua dai capelli e asciugò grossolanamente le punte davanti al fuoco. La sua gonna da cavallerizza era disgustosamente sporca. Gettò uno sguardo al baule. *Pantaloni?*

Esitò. In passato aveva spesso scherzato sul fatto che sarebbe stato comodo indossare un paio di pantaloni per cavalcare, per via della libertà e della praticità che garantivano, ma non aveva mai pensato di farlo realmente. Tuttavia, ora, nel mezzo di quella natura selvaggia, con nessuno che poteva vederla se non tre uomini che detestava, cosa importava?

In fretta, prima che potesse cambiare idea, Bridget si slacciò gli stivali e se li sfilò, poi slacciò le gonne e le lasciò cadere sul pavimento di terra battuta. Prese i pantaloni dal baule, le dita incerte mentre si infilava quell'indumento a lei estraneo e lo abbottonava. Tirò fuori dal baule anche una camicia bianca e la indossò sopra la canotta intima e il corsetto. Poi prese una giacca leggera di buona qualità e se la infilò sopra. Completamente coperta, si sedette sullo sgabello. L'energia che aveva impiegato nel lavarsi e vestirsi l'aveva stremata ulteriormente. Guardò il letto, desiderando addormentarcisi sopra, ma doveva rimanere all'erta.

Invece, riempì il bollitore d'acqua e lo mise sulle fiamme. Indossare dei pantaloni la straniva; non avere la copertura delle gonne voluminose le sembrava indecente, eppure al contempo liberatorio. Allargò le gambe, stupita dalla libertà che quell'indumento conferiva. Poteva starsene vicino al focolare senza temere di prendere fuoco.

Un leggero bussare alla porta la fece girare di scatto. 'Sì?'

'Signorina Kittrick, ha finito?' Chiamò Donovan.

Fece una pausa, non desiderando la sua compagnia, né quella di nessun altro. Quei giorni di costante sorveglianza l'avevano snervata.

'Signorina Kittrick?'

'Sì.' Rimase accanto al fuoco mentre lui entrava.

Donovan si fermò, osservando i pantaloni che aveva indosso, e sorrise. 'Come si sente?'

'Ridicola.'

'Vuole che lavi io i suoi vestiti?' Indicò l'abito da equitazione e le sottogonne ammucchiate sul pavimento.

'Posso occuparmene io.' Li raccolse tra le braccia, afferrò il sapone e gli passò accanto. Fuori, la tenda di tela catturò la sua attenzione. Mickey stava piantando l'ultimo picchetto per fissare una corda.

Ignorandolo, Bridget si diresse verso il bordo del ruscello. Si inginocchiò e immerse i vestiti nell'acqua. Il pezzo di sapone che aveva non sarebbe stato sufficiente per lavare via tutte le macchie di fango, ma avrebbe fatto del suo meglio. Mentre strofinava, notò Donovan che raccoglieva alcune carote dall'orto, mentre Sap gli girava intorno, parlando a bassa voce. Di tanto in tanto, Sap la guardava e lei si bloccava, chiedendosi di cosa stessero parlando. Era davvero al sicuro come aveva detto Donovan, o era tutta una farsa? L'avrebbero uccisa e seppellita nella foresta? Nessuno sarebbe mai venuto a saperlo.

Un brivido le percorse la pelle. Lanciò uno sguardo a Donovan, che scuoteva la testa alle parole di Sap. Con lui aveva una possibilità di salvarsi? Sembrava meno minaccioso, più raffinato. Aveva impedito a Sap di colpirla di nuovo, o di fare persino peggio. Donovan era stato gentile, le aveva permesso di lavarsi e di indossare i suoi vestiti. Ma era pur sempre un ricercato, un criminale in fuga. Non poteva fidarsi di nessuno.

In piedi, strizzò l'acqua dal corpetto e si avvicinò a un albero vicino al capanno, dove lo appese a un ramo ad asciugare. Il cavallo di Donovan era una vera bellezza, con il manto castano lucente. Lui le diede un colpetto col muso, cercando la sua attenzione. Avrebbe potuto rubarlo e scappare durante la notte? Lei non conosceva quell'area, ma il cavallo sì. Doveva trovare il modo di fuggire.

I suoi pensieri si affollarono mentre continuava a lavare i suoi abiti. Fu sorpresa dal peso della gonna da equitazione bagnata. Provò un rinnovato rispetto per le donne che lavoravano nella lavanderia a Emmerson Park e che si occupavano di tutti i vestiti e le lenzuola per la sua famiglia. Se le sue sorelle l'avessero vista in quel momento, sarebbero state al contempo inorridite e divertite da quella scena. Fu colpita da una fitta d'amore, una nostalgia di casa. Avvertiva così tanto la mancanza della sua famiglia da sentirsi stringere il petto. I gemelli, i loro sorrisi furbetti e le loro monellerie, e sua madre... No, non poteva pensarci in quel momento, sarebbe stata la sua rovina. Doveva rimanere forte, vigile e sopravvivere.

'Posso aiutarla?' Chiese Mickey mentre lei faticava ad

appendere la lunga e spessa gonna al ramo.

Lei annuì e si fece da parte, permettendogli di distribuire il peso in modo che si asciugasse più velocemente.

'Domattina ce ne andremo,' Sussurrò Mickey. 'Volevo solo dirle che mi dispiace per tutto quello che è successo. Non ho mai voluto prendere parte a tutto ciò.'

'Eppure l'hai fatto. Avresti potuto aiutarmi a scappare.'

'Sap non ne sarebbe stato felice.'

Bridget lo fissò con astio. 'Bene, ricordatene quando starai penzolando dalla forca. La mia famiglia non si darà pace finché non lo sarete tutti.'

'Non ci troveranno. Andremo in Queensland, nessuno ci troverà lì.'

Bridget gli si avvicinò. 'Scommetto che i nativi vi troveranno e vi trapasseranno il cuore con una lancia. Ho sentito dire che ci sono delle tribù feroci laggiù. In un modo o nell'altro, avrete ciò che vi spetta.' Bridget si allontanò sbuffando, irritata. Credeva forse che delle scuse avrebbero risolto tutto?

Con l'avvicinarsi dell'oscurità, che sparse un'ombra fitta su tutta la valle della foresta pluviale, Bridget sedeva davanti al fuoco mentre Donovan cucinava patate e carote. Sap e Mickey erano nella tenda, dove avrebbero mangiato e dormito, lasciando Bridget e Donovan da soli nella capanna.

Da quando aveva finito di lavare i vestiti, era rimasta accanto al fuoco, pianificando la sua fuga. Donovan entrava e usciva, preparando la cena, prendendo acqua e legna. L'aveva lasciata in pace, rivolgendole solo dei sorrisi appena accennati ogni volta che i loro occhi si incontravano. Per qualche motivo, non si sentiva particolarmente spaventata in presenza di Donovan, non come con Sap o Roache. L'aura di rispettabilità che lo circondava, persino in quel luogo remoto, attenuava in parte la minaccia che lui rappresentava.

Non riusciva a capirne il motivo, poiché percepiva comunque che, sotto quell'aria di civiltà, si celava un individuo risoluto, un uomo ricercato dalla polizia. Cosa aveva fatto?

'Ecco qui. Non è nulla di speciale.'

Bridget sobbalzò quando lui le rivolse la parola.

Donovan le porse la ciotola di cibo. 'Non le farò del male, signorina Kittrick.'

'Queste parole non significano nulla per me. Sono qui contro la mia volontà. Sono le azioni che contano, non le parole.'

'Comprensibile. Tuttavia, mi creda quando dico che non le succederà nulla di male qui.'

Lei alzò il mento in segno di sfida. 'Come tua prigioniera.'

'Come mia ospite,' Mormorò lui.

'Un ospite può andarsene quando vuole,' Ribatté lei, non volendo sfidare la sorte, considerando che fino a quel momento non le aveva legato i polsi, cosa di cui era grata, dato che erano già lividi e irritati.

Bridget mangiò in silenzio, ingoiando il pasto insipido a base di patate e carote bollite, sperando che gli uomini si addormentassero presto per poter mettere in atto il suo piano.

Passarono altre due ore prima che Donovan le offrisse il suo giaciglio, un traballante letto di legno. Lui prese alcune delle coperte, inclusa una pelle di canguro, per usarle lui stesso, ma le lasciò un sottile cuscino grigio, una coperta altrettanto sottile e un'altra pelle di canguro.

Bridget si avvolse nel mantello, per proteggersi dalle fredde temperature notturne. Non aveva tutti gli strati di vestiti che normalmente la tenevano al caldo, ma solo un paio pantaloni. Si sdraiò ascoltando i tronchi crepitare nel focolare e il cavallo di Donovan che pestava gli zoccoli dentro al capanno dall'altro lato della parete di legno.

L'uomo giaceva sul pavimento, rivolto verso il fuoco, e lei aspettò che si addormentasse, combattendo gli sbadigli che non riusciva a trattenere. Era terribilmente stanca.

Si svegliò di soprassalto, disorientata. Si maledisse per essersi addormentata. Dovevano essere passate ore, poiché il fuoco era ormai solo un luccichio di brace nel buio. Rimase immobile per un momento, in ascolto. Nessun suono. Il silenzio spettrale e l'oscurità la mettevano a disagio mentre scostava lentamente le coperte. Il letto scricchiolò mentre si alzava. Si fermò, concentrando lo sguardo sulla sagoma di Donovan dall'altra parte del tavolo.

Avvolta nel mantello, infilò gli stivali senza preoccuparsi di abbottonarli. Si avvicinò al baule e sollevò il coperchio con cautela, rabbrividendo per lo stridore causato dalle cerniere di cuoio. Nonostante la penombra quasi totale, riuscì comunque a trovare la pistola che sapeva già trovarsi in fondo al baule. Chiuse le dita attorno alla fredda punta metallica. Deglutì e la tirò fuori lentamente, tenendo le dita lontane dal grilletto.

Per sua fortuna, la porta della capanna si aprì senza far rumore, e la frescura dell'aria notturna la svegliò del tutto. Un grido inquietante provenne dalla foresta, probabilmente un animale. Uno dei cavalli scosse la testa. Un raggio di luna tagliava lo spazio aperto dell'orto, illuminando il terreno. Non c'era movimento nella tenda, ma sentì un leggero russare mentre attraversava silenziosamente l'erba.

Il respiro le si fece pesante. Raggiunse la tenda, con la pistola stretta tra le mani. Doveva mantenere la calma. La sua mente combatteva per restare lucida. Uccidere un uomo, anche uno malvagio come Sap, non era un'impresa facile come se l'era figurata. *Pensa ad Ace.*

Aprì la tenda, e la penombra rivelò due figure addormentate. Mickey era più robusto, quindi si concentrò sulla sagoma più snella. Lentamente, sollevò la pistola.

Una mano le strappò l'arma di mano, mentre un'altra le si posò sulla bocca, soffocandole un grido.

Improvvisamente, Bridget fu trascinata fuori dalla tenda e riportata all'interno della capanna.

Donovan la lasciò andare, e lei si ritrasse contro la parete di roccia, il respiro affannoso. Frustrazione e rabbia le ribollivano dentro.

'Mi ringrazierà per averla fermata,' Disse lui piano, accucciandosi per aggiungere dei rami alla brace del fuoco.

'No, non lo farò!' Avrebbe voluto urlare e gridare.

'Lei non è un'assassina.'

'Sap merita di morire!'

'Probabilmente sì, ma non vuole essere lei a premere il grilletto.' Continuava ad alimentare il fuoco, senza guardarla.

Furiosa, Bridget marciò verso di lui. 'Non sarai tu a dirmi cosa devo fare, capito?' Le lacrime le riempivano gli occhi. 'Devo farlo. Quel vile verme ha ucciso il mio cavallo e il mio mandriano!'

Donovan si alzò e la fronteggiò. 'La fine di Sap arriverà presto, non si preoccupi. Non carichi la sua coscienza del peso di aver tolto la vita a un uomo. Ne sarà perseguitata per il resto della vita.'

'Parli per esperienza?' Gli sputò contro.

'No. Non ho mai ucciso nessuno, ma sono stato in cella con persone che lo hanno fatto. Sono stato in catene insieme a uomini che hanno ucciso per autodifesa o per errore, e non sono stati mai più gli stessi.'

Lei lo fissò. 'Eri un detenuto?'

Lui annuì e si sedette su uno sgabello per ravvivare il fuoco. 'Dodici anni fa sono arrivato nella Terra di Van Diemen, oggi chiamata Tasmania.'

Bridget rabbrividì al pensiero della Tasmania, e per un attimo un'immagine di Lincoln Huntley le attraversò la mente. Ma quello non era il momento di pensare al signor Huntley.

'Ho scoperto in seguito che la nostra nave fu una delle ultime che aveva portato dei detenuti su quell'isola. La popolazione della città non era affatto felice del nostro arrivo. Avevano presentato petizioni per fermare il trasporto di prigionieri.'

'Quale crimine hai commesso?' Non capiva il perché, ma sentiva il bisogno di saperlo.

'Ragioni politiche. Continuavo a mettermi nei guai con la legge per i miei discorsi pubblici contro il dominio britannico in Irlanda. Avevo seguito le orme di mio padre, che era già morto in prigione per aver incitato degli uomini alle armi contro gli inglesi.' Donovan abbassò la testa. 'Quindi il mio nome era già sulla bocca della polizia, specialmente a Dublino. Dopo tre brevi periodi di detenzione, il giudice ne ebbe abbastanza, quando comparvi in tribunale per la quarta volta. Pensavano che un giovane istruito di buona famiglia avrebbe dovuto essere più saggio, forse imparare dagli errori di suo padre e smettere di essere un problema. Ma usai le mie conoscenze, i miei contatti, il nome della mia famiglia per sostenere la lotta per la libertà dall'impero britannico. Così mi condannarono all'esilio. Quattordici anni nella colonia australiana.'

'Sembra una condanna piuttosto dura per un prigioniero politico,' Mormorò lei.

'Sono d'accordo.' Ridacchiò lui senza allegria. 'Appena arrivato a Hobart, sono riuscito a lavorare solo due anni per il governo, costruendo strade, ponti e edifici. Essendo istruito, mi era stato assegnato il compito di gestire i lavori, ma ciò significava anche dover rispettare scadenze, e quando i miei compagni detenuti rallentavano, dovevo essere io a impartire le punizioni.'

Bridget rimase in piedi, ascoltandolo senza commentare.

'Assistere alle scene di uomini che venivano frustati perché troppo deboli per lavorare alimenta gli incubi di una persona, signorina Kittrick,' Disse piano. 'Un vecchio mi è morto tra le braccia per lo shock causato dalle cinquanta frustrate scagliate sul suo debole corpo, ridotto solo a carne lacerata e sanguinante… Un giorno mi rifiutai semplicemente di farlo di nuovo e scappai con Sap e qualche altro.'

All'improvviso si allontanò verso il letto, come se quei ricordi fossero troppo duri da affrontare.

Bridget fissò le fiamme, combattuta tra l'onestà di Donovan e il suo passato. 'Hai fatto del male a qualcuno da quando sei in fuga?'

'No. L'unico male che ho fatto è stato ferire l'orgoglio delle persone derubandole di tutti i loro beni. Non ne vado fiero.' Il suo tono si fece duro. 'Ma dovevo sopravvivere. Mi è stata tolta la vita a Dublino, così mi do ai furti per tenermi in vita.'

Donovan si diresse verso la porta, ma le lanciò un'occhiata sopra la spalla con un'espressione indecifrabile in volto. 'Devo andare a prendere altra legna. Ah, e la pistola e il fucile sotto il letto non sono carichi.' Chiuse la porta dietro di sé.

Un'ondata di stanchezza si abbatté su Bridget. Era sola e avrebbe potuto facilmente scappare dalla capanna, ma quanto lontano sarebbe riuscita ad arrivare prima che la fatica la sopraffacesse o Donovan la trovasse?

Con un senso di resa, salì sul letto e si rannicchiò sotto le coperte, rivolgendo il viso verso la parete, in uno stato di totale disperazione.

# CAPITOLO 13

Quando Bridget si risvegliò, la luce del sole inondava la capanna, infilandosi attraverso la porta spalancata. Si alzò dal letto, la testa pesante dopo un sonno profondo. I capelli le ricadevano sulle spalle. Avrebbe dovuto spazzolarli e raccoglierli, ma quello era l'ultimo dei suoi problemi. Si fermò sulla soglia e vide Sap e Mickey che tenevano le redini dei loro cavalli mentre parlavano con Donovan. Non riusciva a sentire cosa stessero dicendo, ma Sap la notò e la fissò per un momento. Bridget tremò alla vista dell'odio nel suo sguardo, ancor di più quando lui si toccò le croste sul viso nei punti in cui lei aveva affondato le sue unghie.

Non provava alcun rimorso. Se la notte prima Donovan non l'avesse fermata, ora quell'uomo sarebbe stato morto.

Bridget li osservò mentre conducevano i cavalli attraverso lo stretto varco tra i grandi alberi e le alte felci. Il sollievo per la loro partenza si mescolava al disappunto scatenato dalla consapevolezza che non avrebbe potuto uccidere Sap. Tuttavia, il disgusto che provava per lui le sarebbe rimasto nel cuore per il resto della vita. Dagli alberi provenne un suono che somigliava a quello di una frusta che schioccava, il verso di quell'uccello che Sap detestava tanto. Bridget inspirò profondamente mentre lo schiocco echeggiava attraverso la gola. Sap se n'era andato. Donovan prese un secchio dalla tenda e si accorse che lei lo stava guardando.

'Buongiorno.' Il suo sorriso affascinante apparve con spontaneità. 'Ho pensato che non volesse salutarli.'

'No. Perché non mi hai mandata via con loro?'

'È ciò che desidera?'

'Ovviamente no!'

'Come pensavo. Uno di voi avrebbe certamente commesso un omicidio. Non volevo correre il rischio.'

'Quindi devo rimanere con te?'

'Sembra proprio di sì.'

'Per quanto tempo?'

'Non lo so, signorina Kittrick. Sto cercando di capirlo.'

'Se mi porti alla fattoria o al villaggio più vicino, non dirò niente su di te. Te lo prometto.'

'Forse.' Prese il secchio e andò al ruscello per riempirlo.

*Forse*. Cosa significava? E ora era sola con lui. Solo lei e un uomo nel mezzo del nulla. Si sentiva sia terrorizzata sia stranamente al sicuro e si interrogò sul perché. Perché Donovan non le ispirava lo stesso disgusto che provava per gli altri due?

'Devo andare a caccia per procurarci della carne fresca. Ho dato a quei due il poco cibo che mi era rimasto.' Tornò dal ruscello e le passò accanto per entrare nella capanna. 'Ha fame? Il bollitore è caldo per preparare del tè, e stamattina ho fatto del pane damper.'

Bridget si preparò del tè e spezzò un pezzo di pane.

Donovan era impegnato a caricare il fucile mentre lei mangiava. 'Vuole accompagnarmi?'

'Non ti fidi che io rimanga qui da sola?'

'Mi fido di lei. E poi, cosa potrebbe mai fare? Se scappasse, si perderebbe nel giro di poche ore. Forse potrebbe rubare quel poco cibo che ho e sopravvivere per qualche giorno, ma queste montagne sono pericolose, piene di gole profonde. Senza un fuoco, congelerebbe di notte, ora che l'estate è finita. Un passo falso, una caduta, e potrebbe morire prima che qualcuno la trovi. La scelta è sua.'

'Non mi impaurisce. So badare a me stessa.'

'Qui fuori, davvero?' Sorrise, come se Bridget lo divertisse.

'C'è gente che mi sta cercando. I miei fratelli Patrick e Austin non si daranno pace finché non mi troveranno. Avranno con sé anche dei tracciatori aborigeni. Ne abbiamo impiegati molti a Louisburgh come mandriani,' Mentì. In realtà avevano solo il Vecchio Sammy, che si stava facendo sempre più debole.

'Dov'è Louisburgh?'

'Vicino a Goulburn.'

Donovan sobbalzò. 'Goulburn?'

'Sì. Conosci la città?' Avendo reagito in quel modo, Bridget capì che ne aveva sentito parlare. 'La nostra altra casa è a Berrima.'

'Un'altra casa? Ne avete più di una.' Sembrava disturbato da quell'informazione.

'Esattamente,' Si vantò lei. 'Abbiamo molte proprietà. La mia famiglia è ricca. Metteranno una taglia sulla tua testa, oppure potrebbero ricompensarti per il mio rilascio. Forse dovresti considerare quale delle due opzioni scegliere. *La scelta è tua,*' Ripeté le parole che lui le aveva appena pronunciato.

Donovan prese una sacca appesa a un chiodo sulla parete e la riempì con il resto del pane damper e una borraccia. 'Domani devo andare a prendere delle altre provviste.'

'Dove?'

'Ovunque possa trovarne senza destare sospetti.'

'Ma se vivi qua da due anni, sicuramente tutti si saranno ormai dimenticati di te, no?'

'Spero di sì, ma non si è mai troppo prudenti.' Afferrò la pistola e la caricò. 'Vieni?'

'Sì. Dammi un minuto.' Bridget si allontanò tra gli alberi per liberarsi e notò che la densità della foresta pluviale iniziava immediatamente oltre la capanna. La radura che Donovan aveva creato era l'unico spazio aperto che poteva intravedersi in qualsiasi direzione. Le pareti della valle si innalzavano alte sopra di lei, ripide e a tratti rocciose. Fuggire avrebbe potuto costarle la vita, ma che alternative aveva?

Donovan era andato al capanno per prendere il cavallo che, illuminato dai raggi del sole, aveva un aspetto straordinario. Bridget si unì a lui.

'È bellissimo,' Mormorò lei, accarezzandone il naso vellutato.

'Concordo. Si chiama Zeus.' Donovan lo guidò oltre la capanna e attraverso un tunnel di felci dalle foglie larghe. La luce del sole non arrivava in quel punto, ma Bridget notò i segni della presenza di Donovan. Dei ceppi di legna tagliata erano stati impilati sotto una piccola struttura fatta di rami e foglie di felce che li proteggevano dalle intemperie. C'erano anche tracce di uno spazio di lavoro: una corda fatta di strisce sottili di vite e lasciata incompleta pendeva da un ramo, mentre una pelle di canguro era stesa ad asciugare.

Si lasciarono la capanna alle spalle e si avventurarono su per una salita ripida. Il cammino richiese tutta la sua concentrazione, per via della consistenza scivolosa e spugnosa del terreno sotto i suoi stivali.

'Mi sono imbattuto in diverse specie di canguro; quelli più

comuni sono piccoli e neri, vivono tra le rocce quasi in cima alle vette delle montagne. Popolano le catene montuose più dei loro cugini dal manto grigio,' Le raccontò Donovan.

Bridget non comprendeva i suoi tentativi di fare conversazione. Non aveva voglia di parlargli di nulla se non della possibilità che la lasciasse andare. Tuttavia, rispose, sperando di ottenere i suoi favori e essere liberata. 'I canguri grigi amano le praterie aperte. Ne abbiamo molti a Louisburgh e a Huntley Vale.'

'Huntley Vale?' Chiese lui, avanzando tra gli eucalipti e salendo più in alto.

'È la proprietà che abbiamo comprato da Roache. Confina con Louisburgh. La mamma voleva annetterla.'

'Tua mamma?' Sembrava sorpreso.

'È un'astuta donna d'affari.'

Lui le rivolse un sorriso fugace. 'Sembra una donna interessante. Come sua figlia.'

A Bridget non piacque la sensazione allo stomaco che provò alla vista di quel sorriso affascinante. Non poteva abbassare la guardia. Quell'uomo la stava trattenendo contro la sua volontà. Doveva ricordarselo, non erano amici.

'Come ti sei ritrovato coinvolto con Roache?' Chiese lei, incuriosita da quanto Donovan e Roache fossero diversi.

'Ho conosciuto Roache qualche anno fa tramite Sap. Ci permise di nasconderci per un po' a Northville.'

'Ah, quindi è per questo che prima hai cambiato completamente espressione quando ho menzionato Louisburgh e Goulburn. Sei stato in quella zona.'

'Sì.'

'E Roache ti ha chiesto un prestito?'

'Sì.' Donovan si fermò e si girò verso di lei. 'Era indebitato fino al collo. Avevo appena portato a termine una... rapina di successo. Roache mi implorò di prestargli parte del denaro e in cambio avrebbe mantenuto il silenzio su di me.'

'Non ti turba il fatto di derubare persone che lavorano duramente?'

'Ma io non derubo persone che lavorano duramente.'

'Allora da chi prendi denaro?

'Dalla chiesa.'

Rimase sorpresa da quella risposta. 'La chiesa?'

Un'espressione dura gli comparve negli occhi. 'La chiesa… tutte le religioni derubano la gente. Reprimono le persone invece di prendersene cura. Chiedono denaro a chi darebbe fino all'ultimo centesimo per trovare la salvezza, mentre la chiesa possiede più terre e ricchezza di chiunque altro. Pretendono devozione, ma chiudono un occhio sulla corruzione che si aggira proprio sotto il loro tetto.'

'Sembri molto amareggiato.'

'Ne ho le mie buone ragioni.' Guardava lontano. 'Ho avuto un'educazione cattolica, ma non ero ancora nemmeno un uomo quando ho visto per la prima volta come la chiesa distruggeva le vite, invece di prendersi cura della gente.' I suoi occhi verdi erano persi nei ricordi. 'Mia sorella rimase incinta, violentata da un gruppo di giovani ubriachi. La nostra chiesa diede la colpa a lei, la bandì, mettendola alla gogna davanti a tutti, facendone un esempio durante la Messa.'

'È terribile.'

'Mia sorella si suicidò per la vergogna. Anche allora… anche allora la chiesa la incolpò, aveva commesso un peccato togliendosi la vita. La chiesa non ci diede alcun conforto, né concesse a mia sorella una tomba nel terreno consacrato. No, non fecero nulla. Mia madre ne fu devastata, finché non perse del tutto la ragione. Mio padre la fece internare in un manicomio perché era troppo occupato a lottare per la libertà contro gli inglesi per prendersi cura della mia povera madre.' Donovan tirò un respiro profondo. 'Ecco perché, tra il dominio britannico e la chiesa cattolica, sono cresciuto disilluso e rabbioso. È davvero così sorprendente che sia finito in catene?'

Donovan si allontanò, accrescendo rapidamente la distanza tra loro, evitando altre domande e chiudendosi a qualsiasi altra conversazione.

Scossa da a una tale tristezza, Bridget non aggiunse altro.

Continuarono a camminare attraverso la foresta, col paesaggio che cambiava gradualmente verso una macchia boscosa più simile a quella a cui era abituata. Gli alberi alti e maestosi coperti di muschio e viti lasciarono il posto a eucalipti irregolari, piegati dalla forza dei venti che ululavano sulle cime.

Sebbene il sole brillasse alto nel cielo, più i due salivano, più la temperatura si rinfrescava. Nonostante ciò, Bridget continuò a sudare per lo sforzo del dover camminare su un terreno tanto irregolare, sebbene fosse grata per quanto i pantaloni che aveva indosso facilitassero la camminata. Erano una vera rivelazione.

Giunti in cima, Donovan si fermò, prese un sorso d'acqua dalla borraccia e la offrì a Bridget. Lei la accettò e bevendo, si guardò intorno. Montagne di una tonalità grigiastra occupavano la vista in ogni direzione rivolgesse lo sguardo. Se fosse fuggita, sarebbe stata dispersa per giorni, forse settimane. Come avrebbero fatto i suoi fratelli a trovarla lì? Un senso di disperazione la sopraffece.

Donovan la osservava, il suo sguardo tenero sembrava volerle dire *te l'avevo detto*.

Iniziarono la loro discesa dall'altro lato della montagna, camminando lentamente tra grandi affioramenti rocciosi e massi che punteggiavano il terreno. Era facile perdere l'equilibrio su una superficie tanto irregolare. Le rocce erano un pericolo, così come i ciuffi di erba scivolosa e setosa. Poco più avanti comparve uno strapiombo a picco sul bordo della scogliera.

'Vai piano,' La avvertì Donovan, avanzando lentamente oltre un grande albero a pochi metri dal bordo, guidando Zeus con cautela.

Concentrandosi, Bridget rimase ben lontana dal lato della scogliera, finché non raggiunsero una zona più ampia e erbosa in cui la superficie si livellava per una ventina di metri.

Qui, Donovan si fermò, scrutando l'orizzonte. 'Ti lascerò con Zeus. Lui non può scendere fin lì. Mi spingerò più giù da solo. Potrei restare via per un po''.

Lei annuì, senza curarsene realmente. Si sedette su una roccia larga, stringendo le redini di Zeus mentre il cavallo brucava l'erba e Donovan scompariva dalla sua vista addentrandosi tra gli alberi sottostanti.

Sebbene fosse tentata dal montare Zeus, era consapevole di quanto ciò potesse rivelarsi pericoloso. I pendii della montagna erano troppo ripidi per poter cavalcare senza la giusta cautela. Non poteva fuggire al galoppo. Per quanto lo desiderasse, non avrebbe rischiato di mettere in pericolo la vita di quello stupendo cavallo, né la sua.

Uno sparo la fece sobbalzare. Zeus alzò la testa e uno stormo di cacatua bianchi strillò nell'aria, volando via dagli alberi all'interno della gola. Bridget accarezzò il collo del cavallo. 'Va tutto bene, ragazzo mio.'

Poco dopo, Donovan riemerse dagli alberi e risalì lungo il crinale trascinando un canguro. Bridget tenne fermo Zeus per permettergli di sistemare l'animale morto sul dorso del cavallo.

'Un solo colpo.' Bridget non poté fare a meno di ammirare l'abilità del cacciatore. Era stata molte volte a caccia di canguri e sapeva quanto fosse difficile colpire quegli animali mentre balzavano via a tutta velocità.

'Anni di pratica. Devo fare in modo che ogni colpo sia utile. Non ho una scorta infinita di munizioni.' Legò il canguro alla sella.

'Nella mia zona abbiamo tantissimi canguri. Sono un bel problema. Partecipiamo spesso alle battute di caccia, e ne organizziamo anche di nostre solo per poter mantenerne i branchi a un livello gestibile, ma è quasi impossibile.'

'La carne di canguro è ormai parte della mia quotidianità. Mi sono stancato di mangiarla, ma non ho alternative.'

'Scommetto che mangeresti volentieri un buon arrosto di manzo o di agnello. Moira, la nostra cuoca a Emmerson Park, cucina il miglior arrosto di manzo che abbia mai mangiato in vita mia.' Perché gli stava parlando come se fosse un amico?

'Non mangio un buon arrosto di manzo da quando ho lasciato Dublino...' Un velo di malinconia attraversò i suoi occhi verdi.

'Non potresti consegnarti alla polizia e scontare il resto della pena? Un giorno saresti un uomo libero.' Perché le importava?

'Sono già un uomo libero, signorina Kittrick. Guardati intorno, non ci sono sbarre o catene a trattenermi.'

Lei aggrottò la fronte. 'A mio parere, vivere qui è un'altra forma di prigione. Non sei libero, non veramente.'

'Non potrei essere più libero di così. Sono ben lontano da frustate e catene. Non tornerò mai a quella vita, grazie.'

'E resterai solo per sempre?'

'Stare in compagnia di me stesso non mi dispiace.'

'Ma pensa a cosa ti perdi: essere sposato, avere figli, amici, gustare cibi raffinati, bere vino pregiato, andare al teatro, alle cene.'

'Quella era la mia vita di un tempo. Una vita che non esiste più.'

'Ma potrebbe esistere di nuovo.'

'Come criminale condannato?' Sbuffò con un cipiglio. 'Sei così ingenua, signorina Kittrick.' Senza aggiungere altro, Donovan afferrò le redini di Zeus e li condusse di nuovo verso la capanna.

Mentre Donovan scuoiava e eviscerava l'animale, Bridget controllò i suoi vestiti stesi ad asciugare, prima di avvicinarsi alle file di verdure. Zeus brucava l'erba vicino al ruscello e gli uccelli cinguettavano, volando tra i rami. Quella scena sarebbe stata idilliaca, se le circostanze fossero state diverse.

Donovan arrivò da dietro la capanna per lavarsi le mani insanguinate nel ruscello. 'Ho usato il poco sale che era rimasto per mettere la carne in salamoia. Il resto lo arrostirò per noi. Dovrebbe bastarci per un paio di giorni.'

Lei annuì e gli si avvicinò. 'Domani andrai a procurare delle provviste?'

'Sì.' Si alzò, scuotendo l'acqua dalle mani.

'Posso venire con te?'

'No.'

'Non mi lascerai andare?' Implorò

'Non posso, non finché Sap e Mickey non saranno lontani da qui.'

'Perché?'

'Ho promesso a Sap che avrebbe avuto qualche giorno di vantaggio.'

'Non dirò nulla alla polizia. Non farò i vostri nomi.'

'Mi dispiace, no.'

'Ma tra qualche giorno, mi lascerai andare?'

'Sì.' Lui la fissò coi suoi verdi occhi teneri e interrogativi.

Dentro di sé, Bridget si sentì esplodere di gioia. Presto sarebbe tornata a casa.

Lui le sfiorò delicatamente il braccio. 'Fino ad allora, forse potresti semplicemente rilassarti e goderti un po' il posto? Non ti farò mai del male. Lo giuro sulla mia stessa vita.'

Un brivido le attraversò il corpo, mentre lui la guardava con un sorriso affettuoso. Era sincero, lo sentiva. Per qualche motivo, Bridget non riusciva a distogliere lo sguardo. C'era qualcosa di carismatico in Donovan. Nato e cresciuto come figlio di un gentiluomo, un ribelle istruito, un uomo con un proprio codice d'onore. Era circondato da un'aura di mistero che la affascinava. Altrove, in circostanze diverse, avrebbe voluto conoscerlo meglio.

Per molti versi, le ricordava Lincoln Huntley...

E come con il Signor Huntley, non poteva negare che ci fosse una scintilla di attrazione tra di loro.

Donovan si allontanò per andare a raccogliere della legna e lei rimase a fissare il corso d'acqua.

Cosa le stava succedendo? Trovava attraente il suo rapitore? Come poteva conversare così facilmente con quell'uomo, quasi come fossero amici? Perché non provava per lui lo stesso disprezzo che nutriva verso Sap e Mickey?

Nuvole sparse oscurarono il sole, gettando ombra sulla radura. Bridget entrò nella capanna e trovò Donovan che preparava il fuoco per arrostire la carne su un rudimentale spiedo di ferro.

'Non ci metterà molto a cuocere,' Le disse Donovan. 'Vuoi preparare un po' di tè mentre aspettiamo? Io mi occuperò delle verdure.'

'Sei molto bravo nelle faccende di casa.' Lei posò il bollitore sui carboni al lato del fuoco.

'Solo perché vivo nella foresta non significa che debba rinunciare a ogni forma di civiltà. Mi piacciono le comodità.'

'Ma devi sentirti solo. La solitudine non ti annoia?'

'A volte. Quando succede, mi avventuro nel villaggio più vicino. Alcune volte mi sono spinto fino alla città solo per sentire le persone parlare, per comprare un giornale e leggere le notizie del momento.'

'È un bel rischio.'

'Lo è, ecco perché non lo faccio spesso.' Ridacchiò. 'Due volte l'anno vado in una grande città dove posso facilmente mescolarmi alla folla. Indosso un cappello largo abbassato sul viso.' Ne indicò uno largo e nero appeso a un chiodo vicino alla porta. 'Mi comporto normalmente, compro le mie provviste e nessuno mi nota. Non visito locande, né attiro l'attenzione su di me. Finora, ha funzionato.'

'Conosco un uomo... Patterson...' Bridget passò a Donovan una tazza di latta contenente del tè. 'È un ricercato. Una volta mi ha salvato e, per ringraziarlo, la mamma gli permette di stare nella nostra proprietà quando passa di lì. C'è un tronco d'albero cavo in un punto preciso dei nostri terreni. La mamma ci mette spesso una coperta, un cappotto, un coltello, una selce, barattoli di marmellata, un po' di denaro... cose del genere. Oggetti che lo aiutino fino al suo prossimo passaggio.'

'Sua madre sembra una donna straordinaria.'

'Lo è e, in quanto sua figlia, ho imparato da lei.' Sorseggiò il tè, senza distogliere lo sguardo da lui. 'Quindi, vedi, non siamo il tipo di persone che corrono dalla polizia. Non direi una parola su di te.'

Lui sospirò pesantemente. 'Ti credo.'

'Allora mi lascerai tornare a casa tra qualche giorno, come promesso?'

Donovan aggiunse un altro ceppo al fuoco, facendo schizzare delle scintille su per il camino. 'Non infrangerò la mia promessa, signorina Kittrick.'

Lei annuì, fidandosi di lui.

'Partirò domattina presto, prima dell'alba. Puoi mantenere il fuoco acceso mentre sono via?'

'Sì.'

'Dovrei tornare dopo il tramonto.' La osservò con un'espressione indecifrabile in volto. 'Spero di ritrovarti al mio ritorno.'

'Per quanto sia allettante l'idea fuggire, so che non arriverei lontano prima che si faccia buio e che finirei col perdermi.'

'Qui non ci sono sentieri percorribili. Oggi hai visto quanto il terreno possa essere ripido e pericoloso se non si sta attenti. Le notti si stanno facendo più fresche, ora che è autunno, specialmente quassù in montagna. Senza fuoco o un riparo potresti ammalarsi e morire di freddo.'

'Lo so bene. Sarò molte cose, ma di certo non una stupida.'

'Sei tutt'altro che stupida. Qualsiasi altra donna sarebbe svenuta una dozzina di volte, non avrebbe fatto altro che piangere e singhiozzare, o semplicemente sarebbe impazzita dalla paura. Ma non tu, signorina Kittrick. Ammiro il tuo carattere forte. Per uomini come Roache e Sap, questo tipo di forza è qualcosa da annientare, da controllare e ammansire.'

'Ma non per te, vero?'

Lui scosse la testa. 'Ho maledetto Roache per averti portata da me. Non so cosa avesse in mente, qualche sorta di gioco di cui non ero a conoscenza, ma sono contento che ora sei qui. Ha portato un po' distrazione nella mia esistenza spartana. Come potrei esserne arrabbiato?'

Lei lo fissò, percependo la sua solitudine, notando l'incurvatura delle sue spalle per un breve momento, prima che si rimettesse composto, sollevando il capo. Lui le rivolse uno sguardo sincero, accennando un sorriso affettuoso.

Prima che Bridget potesse pensare a cosa dire o comprendere la reazione che quell'uomo le stava suscitando dentro, lui uscì a grandi passi dalla capanna.

# CAPITOLO 14

Una pioggia leggera e intermittente costrinse Bridget a restare nella capanna per gran parte del giorno seguente. Donovan era partito prima che lei si svegliasse, così, rimasta sola, si preparò una tazza di tè e mangiò del pane damper del giorno prima. Erano a corto di provviste, ma avrebbe potuto mangiare la carne arrosto era avanzata dalla cena della sera precedente.

Il clima più fresco e la pioggia attutivano gli usuali rumori della foresta pluviale. I soliti richiami degli uccelli furono sostituiti dal suono dell'acqua che gocciolava dal tetto della capanna e dal gracidare di una rana nei pressi del ruscello.

Quando l'acquazzone si attenuò, Bridget uscì in fretta per lavare i piatti e le scodelle della sera prima e riempire i secchi con dell'acqua pulita. Sentendo il bisogno di tenersi occupata, appese il suo abito da cavallerizza vicino al fuoco per asciugare gli ultimi residui di umidità. Poi, usò una rudimentale scopa fatta a mano, composta di rami frondosi legati insieme, per spazzare il pavimento ricoperto di terra. Scosse la coperta e le pelli, le sistemò sul letto e portò dentro un carico di legna.

Notando che il rifugio per il cavallo necessitava di una pulita, lo sistemò, servendosi di una pala dal manico rotto. Sebbene fosse cresciuta circondata da stallieri che si prendevano cura dei suoi cavalli, sapeva come accudirli, consapevole di quanto potesse nuocere a un cavallo vivere in un recinto sporco.

Quando un nuovo scroscio di pioggia la costrinse a rientrare, si sedette davanti al fuoco, interrogandosi su come avrebbe impiegato il resto della giornata. Impulsivamente, si inginocchiò davanti al baule di Donovan e lo aprì. In cima c'erano i suoi abiti piegati ordinatamente, mentre al disotto della pila di vestiti erano conservati degli altri oggetti che non aveva notato quando era alla ricerca della pistola.

Estrasse una scatola di legno scuro e all'interno ne trovò svariati pezzi di gioielleria: collane di perle, anelli d'oro, braccialetti di diamanti, spille di rubini. Li sollevò uno per uno, meravigliata dalla loro bellezza, pur consapevole che si trattasse di merce rubata.

Chiuse il coperchio e ripose la scatola nel baule. Il suo sguardo fu catturato da una borsa di cuoio; la aprì. All'interno ne trovò un fascio di banconote contenente centinaia di sterline. Guardò verso la porta, aspettandosi di essere colta in flagrante con in mano il denaro rubato.

In fondo al baule, notò un piccolo pezzo di stoffa sottile che terminava in un anello. Lo tirò e il fondo della cassa si sollevò, rivelando un altro scomparto in cui erano conservate decine di sacchetti. Sbalordita, Bridget ne sollevò uno e allentò il laccio per sbirciarvi dentro. Una polvere scintillante e piccole pepite d'oro brillarono alla luce.

Quel baule conteneva una piccola fortuna. Rimise con cura tutti gli oggetti al loro posto e chiuse il coperchio. Donovan era un uomo ricco, eppure viveva come un eremita in mezzo al nulla. Se l'avessero catturato con un tale bottino, sarebbe stato impiccato. Ma con quel denaro avrebbe potuto pianificare una fuga, lasciare il Paese e iniziare una nuova vita altrove. Perché non l'aveva fatto?

Si sedette di nuovo vicino al fuoco e preparò del tè per tenersi occupata. Poi, quando il suo abito da cavallerizza fu finalmente asciutto, si spogliò e si lavò usando dell'acqua calda e l'ultimo pezzo di sapone di Donovan. Una volta indossati i suoi abiti, si sentì immediatamente più femminile. Si sistemò i capelli con il pettine di Donovan e li intrecciò, legando le estremità con un pezzo di spago.

Il suono di un cavallo che sbuffava la fece sobbalzare. Corse alla porta, sorpresa che Donovan fosse già di ritorno. Ma si bloccò, quando vide uno sconosciuto a cavallo vicino alla tenda. La pioggia si stava calmando e l'uomo smontò.

'Buongiorno, signora.'

'Buongiorno.' Bridget cercò di mantenere la calma. Donovan aveva detto che nessuno veniva mai da quelle parti.

'Sono contento di essermi imbattuto in lei, sembra che mi sia perso.' L'uomo le si avvicinò. Il suo aspetto trasandato e sporco le comunicò pericolo.

'Immagino di sì. Non riceviamo molte visite da queste parti.'

'Posso avere un bicchiere d'acqua, signora?'

'Certamente.' Bridget si affrettò dentro e gli versò una tazza d'acqua. Più rapidamente gliela consegnava, prima se ne sarebbe andato. Quando si voltò, l'uomo era fermo sulla soglia. Bridget si irrigidì, improvvisamente spaventata. 'Ecco qui.' Gli porse la tazza, forzando un sorriso sul suo volto irrigidito.

'Sarebbe di troppo disturbo se le chiedessi po' di cibo?' L'uomo parlò attraverso una folta barba nera, il cappello fradicio tirato sul volto. 'E magari scaldarmi un po' davanti al fuoco?'

Bridget annuì e gli portò un piatto di straccetti arrosto di carne di canguro. Sentì i peli rizzarsi per la vicinanza di quell'uomo.

'Che bel posto qui,' Disse l'uomo, guardandosi intorno mentre masticava la carne. 'Dov'è suo marito?'

Lei pensò rapidamente. 'È appena andato a prendere della legna. Tornerà a breve.'


'Davvero?' L'uomo aggrottò le sopracciglia, il tono lasciava intendere che non le credeva. Si voltò in direzione del letto. 'Un letto singolo per una coppia di sposi?'

Ingoiando la paura, Bridget fece un passo indietro verso le casse accanto al camino. Donovan aveva lasciato una pistola carica lì, per ogni evenienza.

'È qui da sola, vero?' Chiese l'uomo, con un ghigno sospettoso.

'No, Donovan tornerà a breve.' Ormai era a pochi centimetri dalla pistola.

Gli occhi dell'uomo si strinsero, scrutandola attentamente. 'C'è qualcosa che non quadra. È vestita con abiti eleganti. Una donna che vive in una capanna non si vestirebbe così.'

La paura le bloccò la gola. 'Mio marito—'

'Non ha un marito. Indossa un raffinato abito da equitazione, non ha un anello al dito e in questa capanna c'è un solo letto.' Ridacchiò con un suono secco e aspro. 'Non so cosa stia succedendo qui, ma c'è qualcosa di strano.' Si guardò intorno. 'Potrei anche trattenermi per un po'.'

'No, se ne vada. Ora.' Bridget lo fissò, il sorriso viscido di quell'uomo le ricordava Roache. Come lui, aveva l'aria di un individuo che credeva di poter fare sempre tutto ciò che voleva.

'No.' L'uomo si infilò in bocca l'ultimo pezzo di carne, masticando rumorosamente. 'Direi che è qui da sola.'

'Non è così.'

'È forse fuggita da un marito ricco? O da un padre autoritario?' Sorrise, mostrando del cibo mezzo masticato tra i denti neri. 'Ha un po' di whisky?'

'No.' Si avvicinò di più alla cassa dove era conservata la pistola. 'Voglio che se ne vada.'

All'improvviso, l'uomo scattò in avanti e la afferrò per le braccia. 'Rimango, bella mia! E potrei anche assaggiare quello che è nascosto sotto quelle gonne.'

Lei lottò, divincolandosi e contorcendosi per liberarsi dalla sua presa, ma non era abbastanza forte da potersi opporre a quell'uomo, che rideva dei suoi sforzi.

'Dai, ti piacerà,' Le sussurrò all'orecchio, cercando di spingerla verso il tavolo.

Bridget gridò. Lottava con tutte le sue forze, scalciando e urlando. Lo colpì all'orecchio, dimenandosi con tutte le sue forze. Le gonne le impedivano di calciarlo.

'Accidenti, piccola sgualdrina!' L'uomo la schiaffeggiò in viso.

Sbalordita, Bridget si lasciò scappare un grido intriso di dolore e rabbia.

'Ora comportati bene e lasciami fare. Sarò rapido, è da tanto che non ho una donna.' Mentre l'uomo la spingeva sul tavolo, Bridget si contorse di lato e cadde a terra.

'Preferisci il pavimento, eh?' Ridacchiò lui, cercando freneticamente di sbottonarsi i pantaloni.

Bridget si allontanò, urlando, strisciando e scalciando, ma le gonne lunghe le limitavano i movimenti. Terrorizzata, raggiunse il camino proprio mentre lui le afferrava le caviglie. Le sue dita si allungarono per afferrare un pezzo di legno, ma l'uomo la tirò di nuovo a sé.

'Vieni qui!' Ansimò lui.

Piangendo per la paura, Bridget tirò un altro calcio e si lanciò in avanti. A quattro zampe, si trascinò freneticamente verso le casse, cercando disperatamente di raggiungere la pistola. Le dita trovarono una padella, con cui lo colpì alla testa.

'Dannazione, sgualdrina.' L'uomo si massaggiò la fronte nel punto in cui il manico della padella l'aveva colpito. 'Me la pagherai. Appena avrò finito con te, ti farò fuori!' L'uomo le balzò addosso, facendola sbattere con la testa contro il lato del camino. Bridget cadde in avanti, rovesciando le casse tutt'intorno. Il dolore le pulsava nelle tempie e si voltò per un istante finché non lo vide avanzare di nuovo.

Senza fiato e in preda al panico, certa che sarebbe stata uccisa, Bridget si trascinò per raggiungere la pistola che era caduta tra verdure. Ne afferrò il manico, la caricò velocemente, si girò e sparò.

Il colpo le rimbombò nelle orecchie. La testa le ronzava per il rumore. Una nuvola di fumo la accecò momentaneamente. Sbatté rapidamente le palpebre, il cuore colmo di paura. Non avrebbe avuto il tempo di ricaricare la pistola...

Il fumo si disperse lentamente nella stanza. Con la bocca asciutta, Bridget non riuscì nemmeno a deglutire. L'uomo non si muoveva. Giaceva a faccia in giù, con il sangue che si spandeva lentamente sul pavimento.

Respirando affannosamente, si ritrasse verso il muro e si alzò, senza distogliere gli occhi dal corpo al centro della stanza. Studiando freneticamente tra gli oggetti riversi sul pavimento, trovò un coltello e lo afferrò. Con l'arma tesa davanti a sé, si avvicinò alla porta e la spalancò per far entrare più luce. L'uomo continuò a rimanere immobile.

Terrorizzata, Bridget corse fuori verso il punto in cui Donovan tagliava la legna e afferrò l'ascia. Così armata, tornò alla capanna, le mani che tremavano così tanto da farle quasi cadere di mano sia il coltello che l'ascia.

Tornata dentro, si accorse che il corpo non si era mosso.

L'aveva ucciso o lui stava semplicemente aspettando che lei si avvicinasse abbastanza da poterla attaccare di nuovo?

Il suono di un uccello simile a uno schiocco di frusta provenne dagli alberi. Un suono del tutto normale in una vita che normale non lo sarebbe stata mai più. Una leggera pioggia cominciò a cadere di nuovo, mentre Bridget se ne stava ferma nella radura, fissando la porta della capanna, aspettando che l'uomo tornasse a cercarla.

* * *

LINCOLN SEDEVA sulla veranda di una fattoria dove si erano fermati due ore prima durante un forte temporale. La fattoria si trovava su una vasta pianura sul lato occidentale delle montagne e, fortunatamente, il signor e la signora Loveday, che vivevano lì, erano stati abbastanza gentili da ospitarli per la notte. Il signor Loveday aveva persino acconsentito a mandare il figlio adolescente a Bathurst, la città più grande del distretto, in cerca di notizie.

Austin, che era arrivato il giorno prima, comparve da un lato della casa e salì i gradini per sedersi accanto a Lincoln. 'Gli uomini stanno dando da mangiare ai cavalli. Ho dato a Patrick del denaro per pagare la signora Loveday per la loro ospitalità. Ho parlato con il signor Loveday e col suo bracciante per chiedergli di unirsi alla ricerca.'

'E hanno accettato?'

'Beh, potremo utilizzare il bracciante del signor Loveday per qualche giorno e anche suo figlio quando tornerà da Bathurst.'

'Non sarebbe meglio se il bracciante dei Loveday e loro figlio andassero alle altre fattorie nei dintorni per chiedere informazioni?' Lincoln sorseggiò il tè che la signora Loveday gli aveva portato insieme a una fetta di torta di mele.

Austin sospirò. 'Sì, certo. Ha senso. Non sto pensando lucidamente.'

Lincoln diede un'occhiata al suo amico, che sembrava invecchiato di dieci anni in una settimana. Da quando si era precipitato da Sydney per prendere parte alla ricerca di Bridget, Lincoln si chiedeva se tra loro ci fosse qualcuno che fosse riuscito a dormire più di qualche ora. Ecco perché ora era seduto sulla veranda, esausto e dolorante per le lunghe giornate trascorse in sella.

Patrick si unì a loro e si lasciò cadere su una sedia con un gemito. Non si era rasato e sfoggiava una barba castano scura. 'Ho detto a tutti gli uomini che partiremo all'alba.'

'Ti fidi del giovane tracciatore che abbiamo ingaggiato?' Chiese Austin a Patrick, riferendosi al tracciatore aborigeno che avevano assunto in una delle proprietà che avevano attraversato quella mattina.

'Lo scopriremo solo testando le sue abilità. La polizia non sembra aver avuto molta fortuna.'

'Sono troppo pochi per coprire un'area così vasta.' Austin si massaggiò gli occhi stanchi. 'Dobbiamo sperare che Bridget sia ancora tra le montagne, ma è ben possibile che quei bastardi l'abbiano già portata verso la costa, magari perfino a Sydney. Potrebbero essere già su una nave, diretti chissà dove.'

'Se fossero a Sydney, Bridget verrebbe notata facilmente,

no?' Disse Lincoln a bassa voce. Da giorni discutevano di tutte le possibili destinazioni in cui i malviventi avrebbero potuto portarla. L'unico pensiero che nessuno aveva osato esprimere ad alta voce era l'incertezza sul se fosse ancora viva o meno.

'Dobbiamo trovare Roache,' Mormorò Patrick. 'Gli farò sputare la verità con la forza.'

'Quel bastardo è sparito da un pezzo,' Austin si piegò in avanti, abbassando la testa. 'Vorrei tanto che mia madre non si fosse mai immischiata con quel criminale.'

'Nessuno poteva sapere che sarebbe successo tutto questo,' Disse Lincoln, attanagliato dal senso di colpa per aver lasciato Bridget sotto la sola protezione di Silas Pegg.

Tutti e tre gli uomini si alzarono quando la signora Loveday, una donna piccola e minuta, uscì portando un grande vassoio con delle ciotole di stufato di montone e dei piatti di pane e burro.

Lincoln le prese il vassoio dalle mani. 'Grazie, signora Loveday.'

'Mi spiace non avere altro da offrirvi, signori.'

'È più che sufficiente, e vi siamo molto grati.' Austin sorrise.

'Siete tutti e tre i benvenuti a fermarvi e trascorrere la notte accanto al fuoco dentro casa. Mio marito e io abbiamo una stanza sul retro, così non ci disturberete. Vi lascerò qualche coperta.'

'Grazie, signora Loveday,' Disse Patrick, distribuendo le ciotole.

'Credo di aver capito che partirete presto…' Dalla tasca del grembiule, la signora Loveday tirò fuori un pacchetto avvolto in un fazzoletto. 'Datelo a vostra sorella, quando la troverete. Non è molto, solo un fazzoletto, un nastro e un pettine. Potrebbe voler mettersi in ordine…'

Lincoln sentì un senso di commozione serrargli la gola.

Austin si asciugò un occhio. 'È un gesto molto gentile, signora Loveday. Bridget ne sarà grata, ne sono certo.'

Lei sorrise e annuì, rientrando in casa.

In silenzio, tutti e tre rifletterono mentre mangiavano lo stufato, ognuno perso nei propri pensieri.

Lincoln voleva solo trovare Bridget e scusarsi per averla lasciata sola. Era stato un egoista, così preoccupato dei suoi sentimenti. Sentimenti che avrebbe preferito non provare. Bridget, una giovane donna, bella e piena di vita, affollava la sua mente, il suo cuore, la sua anima, e quell'idea lo terrorizzava. La desiderava come un uomo desidera una donna, ma più di ogni altra cosa, voleva condividere con lei la sua vita, prendersene cura, amarla. Eppure, non poteva. Perché ciò avvenisse, avrebbe dovuto rivelarle il proprio passato e sapeva che lei avrebbe preso le distanze senza mai più rivolgergli nemmeno uno sguardo.

Nel crepuscolo, notarono un cavaliere che galoppava lungo il sentiero che portava alla fattoria. Lincoln si alzò, seguito da Austin e Patrick. Nessuno cavalcava così velocemente senza una buona ragione. Ma nella luce fioca non riuscivano a vedere di chi si trattasse.

'Fa' che siano buone notizie,' Mormorò Patrick.

Lincoln attese in tensione insieme ai fratelli, finché il cavaliere non fu abbastanza vicino da rivelare che si trattava di Jimmy, il figlio del signor Loveday.

Austin scese di corsa i gradini per accoglierlo. 'Novità?'

'Sì.' Jimmy smontò in fretta. 'I banditi Sap e Mickey Nolan sono stati avvistati stamattina in una locanda alla periferia di Bathurst.'

'Sap? Il bandito che la polizia sospetta sia il responsabile?' Austin ripeté. 'Sei sicuro?'

'Sì. I poliziotti hanno parlato proprio di Sap e Mickey Nolan.'

Austin lanciò uno sguardo a Patrick e Lincoln. 'Grazie al cielo Silas Pegg è riuscito a ricordare i loro nomi e a dirceli prima che partissimo.'

'C'era una donna con loro?' Chiese Lincoln, speranzoso.

'I banditi sono stati catturati?' Domandò Patrick dalla cima dei gradini.

'No, sono scappati entrambi.' Jimmy si tolse il berretto, passandosi una mano tra i capelli. 'Ma a quanto pare il sergente ha interrogato i presenti al bar, e i testimoni hanno detto che Sap era molto ubriaco. Sembra che abbia confidato a uno dei clienti che non avrebbe mai più viaggiato con una donna.'

Austin imprecò violentemente. 'Quindi sono stati nella zona di Bathurst, non nelle montagne tra qui e Sydney come pensavamo?'

'I poliziotti non ne sono sicuri.' Jimmy scrollò le spalle. 'Sap e Nolan sono spariti. Qualcuno li ha avvisati che i soldati erano venuti a sapere della loro presenza Bathurst.' Jimmy fece un respiro profondo. 'Il sergente dice che se riusciranno a catturare quei due criminali, potranno scoprire dove si trova vostra sorella.'

Austin risalì sulla veranda, fermandosi accanto a Patrick e Lincoln. 'Che ne pensate? Dobbiamo cercare Sap e questo tale Mickey Nolan o dirigerci sulle montagne?'

'Le montagne sono immense, Austin,' Disse Patrick, aggrottando la fronte. 'Se sono andati a Bathurst, dove potrebbe mai essere Bridget se non con loro? Forse l'hanno nascosta nei dintorni di Bathurst? In un fienile o nella foresta?'

Austin annuì. 'Lincoln?'

Lincoln rifletté per un momento. 'Potremmo dividerci. Metà degli uomini andrà a Bathurst, e l'altra metà tornerà sulle montagne con il tracciatore.'

Patrick si grattò l'orecchio. 'Ma perché dovrebbe essere sulle montagne? Sap e Nolan l'avranno nascosta da qualche parte. Ora è preziosa, da quando abbiamo detto alla polizia che pagheremo una ricompensa. Gli avvisi sono stati affissi in tutte le città.'

'Ho pagato una bella somma perché la notizia si diffondesse,' Aggiunse Austin preoccupato. 'Dubito che Sap e Nolan la lascerebbero andare così facilmente.'

'Ma come farebbero a riscuotere la ricompensa?' Chiese Lincoln. 'Farli uscire allo scoperto li metterebbe a rischio di cattura.'

Austin si massaggiò il mento ricoperto di una barba incolta. 'A meno che non chiedano a qualcun altro di reclamare la ricompensa e poi dividano il denaro. Questi ladri hanno contatti ovunque. Collaborano tra di loro, a insegnarcelo è stata proprio l'esperienza con le bande che terrorizzano la colonia da decenni.'

Jimmy accarezzò il collo del cavallo. 'La polizia ha mandato un tracciatore e alcuni soldati nella direzione in cui sono stati visti l'ultima volta.'

'Dovremmo essere con loro ad aiutarli,' Disse Patrick. 'Sap saprà dove si trova Bridget.'

'Cavalcare tutta la notte?' Chiese Lincoln, chiedendosi ancora se Sap e Nolan avessero Bridget con loro o se invece l'avessero lasciata da qualche altra parte, o peggio ancora…

Patrick annuì. 'I cavalli hanno mangiato e sono in buone condizioni. Andiamo a Bathurst stanotte e parliamo con la polizia. Restare qui è una perdita di tempo.'

'D'accordo.' Austin si voltò verso Jimmy. 'Puoi mostrarci la strada?

'Sì,' Rispose il giovane. 'Prenderò il cavallo di mio padre. Si è riposato.'

Lincoln lanciò un'occhiata verso le alte montagne a est, che nell'oscurità crescente non erano nient'altro che un profilo nero contro un cielo blu notte. Sperava con tutto se stesso che Bridget non fosse lassù, sola, sofferente o, peggio ancora...

# CAPITOLO 15

*D*onovan guidò Zeus tra le grandi felci che coprivano il passaggio tra le rocce verso il rifugio. Sollevò la lanterna, attento a non mettere il piede in fallo su ostacoli invisibili e a non far inciampare Zeus, rischiando di azzopparlo. Quel cavallo era tutto ciò che aveva: l'unica amicizia su cui potesse contare, il suo compagno in tutte le attività che svolgeva in quella radura, durante le battute di caccia e quando andava in spedizione per procurarsi delle provviste, come quel giorno.

La luna sbucò tra gli alberi, illuminando i prati bagnati di una luce argentea, mentre attraversano le felci gocciolanti. Zeus nitrì, riconoscendo la strada di casa. Stanco, bagnato e affamato, Donovan gli sorrise. 'Sì, ragazzo mio, presto potrai riposarti.' Dopo aver pronunciato quelle parole, avvertì qualcosa di strano. Nessuna luce proveniva dalla capanna. Si fermò e estrasse lentamente la pistola. Un senso di paura gli attanagliò lo stomaco. Bridget. Se n'era andata? O forse era ferita?

Poi notò una figura accanto al ruscello e un cavallo

dall'altra parte della tenda. La luce della lanterna illuminava appena l'area circostante, ma abbastanza da permettergli di distinguere Bridget. Donovan riprese a respirare, anche se in modo irregolare. 'Signorina Kittrick?'

Lei non si mosse, continuando a fissare la capanna buia.

'Signorina Kittrick?' Lasciò Zeus e le si avvicinò. 'Bridget? Sei ferita?' Non ricevendo risposta, si avvicinò di più e le toccò delicatamente la spalla.

Lei si voltò di scatto, sollevando l'ascia per difendersi.

'Sono io, Donovan!' Si ritrasse, mentre la pioggia riprendeva a cadere.

Bridget abbassò l'ascia, barcollando.

'Entra in casa.'

'No…' Fissava la porta aperta. 'No…'

'Dimmi cos'è successo,' Le disse con dolcezza. 'Ora sono qui, sei al sicuro.'

Lei scosse la testa, chiudendo gli occhi, per poi riaprirli lentamente, come fosse ubriaca.

'Cosa c'è nella capanna, ragazza mia?' Sussurrò lui, avvicinandosi di nuovo.

'Lui è là dentro,' La voce le si spezzò in gola.

Donovan si irrigidì e girò di scatto lo sguardo verso la capanna. 'C'è qualcuno dentro?'

Bridget gemette, con l'aria di chi è sul punto di collassare.

Lui pensò velocemente. 'Siediti. Qui. Siediti. Così,' Le sussurrò, aiutandola ad accomodarsi sull'erba. Tutti i suoi sensi erano all'erta, incerto sul se fosse già stato notato da chiunque si trovasse nella capanna.

'Ora resta qui.' Donovan si inginocchiò, posandole una mano sulla spalla. 'Se mi succede qualcosa, prendi Zeus e vai più lontano che puoi, capito? Lascia fare a lui, conosce le montagne meglio di te.'

Lei non rispose. Un rivolo di sudore gli scivolò lungo la schiena. Si alzò e si avvicinò al bordo del ruscello, con l'intenzione di approcciare la porta lateralmente. Armò la pistola, il rumore risuonò forte nella quiete della notte umida.

Col cuore che gli pompava forte in petto, raggiunse la porta e si mise in ascolto. Nessun rumore. Inspirò profondamente e balzò dentro, puntando la pistola verso l'oscurità. Il fuoco era ridotto a poche braci, che emettevano una luce fioca. Ma con la luna che si affacciava tra le nuvole, Donovan riuscì a distinguere la sagoma di un uomo disteso a terra, il tavolo rovesciato, le casse sparse tutt'intorno. Quell'uomo stava dormendo? Era ubriaco?

Sfruttando quell'occasione, Donovan uscì di nuovo e afferrò la lanterna. Bridget non si era mossa. Tornato nella capanna, appese la lanterna a un chiodo vicino alla porta, senza distogliere lo sguardo dall'uomo a terra e tenendo la pistola puntata su di lui. 'Tu! Alzati!'

Nessuna risposta.

Con il cuore che gli martellava in petto come una porta sbattuta dal vento, si avvicinò all'uomo e lo spinse con lo stivale. Nessun movimento, nemmeno un gemito. Era un uomo grosso, dalle spalle larghe e alto quasi due metri.

Con la pistola ancora puntata su di lui, Donovan riuscì a spostarlo con la mano e farlo rotolare sulla schiena. Rimase sconvolto alla vista di ciò che gli apparve davanti. Quell'uomo non aveva più un volto. Un colpo di pistola l'aveva sfigurato.

Donovan sentì lo stomaco rivoltarsi. Distolse lo sguardo. Bridget l'aveva ucciso. L'aveva forse attaccata? Probabilmente. Una donna così bella, sola nella foresta… Ovviamente quel demonio aveva provato ad aggredirla. Quell'idiota aveva pagato il più grande dei prezzi.

Donovan si passò una mano sul viso. Bridget aveva

rischiato la vita. Avrebbe potuto essere violentata e uccisa. Rabbrividì, sentendo lo stomaco ribollire. Aveva sparato a quell'intruso. Non c'era da stupirsi che fosse rimasta fuori, sotto la pioggia, con un'aria così spettrale.

Donovan rimise in piedi il tavolo, vi ripose sopra la pistola e si cimentò nell'arduo compito di trascinare l'uomo fuori dalla capanna. Quel peso morto era difficile da maneggiare e trascinare, soprattutto con addosso la stanchezza causata dall'aver camminato per le montagne sin dall'alba.

Finalmente riuscì a sistemarlo tra le grandi felci accanto alla capanna. L'indomani l'avrebbe seppellito, ma per ora doveva occuparsi di Bridget.

Ritornato dentro, trovò dell'acqua sul fondo di un secchio e la versò sul sangue che aveva impregnato il pavimento in terra battuta, poi lo coprì con delle foglie. Spostò il tavolo per nascondere la macchia fino al mattino, quando avrebbe pulito tutto. Sistemò gli sgabelli intorno al tavolo, per coprire il teatro della scena che Bridget aveva vissuto. Raddrizzò le casse e raccolse tutto ciò che si era sparso in terra, finché la stanza non fu di nuovo in ordine.

Uscì nella pioggia leggera e si avvicinò a Bridget. 'È andato via. Sei al sicuro.'

'Andato?' Lei lo fissò.

Lui le porse la mano e si sentì sollevato quando lei gli strinse le dita. 'È morto. L'ho portato fuori dalla capanna.'

'L'ho ucciso,' Disse lei tremando e con voce spenta.

'Sì, ma non avevi scelta. Lui avrebbe fatto lo stesso con te, cara.' La condusse dentro e la fece sedere su uno sgabello. 'Porto Zeus nel suo riparo e poi preparerò del tè.'

Lei rimase in silenzio, fissandosi le mani intrecciate in grembo.

Donovan si mise velocemente all'opera. Scaricò le borse

che contenevano più articoli del solito, oggetti che aveva acquistato pensando a Bridget e a cosa avrebbe potuto fare per rallegrarla. Stava sicuramente perdendo il senno.

Dopo aver sistemato Zeus, Donovan si assicurò che il cavallo fosse a suo agio e gli diede dell'acqua fresca, un paio di carote e delle manciate di avena che aveva appena acquistato per lui.

Dubitava che tranquillizzare Bridget sarebbe stata un'impresa facile. Raccolse delle fascette di erba secca e della legna da ardere, e riaccese il fuoco, rendendo immediatamente la capanna più accogliente. Mentre usciva per prendere dell'altra acqua fresca, rivolse di nuovo lo sguardo verso Bridget. Era pallida e sembrava come distaccata dalla realtà, tremante nel suo abito da cavallerizza bagnato. Donovan imprecò sottovoce. Era ancora sotto shock. Una cosa del genere, essere assalita e uccidere un uomo, poteva portare chiunque alla follia. Doveva agire con cautela.

Il bollitore era a scaldare sul fuoco, mentre lui portò dentro le borse della spesa. 'Signorina Kittrick, venga accanto al fuoco. Ha bisogno di scaldarsi.'

Lei rimase dov'era, muta e impassibile.

Imprecando di nuovo, Donovan si inginocchiò davanti a lei. 'Signorina Kittrick, Bridget. Devi riscaldarti.'

Lei si voltò verso di lui e lo fissò con occhi grigi, spenti, non più della vibrante tonalità azzurra che l'aveva lasciato senza fiato la prima volta che l'aveva vista. 'Ascolta, dolce ragazza. Devi toglierti questi vestiti bagnati. Capisci? Non voglio che ti ammali.'

Trascinò la branda vicino al fuoco e la aiutò ad alzarsi. 'Ora ti togliamo questi vestiti e ti avvolgiamo nella coperta.' Quando lei non si mosse, lui iniziò a sbottonarle l'abito. Da quando Sap l'aveva portata nella sua vita, aveva sognato diverse volte di svestirla, ma in quel momento i suoi pensieri erano lontani da qualunque prospettiva di seduzione, mentre le sfilava il corpetto e le gonne bagnate — gli abiti che aveva cercato di asciugare per due giorni interi. Bridget rimase in piedi accanto al fuoco, con indosso solo la camicia, il corsetto e la sottoveste. I capelli neri e bagnati le scendevano disordinatamente lungo la schiena.

'Avvicinati al fuoco, così.' Le avvolse il corpo esile in una coperta, desiderando di poterla consolare con un bacio. Ma si limitò a prepararle del tè. 'Sono stato molto coraggioso oggi, ho cavalcato fino a Bathurst per comprare delle provviste. Di solito non mi avventuro in città, ma essere uno tra tanti aiuta a non essere notati. Comunque, ho comprato una torta alla frutta. Ho pensato che ti sarebbe piaciuta.' Ne tagliò una fetta e la posò su un piatto. 'Mangia.'

Lei rimase seduta a fissare le fiamme, senza rispondere.

Donovan si chiese come scuoterla via da quello stato di shock. Si inginocchiò di nuovo davanti a lei e le portò la tazza di latta alle labbra. 'Bevi, cara.'

Lei fece come le fu ordinato, sorseggiando lentamente il tè caldo.

'Brava ragazza.' Lui le sorrise, il cuore stretto per la tristezza che la stava opprimendo. 'Domattina andrà meglio.' Non era sicuro del perché le avesse fatto quella promessa. Sapeva che non sarebbe stato così. Bridget avrebbe dovuto convivere per il resto della vita con il fardello della consapevolezza di aver sparato e ucciso un uomo. Il fatto che meritasse quella sorte non avrebbe reso le cose più facili, almeno non subito, forse mai.

Le avvolse le mani attorno alla tazza per riscaldarle e la incoraggiò a continuare a bere mentre lui alimentava il fuoco e appendeva i suoi vestiti ai chiodi vicino alla porta. Prese degli abiti asciutti dal suo baule e si cambiò.

Bridget non sembrava voler mangiare, ma aveva quantomeno bevuto tutto il tè. Donovan la aiutò a sdraiarsi sulla branda e la coprì con delle pelli. 'Ora dormi.'

Lei chiuse gli occhi, e lui si sedette su uno sgabello accanto alla branda, sentendosi un po' più sollevato. Avrebbe vegliato su di lei per tutta la notte, tenendo il fuoco acceso. Fuori la pioggia batteva forte, mentre i due rimanevano protetti dal loro rifugio ovattato. Donovan mise un pezzo di legno spesso contro la porta a mo' di serratura e tornò verso il fuoco.

Il fatto che uno sconosciuto avesse trovato il suo nascondiglio lo turbava profondamente. Dopo anni di latitanza trascorsi a nascondersi nei fienili, dormendo all'aperto nei fossati o sotto i ponti, aveva trovato quel luogo per caso e aveva deciso di restare, di farne una casa. La piccola gola era così isolata, così ben nascosta, che aveva creduto di poter vivere lì per sempre.

Per due anni interi, aveva vissuto nella certezza che solo un paio di persone sapessero dove si trovasse, Sap e Mickey. E sebbene quel tizio là fuori potesse essere capitato nella radura per caso, l'idea che altri potessero fare lo stesso lo faceva sentire vulnerabile. Il mondo intorno a lui stava iniziando ad affollarsi troppo? Era forse arrivato il momento di andarsene?

Per quanto tempo ancora avrebbe potuto nascondersi lì, nel suo luogo speciale, la sua casa? E cosa avrebbe dovuto fare con Bridget?

* * *

SENTÌ UNA VOCE CHIAMARLA. Mamma?

Inizialmente, Bridget non riuscì a riconoscere il volto, poi lentamente le ombre si diradarono. Una sagoma nera le si stava avvicinando, con occhi rossi come braci ardenti. L'odore di un alito pestilenziale le riempì le narici. Delle mani che terminavano in lunghi artigli la afferrarono. Gridò. Nessuno la sentiva. Non riusciva a respirare! Doveva scappare. Le gambe non rispondevano. Le mancava l'aria. Ansimò, piangendo. Doveva fuggire, ma era intrappolata. Come poteva scappare? Il demone nero l'avrebbe divorata...

'Bridget!'

Si sentì scuotere bruscamente e riuscì a ingoiare dell'aria. La stanza le girava intorno, poi si fermò. Il volto di Donovan le apparve davanti. Respirava affannosamente, stringendosi nella coperta.

'Sei al sicuro, cara. Sono qui. Sei al sicuro,' Mormorò Donovan.

Svincolandosi dalla branda, corse fuori nel sole pallido. La capanna, Zeus che brucava l'erba, il ruscello che scorreva, i versanti ripidi della gola e la fitta foresta pluviale che copriva tutto il paesaggio circostante le apparvero nitidi davanti agli occhi. Con indosso nient'altro che la sua sottoveste, scese verso la riva del ruscello e si inginocchiò sulle pietre ricoperte di muschio. Si schizzò in viso dell'acqua fredda, che la rinvigorì.

Sentì una coperta avvolgerle le spalle. Bridget alzò lo sguardo verso Donovan. 'Per quanto ho dormito?'

'Circa dodici ore.' Lui scrollò le spalle e si accovacciò accanto a lei. 'Ne avevi bisogno.'

Lei fissò l'acqua che scorreva, senza realmente vederla. 'Ho fatto un brutto sogno.'

'Sì.'

'Ma non è un sogno, vero?' Il suo respiro accelerò mentre i

ricordi dell'attacco le attraversavano la mente. Iniziò a tremare. 'Ho ucciso un uomo.'

'La scelta era tra lui e te.'

'Ho commesso un omicidio...' Pronunciare quelle parole ad alta voce le sembrava assurdo. Come aveva potuto fare una cosa simile? Lei era Bridget Kittrick, una ragazza rispettabile, appartenente a una famiglia perbene. Eppure, aveva tolto la vita a un altro essere umano.

'Ascoltami.' Donovan le toccò la spalla. 'Non avevi scelta. Ti avrebbe uccisa, lo sai, vero? Ti avrebbe violentata e poi uccisa, e probabilmente mi avrebbe sparato appena fossi sbucato dagli alberi.'

Lei rabbrividì. L'enormità di ciò che era accaduto le sembrava ancora surreale. 'Ho ucciso un uomo,' Ripeté, senza riuscire a crederci ma sapendo che quella fosse la verità.

'L'hai fatto per autodifesa.'

Bridget si strinse nelle braccia e iniziò a dondolare. 'Dio mio, aiutami!'

'Non devi darti alcuna colpa.'

'Volevo uccidere Sap,' Gemette. 'Avevo giurato a me stessa che l'avrei fatto. Ma non avevo mai davvero pensato a cosa significasse, a come mi sarei sentita dopo. Ero arrabbiata, ferita.' La gola le si serrò. 'Ma questo... non conoscevo quell'uomo... uno sconosciuto... gli ho dato acqua, cibo...'

'Non è stata colpa tua, ma sua,' Disse Donovan con fermezza.

'Non importa,' Sussurrò lei. 'Avrei dovuto fare di più. Parlargli, provare a convincerlo, essere gentile.'

'Alcuni uomini prendono ciò che vogliono e basta, Bridget. Lui era uno di quelli, credimi. Se fosse stato un brav'uomo, non saresti stata così spaventata da premere il grilletto.'

Lei chiuse gli occhi, tormentata. Persone come lei non sparavano alla gente. Un singhiozzo le risalì in gola, minacciando di soffocarla. Cosa avrebbe pensato sua madre? E suo padre? Austin, Patrick, i gemelli, le sue sorelle? L'avrebbero odiata, sarebbero stati disgustati dalle sue azioni. Si sarebbero vergognati di lei. La zia Riona le avrebbe citato la Bibbia, *Non uccidere...*

Quanto le mancavano tutti. Un dolore profondo e tagliente le si diffuse nel petto, così intenso da farla gemere per l'agonia. Voleva sua madre.

'Bridie, vieni nella capanna.' Donovan la aiutò ad alzarsi. 'Sta per piovere di nuovo.'

'Non mi importa,' Mormorò lei, come se ciò non facesse alcuna differenza.

'A me sì. Non voglio che ti ammali.' Donovan la fece sedere sullo sgabello più vicino al fuoco. 'Ho cucinato qualcosa.'

Lo stomaco le brontolò. Non ricordava l'ultima volta che aveva mangiato, ma l'idea di nutrirsi, di muoversi, di pensare, sembrava insopportabile. Voleva solo rannicchiarsi e morire.

'Ti ho comprato delle cose.' Donovan estrasse dalla borsa di tela una spazzola per capelli e due nastri verde smeraldo. Li posò sul tavolo, poi tirò fuori una camicetta bianca e una gonna color caffè. 'La donna in città ha detto che puoi facilmente regolare la gonna spostando i bottoni, così ho preso anche ago e filo. Anch'io devo rammendare delle cose, quindi mi torneranno utili.'

Bridget fissò quegli oggetti. Vestiti semplici, per una donna semplice come la moglie di un contadino o... una donna nascosta nella foresta.

Distolse lo sguardo e fissò le fiamme. 'Mi hai chiamata Bridie,' Disse con tono spento. 'Era il nome di mia nonna.'

'Ti si addice.'

'No, non è così.'

'Scusami.' Donovan si avvicinò alla pentola che bolliva sul fuoco. 'Ho preparato dello stufato. E del pane damper. C'è anche una torta alla frutta e ho comprato una bottiglia di sciroppo di prugne.'

Bridget sentì l'aroma dello stufato che proveniva dalla pentola e l'odore sottile del fumo emesso dal fuoco. Fuori cadeva una pioggia leggera e l'umidità della foresta pluviale si mescolava agli altri profumi. Questa era la sua vita ora. Tutti questi umili odori, sapori e oggetti. Quel pensiero le vorticò nella mente, finché non le sfuggì dalle labbra. 'Non potrò mai più tornare a casa.'

Donovan si fermò mentre versava lo stufato nelle ciotole. 'Sì che potrai. Ti porterò fino al limitare della città. Domani.'

'No. Non posso tornare a quella vita. La mia vita, la mia vecchia vita, è finita.'

'Non è vero.' Donovan si sedette accanto a lei e le porse una ciotola. 'Potrai tornare alla tua vita, alla tua famiglia.'

'Sono un'assassina.'

'Nessuno lo saprà mai. Io non dirò una parola, e tu devi fare altrettanto.'

Lei aggrottò la fronte, il mal di testa che pulsava incessante. 'Pensi che possa riprendere la mia vita da dove l'ho lasciata?'

'No, questo non è possibile. Certo, ti sentirai diversa, cambiata. Hai vissuto un'esperienza dura, ma non lasciare che questi momenti rovinino tutto. Una donna forte come te può superare tutto questo e andare avanti con la sua vita, diventando ancora più forte.'

'Facile a dirsi.'

'Non sto dicendo che sarà facile, ma è possibile.'

'Tu non l'hai fatto. Te ne stai nascosto qui nella foresta.'

'La mia vita non è la tua.'

'Ma dovrà esserlo.' Bridget mescolò lentamente lo stufato col cucchiaio. 'Non posso vivere con la mia famiglia senza dire la verità su ciò che è accaduto. Sarò una vergogna. Ne saranno disgustati.'

'Forse, ma sembra che tua madre sia una donna formidabile. Sarebbe davvero tanto sconvolta dal sapere che sua figlia ha combattuto per la propria vita ed è sopravvissuta?'

'La mamma capirebbe e accetterebbe, ma ci sono anche tutti gli altri. I miei fratelli e le mie sorelle. Lo scandalo rovinerebbe le loro possibilità di sposarsi, e non sarò io la causa della loro infelicità.'

'Mangia. Devi riacquistare le forze.'

Per un po' mangiarono in silenzio, accompagnati dai soli suoni del legno che si assestava nel fuoco e della pioggia che gocciolava fuori.

Eppure, la mente di Bridget non trovava pace. 'Dov'è?'

'L'ho seppellito stamattina.'

'Vicino?' Rabbrividì al pensiero.

'L'ho legato a Zeus, e lui l'ha trascinato lontano.'

Lo stomaco le si rivoltò, ribellandosi allo stufato che aveva appena mangiato.

'Ascoltami,' Le prese la mano, 'So che è un'esperienza sconvolgente, ma riuscirai a superarlo. Col tempo, il ricordo sbiadirà e andrai avanti con la tua vita.'

'Mi è difficile crederci.' Bridget trovò conforto nella stretta della mano di lui attorno alla sua. Un semplice tocco poteva fare molto, offrire così tanto sollievo.

'Tornerai a casa dalla tua famiglia, e vivrai una vita felice.'

'Come puoi esserne così sicuro? Guarda dove siamo, cos'è successo. È un incubo diventato realtà.'

'Fidati di me.' I suoi occhi verdi e sinceri incrociarono quelli di lei.

'Non posso tornare indietro,' Sussurrò Bridget. Il solo pensiero di raccontare alla sua famiglia quanto era accaduto le faceva venire la nausea.

Donovan annuì. 'Affrontiamo una cosa per volta, va bene?' Le lanciò un lungo sguardo, poi si alzò e posò la sua ciotola nel secchio dell'acqua prima di indossare un impermeabile. 'Ti lascio il tempo di vestirti. Devo andare a tagliare un po' di legna.'

Lei si guardò intorno, non entusiasta all'idea di restare lì da sola. 'Posso aiutarti.'

Lui scosse la testa. 'Rimani qui all'asciutto. Vestiti.'

Sforzandosi di mettersi in movimento, Bridget sparecchiò il tavolo. Lavò le ciotole nel secchio, cercando di non pensare a nulla, concentrandosi solo sul compito che stava svolgendo. Il futuro era troppo cupo e spaventoso. Avrebbe affrontato una cosa alla volta, come Donovan le aveva suggerito.

Si guardò intorno, sobbalzando a ogni rumore improvviso. Quella era ora la sua casa. Un profondo turbamento le serrò la gola. Tenere la sua famiglia lontana dai pensieri era l'unico modo in cui avrebbe potuto sopravvivere. Non li avrebbe coinvolti in quello scandalo. Si sarebbero convinti che fosse morta, una prospettiva migliore dell'alternativa: scoprire che la loro figlia e sorella era un'assassina.

# CAPITOLO 16

Lincoln si muoveva accovacciato attraverso un cespuglieto tagliente ai margini di Bathurst. Accanto a lui, Patrick faceva lo stesso, con le pistole pronte tra le mani. Davanti a loro, i poliziotti erano appostati intorno alla piccola casa di un contadino, nascondendosi dietro qualsiasi oggetto che fosse abbastanza grande da poterli coprire per intero. Dentro la casa c'erano Sap e Mickey, che stavano tenendo in ostaggio la famiglia del contadino.

'Non possiamo avvicinarci troppo,' Avvertì Patrick. 'Non possiamo rischiare che ci vedano.'

'La vegetazione si sta diradando.' Lincoln si accovacciò dietro un alberello spoglio, osservando la casa.

Erano stati rallentati per settimane da diverse segnalazioni di persone che avevano avvistato Sap e Mickey in quella zona. Tutte quelle false informazioni li avevano spinti a cimentarsi in una caccia serrata attraverso boscaglie sconosciute, facendogli sprecare interi giorni in ricerche infruttuose, persino col rischio di smarrirsi.

La polizia locale stava lavorando strenuamente alla ricerca

dei criminali, ma altri incarichi avevano spesso impedito loro di seguire tutte le piste. Così Patrick e Lincoln si erano assunti la responsabilità di dare la caccia ai banditi, mentre Austin parlava con i funzionari della città e con i giornalisti di tutte le testate. Austin aveva offerto una ricompensa di cinquemila sterline a chiunque avesse portato Bridget incolume a casa, ma questa mossa aveva finito col portare più problemi che soluzioni. Austin era sempre indaffarato con la polizia a gestire le false segnalazioni di persone che agivano in mala fede. Patterson li aveva inizialmente aiutati, ma l'eccessiva vicinanza alla polizia lo preoccupava. Era un uomo ricercato e doveva rimanere nascosto. Patrick gli aveva detto di tornare a Louisburgh nel caso arrivassero notizie su Bridget.

Ora, nella frescura di quella giornata di maggio che gli faceva correre brividi lungo tutto il corpo, Lincoln si chiedeva se catturare Sap avrebbe effettivamente significato scoprire dove si trovasse Bridget. Nessuno aveva dato segnalazioni del suo avvistamento, il che lo preoccupava. Patrick si rifiutava categoricamente di considerarla morta. Lincoln comprendeva la sua determinazione nel voler credere che sua sorella fosse ancora viva, ma se Sap e Mickey non avessero rivelato dove fosse, come avrebbero mai potuto trovarla?

Un grido riportò Lincoln al presente. Accanto a lui, Patrick si immobilizzò. Lincoln si tese in avanti mentre i poliziotti erano intenti a parlare con gli abitanti della casa. Qualcuno rispondeva urlando, e un colpo fu sparato dalla finestra contro la polizia.

'Non riesco a sentire,' Mormorò Patrick. 'Dobbiamo avvicinarci.'

'Lascia che i poliziotti facciano il loro lavoro, Patrick,' Consigliò Lincoln. Durante le settimane trascorse alla ricerca di Bridget, lui e Patrick erano diventati come fratelli. Insieme avevano vissuto di stenti, dormendo all'aperto in qualsiasi condizione atmosferica, spostandosi tra una città e l'altra, affamati e assetati, dormendo raggomitolati sotto la pioggia, protetti solo dalle fronde degli alberi e discutendo a bassa voce delle strategie da adottare e della donna che entrambi amavano.

Al pensiero di Bridget, Lincoln avvertì un senso di calore avvolgergli il cuore. Quella donna aveva catturato il suo interesse fin dal primo giorno, quando l'aveva incontrata alla sua festa di compleanno il febbraio precedente. Sembrava trascorsa una vita da quelle piacevoli giornate trascorse a cavallo con Austin e la signorina Norton intorno a Berrima, o godendosi una buona cena a Emmerson Park, seduto di fronte a Bridget. Ricordò di quando erano caduti lungo il fianco della montagna alle cascate di FitzRoy, ridendo all'unisono per il sollievo di non essersi feriti. Com'era audace, senza paura. E ora, stava forse invocando quello stesso coraggio? Era in quella fattoria, temendo per la propria vita, o da qualche altra parte?

'Uscite con le mani alzate!' Gridò il sergente maggiore.

'Gettate le armi o li uccidiamo tutti,' La risposta giunse da una finestra.

'Perché ci stanno mettendo così tanto?' Sbottò Patrick. 'Dovrebbero semplicemente irrompere lì dentro e catturare quei bastardi.'

'Ci sono una donna e un bambino in casa,' Lincoln cercò di calmarlo. 'È frustrante, lo so, ma avranno sicuramente un piano.'

'Davvero lo pensi?' Il tono sarcastico di Patrick combaciava con l'espressione sul suo viso. 'Quei poliziotti sembrano non avere idea di cosa fare.'

'Immagino che uno scontro a fuoco con dei bushranger non sia qualcosa da tutti i giorni.'

Patrick fissò la casa. 'Bridget potrebbe essere lì dentro.'

'Lo so, ed è per questo che tutto dev'essere fatto a dovere.' Lincoln scrutò i poliziotti, alcuni dei quali si stavano avvicinando alla casa. 'Andiamo, si stanno muovendo.'

'Guarda, chi sono quelli?' Patrick indicò un carro di uomini che si era appena fermato non troppo lontano da loro.

'Giornalisti.'

'Maledizione. Proprio quello che ci voleva.'

Passo dopo passo, del tutto all'erta, Lincoln e Patrick si avvicinarono sempre di più al bordo del cespuglio.

'Se corriamo fino a quel barile d'acqua,' Disse Patrick, indicando una botte accanto a un capanno di legno, 'Possiamo nasconderci dietro.'

Lincoln annuì.

'Bene, vai,' Sussurrò Patrick.

Lincoln corse verso il capanno. Sin da ragazzo, era sempre stato veloce, e il pericolo di poter essere colpito da un proiettile gli mise le ali ai piedi. Cadde su un cumulo di paglia dietro il capanno, con Patrick che quasi gli piombò addosso.

Ebbero a malapena il tempo di riprendere fiato, quando una pioggia di spari provenne dalla casa. La polizia rispose al fuoco. Urla provenivano dall'interno dell'abitazione. Il fumo delle pistole aveva creato una nebbia fitta. I poliziotti avanzarono. Altri colpi risuonarono. Un agente cadde, colpito a una gamba, e urlò dal dolore.

'Andiamo!' Lincoln si alzò, incapace di tenersi in disparte. Se Bridget era lì dentro, doveva essere liberata e quei luridi bastardi messi in catene. Corse in avanti, con la pistola appena comprata puntata davanti a sé. Un proiettile colpì la terra ai suoi piedi. Si inginocchiò dietro un palo della recinzione, concentrato solo sulla porta della casa.

Un lampo di fuoco provenne da una finestra. Un poliziotto cadde sui gradini della veranda. Il sergente maggiore fece un segnale e poi sfondò la porta. Altri spari riecheggiarono, riempiendo l'aria di suoni innaturali.

Senza pensare, Lincoln si precipitò nei bui interni della casa, alla ricerca di Bridget. Un proiettile gli passò vicino alla testa e si conficcò nella superficie in legno alle sue spalle.

Accanto a lui, Patrick si girò e sparò, ma l'uomo che aveva esploso il colpo poco prima era già riverso in terra. Due poliziotti si lanciarono su quella sagoma, mentre l'altro uomo armato che aveva sparato giaceva accasciato contro una parete nell'angolo. Un bambino piangeva, insieme a sua madre. Erano nascosti dietro un letto, con il contadino che li stringeva.

Lincoln non vide Bridget.

'Sei tu il bushranger Sap?' Chiese il sergente maggiore, inginocchiandosi accanto all'uomo col petto insanguinato.

'Sì, io sono Sap. Il più grande bushranger che abbiate mai incontrato,' Si vantò, con il sangue che gli colava dalla bocca giù sulla barba.

'Ne dubito,' Lo derise il sergente.

Patrick si scagliò su Sap. 'Dov'è mia sorella, bastardo!'

'Ehi! Ehi!' Il sergente spinse via Patrick. 'Calmati.'

Sap sorrise col sangue che gli macchiava i denti. 'La focosa Bridget?'

Lincoln dovette trattenere Patrick dal colpire l'uomo, nonostante lui stesso volesse fare esattamente la stessa cosa.

'Era proprio una bella ragazza...' Farfugliò Sap, col sangue che continuava a colargli dalla bocca. Il panico si rifletteva nei suoi occhi. 'Sono spacciato, amico.'

'Dove si trova!' Urlò Patrick, cercando di liberarsi dalla presa di Lincoln. 'Non osare morire. Voglio vederti impiccato!'

'Bel pezzo di donna, bella davvero.' Sap rise, poi tossì.

'Dov'è la signorina Kittrick?' Il sergente lo afferrò per la camicia, sollevandolo. 'Rispondi!'

'Mort...a.'

La stanza si immobilizzò.

Lincoln sbatté le palpebre. Aveva sentito bene?

'No...' Gemette Patrick. 'Stai mentendo!'

Gli occhi di Sap roteavano, poi si fissarono su Patrick. 'Era tosta... una combattente...'

'Dov'è? Dimmi che non è morta!' Patrick si liberò dalla presa di Lincoln e cadde a terra accanto a Sap. Lo afferrò per la gola. 'Dov'è?'

'Sparita. Odiavo quella...' Gli occhi di Sap si chiusero, e il suo corpo si accasciò nella morte.

Sconvolto, Lincoln attraversò la stanza di corsa verso l'altro bushranger.

'Anche lui è morto,' Disse il poliziotto senza emozione. 'Che liberazione.'

'Non ha detto niente?' Chiese Lincoln.

'Una parola. Donovan.' Il poliziotto scrollò le spalle. 'Dio solo sa cosa significa.'

Il silenzio che aleggiava nella casa era come una lama nelle orecchie di Lincoln. Persino il bambino aveva smesso di piangere. Uscì a passi pesanti, appoggiandosi al palo della veranda, in cerca d'aria. Bridget era morta. Quelle parole gli pulsavano nella mente. Quel suo bellissimo volto portava ora il pallore della morte. La sua risata contagiosa era ora ridotta al silenzio.

Qualcosa lo urtò. Patrick che, come un marinaio ubriaco, avanzò barcollando sull'erba, cadde in ginocchio e vomitò.

Distrutto, Lincoln non sapeva come confortarlo. Qualsiasi parola sarebbe stata inutile.

I giornalisti invasero la scena. Un illustratore sistemò il cavalletto e lo sgabello per disegnare la fattoria.

'Che notizie ci sono?' Chiese uno, con la matita pronta.

'Abbiamo bisogno di qualche dichiarazione,' Disse un altro, scrivendo su un pezzo di carta.

'Andatevene. Tutti quanti, sparite.' Lincoln li spinse via. Si incamminò lentamente verso il punto in cui avevano legato i cavalli e li riportò a Patrick. Senza dire nulla, lo aiutò a rimettersi in piedi e gli porse le redini. Mentre i giornalisti parlavano con i poliziotti, Lincoln e Patrick montarono a cavallo e si diressero verso Bathurst.

L'ora che impiegarono per raggiungere Bathurst trascorse senza che nessuno parlasse. Lincoln sapeva bene cosa significasse perdere qualcuno, il dolore che ciò comportava. Piangeva ancora sua madre, l'unica persona che avesse mai amato.

Era stato uno sciocco a permettere che i suoi sentimenti per Bridget crescessero. Quante volte si era detto di non meritare una famiglia? Eppure, stupidamente, aveva permesso a Bridget di penetrare la sua corazza e rubargli il cuore.

E guarda dove ciò l'aveva portato. Si era ritrovato a soffrire di nuovo. Mai più.

Giunti in città, smontarono alle stalle dietro la locanda e si affrettarono dentro verso il bancone, dove Lincoln ordinò due brandy per entrambi. 'La carrozza da Sydney è già arrivata?' Chiese al locandiere.

'Sta per arrivare.'

Lincoln annuì e fissò il bicchierino di brandy. Non aveva

toccato alcolici da quando non era altro che un giovane scapestrato… Aveva giurato che non l'avrebbe fatto mai più. E dato che aveva bisogno di mantenere la mente lucida, passò il bicchiere a Patrick, che lo bevve tutto d'un fiato, insieme al suo.

'Giornata dura?' Chiese il locandiere, versandone altri due.

'Non è stata il massimo.' Lincoln porse i bicchieri a Patrick. 'Vuoi qualcosa da mangiare?'

Patrick scosse la testa e bevve i due brandy uno dopo l'altro. 'Come organizziamo un funerale senza un corpo?' Era pallido come un lenzuolo.

'La carrozza sta arrivando.' Il barista inclinò la testa di lato. 'Sento il corno.'

'Come glielo dico?' Mormorò Patrick.

'Lo faremo insieme.' Lincoln si raddrizzò, preparandosi ad affrontare quel compito, mentre Patrick se ne stava appoggiato al bancone, quasi sembrando morto egli stesso.

Austin entrò, portando con sé una valigetta. Salutò Lincoln con un cenno e si unì a loro. 'Che viaggio. La carrozza si è bloccata nel fango attraversando le montagne. Abbiamo dovuto scendere tutti e spingerla.' Guardò i suoi stivali infangati. 'Comunque, che novità ci sono? Ho parlato con un giornalista del *Sydney Morning Herald*. Ha detto che l'editore pubblicherà un articolo sul rapimento di Bridget nell'edizione di venerdì, con la ricompensa chiaramente indicata.'

'Digli di non preoccuparsi,' Annunciò Patrick, segnalando al locandiere di servire loro un altro bicchiere.

Il bel volto di Austin si corrugò. 'Cosa?'

'Sediamoci a un tavolo.' Lincoln si rivolse al barista. 'Possiamo usare il salottino per qualche minuto?'

'Sì, è libero al momento.'

Lincoln afferrò il braccio di Patrick e lo condusse nella piccola stanza situata al lato opposto del bancone.

'Cos'è successo?' Chiese Austin appena chiusa la porta, isolandoli dal rumore della locanda.

'È morta.' Patrick scoppiò in lacrime.

Il colore svanì dal volto di Austin. 'Chi l'ha detto?' Rispose lui con durezza.

'L'uomo che l'ha uccisa. Sap.' Patrick si coprì il viso con le mani, le spalle scosse dai singhiozzi.

Austin fissò Lincoln, la bocca che si apriva e chiudeva come se non riuscisse a trovare le parole.

Lincoln sospirò profondamente. 'C'è stata una sparatoria. Sap e il suo complice sono stati uccisi. Mentre moriva, Sap ci ha detto di aver ucciso Bridget.'

Austin barcollò. Lincoln si affrettò vicino a lui per sostenerlo e lo fece sedere accanto a suo fratello. Patrick piangeva lacrime silenziose, la testa china.

'Non posso crederci,' Sussurrò Austin. 'La nostra adorata sorella…'

Patrick lanciò il cappello sul tavolo. 'Non sappiamo nemmeno dove si trovi il suo corpo. Potrebbe essere ovunque…'

'Sappiamo quando è successo?' La voce di Austin era tesa, come se volesse mantenere il controllo.

Scuotendo la testa, Lincoln sospirò con aria mesta. Non sapeva come stesse riuscendo a mantenere la calma, quando anche lui avrebbe voluto urlare di dolore, proprio come Patrick. 'No. È sparita da settimane, quindi potrebbe essere successo in qualsiasi momento e in qualsiasi luogo.'

'Gli animali l'avranno trovata, se non l'hanno sepolta,' Sussurrò Patrick, poi corse fuori dalla stanza.

'La polizia ha idea di dove potrebbe essere?'

'Non lo so. Siamo andati via subito. C'erano giornalisti dappertutto. Volevo allontanare Patrick da lì. Dovevamo dirtelo prima che lo sentissi dai giornalisti in città.'

'Grazie.' Austin appoggiò la testa tra le mani. 'Non riesco a crederci. Ero certo che l'avremmo trovata.'

'Dovrai parlare con la polizia.'

'Sì, e poi dovremmo tornare a Berrima. Mia zia...' Austin deglutì, 'Questo distruggerà la mia famiglia.'

'Voglio continuare a cercare,' Disse Lincoln, sorprendendo persino sé stesso con quelle parole.

'Cercare?' Austin lo fissò. 'Il corpo di Bridget?'

'Sì.'

'È un compito quasi impossibile.'

'Ho tempo. Non ho una famiglia, nessuno a cui dover dedicare il mio tempo, nessuna responsabilità come te e Patrick.' Alzò le spalle, senza comprendere appieno il bisogno di continuare, ma sapendo di doverlo fare. 'Non troverò pace finché non sarà ritrovata.'

'Da dove inizierai?'

'Comincerò da qui e mi spingerò fino alle montagne.' Era un piano incerto, e avrebbe dovuto comprare dell'equipaggiamento, ma qualcosa dentro di lui gli diceva che era ciò che doveva fare. Non poteva andarsene senza sapere dove si trovasse Bridget.

'Sei stato il miglior amico che potessimo avere, Lincoln.' Austin si alzò e gli strinse la mano. 'Non so cosa avrei fatto senza di te in questi ultimi mesi.'

'Porta Patrick a casa, prenditi cura di tua zia. Ti terrò aggiornato.' Lincoln lasciò la stanza e uscì.

Inspirò profondamente, riempiendo i polmoni d'aria. I muscoli della mascella si contrassero. La foschia blu delle grandi montagne che dividevano le pianure di Bathurst dall'insediamento di Sydney tagliava l'orizzonte in lontananza. L'istinto gli diceva che Bridget era lì, viva o morta. Era lì. Doveva solo trovarla.

# CAPITOLO 17

onostante l'aria nella gola fosse fredda, Bridget era seduta fuori, in un punto solcato da un raggio di sole vicino al ruscello, impegnata a lavare ciotole e piatti. Ora si concentrava solo su faccende ordinarie. Viveva ogni minuto senza pensare né al passato né al futuro.

Nelle due settimane successive all'attacco, era rimasta vicino alla capanna. Mentre Donovan era a caccia, o era impegnato a scuoiare prede e spaccare legna, Bridget cucinava e puliva, zappava l'orto e strigliava Zeus. Manteneva le distanze da lui. Ogni giorno lui le diceva che l'avrebbe portata alla fattoria più vicina affinché potesse fare ritorno dalla sua famiglia, e ogni giorno lei rifiutava l'offerta.

Non c'era più modo di tornare indietro.

Così si teneva occupata, rendendosi utile, facendo ciò che poteva affinché lui non trovasse una scusa per portarla via e lasciarla da qualche parte. Dopo cena, ogni sera, andava a letto presto, voltandogli le spalle, e non si muoveva fino al mattino, quando Donovan usciva e rimaneva fuori per ore. Detestava essere lasciata sola. I richiami degli uccelli e il mormorio del ruscello erano gli unici suoni che le tenevano compagnia. Per tutta la vita era stata circondata dalla sua famiglia, dal rumore creato dalla presenza di tante persone: parlare, ridere, cantare, canticchiare, i gemelli che fischiavano, le chiacchiere e i pettegolezzi delle sorelle, le imprecazioni di Moira. Era questo da sempre il sottofondo delle sue giornate. Ora c'erano solo il forte richiamo dell'uccello frustino e i cori degli altri uccelli, il raro nitrito di Zeus e il ritmo regolare della scure di Donovan che tagliava la legna.

Si alzò, sollevando il secchio con le ciotole, e ripose i piatti puliti nella capanna. Spazzò il pavimento di terra con una scopa fatta di rami. Gli interni erano puliti e ordinati. Nulla fuori posto. Lanciò uno sguardo al suo abito da equitazione appeso a un gancio. Non l'aveva più indossato da quando Donovan le aveva comprato una nuova camicetta e una gonna. La tenuta da equitazione le ricordava casa, Ace, il suo rapimento, e il fatto di aver ucciso un uomo.

Il passato.

D'impulso, afferrò l'abito, lo arrotolò su sé stesso e la gettò nel fuoco. Il tessuto si annerì, emise una nuvola di fumo e poi prese fuoco. Priva di qualsiasi emozione, osservò l'ultimo frammento della sua vecchia vita consumarsi e morire. Basta. Non si sarebbe più lasciata sopraffare da ciò che le era accaduto. Oramai aveva deciso di restare. Per quanto le mancasse la sua famiglia, non fare ritorno era la scelta giusta. Non poteva gravarli dei suoi peccati.

Si sentì improvvisamente meglio. Sollevò il mento e inspirò profondamente. Quel giorno avrebbe ricominciato daccapo.

Uscendo dalla capanna, si incamminò tra gli alberi e le felci, fino al punto in cui Donovan spaccava la legna. Era lì da un bel po'. Si era tolto la camicia e indossava solo i suoi pantaloni color camoscio. Un albero lungo e sottile, col tronco ingrigito dagli anni, giaceva a terra, e Donovan ne stava tagliando via i rami, ripulendoli fino a ottenerne dei ceppi lisci.

Parzialmente nascosta dalle felci, Bridget ammirò i suoi muscoli che si muovevano nelle spalle e nella schiena. Le sue braccia abbronzate sollevavano l'ascia in alto, per poi riscendere con precisione. Il sudore faceva brillare la sua pelle e scuriva i suoi capelli biondi.

Il desiderio la travolse, caldo e impellente. Donovan era il suo futuro, tanto quanto quella capanna nascosta. Non sarebbe rimasta sola.

Con rinnovata determinazione, avanzò fino a entrare nel suo campo visivo.

Donovan sembrava esitante, come se non fosse sicuro di doverle sorridere. 'Sei venuta a dare una mano?' Scherzò dolcemente, i suoi occhi verdi caldi e gentili.

Bridget si avvicinò, gli prese il viso tra le mani e lo baciò.

Donovan si ritrasse di scatto. 'Ehi, aspetta.'

Lei lo ignorò e lo baciò di nuovo, avvicinando il suo corpo a quello di lui, abbassando le mani fino alle sue spalle, percependo i muscoli tendersi sotto le sue dita.

'Bridie…' Mormorò lui contro la sua bocca. 'Non farlo.'

'Ti voglio.'

'Dolce ragazza, non sono quello giusto per te.'

'Tu sei l'unico per me.' Ogni parola era sincera. Erano insieme in quella vita. Due persone sole e senza un posto nel mondo, unite da eventi che nessuno dei due aveva previsto.

'Te ne pentirai.' Le posò le mani sui fianchi, spingendola leggermente indietro. 'Non sacrificarti per me. Non ne valgo la pena.'

'Passerò il resto della mia vita qui con te, in questa foresta.'

'Non puoi esserne sicura. Un giorno realizzerai che vuoi più di questo.' Allargò le braccia per indicare la capanna. 'Restare con me ti rovinerà la vita.'

'È già rovinata.' Si sbottonò la camicetta, desiderandolo con un'intensità che non aveva mai provato prima. 'Lascia che sia la tua donna.'

'Tu sei migliore di così.'

'Tu una volta eri un gentiluomo, e io ero una gentildonna. Siamo uguali.' Lasciò cadere la camicetta sul pavimento, poi la gonna, fino a rimanere in corsetto e sottoveste. Il cuore le martellava nel petto.

'Ti pentirai di tutto questo,' Mormorò lui, ma il desiderio scurì i suoi occhi verdi fino a renderli smeraldo.

'Ti dimostrerò che ti sbagli.' Si fermò a pochi centimetri da lui e gli percorse il petto con la punta delle dita. Sorrise quando lo sentì trattenere il respiro. 'Sono tua.'

'Mia?' Lui accennò un sorriso mentre lei gli slacciava i bottoni dei pantaloni.

'Fino al giorno della tua morte,' Gli sussurrò lei contro le labbra.

Con un movimento rapido, lui la sollevò tra le braccia e la portò nella capanna, adagiandola sul letto. Si spogliò, rimanendo in piedi davanti a lei. 'Sei sicura?'

Lei annuì, incapace di distogliere lo sguardo da lui. Un bisogno bruciante le attorcigliava lo stomaco. 'Non mi vuoi?'

'Ti desidero dal momento in cui sei entrata in questa valle, sporca e bagnata, coperta di fango.' Donovan si mosse lentamente, spogliandola con calma, finché anche lei fu nuda.

Il lettino scricchiolava sotto il loro peso. Con attenzione, Donovan la prese tra le braccia e la baciò profondamente, la sua lingua esplorò la bocca di lei, prima che un susseguirsi di baci le scorse lungo il collo e il petto. Le accarezzò i seni con le mani, stuzzicandole i capezzoli con le labbra fino a farle perdere quasi i sensi.

'Ne sei sicura?' Sussurrò lui, baciandole lo stomaco fino a raggiungere la sua parte più intima, dove la accarezzò.

Bridget gli afferrò i capelli in risposta, quasi delirante per il desiderio.

Lui tornò a baciarla, con intensità e impellenza. Bridget inarcò la schiena, cercando l'appagamento che sapeva solo lui poteva darle. Sdraiato tra le sue gambe, Donovan tornò a dedicarsi ai suoi seni prima di baciarla ancora. Poi le entrò dentro e si fermò.

Bridget gli afferrò le spalle, trattenendo il respiro.

Donovan iniziò a muoversi, con dolcezza e costanza, in un crescendo di piacere mentre intensificava i baci.

'Ora sei mia, ragazza…' Sussurrò, spingendosi più in fondo.

Il corpo di lei lo accolse completamente, con gratitudine. Si sentì salire verso l'alto, come in una spirale, fino a raggiungere un qualcosa di indefinito, e poi improvvisamente il suo corpo esplose in delle sensazioni fino ad allora sconosciute che la fecero gridare. Lo tenne stretto a sé mentre anche lui gemeva, gli occhi chiusi.

Piena di meraviglia, Bridget lo osservò prendere fiato e aprire gli occhi per sorriderle. 'Non ti ho fatto male?'

'Farmi male?' Si accigliò lei. 'Come potrebbe qualcosa del genere farmi male? È stato bellissimo.'

Donovan rise e si girò di lato. 'A quanto pare può far male, per una donna alla sua prima volta.'

'Oh.' Bridget pensò all'atto e non poté fare a meno di sorridere. Si sentiva viva. Libera. Ora conosceva l'esperienza del giacere con un uomo. Niente più supposizioni su cosa significasse andare a letto con qualcuno, niente più invidia verso le donne sposate che ne avevano padronanza. Niente più curiosità. Ora lo aveva fatto. E le era piaciuto.

Donovan le accarezzò la guancia. 'Se resterai, dovrò costruire un letto più grande. Sono stufo di dormire sul pavimento.'

Lei si sollevò su un gomito, i lunghi capelli neri le caddero sul viso come un sipario. 'Ti aiuterò.' Lo baciò con vigore, sfiorando il petto contro quello di lui, mentre sentiva il desiderio accendersi di nuovo. 'Ma non adesso.'

Lui rise mentre lei lo baciava.

Nei giorni e nelle settimane che seguirono, Bridget si sentì sempre più a suo agio nel suo nuovo mondo – un mondo che esisteva solo all'interno di quella gola. Trascorreva le ore diurne lavorando accanto a Donovan e quelle notturne amandolo con una crescente sensazione di sicurezza e abbandono.

Le temperature si abbassarono con l'avanzare dell'inverno. A giugno il clima si fece più freddo e la brina ricopriva le cime delle montagne. Le verdure crescevano meno rigogliose e più lente, e Donovan trascorreva più tempo fuori a caccia. Ma ora, Bridget andava con lui. Senza calendario né orologio per poter tenere traccia del tempo, viveva di ora in ora, mangiando quando aveva fame, dormendo quando era stanca e lavorando quando c'era da lavorare. Aiutò Donovan a costruire un letto più grande e robusto, sul quale facevano l'amore per ore, indifferenti a tutto il resto, concentrati solo sui loro bisogni.

Bridget scoprì di non essere in grado di togliergli le mani di dosso. Giorno e notte desiderava il suo corpo tanto quanto desiderava cibo o aria. Era come se l'istinto le dicesse di vivere ogni prezioso giorno come qualcosa di speciale, perché nessuno sapeva cosa il domani avrebbe portato.

'Dovrei andare in città. Stiamo finendo tutte le provviste,'

Disse Donovan una fresca mattina d'inverno mentre erano ancora a letto.

Il cuore di Bridget si strinse dalla paura. 'No. Non puoi lasciarmi sola.'

'Bridie, ragazza mia, devo procurarci delle provviste.' Le sue dita si intrecciarono a quelle di lei. 'L'inverno si sta già facendo sentire. Nevicherà presto. Non possiamo rimanere senza cibo.'

'Allora verrò con te.'

La luce negli occhi di Donovan si spense. Scostò la coperta e si alzò dal letto. 'Fai come vuoi.'

Irritata, lei lo fulminò con lo sguardo. 'Cosa vuol dire?'

'Niente. Non vuol dire niente.' Indossò la camicia.

Lei saltò giù dal letto, nuda e furiosa. 'Sì che vuol dire qualcosa. Dimmelo.'

Lui afferrò i pantaloni, ma lei glieli strappò di mano.

'Cosa c'è?' Chiese lei con fermezza.

Donovan sospirò. 'Se vieni in città… beh, potresti vedere tutte le cose che ti mancano e voler tornare a casa.' Distolse lo sguardo. 'Non ti biasimerei.'

Tutta la rabbia di Bridget si sciolse in un baleno. 'Stai dicendo che ti mancherei se me ne andassi?'

'Certo che sì, accidenti. Che domanda è?' Sbottò lui, mentre si vestiva.

'Non preoccuparti. Ho fatto la mia scelta. Resterò qui. Non posso tornare a casa. Ho commesso un omicidio e sono andata a letto con un uomo che non è mio marito.' Per un breve attimo provò un senso di umiliazione, poi alzò il mento con ostinazione. 'Scelgo di stare qui con te.'

'Non potremo mai sposarci in chiesa. Non posso rischiare, nemmeno dopo tutto questo tempo.' Donovan si infilò gli stivali.

'Non ti ho mai chiesto di sposarmi.' Detestava vederlo taciturno e pensieroso, soprattutto dopo aver conosciuto il suo lato felice, sorridente, scherzoso e giocoso.

'Stai sacrificando troppo, Bridie.'

'Ho tutto ciò di cui ho bisogno qui con te.' Si avvicinò e lo baciò con tenerezza.

Donovan ricambiò con un bacio ardente, quasi volesse lasciarle addosso il suo segno. Bridget gli graffiò la schiena con le unghie, colma di desiderio. Caddero sul letto, sentendo un disperato bisogno l'uno dell'altra. Lei gli slacciò i pantaloni, liberandolo, e lui la penetrò rapidamente. Lei gli morse la spalla, avvolgendogli le gambe attorno al busto per accoglierlo tutto.

'Non posso permetterti di lasciarmi ora,' Mormorò lui contro le sue labbra.

Lei lo fissò dritto negli occhi. 'Non lo farò.'

* * *

LINCOLN CAVALCÒ attraverso la fitta boscaglia fino in fondo a una valle profonda. Un piccolo ruscello gli scorreva accanto, e lui tirò le redini di Blaze per fermarsi, arrestando anche il cavallo da soma che lo seguiva. Lasciò che gli animali si abbeverassero mentre lui riempiva la borraccia con l'acqua corrente.

Si alzò stiracchiandosi. Le ore trascorse in sella lo avevano indolenzito, e sentiva addosso tutti i suoi trentaquattro anni. Due giorni prima aveva trascorso il suo compleanno sul fianco di una montagna in mezzo a venti tempestosi, infreddolito e stanco, contemplando la sua vita. Eppure, qualcosa lo spingeva a proseguire nella ricerca di Bridget, viva o morta che fosse. Ma con l'inverno che accorciava le giornate e abbassava le temperature, stava perdendo la fiducia.

Ad ogni fattoria che attraversava, faceva domande, alla disperata ricerca di informazioni. Interrogava chiunque incontrasse nei piccoli villaggi in cui si fermava, ma le risposte erano sempre le stesse. Nessuno aveva visto una giovane donna di straordinaria bellezza di nome Bridget Kittrick, con capelli neri e occhi blu acciaio.

Scriveva regolarmente ad Austin, ma inviare lettere che non contenessero notizie utili a una famiglia completamente distrutta dal dolore sembrava peggio che non scrivere affatto. Austin gli aveva detto di lasciar perdere. Erano passati mesi dal rapimento di Bridget a Louisburgh, e avevano ormai perso ogni speranza. Ma non Lincoln. Non riusciva a capire il perché stesse continuando. Eppure, arrendersi sembrava sbagliato, come se ciò significasse abbandonare Bridget. I suoi fratelli la credevano morta, e forse lo era, ma Lincoln non lo avrebbe accettato finché non avesse visto il suo corpo.

Continuava così nella sua ricerca, nonostante il gelido clima di giugno. Il giorno precedente aveva lasciato la piccola città di Oberon dopo aver fatto rifornimento di provviste, proseguendo poi verso sud, in direzione delle montagne. Credeva che la risposta al mistero di Bridget fosse nascosta tra quelle montagne, ma erano così vaste che avrebbe potuto impiegare anni a esplorarle tutte. Alcune delle gole più profonde erano impossibili da raggiungere, e rifuggiva con terrore ogni pensiero che Bridget vi fosse stata gettata dentro.

Un gruppo di cacatua neri stridettero sopra la sua testa. Li osservò volare sopra gli alberi, per poi risalire lungo il versante dell'alta montagna che stava costeggiando. Quanto desiderava poter sorvolare quell'area e vedere tutto ciò che c'era al di sotto.

Invece, prese le redini di Blaze e procedette fiancheggiando il ruscello, dirigendosi più in profondità nella valle. Con le ore di luce che diminuivano sempre di più, doveva accamparsi prima e trovare un posto adatto poteva richiedere tempo. Aveva con sé una piccola tenda, una coperta calda, del cibo con dell'attrezzatura da cucina e una bussola, tutto sistemato sul cavallo da soma. Nella tasca interna del suo lungo cappotto teneva una pistola, per ogni evenienza. Una pistola e un fucile erano indispensabili perché era risaputo che i bushranger si aggirassero nelle campagne. Ma avrebbe potuto farne uso anche cacciare, qualora avesse finito le provviste.

Dopo un'ora di cammino verso est lungo il fondo della valle, condotto dal ruscello, si imbatté in un'ampia area erbosa e si fermò per accamparsi. Il sole era tramontato dietro le vette, gettando lunghe ombre sulla piana. Un gruppo di piccoli canguri alzò la testa e lo fissò. Le madri con i cuccioli stipati nei marsupi saltarono via, mentre altri rimasero a guardarlo.

Sistemare i cavalli era ormai diventata una routine meccanica. Accese un fuoco e, mentre le fiamme ardevano, montò la piccola tenda e vi sistemò all'interno le coperte. Seduto accanto al fuoco su una grossa pietra trovata vicino al ruscello, preparò del pane damper e mise il bollitore sulle fiamme per fare del tè. Quella vita spartana non lo disturbava. Sebbene molti lo considerassero un gentiluomo, non aveva sempre vissuto nell'agio. Da ragazzo aveva trascorso la maggior parte del tempo lavorando nelle fattorie, acquisendo abilità che non gli sarebbero mai servite come figlio di un locandiere. Non aveva molti ricordi felici dell'infanzia, ma quei pochi che aveva erano legati alla pesca nei fiumi intorno a Hobart, al campeggiare nella boscaglia e al dormire sotto le stele: momenti preziosi lontano dalla locanda, lontano da suo padre.

Un improvviso colpo di pistola lo fece sobbalzare e rovesciare il tè bollente che stava per versare nella tazza. Si alzò di scatto, afferrando la pistola. Intorno a lui, su entrambi i lati del ruscello, gli alberi fitti creavano una barriera, come una fortezza murata. Il cuore gli batteva forte in petto. I suoi occhi scrutavano il paesaggio, cercando un qualsiasi movimento tra le ombre della boscaglia.

'Oooh!' La voce riecheggiò in un lungo richiamo.

Lincoln mormorò un'imprecazione. Qualcuno era vicino. Un amico o un nemico?

'Huntley!' Il grido risuonò nella valle.

Lincoln aggrottò la fronte. Aveva sentito bene? Qualcuno aveva gridato "Huntley" o " Oooh", il noto richiamo che aborigeni e coloni bianchi usavano per orientarsi nella boscaglia?

Qualcuno si era perso? Lincoln risalì lungo il pendio. Portandosi le mani alla bocca, emise il richiamo. 'Oooh!' L'eco rimbalzò tra gli alberi in modo inquietante.

'Oooh!' La risposta arrivò rapida.

Lincoln tornò di corsa all'accampamento e prese il fucile dalla tenda, stringendolo con entrambe le armi. Lo sconosciuto che chiamava poteva essere un bushranger pronto a derubarlo. In piedi vicino ai cavalli, con il ruscello alle spalle e il fuoco davanti a sé, Lincoln aspettò quella che sembrò un'eternità, finché finalmente non sentì provenire dagli alberi il tintinnio delle briglie e il nitrito di un cavallo.

Si irrigidì, tutti i sensi all'erta.

'Huntley!' Una sagoma alla guida di un cavallo emerse dalla boscaglia.

Confuso dal fatto quell'individuo che conoscesse il suo nome, Lincoln serrò la presa sulle armi.

'Huntley. Sono io, Patrick.'

Lincoln si rilassò, sollevato. 'Accidenti!'

Patrick accennò un sorriso fiacco e si spinse il cappello indietro sulla testa per mostrare il suo volto. 'Ti ho avvistato da lontano.'

'Sì, ma di solito non ci si aspetta visite da queste parti, a meno che non siano di dubbia natura.' Lincoln rise, riponendo le armi, e i due si salutarono con delle pacche sulle spalle. 'Che ci fai qui?'

Patrick si sedette sull'erba accanto al fuoco. 'Non riuscivo a riposare a casa. Ho cercato di rimettermi in sesto. Sono andato a Burrawang e ho comprato un terreno, ma non ci ho messo il cuore. Continuavo a pensare a te qui fuori a cercare, a Bridget… Sapevo di dover venire ad aiutarti.' Patrick gettò un bastoncino tra le fiamme. 'Mi sembrava scorretto che la stessi cercando da solo, dato che non sei nemmeno un suo familiare, mentre i suoi due fratelli si sono arresi.'

'Tengo molto a tua sorella,' Ammise Lincoln. 'Più di quanto non abbia mai tenuto a una donna.'

Patrick annuì. 'L'ho capito. Ho visto come la guardavi quando ti stava accanto. Bridget ti guardava allo stesso modo.'

Lincoln sorrise tristemente, quel pensiero gli scaldò il cuore. 'Mi piace credere che fosse così.'

'Conosco mia sorella, e provava qualcosa per te.'

Lincoln inspirò profondamente e rimise il bollitore sulle fiamme. 'E l'ho lasciata a Huntley Vale… Sono stato un codardo, non sono riuscito ad affrontare i miei sentimenti per lei. Se fossi rimasto, forse non sarebbe mai stata catturata.'

'Forse, ma l'intera faccenda avrebbe potuto comunque accadere, e tu saresti stato sparato come Silas Pegg, o peggio, ucciso.' Patrick si alzò, tornò al suo cavallo per disfare i bagagli e porse la sua tazza di latta a Lincoln perché la riempisse. 'La cercheremo insieme, non importa quanto ci vorrà.'

'Hai avvisato Austin?' Lincoln versò loro due tazze di tè nero.

'Sì. Ho dato una lettera a zia Riona. Era in viaggio per Sydney, dove starà con Austin per un po'. Emmerson Park è un luogo troppo solitario per lei e il suo dolore.'

'Sono state mandate delle lettere a tua madre?'

Patrick tenne la tazza di latta tra le mani. 'No. Austin ha deciso che la notizia è troppo sconvolgente e che fosse meglio aspettare il ritorno di tutta la famiglia a Sydney.'

'Beata ignoranza,' Mormorò Lincoln, soffiando sul tè caldo.

'Esattamente.' Patrick sorseggiò il tè. 'Mamma sarà devastata. È meglio dirglielo di persona che con una lettera.'

'Speriamo di avere qualcosa di più da raccontarle quando tornerà l'anno prossimo.'

Patrick aggrottò la fronte mentre il fumo del fuoco gli soffiava in faccia. 'Tu senti ancora che Bridget sia viva, vero?'

'Non abbiamo prove, ma il mio istinto mi dice che potrebbe essere ancora viva.'

'Persa? Qui fuori? Per tutto questo tempo?' Patrick scosse la testa. 'Mia sorella è intelligente. Avrebbe trovato un modo per raggiungere una fattoria e chiedere aiuto.'

Rimasero in silenzio, persi nei loro pensieri, finché Lincoln non iniziò a preparare del pane damper.

'Vado a montare la mia tenda.' Patrick si alzò con un sospiro.

'Ti piace la marmellata di fichi? La moglie di un contadino mi ha venduto un barattolo fatto da lei.'

'Mangio tutto tranne le alghe,' Rispose Patrick. 'Ne ho

avute abbastanza da bambino in Irlanda, quando eravamo poveri.'

Lincoln sorrise per alleggerire l'atmosfera. 'Siamo molto lontani dal mare, quindi credo che tu sia al sicuro.'

'Siamo lontani da tutto,' Grugnì Patrick.

Concentrandosi sul pane damper, Lincoln comprese la malinconia del giovane uomo. Anche lui non si aspettava di dover vivere nella boscaglia in condizioni così dure e con l'inverno alle porte. A quest'ora doveva aver già comprato una bella proprietà e avviato una casa, allevando il suo bestiame di Angus. Invece, era coinvolto nella ricerca disperata di una donna che conosceva da pochi mesi, ma che era riuscita a farlo sentire vivo dopo anni privi di qualsiasi emozione.

# CAPITOLO 18

*B*ridget aprì gli occhi e rabbrividì. Il respiro le usciva dalla bocca come una nuvola di fumo. L'aria gelida nella capanna penetrava sotto la coperta e le pelli, nonostante il fuoco acceso.

Donovan aveva acceso una lanterna sul tavolo per dissipare l'oscurità del mattino, e quando lui aprì la porta ed entrò, Bridget fu raggiunta da una corrente d'aria ancora più fredda. 'Buongiorno.' Disse lui strofinandosi le mani. 'Zeus è sellato. Dobbiamo andare.'

Non le piaceva l'idea di alzarsi, vestirsi al freddo e camminare per chilometri attraverso la foresta per raggiungere il margine delle montagne e l'inizio delle pianure aperte. Ma avevano bisogno di provviste e lei non voleva essere lasciata sola. Si alzò dal letto e si affrettò verso il fuoco, afferrò gli abiti da uno sgabello e si vestì rapidamente.

Donovan si inginocchiò davanti al baule e lo aprì. 'Stavo pensando.'

'A cosa?' Chiese lei, raccogliendo i capelli in un elegante chignon.

'Seppellirò questo denaro. Non voglio portarlo con noi nel caso venissimo derubati lungo la strada, o lasciarlo qui rischiando che qualcuno lo trovi.' Aprì il doppio fondo e ne raccolse i piccoli sacchetti contenenti l'oro. 'Ieri, quando ero in cima alla montagna, ho visto una colonna di fumo a sud.'

Lei notò l'espressione preoccupata nei suoi occhi. 'Quanto lontano?'

'Alcuni chilometri, ma qualcuno potrebbe invadere le montagne in qualsiasi momento, specialmente taglialegna e cercatori d'oro. Non so per quanto ancora passeremo inosservati.'

Bridget rabbrividì di nuovo, non per il freddo, ma per il ricordo dell'uomo che era entrato nella capanna e l'aveva aggredita. Quanti altri uomini come lui sarebbero arrivati? 'Forse è ora di considerare di andare via?'

'Ci ho pensato,' Disse Donovan mentre riduceva il fuoco a fumo e braci.

'Potremmo andare a nord, nel Queensland.' Bevve un sorso del tè che Donovan le aveva lasciato e masticò un pezzo di carne secca di canguro.

'Dovremmo andare in un posto remoto. Cambiare i nostri nomi.'

'Gli indigeni sono più selvaggi lassù.'

'E ho sentito dire che il clima non è molto piacevole. Più caldo e secco di qui, specialmente verso ovest.'

Bridget indossò il mantello. 'Ce la caveremmo.'

Donovan prese i sacchetti di denaro. 'Li seppellirò sotto la felce dietro il deposito di legna, poi andremo.' Si fermò e la guardò alzando le sopracciglia. 'Sei sicura di voler venire? Cammineremo per circa sei ore.'

'Non voglio restare qui da sola.' Pensò all'uomo che l'aveva attaccata e non poteva rischiare di vivere di nuovo un'esperienza simile. Le mani le tremavano mentre abbottonava il mantello.

Donovan le accarezzò dolcemente la guancia. 'Capisco. Al margine delle montagne c'è una fattoria. Ci sono già stato. Sono brave persone. Posso lasciarti con loro e cavalcare con Zeus fino a Oberon. Sarò più veloce se andrò a cavallo piuttosto che camminare per tutto il percorso.'

'Avremmo dovuto tenere l'altro cavallo.' Parlava del cavallo dell'uomo che l'aveva aggredita. Donovan l'aveva liberato sulle montagne a poco più di un chilometro dalla radura.

'No. Quel cavallo poteva essere riconosciuto. Non sappiamo chi fosse quell'uomo. Se la gente avesse identificato il cavallo, avrebbero cominciato a fare domande sul perché ce l'avessimo noi. Lasciarlo libero era l'unica opzione.'

'Anche alla fattoria dove ti fermi per comprare le provviste potrebbero fare troppe domande,' Si preoccupò. Poteva continuare a fingere di essere una donna qualsiasi, piuttosto che la vittima di un rapimento e anche un'assassina?

'Non lo hanno mai fatto prima quando sono passato per comprare del cibo. Il contadino, Beecroft, è un uomo tranquillo, e sua moglie mi offre sempre da bere, mi vende un paio di barattoli di conserve, uova, e poi mi lascia solo sulla veranda per fare quattro chiacchiere col marito. Non mi trattengo mai.'

Bridget non voleva separarsi da Donovan, né essere lasciata sola con degli sconosciuti. 'Aspettiamo di vedere come mi sentirò quando arriveremo alla fattoria.'

I due partirono mentre il cielo notturno passava dal blu scuro al grigio acciaio. Le stelle scintillavano nel cielo limpido, e il coro mattutino degli uccelli li accompagnava mentre guidavano Zeus attraverso la radura, fin dentro al tunnel di felci di alberi alti ricoperti di muschio. L'odore di umidità e di vegetazione in decomposizione era intenso poiché il sole arrivava raramente fino in fondo a quel passaggio buio tra le montagne.

Uscendo dal tunnel di felci, Donovan li guidò verso ovest fuori dalla gola. 'Prendi nota di questo sentiero,' La istruì Donovan. 'Ogni terzo albero ha un'incisione sotto il ramo più basso, vedi?'

Bridget osservò ogni terzo albero mentre avanzavano sul primo pendio. 'Sì, lo vedo.'

'Se mai dovessi seguirle, ti condurranno oltre questa cresta montuosa. Dirigiti sempre verso ovest e alla fine arriverai alle pianure erbose e alle fattorie.'

Giunti in cima, Donovan si fermò e indicò un punto tra gli alberi mentre il sole spuntava all'orizzonte dietro di loro. 'Tieni il sole del mattino alle spalle e, se è pomeriggio, davanti a te.'

Lei annuì e poi iniziò a scendere lungo il pendio ripido verso la valle successiva. Bridget osservava attentamente ciò che la circondava, come aveva sempre fatto da bambina quando aveva imparato a cavalcare nella boscaglia intorno a Emmerson Park con Douglas, lo stalliere.

Man mano che il sole saliva più in alto, Bridget sentiva sempre più dolore ai piedi, provocato dal terreno accidentato. Per molte settimane era rimasta nei pressi della capanna, uscendo solo per delle brevi passeggiate con Donovan per cacciare o raccogliere legna. Delle vesciche si formarono sui talloni prima ancora che lasciassero le montagne. Sapeva che lo stava rallentando e si maledisse per questo.

Quando finalmente superarono gli ultimi alberi di euca-lipto che abbracciavano le montagne, si fermò per riprendere fiato e bere un sorso d'acqua. Davanti a lei si aprivano vaste praterie erbose che si estendevano per chilometri. Era strano trovarsi in un ambiente così aperto dopo essere stata protetta per così tanto tempo da ripide alture rocciose e alberi alti.

'La fattoria è a circa un chilometro da qui, oltre quel gruppo di alberi in lontananza. La casa è dall'altra parte. Quelle sono le sue pecore.' Indicò un piccolo gregge poco distante.

Stanca per le ore di cammino, Bridget si limitò ad annuire e lo seguì, facendo una smorfia ad ogni passo.

'Rimarrò alla fattoria se la moglie è in casa,' Disse Bridget a Donovan quando la piccola casa di legno apparve in vista.

'Buona idea. Sarò più veloce a cavallo. Con che nome ti presenterai?'

'Come ti conoscono loro?'

'Signor Smith.'

'Allora sarò... Ellen Smith, tua moglie.' Le fu difficile pronunciare il nome di sua madre. Scacciò rapidamente dai pensieri l'immagine sua e del resto della famiglia, seppellendo il dolore della loro mancanza.

Donovan sorrise. 'Va bene.'

Quando si avvicinarono alla casa, un cane abbaiò dal punto in cui era legato a un palo vicino a un capanno.

Una donna uscì sulla veranda asciugandosi le mani sul grembiule bianco. 'Signor Smith.'

'Buongiorno a lei, signora Beecroft.' Donovan le strinse la mano. 'Questa è mia moglie, Ellen.'

'Buongiorno, signora Smith.' La signora Beecroft strinse la mano di Bridget con un sorriso caloroso. 'Non sapevo che fosse sposato,' Disse a Donovan.

'Mi chiedevo se potessi lasciare mia moglie da lei, signora Beecroft, mentre vado a Oberon per delle provviste?'

'Certo. Qui non ho spesso compagnia. Entri pure.' Tenne la porta aperta.

'Allora vado.' Donovan prese la mano di Bridget e le baciò la guancia. 'Farò il più in fretta possibile.'

'Hai la lista?'

Lui le fece l'occhiolino. 'Ce l'ho.'

Bridget aspettò che Donovan montasse Zeus e si allontanasse al galoppo, prima di entrare.

La porta d'ingresso conduceva direttamente a un salotto e, oltre quello, attraverso un'altra porta aperta, Bridget intravide la cucina. Un'altra porta a destra si apriva su una camera da letto.

'Anche mio marito è andato in città oggi. È giorno di mercato e dovevamo vendere dei maiali.' La signora Beecroft si diresse verso la cucina. 'Prego, si sieda. Preparerò del tè.'

'Grazie.' Bridget si sedette sulla sedia accanto al fuoco vivo e diede un'occhiata in giro. Sebbene arredata in modo spartano, le pareti della casa erano decorate con alcuni dipinti non incorniciati che raffiguravano paesaggi. Una coperta di lana spessa era appoggiata sullo schienale di una sedia, e un'altra era in fase di lavorazione a maglia.

La signora Beecroft arrivò con un vassoio da tè. 'Come ho detto, non sapevo che il signor Smith fosse sposato. Non lo ha mai accennato nelle poche volte che è stato qui a fare compere da noi. Avrebbe potuto venire prima per fare amicizia.'

'Ci siamo sposati da poco, e sa com'è, c'è sempre qualcosa da fare in casa,' Mentì.

'Come si trova a vivere in montagna? Immagino sia lì che vivete, dato che conosciamo tutte le fattorie vicine.'

Bridget accettò la tazza di tè con un leggero tremore. Sapevano che Donovan vivesse tra le montagne. Non sapeva cosa dire, ma doveva distogliere l'attenzione della donna prima di dire qualcosa di cui si sarebbe pentita. 'In realtà ci spostiamo molto,' Mormorò.

'Ah, suo marito è un cercatore d'oro?'

'Sì. Dieci anni fa era nei giacimenti auriferi vicino a Ballarat. Non riesce a togliersi l'idea dell'oro dalla testa.' Le bugie le uscirono così facilmente di bocca che quasi ci credette lei stessa.

'È come un veleno, dicono alcuni. Una volta che si inizia a scavare, non si riesce a smettere.' La signora Beecroft tagliò una generosa porzione di una soffice torta. 'Sono contenta che il mio Harold non abbia mai pensato di cercare oro. La fattoria è ciò che conosciamo e ciò a cui ci dedicheremo finché non moriremo. Anche se molti vanno a cercare oro e gemme nelle montagne qui intorno, e di recente ci sono stati alcuni ritrovamenti. Abbiamo avuto più stranieri che mai che passano dalla fattoria.'

A Bridget non piacque quell'idea. La presenza di uomini che si addentravano tra le montagne aumentava il rischio che la capanna fosse trovata. 'Spero che non le dispiaccia che sia venuta senza preavviso?' Bridget morse un pezzo di torta e il sapore dolce le fece venire l'acquolina in bocca. Era passato troppo tempo dall'ultima volta che aveva assaggiato qualcosa di così zuccheroso.

'No, non mi dispiace affatto. È piacevole avere della compagnia femminile.' La signora Beecroft si tolse il grembiule, mostrando una gonna grigio opaco e un corpetto abbinato. I suoi capelli castani avevano una striscia grigia lungo la tempia sinistra. 'Parlo con altre donne solo quando vado a Oberon, ma oggi non potevo affrontare il viaggio, ho avuto crampi allo stomaco tutta la notte.'

'Sta male?' Chiese Bridget allarmata.

'Solo la solita maledizione delle donne. Mi colpisce duramente ogni mese.'

'Oh...' Non sapendo cosa dire, Bridget prese un altro boccone di torta.

'Non mi dispiacerebbe avere una dozzina di figli di cui occuparmi, ma i dolori ogni mese mi ricordano che il mio grembo è vuoto...' L'espressione triste della signora Beecroft durò solo un momento, prima che rivolgesse un altro sorriso a Bridget. 'Lei ha figli, signora Smith?'

'No.' L'idea non le era mai passata per la mente, ma attraversata ora da quel pensiero, sentì il sangue abbandonarle il viso. Dio buono, poteva essere una possibilità!

'Sono sicura che arriveranno col tempo. Anche se è quello che tutti mi dicono da dodici anni.' La donna scrollò le spalle come se nemmeno lei ci credesse, poi si diede una piccola scossa. 'Non aveva voglia di andare a Oberon con suo marito?'

'No, camminare tutta la mattina mi ha fatto venire delle vesciche sui talloni. Don... mio marito ha detto che dovevo rimanere qui con lei, dato che sarebbe stato più veloce a cavallo. Ha detto che è sempre stata gentile con lui in passato.'

'Che Dio lo benedica.' La signora Beecroft sorrise calorosamente. 'Mi paga sempre bene per quello che compra da me. Quelle monete in più mi permettono di concedermi qualche sfizio.' Indicò la coperta di lana a metà lavorazione. 'L'ultima volta sono riuscita a comprare abbastanza lana per fare una coperta per il nostro letto. Gli inverni possono essere così freddi da queste parti.'

'Lei è molto abile.' Bridget ammirò la coperta di lana blu scuro. 'Dipinge anche?' Indicò i quadri raffiguranti i paesaggi.

'Sì. Ho imparato da sola. Così ho qualcosa cosa da fare. Mi distrae... A volte, mio marito rimane nei campi per ore, lontano da casa e, quando ho finito le mie faccende, mi piace dipingere.'

Si alzò e prese un quadro da un chiodo fissato al muro.

'Mio marito pensa che sia una sciocchezza, ma mi asseconda comunque. Ho tutto questo panorama a disposizione ogni volta che guardo da una finestra o esco fuori. Ma non capisce perché voglia dipingerlo.'

'Ha davvero un buon occhio.' Bridget sorseggiò il tè, cercando di rilassarsi.

'Vorrei che prendesse questo.' La signora Beecroft le porse il dipinto che aveva in mano.

'Oh, non potrei accettarlo.'

'Insisto. Ne ho più di quanti me ne servano.'

'Potrebbe venderli.'

'Forse ne venderò alcuni, ma questo voglio che lo tenga lei. Se mai dovesse andare via, avrà sempre questo dipinto a ricordarle di questa zona.'

Bridget prese il dipinto dalle sue mani. La tela era montata su una sottile cornice fatta a mano delle dimensioni di un grande libro. La scena raffigurava un paesaggio invernale delle montagne coperte di neve, con alberi tracciati di bianco e un cielo grigio cupo. Era davvero bello, e Bridget rivolse alla donna un sorriso di gratitudine. 'È stupendo.'

La signora Beecroft si impettì per il complimento. 'Sono felice che le piaccia. L'ho dipinto l'anno scorso, quando nevicò per qualche giorno. Ho l'impressione che nevicherà di nuovo quest'anno. Il freddo è arrivato prima rispetto al solito.'

'Grazie. Lo custodirò con cura.'

'Spero che non pensi che sia scortese, ma devo tornare in cucina. Ho il pane che sta lievitando e una torta salata di carne e patate da finire.'

'Posso aiutarla?'

'Oh, non potrei permetterlo.'

'La prego. In cambio della sua ospitalità. Posso lavare le

verdure o qualsiasi cosa serva. Non sono una grande cuoca. In realtà, non so cucinare per niente, ma so lavare.'

Ridendo, la signora Beecroft guidò Bridget in cucina e le passò un grembiule di riserva. 'Se potesse tritare quelle carote, sarebbe perfetto.'

Mentre Bridget si metteva al lavoro, la signora Beecroft iniziò a parlare dei suoi vicini, in particolare di uno i cui bovini continuavano a sfondare le recinzioni e a mangiare i suoi cavoli.

'Gliel'ho detto una dozzina di volte di costruire delle recinzioni più robuste, ma è tutto inutile,' Disse la signora Beecroft mentre impastava il pane. 'Un giorno mi terrò quei benedetti animali, così diventeranno parte del nostro gregge.'

'Certi vicini possono rivelarsi una vera sfida,' Mormorò Bridget, pensando a Roache.

'Comunque, qui siamo abbastanza felici. Abbiamo avuto qualche problema con i bushranger, ma non tanto quanto nelle aree vicino a Bathurst. Ha sentito del recente scontro a fuoco a nord di Bathurst?'

'No.' Bridget continuò a tritare, godendosi la compagnia di qualcuno di diverso con cui chiacchierare.

'Sembra fossero davvero audaci. Si sono presi gioco della polizia e hanno assaltato una fattoria. La donna aveva un bambino con sé. Un orrore. Immagini, la propria casa come palcoscenico in uno scontro a fuoco.' La signora Beecroft scosse la testa, impastando ritmicamente.

'Sarebbe terrificante,' Concordò Bridget, rabbrividendo al pensiero delle sue esperienze coi bushranger.

'Quei delinquenti sono stati uccisi dalla polizia, grazie al cielo. Non ricordo i loro nomi. Uno era Nap o Map, no, Sap! Ecco, Sap!' La signora Beecroft rise. 'Che nome ridicolo, non trova?'

Sconvolta, Bridget non osò alzare lo sguardo. Continuò a stringere il coltello cercando di riprendere fiato. 'Sap?'

'Sì. Buffo, vero, che nomi hanno certi bushranger? Comunque, è stato ammazzato, e anche il suo compagno.'

'Sono morti?' Bridget raccolse lentamente le carote tritate e le versò nella pentola, stordita, ma consapevole di non poter mostrare alcuna emozione.

'Entrambi uccisi. Quello che si chiamava Sap ha parlato con la polizia. Ha detto di aver ucciso la donna che aveva rapito. Se lo immagina?' La signora Beecroft scosse la testa incredula. 'Povera donna.'

'Ha detto questo?' Bridget si sedette su una sedia vicino al tavolo, le gambe tremanti.

'I due erano ricercati per il rapimento di una giovane donna da qualche parte a sud, vicino a Goulburn, credo. È stato su tutti i giornali. Una ricompensa era stata offerta per chi la riportasse dai suoi fratelli. Cinquemila sterline. Una somma incredibile. Anche se ormai non servirà a nulla. Tutti credono che sia morta.' La signora Beecroft divise l'impasto arrotondato in due stampi e li cosparse di farina. 'Che disgrazia. Non siamo al sicuro nemmeno nei nostri letti, con questi criminali che vagano per il Paese. La polizia deve impegnarsi di più.' La signora Beecroft mise gli stampi nel forno.

Bridget chinò il capo, le lacrime le offuscavano la vista. Austin e Patrick. Le mancavano così tanto che quasi gemette per il dolore. Credevano che fosse morta. Dovevano essere così sconvolti, così come zia Riona.

'Vado a prendere le uova. Torno subito.'

Rimasta sola in cucina, Bridget si asciugò le lacrime e fece dei respiri profondi. Non poteva lasciare che la signora Beecroft sospettasse che qualcosa non andava. Ma sentiva il cuore martellarle nel petto. La sua famiglia pensava che fosse stata uccisa da Sap. Quanto dovevano aver sofferto.

L'intera vicenda le sembrava così distante. Si era abituata a vivere nella capanna, a non pensare alla sua famiglia, per poter mantenere la sanità mentale. Tuttavia, il racconto della signora Beecroft le aveva dato un'altra prospettiva. Austin e Patrick che la cercavano, che offrivano una ricompensa, parlavano con i giornalisti, la polizia che indagava, uno scontro a fuoco.

Eppure, eccola lì, nella cucina di una donna qualsiasi, a tagliare carote. Se la situazione non fosse stata così tragica, ne avrebbe riso. La gola le si chiuse per l'emozione. Era un incubo a occhi aperti.

Donovan tornò tre ore dopo con Zeus carico di sacchi pieni e una piccola cassa contenente delle galline legata sulla schiena. 'Ti sei riposata?' Le chiese Donovan quando lei corse fuori per andargli incontro.

'Possiamo andare?' Gli sussurrò lei, quasi in lacrime per il sollievo.

'Lasciami ringraziare la signora Beecroft.' Si avvicinò alla veranda. 'Che piacere rivederla, signora Beecroft, e grazie per essersi presa cura di mia moglie.'

'È stato un piacere, signor Smith. Abbiamo trascorso un bel pomeriggio. La signora Smith mi ha aiutato in cucina.'

Bridget si ricompose e salì i gradini per stringere la mano alla signora Beecroft. 'Spero di poter tornare presto a trovarla,' Un'altra bugia le scivolò dalle labbra.

'Sarebbe magnifico, signora Smith.' La signora Beecroft rispose con un ampio sorriso, porgendole il dipinto che aveva lasciato sul tavolo.

'Cos'è quello?' Chiese Donovan.

'La signora Beecroft mi ha regalato uno dei suoi dipinti.'

Bridget glielo mostrò, ma dando le spalle alla signora Beecroft, rivolse a Donovan uno sguardo disperato affinché si sbrigasse.

'È delizioso.' Donovan forzò un sorriso. 'Arrivederci, signora Beecroft.' Tornò da Zeus e prese le redini.

'Arrivederci, signora Beecroft, e grazie ancora.' Bridget salutò con la mano.

'Sono stato il più veloce possibile,' Mormorò Donovan mentre si allontanavano. 'C'era il mercato, e la città era più affollata di quanto mi aspettassi, ma mi ha aiutato a passare inosservato.'

'Hai sentito qualcosa?' Ignorando il dolore provocato dalle vesciche, Bridget camminava velocemente per allontanarsi dalla fattoria.

Donovan aggrottò la fronte e si tolse il cappello, ora che non aveva più bisogno di nascondere il viso. 'Di cosa?'

'Sap e Mickey sono rimasti coinvolti in uno scontro a fuoco. Sono stati uccisi!'

'Cristo!' Donovan spalancò gli occhi per lo stupore.

'Non ne hai sentito parlare a Oberon?'

'No. Non ho parlato con nessuno tranne che con i negozianti e erano così occupati che mi hanno servito senza tanti discorsi. Ho comprato due giornali da leggere più tardi, ma non ho sentito né visto nulla riguardo a uno scontro a fuoco.'

'Sap ha detto alla polizia di avermi uccisa.'

'Uccisa?' Donovan si fermò di colpo. 'Perché avrebbe detto una cosa del genere?'

'Non lo so.' Era confusa quanto lui.

'Non aveva senso dire una cosa simile, a meno che non volesse notorietà nella morte.' Donovan imprecò sottovoce. 'Conoscendo Sap, è probabile. Avrebbe voluto passare alla storia, far sì che tutti parlassero di lui.'

'I miei fratelli mi stanno cercando. Hanno offerto una ricompensa, ma ora credono che io sia morta,' Le parole le uscirono di getto, soffocate dall'emozione.

Donovan rimase in silenzio fino a quando raggiunsero l'inizio della fitta boscaglia. Si fermò. 'Vuoi tornare a casa?'

'C'è qualcos'altro...'

'Cosa?'

'Mi è venuto in mente parlando con la signora Beecroft.'

'Cosa?'

'Che... noi... potrebbe esserci un bambino...'

Donovan imprecò di nuovo. Prese la mano di Bridget. 'Sì, è una possibilità. Condividiamo il letto.' I suoi occhi verdi la scrutavano intensamente. 'Quindi la mia domanda rimane. Vuoi tornare a casa?'

*L*'uccello sferzò il suo richiamo dalle profondità della gola, il suono riecheggiò attraverso le alte felci, insinuandosi tra la volta di eucalipti. Bridget stava raccogliendo dei ramoscelli per accendere il fuoco, la cassetta quasi piena. Si era spinta oltre la radura, il sole invernale illuminava gli angoli angusti di sottobosco dove gli alberi si diradavano. L'aria fresca di montagna le raffreddava il viso e le mani.

Si osservò le unghie, spezzate e sporche, indurite dal lavoro senza guanti. La gonna che indossava era ricoperta di macchie provocate dal lavoro in cucina. Ripulire del tutto l'orlo sarebbe stato impossibile, a causa del costante contatto con la terra. Adesso, nessuno l'avrebbe riconosciuta come la figlia di una famiglia benestante. Probabilmente, nemmeno i suoi fratelli l'avrebbero riconosciuta, se gli fosse passata accanto: i capelli opachi appena pettinati, senza cappello, senza guanti, ridotta a indossare abiti semplici e di scarsa qualità.

Ma rimuginare su come la sua vita avrebbe potuto essere

non serviva a nulla. Il destino aveva decretato che la sua vita dovesse prendere questa piega, questo sentiero. Pensare al passato, alla sua famiglia, le portava solo angoscia e dolore. Il fatto che pensassero che fosse morta era meglio dell'alternativa. Essere vista come una donna dissoluta che viveva nel peccato con un detenuto, e come un'assassina... No, era meglio che la sua famiglia la piangesse nella morte, portandosi dentro i ricordi di lei più felici.

'Bridget!' La voce di Donovan la raggiunse da lontano.

'Sto arrivando.' Lei posò la cassetta e tornò verso la capanna, scacciando quei pensieri tristi.

Donovan assicurò il fucile alla sella e infilò le redini sopra la testa di Zeus. 'Vado a caccia.'

'Vengo con te.' Ripose la cassetta di rami accanto alla porta.

Lui le rivolse un sorriso ironico. 'E i tuoi talloni?'

'Li fascerò.'

'Puoi montare a cavallo finché non avremo una preda da caricare sulla schiena di Zeus.'

'Se questa volta riuscirai a sparare a qualcosa,' Lo stuzzicò lei.

'Non è stata colpa mia se ieri ho mancato il colpo. Era cambiata la direzione del vento. Quel canguro ci ha sentiti.'

'Che sciocchezze! Era la tua mira a essere sbagliata.'

Donovan la afferrò e la solleticò all'altezza della vita. 'Oh, e tu sapresti fare di meglio, eh?'

'Probabilmente!' Sorrise lei, avvolgendogli le braccia intorno al collo, ma il sorriso le si congelò sul viso quando improvvisamente, attraverso le felci che coprivano il sentiero stretto, sbucarono alcuni uomini a cavallo.

Donovan notò il cambiamento sul viso di Bridget e, con un movimento rapido, si girò e tirò fuori il fucile puntandolo verso di loro.

La paura le serrò lo stomaco, come se le fosse stato schiacciato contro la spina dorsale. Il viso viscido di Roache emerse dall'ombra e si fece strada nella luce del sole in tutta la sua malvagità. Bridget indietreggiò come se fosse stata colpita, le mani che cercavano istintivamente Donovan.

'Mettiti dietro di me,' Mormorò lui, senza distogliere lo sguardo da Roache.

Incapace di muoversi, Bridget rimase paralizzata sul posto, l'aria intrappolata nei polmoni come se fosse sott'acqua.

'Bene, bene...' Roache sorrise malignamente. 'Cosa abbiamo qui?' Smontò da cavallo, seguito dai quattro uomini che lo accompagnavano. 'Sembra che ti stia godendo il mio regalo, Donovan. Non mi sei riconoscente?'

'Cosa ci fai qui?' Chiese Donovan, il fucile ancora puntato su di loro.

'Voglio solo fermarmi per una notte o due.'

'Come mi hai trovato?'

'Sap mi ha dato indicazioni. È vero, mi ci sono voluti due giorni per trovarti. I segnali erano ben nascosti, ma ero molto determinato.'

'Perché?'

'Abbassa quel fucile, uomo,' Ringhiò Roache. 'Non siamo forse amici?'

'No.'

Roache si irrigidì. 'Hai accettato il mio regalo, prendendoti questa sgualdrina. Ormai siamo pari, no?'

'Non ho mai voluto una donna.'

'Ogni uomo vuole una donna, specialmente se è qui da solo.' Roache si guardò intorno. 'Ti sei sistemato proprio bene.'

'Dovresti andartene,' L'avvertimento di Donovan giunse attraverso i denti serrati.

'Hai sentito di Sap e Mickey?'

'Sì.'

Roache si grattò il mento barbuto. 'Ascolta, facciamo pace. So che ti devo dei soldi e ti ripagherò.'

'Mi importa poco dei soldi. Sei venuto nel mio rifugio segreto portando con te altre quattro persone. Sei stupido quanto sembri? Pensi che dovrei ringraziarti per avermi rifilato una donna che era stata rapita e per aver condotto altri uomini al mio nascondiglio?'

'Non diranno nulla a nessuno. Anche loro sono dei ricercati. A chi potrebbero raccontarlo?'

'Potrebbero parlarne alla polizia in cambio di soldi, o da ubriachi, potrebbero raccontare una bella storia in qualche locanda.' Donovan imprecò. 'Vai via, Roache, e non tornare mai più.'

'Non essere troppo precipitoso, amico. Per l'amor di Dio, siamo tutti sulla stessa barca. I miei uomini sono fidati.'

'Uhm, ne dubito fortemente.'

Roache lanciò uno sguardo a Bridget. 'Ti dico una cosa. Dammi questa strega, così reclamerò la ricompensa. Divideremo i soldi. Che ne dici?'

'Come pensi di farlo?'

'La manderò con uno dei miei uomini che potrà riscuotere la ricompensa e portarmi i soldi.' Roache annuì. 'Entro pochi giorni potremmo avere migliaia di sterline.'

'Ecco perché sei venuto…' Grugnì Donovan. 'Vuoi Bridget e la ricompensa.'

'Possiamo dividere la somma.' Gli occhi di Roache si strinsero. 'Ormai ti sarai stancato di lei, no?'

L'espressione di Donovan si irrigidì. 'Bridget resterà con me.'

'Sei impazzito? Offrono cinquemila sterline. Potremmo

liberarci di questo miserabile Paese, salpare ovunque vogliamo e ricominciare da capo.'

Donovan lo osservò attentamente. 'Hai speso di nuovo tutti i tuoi soldi, vero? Quelli che hai ottenuto dalla vendita della tua fattoria.'

Roache si grattò il collo. 'Avevo dei debiti da saldare.'

'E il resto l'hai giocato d'azzardo. Non impari mai, Roache.' Donovan allungò una mano verso Bridget, che la afferrò, avvicinandosi a lui. 'Bridget resta con me.'

Ridacchiando, Roache scosse la testa. 'Ti sei innamorato di lei, eh? Si comporta bene con te? È così cocciuta che immagino sia brava a letto.'

'Sparisci.' La presa di Donovan sul fucile si fece più stretta. 'Subito.'

'Sei disposto a ucciderci tutti per lei?' Chiese Roache incredulo.

'Se è necessario.'

Roache si girò verso i suoi uomini, e tutti e quattro estrassero le pistole puntandole su Donovan. 'Pensaci bene. Hai solo un proiettile, che ti basterà per colpire me, ma poi morirai, e se lei sarà ancora viva, i miei uomini la possederanno, uno dopo l'altro. Vuoi correre questo rischio?'

'Non avrai Bridget,' Rispose Donovan.

'Ho bisogno dei soldi.'

'Trova un altro modo. Ora vattene.'

Roache incurvò le spalle. 'Non credo proprio.' Si girò verso i suoi uomini e tutti insieme, come fossero un solo corpo, smontarono dai cavalli e circondarono Donovan e Bridget. 'Forse dovremmo mangiare qualcosa. La strega sa cucinare?'

'Te lo dico per l'ultima volta, Roache,' Lo avvertì Donovan.

All'improvviso uno degli uomini si mosse rapidamente e colpì Donovan alla testa con il calcio della pistola. Bridget urlò mentre lui crollava a terra privo di sensi. Si inginocchiò accanto a lui. 'Donovan! Svegliati!' Le mani le tremavano mentre gli prendeva il viso tra le mani e lo scuoteva per le spalle. 'Dio mio, svegliati.'

'Sfamaci, sgualdrina.' Roache la afferrò per i capelli, trascinandola verso la capanna.

Un dolore lancinante le attraversò lo scalpo, facendole venire le lacrime agli occhi. Gridò e si dibatté per liberarsi. Sentiva la testa in fiamme, tale era l'agonia, mentre lui la trascinava dentro.

Roache la gettò vicino al focolare. 'Cucina! Stiamo morendo di fame.'

Gli uomini lo seguirono dentro e si sedettero sugli sgabelli intorno al piccolo tavolo. Tutti sembravano egualmente miserabili, sporchi, barbari e puzzolenti.

Tremante, Bridget si alzò in piedi, le ginocchia deboli, il cuore che le batteva all'impazzata.

'Sfamaci!' Ordinò Roache, sdraiato sul letto.

Lei si voltò, la mente in subbuglio. Il dolore alla testa le annebbiava la vista. Donovan era fuori. Doveva raggiungerlo.

'Hai della birra?' Chiese uno degli uomini grattandosi la lunga barba nera.

Lei lo ignorò e prese una padella. Avevano alcune fette di prosciutto stagionato che Donovan aveva comprato a Oberon, ma non c'erano uova e le galline non ne avevano deposte. Per nutrire cinque uomini avrebbero esaurito gran parte delle loro provviste.

'Ho detto, hai della birra?' Improvvisamente l'uomo le si piazzò accanto, il suo corpo a contatto con quello di lei.

'No!' Bridget lottò per respirare e si fece da parte.

'Allora prepara del tè,' Ordinò Roache, alzandosi dal letto

per rovistare nel baule di Donovan. Ne estrasse vestiti e libri, spargendoli sul pavimento.

La vista di quel disordine, delle camicie pulite e piegate di Donovan gettate sul pavimento sporco, accese qualcosa nella mente di Bridget. Una rabbia intensa e bruciante si fece strada attraverso il dolore e la paura. Si lanciò in avanti. 'Stai lontano dalle sue cose!' Colpì Roache in testa con la padella, facendolo cadere di lato sul pavimento.

Gli uomini si alzarono di scatto e le afferrarono le braccia, mentre lei brandiva la padella come un'arma, con fare demoniaco. Li avrebbe uccisi tutti. 'Lasciateci in pace!' La chioma nera le volava intorno al viso mentre li colpiva. Diede un calcio a Roache, che giaceva in terra lamentandosi.

'Questa è pazza!' Disse uno dei più giovani.

'Sarà impazzita a forza di vivere qui fuori,' Convenne un altro, osservandola attentamente.

'Dovremo stordirla per portarla in città e riscuotere la ricompensa.'

'Bisognerà legarle polsi e gambe,' Dichiarò un altro.

Brandendo la padella, Bridget si avvicinò lentamente alla porta, ma proprio quando sentì la libertà a portata di mano, si sentì afferrare per la caviglia. Roache.

Lo colpì di nuovo, ma lui si difese alzando il braccio. Le prese la gamba, facendola cadere sulla schiena con violenza, strappandole il fiato dai polmoni.

'Così impari!' La derise Roache. Le si arrampicò addosso e le schiaffeggiò la faccia, prima col palmo e poi col dorso della mano.

Bridget urlò. Scintille le esplosero davanti agli occhi, mentre il dolore le divorava il volto. Lottava selvaggiamente, piangendo, strillando, e graffiando Roache.

'È completamente fuori di testa!'

'Io non mi avvicino di sicuro. Le donne le preferisco docili e arrendevoli, non che strillano come un gatto fradicio,' Borbottò un altro, voltandosi.

In quel momento si udì uno sparo.

Bridget si voltò di lato con un sobbalzo, mentre Roache le crollava addosso. Il suo peso le schiacciava il petto. Gridò, spingendolo via da sé. Si trascinò sul pavimento in terra battuta, lontano da lui, mentre il sangue gli fluiva dal petto come un fiume rosso e silenzioso.

Donovan stava sulla soglia, il fucile puntato contro gli altri uomini. 'Chi è il prossimo?' La sua voce era fredda come l'acciaio.

Uno degli uomini estrasse la pistola e Donovan sparò. L'uomo alto con la barba nera fece lo stesso, aprendo il fuoco. Seguì un altro.

Il fumo riempì la capanna mentre gli spari squarciavano l'aria come fuochi d'artificio. Bridget si rannicchiò in un angolo, le braccia sopra la testa, cercando di farsi il più piccola possibile mentre gli uomini combattevano.

Alla fine regnò il silenzio.

Bridget alzò la testa, le orecchie ronzanti, gli occhi che si abituavano al fumo grigiastro. Qualcuno le passò accanto di corsa, poi un altro si affrettò fuori. Ma non le importava, perché, accanto alla porta, Donovan giaceva con il sangue che fluiva da una ferita allo stomaco e da un'altra alla spalla.

Arrampicandosi oltre Roache, corse al fianco di Donovan. 'Oh Dio! No!'

'È finita per me...' Le sue parole erano lente e biascicate. Guardò i tre uomini stesi sul pavimento. 'Non sono riuscito a prenderli tutti...'

'Stai zitto ora.' Bridget si precipitò verso il camino, afferrò un secchio d'acqua e uno straccio. 'Dobbiamo fermare l'emorragia.' Premette il panno contro il buco nello stomaco.

Donovan gemette. 'Non servirà a nulla.'

'Servirà eccome, sciocco.' Si asciugò le lacrime con l'avambraccio. 'Ti ripuliremo e ti fasceremo.'

'Delle bende non sistemeranno questo, amore.'

'Ti curerò io.' Evitò di guardarlo negli occhi.

'Bridie...' Inspirò a fatica. 'Guardami...'

Lentamente Bridget alzò lo sguardo, notando il colore pallido della sua pelle. Inghiottì un singhiozzo. Il verde scuro degli occhi di Donovan si incatenò ai suoi, trasmettendo messaggi silenziosi che le labbra non potevano pronunciare. Vide la paura, il dolore, l'accettazione.

'Baciami...' Sussurrò lui.

Lei lo fece, dolcemente, con reverenza.

'Sono felice che tu sia entrata nella mia vita...'

'Anch'io.'

'Sii felice, per me...'

Bridget lo strinse forte a sé mentre l'ultimo respiro lo abbandonava. Rimase lì a lungo, stringendolo, finché non avvertì un crampo alla gamba e con delicatezza, lo lasciò andare per stirare i muscoli doloranti.

Smarrita, raccapricciata, cercò di capire cosa fare. Quattro corpi giacevano nella capanna. Quel luogo che era diventato la sua casa era ora macchiato di sangue e morte. Ma in fondo, non lo era già da quando aveva ucciso l'uomo che l'aveva aggredita?

Reprimendo un singhiozzo, si lavò le mani insanguinate nel secchio d'acqua. La sua mente era bloccata.

Guardò fuori dalla porta verso la radura. Il sole del tramonto proiettava lunghe ombre sul ruscello. Il buio invernale calava presto nella gola, dove la luce del giorno splendeva solo per poche ore a mezzogiorno.

Realizzando istintivamente di non poter restare lì quella notte, uscì dalla capanna e trovò Zeus che brucava insieme agli altri tre cavalli. Ma andar via avrebbe significato lasciare Donovan a marcire, esposto agli animali...

Le lacrime le scivolarono dalle ciglia mentre raccoglieva una pala e si avvicinava al ruscello. Senza pensare, iniziò a scavare. Il terreno soffice cedeva facilmente sotto la pala e nel giro di poco, riuscì a scavare una fossa profonda circa mezzo metro.

Accese una lanterna e la posò accanto alla fossa, poi tornò dentro. Prese Donovan per le spalle e lo trascinò sull'erba, fermandosi di tanto in tanto per sistemare la presa, finché non lo posò con cura nella fossa.

Bridget si inginocchiò e gli incrociò le braccia sul petto. Aveva un aspetto giovane, sereno. Lo baciò sulle labbra per un'ultima volta. 'Riposa in pace ora. Vai da tua sorella.' Non aveva dimenticato la storia sulla sorella che lui le aveva raccontato e sperava che ora fossero insieme. Prese i suoi libri dal baule e glieli ripose addosso, poi gli coprì il viso con una camicia pulita e mise altri effetti personali nella fossa. Quindi, ricoprì tutto con della terra, formando un piccolo tumulo. Raccolse delle grosse pietre dal ruscello e ve le ripose sopra, mentre l'oscurità avvolgeva la gola.

Per un lungo momento rimase accanto alla tomba, sistemando alcune pietre, la mente vuota, il cuore chiuso alle emozioni.

Prese la lanterna e scavò dietro al deposito di legna, recuperando i sacchi d'oro lì sepolti, e li mise nelle bisacce, aggiungendovi il denaro che era nel baule. Infine, prese il nastro che Donovan le aveva comprato e se lo legò tra i capelli.

Prese gli altri tre cavalli e legò le loro redini a una lunga corda agganciata alla sella di Zeus. Entrò nella capanna per l'ultima volta e prese una borraccia, un grosso pezzo di pane damper e il quadro che la signora Beecroft le aveva regalato.

Tornata alla porta, si voltò e lanciò la lanterna contro il muro, guardandola mentre si frantumava. Le fiamme si levarono dall'olio sparso tutt'intorno, illuminando e riscaldando l'intero ambiente. Il fuoco si diffuse rapidamente.

Bridget si avvicinò alla tomba e posò una mano sulla pietra più alta in segno di saluto. La luce della luna filtrava tra le nuvole, mentre la capanna veniva rapidamente divorata dalle fiamme, dandole abbastanza luce per orientarsi, mentre montava Zeus e si inoltrava tra le felci.

LINCOLN PERCEPÌ UN ODORE NELL'ARIA. 'Sembra che qualcosa stia bruciando.'

Patrick si voltò da dove era inginocchiato accanto al fuoco da campo e fece lo stesso. 'Un incendio nel bosco?'

'Dannazione, speriamo di no.' Un brivido di terrore gli percorse la schiena. 'Non abbiamo dove fuggire se un incendio attraversa questa zona. Siamo bloccati tra due gole.'

'Senti questo rumore?'

Lincoln tese l'orecchio, ma tutto ciò che riusciva a percepire erano i suoni della notte: rane nell'acqua, grilli che frinivano, un fruscio tra il sottobosco, il nitrito sommesso di uno dei cavalli e il tintinnio delle briglie.

'Dovremmo fare a turno per stare svegli stanotte', Disse Patrick, alzandosi e fissando le sagome nere dei picchi delle montagne contro il cielo. 'Inizio io. Tu vai a dormire. Abbiamo trascorso una lunga giornata a cavallo.'

'Tu sei stanco quanto me', Protestò Lincoln.

'Sì, ma io sono più giovane', Scherzò Patrick.

'Giusto.' Lincoln si infilò nella piccola tenda e si avvolse nella coperta. Non tolse il cappotto, perché durante le notti invernali in montagna le temperature scendevano spesso sotto lo zero. Il suo corpo era dolorante, dopo le pesanti giornate di cammino trascorse su e giù per le gole, attraversando torrenti e raggiungendo alte vette. Non si era imbattuto in alcuna traccia di presenza umana. A volte, in lontananza, avevano scorto un filo di fumo da provenire da un fuoco da campo o udito lo sparo di un fucile da caccia, ma non c'era nessun segno concreto di presenza umana in quel territorio impervio.

Cercando di trovare una posizione comoda sul terreno duro, i suoi pensieri andarono a Bridget, come sempre. Era vicina? Era con qualcuno? Le stavano facendo del male? Quel filo di fumo che avevano visto era il suo fuoco da campo? Domande sconclusionate gli vorticavano nella mente, provocandogli un gran mal di testa. Aveva bisogno di bere. Imprecando, uscì dalla tenda.

'Non riesci a dormire?' Chiese Patrick, ravvivando il fuoco.

'Io e il sonno non andiamo d'accordo ultimamente.' Improvvisamente colto dal freddo, aggiunse un altro ceppo alle fiamme. L'odore dell'incendio era più forte di prima. 'La puzza di fumo ti preoccupa?'

Patrick annuì. 'Potrei salire fino in cima per vedere cosa sta succedendo.'

'Al buio? È pericoloso.' A Lincoln non piaceva per niente quell'idea.

'Dobbiamo capire quanto è vicino.'

'Concordo, ma non servirà a nulla se, camminando al buio, precipiterai da un dirupo.'

Patrick si guardò attorno. 'Sono rimasto in osservazione per vedere se c'erano delle scintille, ma finora nulla. Non c'è nemmeno vento.'

'Almeno abbiamo il torrente vicino se il fuoco dovesse piombarci addosso all'improvviso.' Lincoln lanciò uno sguardo all'acqua che scintillava alla luce della luna. Il corso d'acqua non era profondo, ma sarebbe bastato a salvarli se il fuoco avesse attraversato la gola.

'All'alba dovremmo salire in cima e valutare la situazione.' Patrick prese la sua coperta e se la avvolse attorno. 'Dubito che dormiremo molto questa notte.'

'Preparo del tè.' Lincoln aveva bisogno di impegnarsi in qualcosa.

'Tè.' Patrick ridacchiò. 'Servirebbe qualcosa di più forte, in realtà.'

'Sai che non bevo.'

'Sì, e io non ho nulla, quindi non importa. Posso chiederti perché non bevi?'

Lincoln valutò se fosse il caso di dirgli la verità o meno. Il silenzio si protrasse per un lungo momento. Non parlava mai del suo passato o della sua famiglia. 'Mio padre...' Detestava pronunciare quelle parole. 'Era un alcolista.' Le immagini della furia di suo padre si materializzarono nel buio. Lincoln sobbalzò quando un pugno alzato parve incombere tra le ombre davanti a lui, le urla...

'Ehi, calmati!' Patrick gli tolse la pentola dalle mani. 'Stavi quasi per scottarti!'

Tornato al presente, Lincoln scacciò quei ricordi, rendendosi conto di quanto fosse stato vicino a versarsi addosso l'acqua bollente. Non sarebbe stata la prima volta che un liquido rovente gli toccava la pelle...

'Va tutto bene, amico?' Chiese Patrick, posando la pentola sul bordo delle fiamme.

'Scusa.' Lincoln si alzò e si allontanò tra gli alberi, facendo credere a Patrick di dover soddisfare un bisogno fisiologico, mentre in realtà necessitava solo di un momento per ricomporsi. Il muscolo della mascella gli tremava violentemente, come accadeva sempre quando i ricordi del passato tornavano a tormentarlo.

All'arrivo dell'alba, quando i raggi di sole si fecero strada tra i picchi dissipando l'oscurità, Patrick e Lincoln avevano già spento il fuoco e caricato il cavallo da soma, e si rimisero in viaggio. Avevano trascorso una notte scomoda, sonnecchiando accanto al fuoco, parlando poco, ma restando all'erta per individuare eventuali scintille. L'odore di fumo si era attenuato prima dell'alba, alleviando il timore di essere travolti da un incendio.

Risalendo il pendio, zigzagando tra gli alberi, Lincoln seguiva Patrick. Il suo respiro si trasformava in vapore nell'aria invernale del mattino, ma il cappotto lo teneva sufficientemente al caldo, coi guanti che gli proteggevano le dita.

Più salivano, più la luce del giorno illuminava il loro cammino. Il sole tingeva il cielo di strisce rosa e arancioni. Gli uccelli diventavano più vocali. La risata di un kookaburra risuonò forte e chiara, col suo canto gutturale che spezzava il silenzio. Notarono dei piccoli canguri neri saltare tra le rocce e un grosso wombat dalla peluria fitta avanzare lentamente verso una tana circolare, in cui sparì subito.

Svoltando intorno a un grande masso, intravidero un paesaggio fatto di montagne velate d'azzurro e valli ombrose.

Patrick tirò le redini e scrutò l'orizzonte. 'Lì!' Indicò un filo di fumo polveroso che si alzava da una gola a nord.

'Non sembra un grande incendio,' Mormorò Lincoln.

'Forse è stato contenuto.' Patrick colpì leggermente il fianco del cavallo coi talloni per incitarlo a proseguire. 'Credo che dovremmo andare là e vedere chi c'è.'

Lincoln spinse Blaze avanti oltre la cima del picco, poi giù per il pendio ripido, di nuovo tra i fitti alberi che ricoprivano la scarpata. Nessuno dei due uomini parlava, concentrati sul far scendere i cavalli in sicurezza. In certi punti furono costretti a smontare e guidarli tirando le briglie, poiché la pendenza era troppo ripida per poter cavalcare. Il terreno accidentato li metteva a dura prova, e più volte grandi affioramenti rocciosi bloccavano loro il cammino, costringendoli a deviare di lato alla ricerca di un sentiero alternativo.

Un'ora più tardi, raggiunsero il fondo di una stretta gola circondata da due ripide pareti rocciose. Un piccolo rivolo d'acqua gorgogliava tra pozze rotonde nel letto di arenaria del fiume. I cavalli bevvero a lungo, e Lincoln e Patrick fecero lo stesso, prendendo lunghi sorsi dalle borracce.

'Dovremmo essere vicini.' Patrick riempì la sua borraccia da una piccola cascata ai suoi piedi. 'Devo fare pipì.' Patrick si allontanò tra gli alberi.

Lincoln si stiracchiò e si tolse il cappello per passarsi una mano tra i capelli. Cosa non avrebbe dato in quel momento per un bagno caldo che alleviasse il dolore ai muscoli e per un buon pasto, un bel pollo arrosto, seguito da fragole fresche con panna. Sentì lo stomaco brontolare al solo pensiero.

Il rumore di un ramo che si spezzava lo fece girare di scatto, e fissò un punto tra gli alberi dietro di lui. Le ombre proiettate dalla ripidità della valle creavano sacche di oscurità profonda alla base della montagna, ma riuscì a intravedere un movimento. 'Patrick', Avvertì Lincoln con tono basso e urgente, estraendo la pistola dalla tasca interna del cappotto.

Patrick accorse al suo fianco, anche lui con la pistola in mano. 'Esci fuori e fatti vedere!' Gridò tra gli alberi.

Due cacatua neri strillarono sopra le loro teste, ma Lincoln tenne lo sguardo sugli alberi. Vide chiaramente un cavallo. 'Un solo cavaliere?' Sussurrò a Patrick.

'Siamo armati e pronti a sparare!' Patrick gridò di nuovo. 'Fatti vedere!'

Il cavallo uscì dalle ombre.

Lincoln si irrigidì, la pistola stretta tra le mani. Era un'imboscata? Non osava guardarsi intorno, temendo di vedere uomini stringere dei fucili puntati contro di lui.

Improvvisamente il cavallo si fermò, e una figura emerse dalle ombre, avanzando barcollante, le spalle ricurve. Una donna. Li fissava attraverso una lunga chioma nera e arruffata.

'Bridget?' Patrick pronunciò quel nome con un filo di voce.

Lincoln sbatté le palpebre. No. Non poteva essere. Non quella figura smunta e trasandata davanti a lui.

'Bridget?' Questa volta il tono di Patrick somigliava a una supplica.

La donna cadde in ginocchio sull'erba. Sia Patrick che Lincoln balzarono in avanti e corsero verso di lei. Lincoln la afferrò mentre sveniva.

'Bridget!' Gridò Patrick, spostandole delicatamente i capelli dal viso, mentre Lincoln la teneva stretta a sé.

'Tranquilla, sono qui,' Mormorò Lincoln, stringendola forte. 'Sei al sicuro.' Il suo cuore esplose di felicità, ma anche di preoccupazione: somigliava a stento alla donna splendida e vivace di cui si era innamorato mesi prima.

Le palpebre di Bridget tremarono ed emise un debole gemito, prima di accasciarsi senza sensi tra le braccia di Lincoln.

Patrick le diede lievi colpetti sulla guancia. 'Sorella. Sono io, Patrick. Svegliati.'

'Deve essere esausta', Disse Lincoln. 'Accendi un fuoco. Ha bisogno di tè, cibo, calore. È gelida al tatto.'

'Subito.' Patrick disfece i bagagli e ne estrasse le coperte, avvolgendogliele attorno. Poi raccolse rami e foglie per il fuoco. 'Perché non ha un cappotto?' Poi scosse la testa. 'Non importa. Mia sorella è viva, è tutto ciò che conta.'

Lincoln era privo di risposte, mentre le sfregava le braccia per scaldarla. 'Passare la notte fuori con queste temperature...'

'Ha bisogno di un medico.' Patrick lavorava in fretta, accendendo un fuoco con una pietra focaia, che in quella boscaglia era più preziosa dell'oro.

'Sono d'accordo, ma deve prima riscaldarsi, o non sopravvivrà al viaggio fino al borgo più vicino.' Guardò le scogliere imponenti che li circondavano. 'Potremmo doverci accampare qui stanotte per rianimarla, riscaldarla e far sì che si rimetta abbastanza in forze da poter partire domattina.'

Patrick accese il fuoco fino a farlo divampare, poi lanciò uno sguardo alla sorella. 'È pelle e ossa. Quanto vorrei che si svegliasse.'

'Lo farà quando sarà pronta.' Lincoln trovava conforto nel tenerla tra le sue braccia, pur sapendo di non poterla stringere così tutta la notte. Ma soprattutto, lei avrebbe voluto ritrovarsi stretta in quell'abbraccio al suo risveglio?

'Perché quel tale, Sap, diceva di averla uccisa? Gli ho *creduto*. Abbiamo sprecato giorni pensando che Bridget fosse morta...' Il viso di Patrick si contorse per il tormento. 'Per fortuna è morto, altrimenti avrei volentieri rischiato di finire impiccato pur di ucciderlo con le mie mani.'

'Non pensiamoci ora. Dobbiamo solo far sì che si rimetta.' La gola di Lincoln si strinse per l'emozione mentre fissava il viso pallido e bellissimo di Bridget.

'Devo informare Austin e a zia Riona. Grazie a Dio non abbiamo scritto alla mamma per comunicarle la notizia.' Patrick si asciugò una lacrima. 'Non riesco a crederci. Dopo tutto questo tempo… è sopravvissuta.'

'Tua sorella è una donna forte.'

Patrick annuì e fissò Bridget, prima di rivolgersi nuovamente a Lincoln. 'Tu però non hai mai smesso di cercarla, vero?'

Lincoln fece spallucce. 'Era solo un presentimento.'

'La ami molto.' Non era una domanda, ma una constatazione.

'Sì.' Lincoln fece un respiro profondo. 'Ma forse lei non prova lo stesso, non dopo tutto quello che ha passato.' Non volendo soffermarsi su un futuro incerto, Lincoln la poggiò delicatamente sull'erba. 'Monto la tenda. Potrà dormire lì.' La fissò per un momento, poi, con riluttanza, andò ad allestire la tenda.

Mentre Patrick preparava tè e pane, Lincoln sistemò un giaciglio dentro la tenda, e insieme sollevarono Bridget con delicatezza, avvolgendola nelle coperte.

'Speriamo che non piova, o stanotte sarò fradicio,' Mormorò Patrick, cercando di scherzare.

'Perché tu? Bridget è nella mia tenda.'

'E tu dormirai nella mia stanotte. È il minimo che possa fare per l'uomo che ha salvato mia sorella.'

'Non ho fatto nulla che tu non abbia fatto.'

'Se non avessi continuato a cercare, io non ti avrei seguito.

Ora non saremmo qui e non avremmo Bridget con noi. La nostra famiglia non potrà mai ripagarti abbastanza per quello che hai fatto.'

'Non ho bisogno di essere ripagato. Aver ritrovato Bridget viva è l'unica ricompensa di cui ho bisogno,' Disse Lincoln con gratitudine nel cuore. Gli sembrava incredibile che fosse arrivata dritta a loro.

Patrick continuò a cucinare. Lincoln portò i cavalli al torrente perché si abbeverassero, poi li legò nell'unico punto della gola ricoperto dall'erba.

Rimasero per ore seduti accanto al fuoco, aspettando che Bridget si svegliasse, ma lei continuava a dormire. Il sole scivolò dietro le montagne, gettando il buio sull'accampamento, ma lei non si destava dal sonno. Quando le stelle iniziarono a brillare nel cielo nero sopra di loro, Patrick e Lincoln mangiarono qualcosa e bevvero del tè, rimanendo in ascolto di qualsiasi suono provenisse dalla tenda. Avevano lasciato l'ingresso aperto, così da poter scorgere qualsiasi movimento, ma Bridget non si muoveva.

'Cosa pensi le sia successo?' Chiese Patrick, con le ombre delle fiamme che danzavano sul suo viso.

Anche Lincoln aveva quella domanda in mente. 'Dobbiamo prepararci al peggio.'

'Uno stupro?'

Lincoln rabbrividì a quella parola, ma annuì. Si sentiva male al solo pensiero, ma doveva essere realistico riguardo a quella possibilità. 'Era con uomini grezzi, criminali. Uomini senza onore.'

'Bastardi, tutti quanti,' Patrick scagliò un bastoncino tra le braci.

'Bridget avrà bisogno di tempo per guarire, sia nella mente che nel corpo. Forse non ci riuscirà mai.'

'Dio, spero che riesca a riprendersi. Mi è mancata terribilmente.' Patrick sospirò profondamente.

Lincoln si strofinò gli occhi, sopraffatto dalla stanchezza. 'Sarà sempre perseguitata da ciò che le è successo. Avrà bisogno della sua famiglia.' Come si sarebbe inserito lui in un simile contesto? Il fatto che fosse stata rapita avrebbe potuto farle prendere per sempre le distanze dagli uomini. Doveva prepararsi a un suo rifiuto. Dopotutto, era solo ciò che meritava. Era scappato da lei e dai suoi stessi sentimenti come un codardo. Forse suo padre aveva sempre avuto ragione: era un buono a nulla.

Uno sguardo feroce comparve negli occhi di Patrick. 'Roache ha dato inizio a tutto questo. Io e Austin gliela faremo pagare.'

Lincoln non era interessato alla vendetta. Il suo unico pensiero, ciò che lo aveva motivato, era il dover ritrovare Bridget. Cosa sarebbe successo dopo, non lo sapeva. Doveva aspettare e accettare qualsiasi cosa sarebbe accaduta.

Bridget fu svegliata dal richiamo acuto di una gazza proveniente dai rami di un albero vicino. Rimase sdraiata per un momento, disorientata. Ci volle qualche attimo perché prendesse coscienza di trovarsi in una tenda. A chi apparteneva?

Ogni parte del corpo le doleva, e appena si mosse, il suo viso si contorse in una smorfia. Un sordo martellare le pulsava in testa e sentiva una sete tremenda. Si sedette e si bloccò sul posto. Attraverso l'apertura della tenda intravide un uomo alto in piedi vicino al margine del ruscello. Delle voci le giunsero alle orecchie. Il suo cuore si attorcigliò dalla paura.

Dove si trovava?

L'ultima cosa che ricordava era di aver seppellito Donovan in una tomba che lei stessa aveva scavato. Un dolore le strinse il petto. Era morto.

Le voci si avvicinavano. La mente di Bridget correva. Doveva scappare. Si guardò intorno in cerca di un'arma, ma quella minuscola tenda era vuota. Quantomeno aveva indosso degli abiti. Quegli uomini l'avevano trovata da qualche parte? L'avevano aggredita mentre era incosciente? Sebbene l'istinto le dicesse di fuggire, aveva a malapena l'energia per stare seduta. Era passata da una prigionia all'altra?

'Vai a prendere altra legna, Lincoln?' Disse una voce fuori dalla tenda. 'Preparerò dell'altro tè.'

Il petto di Bridget si strinse. Conosceva quella voce... e Lincoln? Non c'erano molti uomini con quel nome.

Sforzandosi di abbandonare il calore delle coperte, strisciò fino al bordo della tenda e sbirciò fuori. L'uomo alto stava scomparendo tra gli alberi, ma un altro era accovacciato di fianco al fuoco. Nonostante la barba incolta, riconobbe Patrick. Avrebbe voluto gridare, piangere, ma la bocca rimase serrata, gli occhi asciutti. Voleva nascondersi. Non era più la Bridget che conoscevano.

Patrick alzò lo sguardo e la vide. I suoi occhi si spalancarono e un enorme sorriso gli illuminò il volto. 'Bridget, cara!' Il suo accento irlandese, attenuatosi negli ultimi dieci anni, riaffiorava nei momenti di agitazione ed emozione.

Corse verso di lei e la prese tra le braccia. 'È bello vederti sveglia, sorella, davvero. L'angoscia mi stava facendo impazzire.' La baciò sulla guancia e la strinse a sé.

Per un momento, Bridget si abbandonò a quell'abbraccio, alla gioia di essere con il suo adorato fratello.

'Come ti senti, Brid?' Patrick si sporse indietro per guardarla in viso.

'Bene,' Mentì lei. Era a pezzi, distrutta, vuota. 'Come mi avete trovata?' Chiese.

'Sei stata tu a trovare noi. Sei uscita dalla foresta e sei collassata tra le braccia di Lincoln. È un miracolo, non c'è dubbio.' Patrick si alzò e, con cautela, la aiutò a uscire. 'Vuoi venire accanto al fuoco? Bere un po' di tè?' Poi si voltò e poggiò le mani a coppa intorno alla bocca. 'Lincoln!'

Bridget aggrottò la fronte a quell'urlo. Aveva i nervi a pezzi, i sensi all'erta, come se mente e corpo non sapessero più come coordinarsi.

Patrick la condusse a un grosso tronco accanto al fuoco e lei si sedette, strizzando gli occhi alla luce intensa del sole.

Guardò Lincoln mentre emergeva dagli alberi con rami e legnetti stretti tra le braccia. Camminava lentamente verso di lei, in viso un'espressione indecifrabile.

Lui si inginocchiò e posò la legna vicino al fuoco, si spolverò le mani e poi si girò verso di lei con un sorriso gentile e uno sguardo altrettanto caloroso. 'Sono così felice che tu sia al sicuro.'

Bridget fissò l'uomo che, prima del rapimento, desiderava sposare. Lincoln sembrava un po' più vecchio, più magro. Indossava abiti da equitazione che necessitavano chiaramente di una pulita, così come il suo viso aveva bisogno di una rasatura. Eppure, Bridget avvertì la forza silenziosa di quell'uomo che smuoveva il suo animo in frantumi. I suoi occhi, quegli occhi color fiordaliso, le raggiunsero l'anima. E cosa vi avrebbero trovato nascosto all'interno?

'Lincoln non ha mai smesso di cercarti,' Le disse Patrick. 'Anche quando ci hanno detto che Sap ti aveva uccisa, Lincoln non l'ha accettato e ha continuato a cercarti.'

Bridget assimilò lentamente quell'informazione. Quell'uomo si era messo alla sua ricerca. Perché? Non si erano vincolati l'uno all'altra. Se ricordava bene, lui era partito in fretta e senza dare spiegazioni.

'Vuoi un po' di tè?' Chiese Patrick, aggiungendo dell'altra legna al fuoco e posizionando il bollitore tra le braci. 'Ho preparato anche del pane ed è avanzata un po' di marmellata.'

Bridget si sentì sopraffatta dalle premure di Patrick e dalla presenza silenziosa di Lincoln.

Patrick le porse una tazza. 'Dopo aver mangiato, possiamo rimetterci in cammino. Abbiamo ancora qualche ora di luce. Potremmo raggiungere una fattoria o un villaggio prima che faccia buio.'

L'idea improvvisa di trovarsi in una città, tra la gente, la terrorizzò. 'No!'

Patrick sobbalzò al suo brusco rifiuto. 'Cosa?'

'Scusa.' Il respiro le si fece corto. 'Io… io non…'

Lincoln si sporse in avanti. 'Non faremo nulla che a te non vada fare.'

Lei lo fissò negli occhi, combattendo l'impulso di fuggire.

'Bridget?' Patrick la guardò incerto.

'Forse tua sorella ha bisogno di un po' di tempo,' Disse Lincoln pacatamente, spostandosi indietro sul tronco. 'Non c'è fretta di partire.'

'Ma dobbiamo riportarla a casa. Austin e zia Riona devono sapere che è viva.' Patrick si tolse il cappello e si inginocchiò accanto a Bridget. 'Vuoi tornare a casa, vero?'

In realtà, no. Erano tante le vicissitudini che si erano susseguite. Si sentiva persa, sola, così diversa dalla persona che era un tempo. Era cambiata, mentre tutti gli altri erano rimasti gli stessi. 'Non sono pronta, Patrick,' Sussurrò lei.

Il volto di Patrick rivelò la sua delusione. 'Ma dobbiamo tornare a casa.'

'Sì, ma…' Non riusciva a trovare le parole per esprimere le sue emozioni. Per mesi era rimasta nascosta tra le montagne, vivendo in condizioni disagevoli tra le valli e le gole, protetta dalle maestose felci arboree e dai giganteschi eucalipti. Affrontare la gente, rispondere alle domande, tornare nel mondo dopo tutto quello che era successo… No, non era pronta.

'Ho un'idea,' Disse Lincoln sottovoce, fissandola. 'Ti sentiresti meglio ad andare città se fossi ben riposata e con degli abiti nuovi?'

'Che vuoi dire?' Patrick si accigliò.

'Intendo dire che se uno di noi andasse nel villaggio più vicino a comprare degli abiti nuovi per Bridget, un cappello, guanti, cose del genere, lei potrebbe sentirsi più a suo agio in mezzo alla gente. Dovremmo rimanere qui accampati per qualche giorno in più e lasciarla riposare.'

'È ora che torni a casa.' Patrick guardò Bridget. 'Sicuramente vorrai tornare a Emmerson Park e rivedere tutti? Sono impazziti per la preoccupazione. Credono che tu sia morta.'

'Allora manda un telegramma ad Austin a Sydney,' Disse Lincoln. 'Fai sì che prepari tutti alla notizia. I giornali le daranno la caccia—'

'Giornali?' Bridget trasalì. 'Non voglio parlare coi giornalisti.' Il desiderio di fuggire si stava facendo sempre più difficile da controllare.

'Non dovrai farlo,' La rassicurò Lincoln. 'Se Patrick avviserà Austin, lui potrà parlare con i giornali e rilasciare un commento per calmare il clamore che sarà causato dalla notizia che sei ancora viva.'

'Faranno così tante domande.' Bridget era in preda al panico.

'Tutti abbiamo delle domande, Bridget,' Disse Patrick, porgendole una tazza di latta contenente del tè. 'Come hai fatto a sopravvivere? Cosa ti è successo mentre eri lontana?'

Bridget fissò la tazza di tè nero fumante, evitando di rispondere, di proferire parola sul periodo che aveva trascorso con Donovan. Era troppo doloroso.

Patrick spezzò un pezzo di pane damper e glielo porse. 'Sap ha preso Ace?'

Sentire il nome del suo amato cavallo la fece sussultare. Per settimane si era sforzata di non pensare ad Ace, e il dolore per la sua morte si ravvivò dentro di lei.

'Bridget?' Insistette Patrick.

'Sap gli ha sparato.' Le sue parole erano secche, fredde. Quel familiare odio per Sap le risalì nel petto.

'Dio mio!' Patrick esplose per la rabbia.

'Dev'essere stato terribilmente difficile per te,' Disse Lincoln, il suo sguardo pieno di dolcezza.

'Avevo giurato che l'avrei ucciso...' Bridget alzò la testa fissando davanti a sé. 'Sono felice che sia morto, perché non avrei avuto pace finché non lo fosse stato.'

'Come sai che è morto?' Patrick aggrottò la fronte, confuso.

'L'ho sentito.'

'E gli altri? Gli uomini che ti hanno preso. Erano solo Sap e il suo tirapiedi, Mickey?'

Bridget fulminò il fratello con lo sguardo. 'Roache ha dato inizio a tutto. È stato lui a ordinare a Sap di portarmi via.'

'Roache finirà impiccato per questo.'

'No. Anche lui è morto,' Disse lei con la stessa naturalezza di chi parla del tempo.

'Morto?' Esclamarono entrambi gli uomini in coro, scioccati.

L'immagine di Roache che la malmenava, della sparatoria, dell'odore acre di fumo e sangue le riempirono la mente finché, all'improvviso, si allontanò dal fuoco e si fermò accanto al ruscello. Bridget si strinse nelle braccia, rabbrividendo, piangendo Donovan. Non voleva pensare a Roache o a qualsiasi cosa lo riguardasse. Se solo spegnere la mente fosse stato facile come abbassare lo stoppino di una lampada.

Bridget si irrigidì quando qualcuno le si avvicinò da dietro e si fermò al suo fianco.

Patrick le mise un braccio attorno alle spalle e, per un istante, lei sentì l'impulso di interrompere quel contatto. Non voleva conforto, ma allo stesso tempo ne aveva un disperato bisogno. Alla fine si rilassò e posò la testa sulla sua spalla.

'Mi sono dimenticato di darti questo.' Patrick le poggiò lo scialle della zia Riona sulle spalle.

Bridget sfregò il viso contro il tessuto. Sentì il delicato profumo della zia. Le lacrime le bruciavano negli occhi. Il contatto con quello scialle la fece sentire come se le braccia della zia fossero strette attorno a lei.

'E anche questo.' Le porse un fazzoletto, un pettine e un nastro. 'La moglie di un contadino me li ha dati per quando ti avremmo trovata.'

'Che gentile,' Sussurrò lei, anche se i suoi capelli erano troppo sporchi perché potessero essere pettinati.

'Lincoln e io abbiamo parlato. Ho deciso che cavalcherò fino a Oberon o Bathurst, a seconda di dove ci sarà la prossima diligenza per Sydney. Forse è meglio parlare con Austin e zia Riona di persona piuttosto che inviare un telegramma.'

Bridget annuì.

'Noi tre parleremo con i giornali e con la polizia.'

'Grazie.'

'Ti comprerò dei vestiti nuovi e altre cose di cui potresti aver bisogno. La zia Riona mi aiuterà. Poi tornerò da voi, e andremo a casa, a Emmerson Park, sperando di non scatenare troppo clamore.'

'Va bene.'

'Lincoln crede che tu voglia restare qui, ma io penso che

sarebbe meglio andare in una locanda. Sarebbe più comodo che in una tenda.'

Lei si raddrizzò e lo fissò. 'Sto perfettamente bene qui. Non sono pronta per affrontare gente.'

'Ma restare qui con Lincoln, un uomo solo...' Patrick arrossì.

Lei sbuffò sollevando le sopracciglia. 'Per l'amor del cielo, Patrick. Ho passato mesi con degli sconosciuti. La mia reputazione è rovinata, anche se non ho scelto di essere rapita, ma la gente parlerà comunque e speculerà su ciò che ho vissuto, quindi che importanza ha se rimango sola con Lincoln, un uomo che conosco e di cui mi fido, un amico di famiglia?' Come avrebbe mai potuto raccontargli di Donovan?

'Sì, perdonami. Ho detto una stupidaggine.'

'Esatto. Non c'è più bisogno di proteggere la mia reputazione. È tutto perduto.'

'Vuoi dire...' Il suo viso si fece rosso. 'Ti hanno...'

'Mi rifiuto di parlarne con te.' Si allontanò, sentendosi più vecchia che mai, molto più di suo fratello.

Poco dopo, Patrick condusse il suo cavallo fuori dalla gola, rassicurandoli che sarebbe tornato il prima possibile.

Lincoln fece un commento sul voler pescare qualcosa di fresco. 'Ho visto dei gamberi di fiume nel torrente. Proverò a prenderne uno.'

Rimasta sola, Bridget sedeva accanto al fuoco mentre il sole calava dietro le montagne, tingendo il cielo di un bagliore arancione e rosa. Più in basso lungo la riva, Lincoln era accovacciato sotto il ramo basso di un albero. Lei era seduta a terra, appoggiata al tronco, con la testa reclinata e gli occhi chiusi, stanchi.

All'improvviso, l'immagine di Donovan le apparve dietro le palpebre: il suo sorriso malizioso, il desiderio nei suoi occhi. Un groppo di emozione le si bloccò in gola. Sentiva la sua mancanza, ma era anche terribilmente sollevata di essere libera. Libera da cosa, non lo sapeva, ma forse solo dal senso di non dover più nascondersi dalla sua famiglia, dalla preoccupazione di star causando loro dolore.

Dei passi leggeri la fecero aprire gli occhi.

Lincoln si inginocchiò davanti al fuoco con un sorriso un po' imbarazzato. 'Non pensavo di riuscire a prenderne uno.' Sollevò un grosso gambero d'acqua dolce, la coda che si agitava freneticamente. 'È un mostro.'

Bridget non ricordava l'ultima volta che aveva mangiato un gambero fresco. Sembrava fosse passato un secolo.

'Devi avere fame.' Lincoln immerse il gambero nell'acqua bollente.

Era ormai completamente buio quando finirono di consumare il loro delizioso pasto. Un pasto consumato in silenzio, che Bridget mangiò distrattamente, con lo stomaco in subbuglio.

Si sentiva a disagio. Un tempo era elegantemente vestita con gli ultimi modelli di abiti provenienti da Londra, i capelli lavati e acconciati. Rideva ed era spensierata, sempre pronta a divertirsi. Quella era la persona che Lincoln conosceva, la donna che lei aveva voluto mostrargli. Ora, invece, sedeva accanto a un falò, sporca, con addosso l'odore del fumo, i capelli sporchi e arruffati, vestita di abiti semplici e macchiati. Aveva commesso un omicidio, dormito con un uomo che non era suo marito ed era stata brutalmente aggredita. Aveva dato fuoco alla capanna in cui giacevano dei corpi senza vita, distruggendo le prove di una sparatoria. Infine, aveva seppellito quel ricercato dolce e tormentato, servendosi solo delle sue mani nude e aveva preso con sé il suo tesoro, dell'oro rubato.

E ora chi era?

Non più la vecchia e innocente Bridget Kittrick, e sicuramente nemmeno una nuova persona degna di ammirazione.

Un singhiozzo le salì in gola, poi un altro. Il cuore le batteva forte. Si sentiva spaventata, persa.

'Bridget?' La voce dolce di Lincoln la fece allontanare dal fuoco.

'Non posso…' Lottava per respirare.

Lincoln le fu accanto in un istante. 'Bridget! Va tutto bene. Sei al sicuro. Nessuno ti farà del male.'

'Non sono al sicuro! Non sono niente!' Respinse le sue mani che le stringevano le braccia e fece qualche passo indietro, come se fosse in procinto di fuggire. Quanto avrebbe voluto correre e non fermarsi mai.

'Non è vero.' Lincoln rimase calmo.

'Non *sai* nulla,' Disse lei aspramente.

'Allora dimmelo.'

'No.' Inorridita, si allontanò da lui.

'Non ti giudicherò. Non ne ho il diritto.'

'Tutti mi giudicheranno, ed è per questo che non potrò mai parlarne.'

Lincoln si voltò e versò del tè nelle due tazze di latta. 'Vieni,' Disse con dolcezza, invitandola a tornare vicino al fuoco.

La notte era gelida, con un cielo nero limpido pieno di stelle. Lincoln prese una coperta dalla tenda e gliela avvolse delicatamente attorno alle spalle, mentre lei sedeva sul tronco. Le passò il tè e, prendendo la sua tazza, si sedette sullo stesso tronco, ma non troppo vicino.

La sua tenerezza le fece salire un groppo in gola. 'Perché sei così gentile con me? Perché hai continuato a cercarmi?'

'Perché vorrei che fossimo amici.'

'Non vuoi essere amico di una come me. Non sono più la persona che ero.'

'No, non lo sei, ma ciò non significa che io debba disprezzare la persona che sei diventata.'

All'improvviso, tutta quell'empatia la innervosì, facendole crescere dentro un sentimento di rabbia. 'Che ti importa della persona che sono ora? Non sei nessuno per me. Sei un amico della mia famiglia, un amico di mio fratello, non mio,' Dichiarò lei con durezza.

Lui la osservò. 'Potrei diveltarlo.'

'Non voglio che tu sia mio *amico*!' La voce di Bridget si alzò ancora di più. 'Non sai nulla di me, di quello che ho passato, di quello che ho fatto!'

'Allora dimmelo.'

'Dirtelo?' Urlò lei furiosa. 'Dovrei raccontarti di come sono stata catturata, talmente terrorizzata da desiderare la morte? Dovrei raccontarti di come ho dovuto lasciare la mia casa con le mani legate, pensando che in qualsiasi momento Sap mi avrebbe stuprata e uccisa? O di come ha sparato ad Ace proprio davanti ai miei occhi?' La sua voce si spezzò, ma la rabbia che le ribolliva dentro cercava una via d'uscita. 'Ti racconterò di come mi abbiano portata da un uomo ricercato dalla polizia per vivere con lui. Vuoi sapere del terrore che ho provato? Della mia rabbia?' Gridò, con le lacrime che le scendevano dagli occhi. 'Vuoi sapere che l'uomo da cui Sap mi ha portata si è preso cura di me? Che era gentile? E che un giorno, mentre era lontano dalla capanna, ne arrivò un altro? Dovrei raccontarti di come mi sono dovuta servire del mio ingegno per non essere uccisa?' Singhiozzava, cercando di contenere le parole. 'Quell'uomo mi ha attaccata, voleva stuprarmi e uccidermi, ma io ho lottato. Ho... lottato... e lottato... e l'ho *ucciso*!'

Bridget urlò come un animale ferito, liberando tutto il dolore che aveva dentro. Lincoln si mosse per abbracciarla, ma Bridget indietreggiò bruscamente.

'Stammi lontano!' Singhiozzò. 'Non ho bisogno del tuo abbraccio.'

'Allora dimmi di cosa hai bisogno,' Disse lui con voce morbida e intrisa di tristezza.

'Voglio che tutto questo sparisca,' Gridò. 'Non voglio essere la donna che è stata aggredita, quella che ha ucciso un uomo, che ha dormito nel letto di un altro uomo!' Urlò contro Lincoln, come se avesse colpe. Ferita e arrabbiata, desiderava solo che tutto ciò svanisse.

'Non voglio essere la persona che ha dato fuoco a una capanna per bruciarne i corpi all'interno. Non voglio essere la persona che ha seppellito il proprio amante a mani nude. Ecco, sei soddisfatto? Ora sai tutto!' Gli gridò contro, singhiozzando.

Lincoln rimase a lungo in silenzio, lasciandola piangere. Poi aggiunse altra legna al fuoco, e quel movimento le fece alzare il capo. Si asciugò gli occhi con il bordo della coperta. Era esausta, stordita da tutto quel dolore.

'Mi dispiace,' Bridget sussurrò, la gola irritata per le urla e gli occhi gonfi per il pianto.

'Non hai nulla di cui scusarti, proprio niente. Tutto quello che ti è accaduto non è colpa tua.'

'Non è vero. Ho preso delle decisioni.'

'Dettate dalle circostanze, giusto?'

Sfinita, scrollò le spalle, non avendo la forza di continuare a discutere.

'Sei sopravvissuta,' Disse lui con ammirazione negli occhi. 'Hai attraversato l'inferno e ne sei uscita viva. Dovresti esserne orgogliosa.'

'Come posso essere orgogliosa di aver compiuto gesti che faranno di me un'emarginata nella società?'

'Nessuno deve scoprirlo. Sei tu a scegliere cosa raccontare e a chi raccontarlo. Nessuno sentirà mai nulla da me, te lo prometto.'

Lei non sapeva cosa rispondere.

Sospirando, Lincoln fissò le fiamme. 'Sei stata sincera con me, quindi posso dirti qualcosa di me altrettanto sincero in cambio?'

Stanca, così avvilita da desiderare di morire, Bridget annuì, senza preoccuparsi davvero di ciò che lui aveva da dire.

'Il giorno del tuo rapimento ti ho lasciata senza alcuna spiegazione,' Iniziò lui.

Bridget aggrottò la fronte, non volendo ricordare quel terribile giorno.

'Il motivo per cui ti ho lasciata è che ero troppo attratto da te.' Si fermò. 'E questo è un eufemismo.' Sospirò pronunciando quelle parole. 'Mi ero innamorato di te.'

Sconvolta da quella confessione, Bridget lo fissò. Lincoln aveva provato dei sentimenti per lei? Aveva avuto ragione nel pensare che ci fosse qualcosa tra loro, che non fosse tutto frutto della sua immaginazione. 'Provavi questo per me?'

'Sì.' Lincoln continuò a fissare le fiamme. 'Non volevo innamorarmi di te, tutt'altro. Avevo giurato che non mi sarei mai sposato, così come avevo giurato che non avrei mai bevuto alcolici. Ma il non bere mi era molto più facile dell'impormi di non volerti. Dal primo giorno che ti ho incontrata alla tua festa di compleanno, mi hai intrigato, hai risvegliato in me sensazioni che erano ormai sopite. Sono un uomo, che prova delle pulsioni naturali. Ci sono... donne che offrono un servizio per quei bisogni, come ben sai, immagino. Pensavo che sarebbe bastato. Non avevo bisogno di una moglie, non ne meritavo una, né una famiglia. Consapevole di ciò, avevo accantonato tutti i miei istinti naturali, pensando di poter convivere con le scelte che avevo fatto. Fino a quando non ti ho incontrata. All'improvviso, volevo tutte quelle cose che avevo giurato di rifiutare: una famiglia, un amore. Le volevo con te.'

Bridget fu scioccata da quella sincerità. Ascoltò quelle parole, che per un piacevole momento oscurarono il suo dolore.

'Quel giorno sono andato via senza preavviso perché tutti quei sentimenti che provavo per te mi stavano spaventando. Avevo bisogno di rimettermi in sesto, di prendere le distanze dalla situazione perché non potevo averti.'

'Perché?' Quella parola le sfuggì di bocca prima che potesse accorgersene.

'A causa del mio passato.' Alzò finalmente lo sguardo e la fissò. 'Non sono l'uomo d'onore che credi io sia. Ho fatto cose che mi perseguiteranno fino alla tomba.'

'Anch'io,' Sussurrò lei.

'Sì, lo immaginavo. Lo vedo nei tuoi occhi. È lo stesso sguardo che vedo quando mi guardo allo specchio.' Sorseggiò il tè, fissando di nuovo il fuoco. Poi prese un respiro profondo. 'Ho ucciso mio padre.'

Bridget si prese un momento per riflettere su quella dichiarazione. Quelle quattro parole emanavano puro tormento. Conosceva quel tormento. L'ultima traccia di compassione che ancora serbava nel cuore fu diretta a lui.

'Mio padre era un ubriacone,' Dichiarò Lincoln. 'Per tutta la vita sono stato testimone e vittima della sua ubriachezza. Era un uomo alto, oltre un metro e ottanta, come me, con un petto ampio e braccia possenti. Praticava pugilato come passatempo, fin da giovane, prima di entrare nell'esercito. Era il più giovane di quattro fratelli, quindi aveva imparato fin da piccolo a combattere e vincere. Me lo raccontò una volta, quando era sobrio. C'erano periodi in cui restava sobrio, di solito dopo aver picchiato mia madre fino a renderla irriconoscibile, e si sentiva in colpa. Allora diventava un padre e marito impeccabile. Ma non durava mai, ovviamente. Ho trascorso la mia infanzia a nascondermi dai suoi pugni e a guardare mia madre ricoperta di lividi. Era una creatura così minuta, pelle e ossa. Ho perso il conto di quanti bambini ha perso per via delle botte.'

Bridget rabbrividì per l'angoscia che percepiva nella sua voce.

'Crescendo, ho cercato di proteggere mia madre. Quando mio padre si è ritirato dall'esercito e ha comprato una locanda, il vizio del bere è peggiorato. Litigava sempre con qualcuno, trovava ogni scusa per togliersi il grembiule e andare dall'altra parte del bancone per colpire in faccia un cliente. Si vantava di gestire una locanda rispettabile, dove non ci fossero mai problemi. Nessuno osava provocare risse nella nostra locanda, perché sapevano che sarebbe stato mio padre a sferrare l'ultimo colpo.'

Lincoln aggiunse un altro ceppo al fuoco e osservò le scintille che si alzavano nell'aria fredda.

'Proteggere mia madre era diventata la mia priorità. Nonostante l'età che avanzava, mio padre era un uomo in forma. Un suo pugno poteva buttare a terra qualsiasi uomo, quindi puoi immaginare cosa facesse a mia madre. Più crescevo, più cercavo di intervenire, nonostante le apprensioni di mia madre. Lei mi diceva sempre di uscire dalla stanza quando lui iniziava a picchiarla, ma lasciarla sola mi era impossibile. Stavo diventando alto quanto lui, ma mai altrettanto forte. Detestavo vederlo bere tutto il giorno, sapendo che la notte mia madre o io avremmo dovuto affrontarne le conseguenze.'

'Mia madre cercava sempre di scusarlo, di compiacerlo in ogni modo. Non che servisse a qualcosa. Continuava a picchiarla per ogni minima cosa, e lei doveva rimanere nascosta finché i lividi non sparivano.'

'È terribile,' Mormorò Bridget, intuendo che Lincoln avesse bisogno di alleggerire il suo cuore, proprio come lei poco prima.

'Un giorno, alcuni anni fa,' Continuò Lincoln, 'Mio padre perse una scommessa ed era ubriaco. Salì al piano di sopra, dove c'erano le nostre stanze, e sfogò la sua frustrazione su mia madre. Io ero andato via per lavoro...' Scosse la testa. 'Ma per quanto odiassi vivere lì, non potevo lasciare mia madre da sola con lui. Tornavo ogni sabato e restavo con lei fino al lunedì mattina. In quanto uomo, mio padre aveva smesso di picchiarmi perché sapeva che avrei risposto con botte altrettanto forti, quindi cercavo di proteggerla ogni volta che potevo.'

Lincoln si passò le mani tra i capelli e prese un altro sorso di tè.

'Un sabato, tornando a casa, sentii delle urla. Corsi di sopra e trovai mio padre che stava picchiando mia madre. Era in condizioni terribili, il viso massacrato. Persi il controllo e mi lanciai contro di lui per trascinarlo via, ma non voleva lasciarla andare. La stava uccidendo. Ripeteva di volerla ammazzare. La sua rabbia era spaventosa, e sapevo che mia madre sarebbe morta. Presi il ferro del camino e lo colpii più volte. Salvare mia madre era tutto ciò che contava, ma, dentro di me, volevo anche vendicarmi per tutte le volte che ci aveva fatto soffrire, per tutte le lacrime e il sangue di mia madre...'

Bridget avrebbe voluto consolarlo, ma non era pronta a colmare la distanza tra loro.

'L'ho colpito troppe volte alla testa. Cadde a terra morto.' La voce di Lincoln era piatta. 'Mia madre, quasi morente, mi implorò di scappare, di andarmene. Disse che si sarebbe presa la colpa, che avrebbe confessato spiegando di averlo fatto perché altrimenti sarebbe morta. Non voleva che finissi sulla forca per aver ucciso quell'abominevole uomo. Non volevo lasciarla. Volevo chiamare un medico, ma non mi permise di farlo finché non le promisi che avrei detto al medico che era stata lei ad ucciderlo.'

Lincoln si alzò di scatto e iniziò a camminare nervosamente intorno al fuoco, agitato.

'Mia madre disse che, se l'amavo, avrei fatto quest'ultima cosa per lei. Non voleva morire sapendo che sarei finito sulla forca per aver ucciso un uomo che ci aveva torturati per così tanto tempo.'

'Tua madre doveva essere una donna molto coraggiosa.'

Lincoln annuì. 'Lo era. Eppure, ho lasciato che si prendesse la colpa per averlo ucciso. Chiamai il medico e il poliziotto, e mia madre resistette abbastanza da riuscire a dire che l'aveva ucciso per legittima difesa, prima di morire tra le mie braccia.' Lincoln si passò le mani sul viso come per scacciare i ricordi dalla mente.

Un'ondata di empatia si fece strada nel cuore di Bridget, avvertendo il dolore che Lincoln aveva portato dentro di sé per tanti anni.

'Era ciò che tua madre voleva e, in quanto madre, ti ha protetto dal pericolo di buttare al vento la tua vita con quella confessione. È stato l'unico gesto che poteva fare per te, dopo anni di abusi.'

Lincoln si accovacciò e cominciò a smuovere il fuoco con

un bastone. 'Ciò non rende più facile conviverci. Ho ucciso mio padre e tutti in Tasmania credono che sia stata mia madre. Che tipo di uomo mi rende tutto questo?'

Bridget non riusciva a sopportare la vista dell'angoscia sul suo viso.

'Ti rende un uomo che ha amato sua madre e ha rispettato i suoi desideri, così che potesse morire in pace, sapendo di aver salvato suo figlio. Lasciale almeno questo.'

'I giornali si sono divertiti tantissimo a raccontare tutto il dramma. L'intera città sapeva che mio padre fosse un uomo da cui stare alla larga e provavano pena per mia madre, ma nessuno avrebbe mai pensato che sarebbe finita così. Io ho dovuto affrontarli tutti, ascoltare le loro condoglianze. Vivere una bugia. Avevo assassinato mio padre.'

'È per questo che hai lasciato la Tasmania?'

Lincoln tornò a sedersi sul tronco. 'Sì. Ho venduto la locanda. Avevo bisogno di andarmene, ma ho scoperto che i ricordi rimangono nella tua testa, insieme al dolore e al senso di colpa. Per questo ho giurato di non bere mai alcolici, per non fare la fine dell'ubriacone come mio padre.'

'Ma perché decidere anche di non sposarti?'

'Nel caso perdessi mai la pazienza e picchiassi mia moglie o i miei figli, come faceva mio padre.'

'Perdi spesso la pazienza?'

Gli ci volle un minuto per rispondere, come se stesse considerando la domanda per la prima volta. 'Quasi mai.'

'Allora non sei affatto come tuo padre.'

'Forse no, ma la paura di diventare come lui mi ha impedito di vivere a pieno la mia vita.'

'Allora forse è il momento di iniziare a vivere senza lasciare che il passato controlli le tue decisioni.'

Lincoln respirò affannosamente. 'Credo che sia qualcosa che dovremmo fare entrambi.'

Bridget fu sopraffatta dalla stanchezza. 'Devo sdraiarmi.' Si allontanò da lui e si infilò nella tenda. Tirandosi la coperta addosso, rabbrividì per il freddo. Continuava a ripercorrere nella sua mente la scena accanto al fuoco. Così tanto era stato detto, rivelato.

Lincoln l'aveva amata prima da prima che venisse rapita. E ora che conosceva la verità su di lei provava ancora lo stesso? Non avrebbe potuto biasimarlo se non fosse stato così.

# CAPITOLO 21

Il freddo pungente svegliò Bridget presto il mattino seguente. Uscendo dalla tenda, rimase scioccata nel vedere il campo coperto da un leggero strato di neve.

Avvolgendosi nella coperta come fosse un mantello, si inoltrò tra gli alberi per liberarsi. Nuvole grigie coprivano il cielo, e le temperature gelide avevano reso la fauna silenziosa.

Non c'era traccia di Lincoln accanto al fuoco, così si accinse a ravvivare le braci aggiungendo ramoscelli, cercando di generare abbastanza calore per far bollire l'acqua. Accese il fuoco per combattere il freddo, scaldandosi mentre preparava il tè.

I suoi pensieri si diressero alla sera precedente, alla sincerità di Lincoln e al suo stesso sfogo emotivo. Incredibilmente, si sentiva meglio per quell'esplosione, più forte, come se avesse attraversato una sorta di purificazione, simile a quelle cerimonie che aveva sentito raccontare dai nativi.

Per così tanto tempo aveva tenuto sotto controllo le sue emozioni, senza osare pensare a ciò che le stava accadendo, a ciò che aveva fatto e a ciò che aveva dovuto sopportare per sopravvivere. Forse quell'esplosione di emozioni l'avrebbe aiutata a guarire abbastanza da poter affrontare il futuro. Lo sperava.

La sua famiglia non avrebbe mai compreso a pieno cosa aveva vissuto, perché non immaginava di riuscire a ripetere l'intera storia con la stessa sincerità con cui l'aveva fatto la sera precedente insieme a Lincoln. L'intera vicenda era ormai finita, e la sua famiglia meritava che lei cercasse di affrontare la vita al meglio e tornasse a essere la Bridget che conoscevano.

Non sapeva se ciò sarebbe stato possibile, ma avrebbe dovuto provarci per il loro bene.

Lincoln tornò al campo, il fucile appoggiato sul braccio. 'Sembra che tutti gli animali si stiano nascondendo con questo tempo.'

'Non posso biasimarli,' Rispose lei.

Bridget temeva che dopo le confessioni e le emozioni della sera precedente sarebbe stato imbarazzante stare con lui, ma per fortuna non era così, e Lincoln non sembrava comportarsi in modo diverso dal solito. Tutte le maschere di cortesia erano cadute, rivelando le loro vere identità, e avevano superato quella prova, uscendone vincitori. Non c'era più nulla da nascondere, nessuna finzione, e ciò le donava un grande senso di sollievo. In un silenzio confortevole, si dedicarono semplicemente a preparare la colazione con ciò che rimaneva delle provviste.

'Non mi aspettavo che nevicasse,' Disse Lincoln, tornando accanto al fuoco dopo aver condotto i cavalli tra gli alberi, dove c'era più erba con cui potessero nutrirsi. 'Non abbiamo abbastanza cibo o un buon riparo per poter affrontare condizioni del genere, e i cavalli hanno bisogno di un foraggio migliore.'

'Cosa suggerisci?'

'Dovremmo provare ad arrivare a Oberon.'

'Patrick non saprà dove siamo.'

'Lo saprà. Prima di partire, ha detto che, se avessimo lasciato questo posto, avremmo dovuto dirigerci verso Oberon. Controllerà lì prima di tornare tra le montagne.'

Lei annuì. Era una scelta sensata. Per quanto non volesse stare tra la gente, quelle temperature glaciali non erano adatte a un campeggio, soprattutto senza vestiti caldi, tende adeguate e delle brande.

Mentre preparavano i bagagli, Lincoln si fermò per rivolgerle un sorriso timido. 'Non dovrai parlare con nessuno. Ti troverò una stanza dove potrai stare senza essere disturbata.'

'Sei molto gentile.'

'Ieri sera ti ho raccontato del mio sordido trascorso e tu mi hai ascoltato con comprensione. Dopo tutto quello che hai passato, hai avuto la grazia di lasciarmi sfogare. Questo significa per me più di qualsiasi altra cosa al mondo.'

Lei si alzò dal tronco e attraversò lo spazio che li separava. Prendendogli la mano, lo guardò negli occhi. 'Tu hai fatto lo stesso per me.'

Lui le sollevò la mano e ne baciò il dorso. 'Non mi aspetto nulla da te, Bridget, ma sappi che, quando verrà il momento, se avrai bisogno di me, sarò al tuo fianco per tutto il tempo che vorrai.'

Di fronte a tanta sincerità, le lacrime le riempirono gli occhi. 'Grazie.'

Con un cenno del capo, lui si voltò.

Iniziarono a smantellare l'accampamento, parlando poco mentre caricavano i cavalli e spegnevano il fuoco. Rivolgendo un ultimo sguardo a Lincoln, Bridget guidò Zeus fuori dal campo e su per il pendio. L'aria gelida le mozzava il respiro mentre salivano più in alto, la neve che le imbiancava gli stivali. Per ore camminarono su e giù per le montagne, dirigendosi a ovest finché non raggiunsero le pianure coltivate.

Continuarono a cavalcare finché il sole cominciò a calare, ma erano ancora a molti chilometri da Oberon.

'Dobbiamo trovare un riparo,' Disse Lincoln mentre un vento pungente si alzava, portando con sé del nevischio.

'Dove andremo?'

'C'è una fattoria laggiù.' Indicò una baracca di legno sulla sinistra, seminascosta dagli alberi.

Bridget, infreddolita fino alle ossa, spronò Zeus in quella direzione.

Un vecchio con una lunga barba grigia aprì loro la porta, gli occhi spalancati per la sorpresa. 'Dio santo, siete matti a stare fuori con questo tempo? Entrate, entrate.'

'I cavalli?' Chiese Lincoln, muovendo un passo dentro la casa.

'C'è un fienile sul retro, niente di speciale, ma potete metterli lì.' Il vecchio prese un cappotto da un gancio sulla parete. 'Vengo con voi. Ho un po' di fieno che potete dar loro. Mi chiamo Albert, Albert Pennywise.' Porse la mano a Lincoln.

'Piacere di conoscerla, signor Pennywise. Io sono Lincoln Huntley e questa è la signorina Bridget Kittrick. Dobbiamo incontrare il fratello della signorina Kittrick a Oberon, ma il tempo ci ha fatto da ostacolo.'

'Già, solo un pazzo starebbe fuori con questo freddo.' Albert ridacchiò. 'Signorina, si sieda accanto al fuoco. Ho uno stufato a cuocere e delle pere stufate. Faccia come fosse casa sua.'

Rimasta sola nella casa fatiscente, Bridget si avvicinò al fuoco osservando l'ambiente circostante. La grande stanza era piena di mobili e ogni sorta di oggetto, ma nonostante ciò era pulita, seppur disordinata. Nel camino c'era un paiolo appeso a un gancio oscillante e accanto a esso, un piccolo forno era stato incassato nel camino.

Un tavolo reggeva una lampada che illuminava la stanza con un bagliore dorato e, in fondo, separato da una tenda, c'era un letto matrimoniale. Un'altra porta laterale portava probabilmente all'esterno, ma Bridget rimase accanto al fuoco per sgelare il suo corpo infreddolito.

Pochi minuti dopo, il vecchio tornò, tutto sorrisi, e si tolse il cappotto. 'Fa davvero un freddo cane là fuori. Il signor Huntley si sta occupando dei cavalli. Ho messo altra legna vicino alla porta per la notte. Ha ripreso a nevicare.' Zoppicò fino al fuoco e Bridget si accorse che aveva una gamba di legno.

'Grazie mille per averci accolti.'

'Siete i benvenuti, ragazza mia.' Mescolò lo stufato. 'Per fortuna ne ho preparato abbastanza.'

'La compenseremo per il cibo e l'alloggio,' Lo rassicurò prontamente lei.

'No, la vostra compagnia è già un compenso sufficiente. Qui ci si sente molto soli. Sto pensando di trasferirmi a Bathurst, dove mio figlio ha un negozio. Sua moglie, una donna adorabile, è sempre in pensiero perché sono qui da solo.'

'Sembra che lei abbia una famiglia meravigliosa.'

'Sì, e così. Quattro nipoti, tutti ormai cresciuti e lontani, ma tornano a casa per Natale. Dovrei essere più vicino a tutti loro, davvero. Un po' di compagnia mi farebbe bene.'

'Allora è ciò che dovrebbe fare,' Lo incoraggiò Bridget. Sentiva un desiderio profondo di rivedere sua madre, una mancanza così intensa da trasformarsi quasi in un dolore fisico.

'Riscalderò lo scaldaletto e lo metterò nel letto per lei.'

'Oh no! Non potrei mai prendere il suo letto.'

'Non sarò nato gentiluomo, ma sono stato cresciuto con buone maniere, e nessuna donna dormirà su una sedia o sul pavimento, mentre io me ne sto in un letto comodo. Mia moglie si rivolterebbe nella tomba, di sicuro. Ci sono federe pulite che può usare. Mia moglie ne teneva sempre una pila pronta.' Le sorrise calorosamente. 'Mi rendo conto che lei non se la sia passata bene, ragazza mia.'

Bridget si irrigidì.

'Ora, non si allarmi, ma ho capito chi è lei. Trascorro il mio tempo libero a leggere ogni giornale che trovo. Cos'altro può fare un uomo di notte seduto accanto al fuoco, da solo?' Indicò una grande pila di giornali accanto a un baule nell'angolo della stanza. 'Appena ho sentito il suo nome, mi sono ricordato di aver letto del suo rapimento. I giornalisti ne hanno fatto un dramma, ma nei giornali si diceva anche che il bushranger Sap l'aveva uccisa?' Il suo volto rugoso mostrò un'espressione confusa.

'Ho sentito che l'ha detto alla polizia. Non capisco il perché.'

'Ma l'hanno ritrovata.'

'Mio fratello e il signor Huntley hanno continuato a cercarmi.' Non menzionò che Lincoln non avesse mai voluto smettere di cercarla. Quel pensiero improvviso le fece sussultare il cuore. Lui voleva trovarla, a tutti i costi. Questo le diceva molto su che tipo di uomo fosse.

'Beh, sono contento che ora lei sia al sicuro, ragazza mia.'

'Mio fratello è andato a Sydney per informare nostro

fratello maggiore e la polizia. Non volevo stare tra la gente, ma il tempo è peggiorato...'

Albert annuì saggiamente, estraendo tre scodelle da un armadio. 'Ha fatto bene a cercare riparo. Non voleva mica sopravvivere a un rapimento per poi morire di freddo.'

Lincoln entrò, portando con sé una raffica di aria gelida. Guardò Bridget, e lei gli sorrise per rassicurarlo che stesse bene.

'Il signor Pennywise sa chi sono. Legge i giornali e ha riconosciuto il mio nome.' Bridget si sedette al tavolo, cercando di non preoccuparsi del fatto che presto tutti avrebbero saputo che Sap non l'aveva uccisa. Sarebbe diventata oggetto di clamore mediatico, cibo per i pettegolezzi. Un brivido le percorse la schiena.

'Oh.' Lincoln aggrottò la fronte.

'Non lo dirò a nessuno,' Promise Albert. 'La signorina Kittrick potrà restare qui finché ne avrà bisogno.'

'Forse sarebbe meglio?' Lincoln guardò Bridget. 'Potrei stare io a Oberon fino al ritorno di Patrick. Così rimarresti lontana dalla gente.'

Bridget contorse le mani sotto il tavolo. Non voleva restare sola con l'anziano uomo, per quanto gentile fosse. 'Preferirei venire con te,' Mormorò a Lincoln. La verità era che, all'improvviso, non voleva che Lincoln si allontanasse da lei. Era l'unico di cui si fidasse. L'unico che conosceva la verità.

'Manzo, patate e rape,' Disse Albert, servendo lo stufato denso. 'Ieri sono andato in città e ho comprato delle pere cotte da una vedova, una mia amica. Non troverete pere migliori da questo lato delle montagne. Le faccio visita una volta a settimana per comprare qualcosa e prendere una tazza di tè.'

'Ha un odore delizioso.' Bridget prese un cucchiaio, e il sapore sapido era puro nettare, dopo mesi trascorsi a consumare cibo semplice ed essenziale.

Lincoln la guardò negli occhi. 'Non ti lascerò,' Le sussurrò, mentre Albert era occupato con il fuoco.

Rassicurata, si rilassò, gustandosi il pasto e ascoltando Albert parlare della gente del villaggio di Oberon.

La mattina seguente si svegliarono in un mondo bianco. La neve copriva ogni superficie, ma il cielo era di un blu brillante e il sole scintillava sui cristalli di ghiaccio. Albert preparò del porridge con il latte della sua mucca, una prelibatezza che Bridget non assaggiava da mesi, godendo ora anche del lusso di poter mettere del latte nel tè, insieme a un cucchiaino di zucchero. Ma ciò che desiderava più di tutto era un bagno. Mai più avrebbe dato per scontato il piacere di Una che le lavava i capelli col sapone profumato, per poi spazzolarglieli fino ad asciugarli. Si sentiva sporca. E probabilmente lo sembrava. I suoi vestiti erano ormai oltre ogni possibilità di recupero, buoni solo per essere bruciati, specialmente le sottovesti e la camicia. Ma lo sporco era radicato nella sua pelle, sotto le unghie. Tuttavia, l'evento più inaspettato fu l'arrivo della sua maledizione mensile. Non era incinta. La notizia le portò sollievo, ma anche tristezza. Per fortuna, Albert le permise di lavarsi, e lei si sistemò con dei fazzoletti ripiegati che trovò in un cassetto. Non ci sarebbe stato un bambino a farle provare ulteriore vergogna.

Lincoln e Albert entrarono in casa dopo aver controllato i cavalli.

'Dovremo cavalcare fino a Oberon quando sarai pronta,' Disse Lincoln, scaldandosi le mani al fuoco. 'Non credo che Patrick arrivi oggi, forse domani. Ha detto che sarebbe stato il più veloce possibile, avrebbe dato la notizia ad Austin e poi sarebbe tornato immediatamente. Considerando la durata del viaggio, potrebbe arrivare lì domani. Albert dice che da Oberon parte una diligenza per Bathurst tre volte a settimana, e lì si collega con la diligenza verso Sydney. Scommetto che Patrick sarà su quella di domani.'

'Allora andiamo. Sono sicura che a Oberon ci sarà una locanda che potrà accoglierci,' Disse Bridget ad Albert.

'Nel villaggio non c'è molto, ma c'è una locanda. È proprio lì che si ferma la diligenza. Troverete sicuramente una stanza.' Albert aprì un baule situato ai piedi del letto. 'Fa un freddo cane là fuori, signorina Kittrick. Le serve qualcosa di caldo da indossare.' Tirò fuori un lungo cappotto nero e dei guanti di lana. 'Appartenevano a mia moglie. Vorrebbe che li avesse lei. Detestava vedere le persone soffrire, e oggi lei soffrirebbe decisamente, cavalcando senza questi.' Glieli porse con un sorriso affettuoso. 'La mia Mary sarebbe contenta di vedere che qualcuno li usa.'

'Grazie.' Bridget sentì le lacrime raccogliersi dietro i suoi occhi per tutta quella gentilezza. 'Non dimenticherò mai la sua generosità, signor Pennywise.'

'Beh, spero che, se mai la mia famiglia ne avesse bisogno, qualcuno farebbe lo stesso. Non fa mai male aiutare gli altri, vero? Questo era ciò che diceva sempre la mia Mary.'

'Vorrei aver conosciuto la sua Mary.' Bridget gli strinse la mano.

Albert le diede un colpetto sulla mano. 'Bene, sistemiamovi per il viaggio.'

Mezz'ora dopo erano in sella ai cavalli e, salutando Albert con un gesto della mano, Lincoln fece da guida verso il villaggio di Oberon. Il sole si stava alzando, sciogliendo il sottile strato di neve, tranne che nei punti in cui gli alberi facevano ombra. Bridget continuava a guardare Lincoln, chiedendosi cosa gli passasse per la mente mentre cavalcavano.

Lui le rivolse un sorriso. 'Cosa c'è?'

Lei scrollò le spalle.

'Andrà tutto bene, te lo prometto.'

Bridget accarezzò Zeus sul collo. 'Sarà davvero così?'

'Guarda al futuro.'

'Non so come.' Pensò a casa, a Emmerson Park, a Louisburgh, ad Huntley Vale, a tutti i suoi piani di creare un villaggio in quella zona. 'Sai se Roache ha dato fuoco a Louisburgh o Huntley Vale?'

'No, non l'ha fatto. È scomparso lo stesso giorno in cui sei stata rapita.'

Una sensazione di sollievo la fece sentire leggera. 'Mi dispiace per Silas Pegg.'

'Pover'uomo.'

'Sono responsabile della sua morte, a causa di Roache.'

'Morte?' Lincoln tirò le redini di Blaze per fermarsi accanto a lei. 'Pegg non è morto.'

'No?'

'No, è quasi morto per le ferite, ma le ultime notizie che ho sentito parlavano di una ripresa lenta ma stabile.'

'Per tutto questo tempo ho pensato che fosse morto.' Non riusciva a crederci. 'Sono così grata che sia vivo.'

'Il fatto che sia stato ferito non è colpa tua. Quell'incidente è stato colpa di Roache.' Lincoln riprese a cavalcare.

Bridget spronò Zeus. 'Quindi è stato Pegg a raccontare a tutti del mio rapimento?'

'No, è stato Ronnie.'

Ricordava di aver visto il ragazzo nascondersi tra gli alberi, e il cuore le si gonfiò di gratitudine. Si sarebbe assicurata che quel ragazzo venisse sempre accudito e protetto.

Tenuta al caldo dallo scialle della zia Riona, dal lungo cappotto e dai guanti, Bridget sentì che il viaggio di pochi chilometri fino al piccolo borgo trascorse velocemente, mentre la sua mente assimilava la notizia che Pegg era vivo e che Louisburgh era rimasta intatta.

Si ritrovarono presto a cavalcare lungo una larga strada sterrata.

'Quella dev'essere la locanda,' Disse Lincoln indicando un edificio bianco e basso, fatto di legno e argilla con un tetto in legno. Dietro vi erano annessi alcuni stabili dello stesso stile, adibiti a ricoveri per i cavalli e per i carri. Lungo la strada si allineavano capanne con giardini recintati.

Smontarono da cavallo nel cortile mentre una donna con un grembiule bianco usciva dal retro della locanda con un secchio. Le oche starnazzavano da un recinto vicino alle stalle e le galline becchettavano nel cortile.

'Cercate cibo?' Chiese la donna, svuotando il secchio d'acqua in un'aiuola vuota.

'E due stanze, se ne ha,' Disse Lincoln.

'Ne ho una sola. Solo una singola.' La donna si girò verso un ragazzo che sbirciava sopra la porta bassa delle stalle. 'Fred! Vieni qui e occupati di questi cavalli.' Guardò di nuovo Lincoln e Bridget. 'Come dicevo, ho una sola stanza. Sempre che non siate troppo pretenziosi, signore,' Continuò, fissando Lincoln, 'O potete dormire nel fienile. Lo fanno in molti.'

'Grazie. Prenderemo la stanza.'

'E un pasto?'

'Sì.'

La donna sbuffò e rientrò.

'La seguiamo?' Chiese Bridget.

Lincoln sorrise. 'Suppongo di sì. Non è molto accogliente, vero?'

Un sorriso le incurvò gli angoli della bocca. 'Potremmo proseguire fino a Bathurst.'

'Potremmo...' L'espressione di Lincoln mostrava che stava considerando quella possibilità.

Improvvisamente, un suono fragoroso vibrò nell'aria. Oltre il crinale della strada comparve una carrozza trainata da quattro cavalli.

'È la diligenza da Sydney?' Lincoln aggrottò la fronte. 'Albert aveva detto che sarebbe arrivata domani.'

'A me sembra una carrozza privata.' Il rumore assordante delle ruote della carrozza infranse il silenzio del cortile. Bridget trasalì al suono, e all'idea di mescolarsi con altre persone nella locanda.

Il cocchiere tirò le redini, fermando i cavalli e spaventando alcune galline che starnazzavano. Un uomo ne discese, dando loro le spalle, e porse il braccio a una donna vestita di un elegante abito marrone bordato di nero e un cappello inclinato decorato con piccole piume nere. La donna apparve immediatamente fuori luogo in quel piccolo e rustico villaggio.

Bridget rimase a bocca aperta per l'eleganza dell'abbigliamento. Poi la donna si voltò, e Bridget gridò per la sorpresa. Zia Riona.

Si precipitò verso di lei, piangendo, quasi facendola cadere mentre si lanciava tra le sue braccia.

'Santo cielo!' Esclamò zia Riona, facendo un passo indietro con gli occhi spalancati, finché non si rese conto di chi aveva davanti. 'Bridget! Dolce Maria e tutti i suoi angeli. Sei tu!'

Incapace di fermare le lacrime, Bridget si lasciò cadere tra le braccia della zia.

'Oh, mia cara, cara ragazza.' Zia Riona la tenne così stretta che Bridget pensò di non riuscire a respirare, ma non gliene importava.

'Allora, lasciate che la guardi.' Austin tirò Bridget dalle braccia della zia e la strinse forte a sé. 'Per Dio, sei davvero viva,' Sussurrò, la voce carica di emozione.

Coccolata da Austin e dalla zia, Bridget si asciugò gli occhi, riuscendo a stento a credere di essere con loro.

Patrick, l'ultimo a scendere dalla carrozza, le fece un occhiolino. 'Era impossibile lasciarli indietro,' Scherzò.

'Come potrei restare a Sydney sapendo che mia nipote è stata ritrovata?' Lo rimproverò zia Riona, sorridendo. Con gli occhi bagnati di lacrime, la strinse di nuovo a sé. 'Ti riporteremo a casa, tesoro.'

'Ci saranno degli interrogatori con la polizia,' Disse Austin con dolcezza, la fronte corrugata per la preoccupazione. 'A Bathurst. Rimarremo con te per tutto il tempo.'

Al pensiero delle domande della polizia, Bridget guardò Lincoln, che si era tenuto in disparte per lasciare che la famiglia si godesse quel momento. 'Se devo parlare con la polizia, lo farò.'

'Prima la porteremo all'hotel di Bathurst,' Dichiarò zia Riona. 'Non incontrerà nessuno finché non avrà fatto un bagno e non sarà vestita in modo adeguato.'

'Sono così malconcia, zia?' Chiese Bridget con imbarazzo.

Zia Riona le accarezzò la guancia. 'Cara ragazza, sembri tua madre quella volta che, in Irlanda, cadde in un pantano sulla strada verso casa. Un maiale avrebbe avuto un odore migliore del suo, e tu sei esattamente uguale.'

I suoi fratelli risero, ma il pensiero della madre intristì tutti.

'Vorrei che fosse qui,' Mormorò Bridget.

'Lo so, ma sono anche felice che non abbia dovuto vivere ciò che abbiamo vissuto noi.' Zia Riona la guidò verso la carrozza. 'Andiamo.'

'Aspettate, Zeus, il mio cavallo.' Non poteva separarsi da Zeus. Era di Donovan.

'Mi occuperò io di riportare i cavalli a Bathurst,' Lincoln parlò per la prima volta. 'Ci vediamo domani.'

Bridget si avvicinò a lui e gli prese entrambe le mani. Per un lungo momento lo fissò negli occhi. Non voleva lasciarlo. 'Prometti che ci sarai?'

'Ci sarò. Sono scappato da te una volta, non lo farò di nuovo.'

'Anche dopo tutto quello che ho fatto?' Sussurrò lei. Come poteva sopportare di guardarla, sapendo che era andata a letto con un altro uomo?

Uno sguardo tenero, pieno d'amore, scaldò gli occhi di Lincoln. Si portò le mani di Bridget alle labbra e le baciò. 'Nessuno di noi è senza colpe. Hai fatto ciò che hai reputato opportuno in quel momento. Non ti giudicherò mai per questo.'

'Ma—'

'Niente ma.' La sua voce si abbassò a un sussurro. 'Non ti ho mai amata più di così. Fidati di me.'

'Mi fido.' Bridget gli strinse le mani, impaurita dal pensiero di lasciarle andare. Era stato la sua roccia, colui a cui aveva rivelato tutto e che l'aveva ascoltata senza criticarla. La forza di Lincoln, il suo silenzioso affetto, le avevano dato il coraggio di andare avanti.

In cambio, lui le aveva confidato i suoi segreti, aprendosi a lei con onestà e vulnerabilità.

L'ombra di Donovan aleggiava ancora alle sue spalle, ma

qualunque cosa il futuro le avrebbe riservato, sapeva che Lincoln Huntley sarebbe stato lì, e ciò bastava a darle conforto.

# POSTFAZIONE

Grazie per avermi accompagnata in questo viaggio. Apprezzo davvero tutte le vostre recensioni e messaggi. Il vostro sostegno significa molto per me e mi dà la motivazione necessaria per continuare a scrivere storie coinvolgenti. Amo essere una narratrice, e sapere che le persone hanno trascorso qualche ora di piacere leggendo uno dei miei libri è molto gratificante.

I miei migliori e più cordiali saluti,
AnneMarie Brear
2024
www.annemariebrear.com

www.ingramcontent.com/pod-product-compliance
Lightning Source LLC
Chambersburg PA
CBHW051321190726

48290CB00001B/251